Deutsche Naturlyrik

Deutsche Naturlyrik

Vom Barock bis zur Gegenwart

Herausgegeben von
Gunter E. Grimm

Philipp Reclam jun. Stuttgart

Satz und Druck: Reclam, Ditzingen
Buchbinderische Verarbeitung: Wilhelm Röck, Weinsberg
Printed in Germany 1995

ISBN 3-15-059425-1

Inhalt

Anhang

ANONYM

Ein schönes Maienlied

1. Es ist ein Schnitter, heißt der Tod,
Hat Gwalt vom großen Gott.
Heut wetzt er das Messer,
Es geht schon viel besser,
Bald wird er drein schneiden,
Wir müssen's nur leiden.
Hiet dich, schöns Blümelein.

2. Was jetzt noch grün und frisch da steht,
Wird morgens weg gemäht.
Rot Rosen, weiß Gilgen,
Beid pflegt er austilgen,
Und ihr Kaiser-Kronen,
Man wird eur nit schonen.
Hiet dich, schöns Blümelein.

3. Viel tausend ist das ohngezählt,
Da unter die Sichel hinfällt,
Die edle Narzissel,
Die englische Schlissel,
Die schöne Hyazinth,
Die türkische Bind.
Hiet dich, schöns Blümelein.

4. Aus Seiden ist der Fingerhuet,
Aus Sammet das Wohlgemuet.
Noch ist er so blind,
Nimmt, was er nur findt,
Kein Sammet, kein Seiden
Mag ihne vermeiden.
Hiet dich, schöns Blümelein.

5. Das himmelfarbe Ehrenpreis,
Die Dunpan gelb und weiß,
Die silberne Gloggen,
Die guldine Flocken,
Sinkt alles zur Erden,
Was wird nur draus werden?
Hiet dich, schöns Blümelein.

6. So viel Maßlieb und Rosenmarin
Schwelkt unter der Sichel dahin,
Vergisse-mein-nit,
Du mußt auch nur mit,
Und du Tausendschön,
Man laßt dich nit stehn.
Hiet dich, schöns Blümelein.

7. Ihr gspreggite Morgen-Röselein,
Ihr Papplen groß und klein,
Ihr stolze Schwert-Lilgen,
Ihr krause Basilgen,
Ihr zarte Violen,
Man wird euch bald holen.
Hiet dich, schöns Blümelein.

8. Der blutrot türkisch Wassertost,
Der schneeweiß Augentrost,
Der Herzen-Betrüber
Je-länger-je-lieber
Nur auch mit hinunter,
Man macht's da keim bsunder.
Hiet dich, schöns Blümelein.

9. Der auserlesne Majeran,
Das zornige Rühr-mich-nit-an,
Laßt euch nit verführen,
Ja wohl nit anrühren,

Es gilt da kein Bochen,
Heut werdt ihr abbrochen.
Hiet dich, schöns Blümelein.

10. Du Nägelein, mein edler Schatz,
Findst auch beim Schnitter kein Blatz.
Ich gnieß dein nit mehr,
Jetzt kompt er daher.
Bald wirstu verbleichen,
All Schöne muß weichen.
Hiet dich, schöns Blümelein.

11. Du himmelsblaues Bittersieß
Und ihr Tollhahnenfieß,
Ihr hüpsche Lavendel,
Ihr aufgerechte Händel,
Es hilft da kein Bitten,
Heut werdt ihr abgeschnitten.
Hiet dich, schöns Blümelein.

12. Und du, o schnödes Tag-und-Nacht,
Der Namen ist nit wohl erdacht,
Man laßt dich nit stehn,
Bis d' Sternen aufgehn.
Ehe der Tag verschlüssen,
Wirstu ausgerissen.
Hiet dich, schöns Blümelein.

13. Man schätzt dich nit, o Sonnen-Tau,
Man förcht dich nit, o Bären-Klau,
Ihr fremde Gichtrosen,
Ihr gfüllte Zeitlosen,
Ihr Sternäugelein,
Muß alles an Reihen.
Hiet dich, schöns Blümelein.

14. Er macht so gar kein Unterschied,
Geht alles her in einem Schnitt,
Der stolz Ritter-Sporen
Und Blumen von Koren,
Da liegen s' beisammen,
Man weiß kaum den Namen.
Hiet dich, schöns Blümelein.

15. Und wann sie nun seind gschnitten ab,
So heißen sie alle Schabab.
Ach wie sie da liegen,
Als wären sie in Zügen.
Sie müssen verschmachten,
Man tut ihr nit achten.
Hiet dich, schöns Blümelein.

16. Trutz Tod, komm her, ich förcht dich nit,
Trutz komm und tue ein Schnitt!
Wann er mich wegfretzet,
So wird ich versetzet.
Ich will es erwarten
Im himmlischen Garten.
Freu dich, schöns Blümelein.

GEORG RODOLF WECKHERLIN

Schönheit nicht wehrhaft

Laßt vns in den garten gehen /
Schönes lieb / damit wir sehen /
Ob der blumen ehr / die Roß /
So Euch ewre farb gezaiget /
Da Sie heut der Taw aufschloß /
Jhren pracht noch nicht abnaiget.

Sih doch / von wie wenig stunden
Jhr frischer schmuck überwunden /
Wie zu grund ligt all jhr ruhm!
  Natur / wie solt man dich ehren /
Da du doch ein solche bluhm
Kaum einen tag lassest wehren?

Was ist es dan das jhr fliehet /
In dem ewer alter blühet
Von meiner lieb süssigkeit?
  Genüesset nu ewrer Jahren /
Die zeit würt ewre schönheit
Nicht mehr dan dise blum spahren.

FRIEDRICH SPEE VON LANGENFELD

Anders Liebgesang der gespons JESV
Zum Anfang der Sommerzeit

1.

Der trübe Winter ist fürbey,
  Die kranich wider kehren;
Nun reget sich der Vogelschrey,
  Die Nester sich vermehren:
Laub mitt gemach
Nun schleicht an tag,
  Die blümlein sich nun melden,
Wie Schlänglein krum
Gehn lächlend vmb
  Die Bächlein kühl in wälden.

2.

Der Brünnlein klar, vnd quellen rein
  Vil hie, vil dort erscheinen,
All silberweisse Töchterlein
  Der holen Berg, vnd Steinen:
Jn grosser meng
Sie mitt gedreng
  Wie pfeil von Felsen zihlen:
Bald rauschens her,
Nitt ohn gepleer,
  Vnd mitt den Steinlein spielen.

3.

Die Jägerin *Diana* stoltz,
  Auch Wald- vnd Wasser Nymphen
Nun wider frisch in grünem holtz
  Gan spielen, schertz, vnd schimpfen.
Die reine Sonn
Schmuckt ihre Cron,
  Den kocher füllt mitt pfeilen,
Jhr beste Roß
Läst lauffen loß
  Auff marmerglatten meilen.

4.

Mitt ihr die kühle SommerWind
  All jüngling still von sitten
Jm lufft zu spilen seind gesind,
  Auff Wolcken leicht beritten.
Die bäum, vnd näst
Auch thun das best,
  Bereichen sich mitt schatten,
Da sich verhalt
Das wild im wald,
  Wans pflegt von hitz ermatten

5.

Die meng der Vöglein hören last
  Jhr Schyr- vnd Tyre-Lyre
Da sauset auch so mancher nast
  Sampt Er mitt musicire.
Die zweiglein schwanck
Zum vogelsang
  Sich auff, sich nider neigen,
Auch höret man
Jm grünen gahn
  Spatziren Laut, vnd Geigen.

6.

Wo nur man schawt, fast alle welt
  Zun frewden thut sich rüsten:
Zum schertzen alles ist gestelt,
  Schwebt alles fast in lüsten.
Nur Jch allein,
Jch leyde pein,
  Ohn end ich werd gequeelet,
Seit ich mitt dir,
Vnd du mitt mir,
  O JESV, dich vermählet.

7.

Nur Jch O JESV bin allein
  Mitt stätem leyd vmbgeben,
Nur Jch muß nur in schmertzen sein,
  Weil nitt bey Dir mag leben.
O stäte klag!
O wehrend plag!
  Wie lang bleib Jch gescheiden?
Von grossem wee,
Daß dich nitt seh,
  Mir kombt so schwäres leyden.

8.

Nichts schmecket mir auff gantzer welt
  Als JESV Lieb alleine:
Noch spiel, noch schertz mir ie gefelt,
  Biß lang nur Er erscheine:
Vnd zwar nun frey
Mit starckem schrey
  Ruff Jhm so manche stunden:
Doch nie kein tritt,
Sich nahnet nitt;
  Solt michs nitt hart verwunden?

9.

Was nützet mir dan schöne zeit?
  Was glantz, vnd schein der Sonnen?
Was bäum gar lieblich außgebreit?
  Was klang der klaren Brunnen?
Was athem lind
Der kühlen wind?
  Was Bächlein krum geleitet?
Was edler Mey?
Was vogelschrey?
  Was Felder grün gespreitet?

10.

Was hilfft all freud, vnd spiel, vnd schertz?
  All trost, vnd lust auff Erden?
Ohn Jhn ich bin doch gar in schmertz,
  Jn leyd, vnd in beschwerden.
Groß hertzen brand
Mich töd zuhand,
  Weil JESV dich nitt finde;
Drumb nur ich wein,
Vnd heul, vnd grein,
  Vnd seufftzer blaß in winde.

11.

Ade du schöne Frühlings zeit,
  Jhr Felder, wäld, vnd wisen
Laub, graß, vnd blümlein newgekleid,
  Mitt süssem taw berisen:
Jhr wässer klar,
Erd, himmel gar,
  Jhr pfeil der gülden Sonnen;
Nur pein, vnd quaal
Bey mir zumahl
  Hatt vberhand gewonnen

12.

Ach JESV, JESV, trewer Held,
  Wie kränckest mich so sehre!
Bin ie doch hart, vnd hart gequeelt;
  Ach nitt mich so beschwere.
Ja wiltu sehn
All pein, vnd peen
  Jm augenblick vergangen?
Mein augen beyd
Nur führ zur waid
  Auff dein so schöne wangen.

GABRIEL VOIGTLÄNDER

Ein Sommer-Liedlein

1. Phoebus ist nun wieder kommen,
  Hat die Flora angeblickt
Und in Armen sie genommen,
  Sie geküßt und schön geschmückt
Mit einem bunten Rock
Als eine schöne Tock.

Ihr goldgehl Haar hat sie gezieret
Mit einem Blumen-Kranz,
Darum sie nun zum Tanz
Viel schöner Nymphen mit sich führet.

2. Kommet, kommet, laßt uns gehen
In das Korn-Land naus mit ihr.
Laßt uns in den Wäldern sehen,
Wie der Hirsch und andre Tier
Im Grünen springen rum.
Hört, wie so wunderkrumm
Die Nachtegall her kolorieret.
Seht, wie an jeden Ort
In kühlen Schatten dort
Der Schäfer seine Hürtin führet.

3. Oder laßt uns gehn im Garten,
Da viel tausend Blümelein
Und Gewächse sich wohl arten
Und hervor gesprossen sein.
Die Blume Tulipan,
Vielen Thymian,
Die Rosmarie und Hyazinthen,
Narzissen, Tausendschön
Und Majeran da stehn,
Lavendel, Polei sich auch finden.

4. Und die Blum Jelängerlieber,
Rosen, Lilien wohlgemut.
Seht was ubers Beet hinüber,
Was zur Tafel nötig tut,
Die Spargieß und Salat,
Spansche Lacktuk man hat,
Melaunen, Gurken, Artischocken,
Andivien, Stickelbeer
Und andre Sachen mehr,
Die man zu essen kann abpflocken.

5. Seht die Immen-Stöck zur Seiten,
Wie die Honig-Vögel doch
Um die Nahrung so arbeiten,
Wie der Wein auch wächst so hoch.
Das frische Obst wird süß,
Die Kirschen, Bürn und Nüß,
Die Öpfel, Pfirschgen, Pomeranzen,
Zitronen, Feigen, auch
Was in die Küche tauch,
Die Rüben, Wurzeln, Kohl und Pflanzen.

6. Seht das liebe Vieh dort grasen
In der Klever Weide fein,
Mit den vollen Millich-Blasen,
Dort kommt ein Herd Schaf herein.
Hört, wie die Sackpfeif klingt,
Hört, wie die Viehmagd singt,
Seht, wie sie Kraut und Blumen pflücket.
Die Erd und Himmel lacht,
Nehmt aber auch in acht,
Was uns zur Lehre sich wohl schicket.

7. Sticht die Sonne dann, wir sprechen,
Ach, es ist so heiße Zeit,
Da denn wohl ist auszurechen,
Keine Freud ist ohne Leid.
Die Blum verwelkt, das Gras
Wird abgemeit, so daß
Nichts ist beständig auf der Erden.
Was irdisch ist, verdirbt,
Der Mensch wird alt und stirbt,
Die Welt muß auch zunichte werden.

Vom Wolffesbrunnen bey Heidelberg

Du edler Brunnen du / mit Rhu vnd Lust vmbgeben /
Mit Bergen hier vnd da als einer Burg vmbringt /
Printz aller schönen Quell' / auß welchen Wasser dringt
Anmutiger dann Milch / vnd köstlicher dann Reben /
Da vnsers Landes Kron' vnd Häupt mit seinem Leben /
Der werthen Nymph' / offt selbst die lange Zeit verbringt /
Da das Geflügel jhr zu Ehren lieblich singt /
Da nur ergetzlichkeit vnd keusche Wollust schweben /
Vergeblich bist du nicht in dieses grüne Thal
Beschlossen von Gebirg' vnd Klippen vberall:
Die künstliche Natur hat darumb dich vmbfangen
Mit Felsen vnd Gepüsch' / auff daß man wissen soll
Daß alle Fröligkeit sey Müh' vnd Arbeit voll /
Vnd daß auch nichts so schön / es sey schwer zuerlangen.

An einen Berg

Du grüner Berg / der du mit zweyen Spitzen
Parnasso gleichst / du hoher Felß / bey dir
Wündsch' ich in Rhu zu bleiben für vnd für /
Vnd deine Lust gantz einsam zu besitzen /
Weil du mir auch für aller Welt kanst nützen;
Dann wann ich bin auff deinen Klippen hier /
So seh' ich stets der jenen Ort für mir /
Die für dem Tod alleine mich kan schützen /
Mein' höchste Frewd' vnd meines Lebens Leben:
So weis ich auch daß man sonst nirgend findt
Mit solcher Zier ein einig Ort vmbgeben:
Natura hat die Lust hieher gesetzet /
Daß die auff dich mit Müh gestiegen sind /
Hinwiederumb auch würden recht ergetzet.

Jetzund kömpt die Nacht herbey /
Vieh und Menschen werden frey /
Die gewüntschte Ruh geht an;
Meine Sorge kömpt heran.
Schöne gläntzt der Mondenschein;
Und die güldnen Sternelein;
Froh ist alles weit und breit /
Ich nur bin in Trawrigkeit.
Zweene mangeln uberall
An der schönen Sternen Zahl;
Diese Sternen die ich meyn'
Ist der Liebsten Augenschein.
Nach dem Monden frag' ich nicht /
Tunckel ist der Sternen Liecht;
Weil sich von mir weggewendt
Asteris / mein Firmament.
Wann sich aber neigt zu mir
Dieser meiner Sonnen Ziehr /
Acht' ich es das beste seyn /
Das kein Stern noch Monde schein.

Ein garten ist die welt: die blumen jhre lust:
Hier schön undt schöne hier / wohin du gehen mußt.
Der lilien weißer glantz / der majoran nicht minder /
Der süsse bienenklee / des frühlings erste kinder
Die veilgen brechen auß; doch laßen sich ingleichen
Das bleiche sorgenkraut vndt scharffe senff wol an:
Der winter ist der todt / dem lilie / majoran /
Klee / veilgen / sorgenkraut vndt scharffer senff muß weichen.

Auctumni tollit taedia longa Venus

Die Sonn ist abgegangen
Von ihrer hohen Bahn
Vnd schielet das Verlangen
Der Welt nur seitwerts an.

Die Lufft entzieht der Erden
Das warme Himmel-Naß /
Davon entgeht den Heerden
Die Weid' an Laub vnd Graß.

Der Nordwind lesst sich hören
Daß allen Thieren grawt /
Mit frieren zu versehren /
Der Felder Laub vnd Kraut.

Der Wald gleicht einer Wüsten
Von Thier vnd Vögeln leer;
Mars stellet ein sein Rüsten /
Der Kauffmann schewt das Meer;

Der Schäfer lässt sein Singen
Vnd heitzt den Ofen an /
Die Kälte zu bezwingen
Verkreucht sich was nur kan.

Drumb wer anjetzt zum Lieben
Ein ziemlich Mittel hat /
Der woll' es nicht verschieben
Vnd löffle sich nur satt!

Denn / wer es recht erweget /
Sieht / wie sich alles übt /
Daß es sich dichte leget
Vnd so die Wärme liebt.

Der Frühling

Da der göldne Sonnen-Wagen
Frühlings-Zucker bringt getragen /
Daß die süssen Zwillings Küsse
Tag vnd Nächte machen süsse /
Da der Himmel gütig lachet /
Da die Erde Schmüncke machet /
Da sich Feld vnd Wiesen mahlen /
Da der Bäume Häupter pralen /
Da die Brunnen Silber gissen /
Da mit funckeln Bäche flissen /
Da die Vogel Lieder singen /
Da die Fische Sprünge springen /
Da für Freuden alles wiebelt /
Da mit gleichem gleiches liebelt /
O so muß für trübem kräncken
Bloß der Mensch die Stirne sencken!
Weil zumal bey Frühlings-Lüsten
Mars erfrischet sein verwüsten /
da er diß für Lust erkennet
Wann er raubet / schändet / brennet.

Lied
von dem Monat November

Nach der Stimme:
Von Gott will ich nicht lassen etc. Oder:
Laßt uns Gotts Güte preisen, ihr lieben
Kinderlein etc.

1. Der Sommer ist entwichen
   Mit seiner Flammen-Hitz,
Der Herbst heran geschlichen
   Und herrschet nun der Schütz:
Der treibt die trüben Wind
   Und in dem Nebel-Regen
   Beschüttet allerwegen,
Die auf dem Felde sind.

2. Man sammlet Kraut und Ruben,
   Es giert der trübe Most;
Man suchet warme Stuben
   Und liebt der Vögel Kost.
Das Feld liegt ohne Frucht,
   Doch muß es Wildpret tragen,
   Das man, mit schnellem Jagen,
Durch Berg und Täler sucht.

3. Die Müh und Arbeit schenket,
   Was sonst kein Mensch vermag;
Wohl dem, der stets gedenket,
   Gott nähr ihn alle Tag
Auf viel und manche Weis:
   Wenn wir Gott nicht vergessen
   Und das Brot wollen essen,
In unsrer Arbeit Schweiß.

4. Indem die Blätter falben,
   Verschwindt der Bäumen Zier;
Es wandern fort die Schwalben,
   Der Winter bricht herfür.
Man sucht das warme Kleid
   Und pfleget Holz zu spalten,
   Dardurch wir uns erhalten
In Frost und kalter Zeit.

5. Mein Gott! der du uns liebest
   Und segnest dieses Jahr;
Der du uns reichlich gibest,
   Was uns vonnöten war:
Wir danken deiner Gnad!
   Du wollest uns bewahren,
   Daß wir kein Leid erfahren.
Dich lob, was Odem hat!

ERNST CHRISTOPH HOMBURG

Auf die besagte Sylvia
Ode Jambica

1. Komm, Schönste! laß uns eilen,
   Was säumen wir zumal,
Entferne das Verweilen,
   Daß wir der Tulpen Zahl
Vermindern, weil sich wendet
   Bereit die liebe Sonn
Und alle Kurzweil endet,
   Komm! komm! laß uns darvon!

2. Willt du nicht in den Garten
Und hegen deine Lust?
Soll man bis morgen warten?
Es ist ja dir bewußt,
Wie wir so steif anhangen
Der strengen Sterblichkeit,
Wie Mund und rote Wangen
Verbleichen vor der Zeit.

3. Laß uns der Blumen brauchen,
Die uns die Flora gab,
Des Westen süßes Hauchen,
Weil alles hat sein Grab,
Weil nichts allhier bestehet,
Ja mit der Zeiten Lauf
Das, was nur ist, vergehet,
Es stirbet allzuhauf.

4. Drum wollen wir uns setzen
Wohl mitten in den Klee,
Nicht säumen uns zu letzen.
Der Nord auf trüber See
Sein Brausen schon her wendet
Und aller Rosen Pracht
An jeden Orten schändet,
Nimm Liebste, nimm's in acht!

5. Komm, laß uns zu der Heiden
Spazieren durch den Wald,
Zu sehen, wie da weiden
Die Hirten mannigfalt,
Wie Amaryll da tränket
Die zarten Schäfelein,
Wann sich die Sonne senket
Ins trübe Meer hinein.

JOHANN WILHELM SIMLER

Wintergesang

Der kürtzest tag und längste nacht
den grawen winter bringen:
die Nordenwinde sich mit macht
auß ihren kammern dringen:
die ströhm und see
vor frost und schnee
sich schliessen allerdingen.

Der grüne wald ist worden kal /
das bundte feld entkleidet:
kein zam- noch wildes thier zumal
an seinem ort sich weidet:
das federheer
singt auch nicht mehr /
ein theil von uns wegscheidet.

Das einsam turturtäubelein
nur seufftzend wird gehöret:
die rabenstimm ist jetz gemein /
und uns das ghör versehret:
melancholey
wohnt allem bey /
und alle freud zerstöret.

Was lebt und schwebt den winter scheucht /
und suchet sich zu wärmen:
der kriegsmann selber sich verkreucht /
und machet keine lärmen:
das alter jetz
liebt ofenshitz /
von wegen kalter Därmen.

Der weidmann doch / für seinen spaß /
das hochgewilde hetzet:
das eiß; wann es wie spiegelglaß;
die jugend auch ergetzet:
man metzget eyn
vil feißte schwein /
und sich zum wurstmahl setzet.

Der winter; alß des jahres bauch;
verzehrt was wir erworben
mit saurer arbeit / zum gebrauch
wann jetz die saat erstorben:
wann überal
zu berg und thal
ist alles wie verdorben.

Also; dem winter gleich; die zeit
im alter uns verschlinget:
doch ist vom tode nicht befreyt
der jung / wie hoch er springet:
drum haltet wacht
bey tag und nacht /
und so zum leben dringet!

SIMON DACH

Frühlingslied

Jetzo liebet, was nur lebet,
Was in Luft und Wasser schwebet,
Jetzo singet, scherzt und küßt,
Was der Himmelsraum umschließt.

Hört ihr, wie die Lerche singet,
Singend sich gen Himmel schwinget,
Wie in lau gewordner Luft
Eins dem andern zärtlich ruft?

Schauet, dort kömt hergeflogen
Und zur Heirath angezogen,
Unter jener Frühlingswolk'
Ein verliebtes Storchenvolk;

Die vermälte Turteltaube
Bauet unter diesem Laube
In dem schönen Meyenfest
Ihr der Liebe heilig Nest:

Sollte denn der Mensch nicht lieben?
Sollt er den Genuß verschieben,
Den Genuß der Blütenzeit,
Die uns – ach! so kurz – erfreut?

Wenn der Jahre Mittag weichet
Und der Abend zu uns schleichet,
Machet auch der Knochenmann
Mit der Sense sich heran,

Raffet von uns was wir haben,
Aller Schönheit seltne Gaben,
Alle Rosen des Gesichts,
Allen Glanz des Augenlichts.

Auff den heran-nahenden Früling

Ey nun wil ich lassen schwinden
Alle Sorg' vnd Trawrigkeit /
Weil die schöne Frülingszeit
Sich nun bald wird lassen finden /
Weil der Winter wil vergehen
Eiß vnd Schnee zu Wasser wird /
Vnd die Garten wol geziert
Sind sehr lieblich anzusehen.
Hievon thut die Zeitung bringen
Aller Vöglein Fröligkeit /
Die zu dieser Frülingszeit
Ihre Stimmlein lassen klingen /
Da die Lerchen sich erfrewen /
Da der Bawr zu Felde zeucht /
Vnd auß Schewr' vnd Ställen kreucht
Der Menalcas mit den Sewen.
Alles thut jetzt muthig werden /
Es kompt wider an den Tag /
Was zuvor verborgen lag
In dem tieffen Koth der Erden:
Man sieht alles hervor kriechen
Kraut vnd Blumen mannigfalt /
Die so lieblich von Gestalt
Vnd anmuthig sind zu riechen.
Ey so wil ich in den Garten
Mit dem schönen Seitenspiel
Vnd der andren Kurtzweil viel
Nur der Fröligkeit abwarten /
Ich wil suchen solche Gsellen /
Die da wissen Lust vnd Frewd'
In der grünen Frülingszeit
Fein gebührlich anzustellen.

Last vns guten Wein hergeben /
Lauten / Geigen / Jungfräwlein
Müssen alle bey vns seyn
Das ist recht Studentenleben /
Wer solt das nicht lieber wollen
Als arbeiten Nacht vnd Tag
Stetig führen grosse Klag
Wer weiß wann wir sterben sollen?

PAUL GERHARDT

Sommergesang

1. Geh aus, mein Herz, und suche Freud
In dieser lieben Sommerzeit
An deines Gottes Gaben;
Schau an der schönen Garten Zier,
Und siehe, wie sie mir und dir
Sich ausgeschmücket haben.

2. Die Bäume stehen voller Laub,
Das Erdreich decket seinen Staub
Mit einem grünen Kleide;
Narzissus und die Tulipan,
Die ziehen sich viel schöner an
Als Salomonis Seide.

3. Die Lerche schwingt sich in die Luft,
Das Täublein fleucht aus seiner Kluft
Und macht sich in die Wälder;
Die hochbegabte Nachtigall
Ergötzt und füllt mit ihrem Schall
Berg, Hügel, Tal und Felder.

4. Die Glucke führt ihr Völklein aus,
Der Storch baut und bewohnt sein Haus,
Das Schwälblein speist ihr Jungen;
Der schnelle Hirsch, das leichte Reh
Ist froh und kommt aus seiner Höh
Ins tiefe Gras gesprungen.

5. Die Bächlein rauschen in dem Sand
Und malen sich und ihren Rand
Mit schattenreichen Myrten;
Die Wiesen liegen hart dabei
Und klingen ganz von Lustgeschrei
Der Schaf und ihrer Hirten.

6. Die unverdroßne Bienenschar
Zeucht hin und her, sucht hier und dar
Ihr edle Honigspeise;
Des süßen Weinstocks starker Saft
Kriegt täglich neue Stärk und Kraft
In seinem schwachen Reise.

7. Der Weizen wächset mit Gewalt,
Darüber jauchzet Jung und Alt
Und rühmt die große Güte
Des, der so überflüssig labt
Und mit so manchem Gut begabt
Das menschliche Gemüte.

8. Ich selbsten kann und mag nicht ruhn,
Des großen Gottes großes Tun
Erweckt mir alle Sinnen:
Ich singe mit, wenn alles singt,
Und lasse, was dem Höchsten klingt,
Aus meinem Herzen rinnen.

9. Ach, denk ich, bist du hier so schön
Und läßt du's uns so lieblich gehn
Auf dieser armen Erden:

Was will doch wohl nach dieser Welt
Dort in dem reichen Himmelszelt
Und güldnem Schlosse werden!

10. Welch hohe Lust, welch heller Schein
Wird wohl in Christi Garten sein!
Wie muß es da wohl klingen,
Da so viel tausend Seraphim
Mit eingestimmtem Mund und Stimm
Ihr Alleluja singen!

11. O wär ich da, o stünd ich schon,
Ach, süßer Gott, für deinem Thron
Und trüge meine Palmen!
So wollt ich nach der Engel Weis
Erhöhen deines Namens Preis
Mit tausend schönen Psalmen.

12. Doch will ich gleichwohl, weil ich noch
Hier trage dieses Leibes Joch,
Auch nicht gar stille schweigen;
Mein Herze soll sich fort und fort
An diesem und an allem Ort
Zu deinem Lobe neigen.

13. Hilf nur und segne meinen Geist
Mit Segen, der von Himmel fleußt,
Daß ich dir stetig blühe;
Gib, daß der Sommer deiner Gnad
In meiner Seelen früh und spat
Viel Glaubensfrücht erziehe.

14. Mach in mir deinem Geiste Raum,
Daß ich dir werd ein guter Baum,
Und laß mich wohl bekleiben;
Verleihe, daß zu deinem Ruhm
Ich deines Gartens schöne Blum
Und Pflanze möge bleiben.

15. Erwähle mich zum Paradeis
Und laß mich bis zur letzten Reis
An Leib und Seele grünen:
So will ich dir und deiner Ehr
Allein, und sonsten keinem mehr,
Hier und dort ewig dienen.

GEORG PHILIPP HARSDÖRFFER

Der Wald

Wol dem der weit von grossen Stätten
ein dienstbefreytes Leben führt;
Er wird sich von viel Sünden retten /
und geben Gott was Gott gebührt:
Er wird sein Leben bringen zu /
in Fried und überwehrter Ruh'.

Er kan sich in den Wald gesellen /
zu vieler Baumen Schatten Raum /
daß sie ihm zu betrachten stellen /
daß auch er grune wie der Baum /
und daß er sonder gute Frucht /
wird zu der Höllen Brand verflucht.

Er siht die hochbelaubten Eichen /
begipfelt gleichsam Wolcken an;
So soll sein Sinn an Himmel reichen /
der seine Wurtzel nehren kan /
dort ist sein rechtes Erdenland
das ihn hält mit verborgnem Band.

Der Vnterscheid ist bey den Baumen
und bey dem Menschen / daß der Lentz
kan die beschneeten äste raumen /
und ihnen flechten grüne Kräntz:
Hingegen ist der Mensch veralt /
so bleibt er todt und ungestalt.

Die Baumen zu den Leben dienen /
zum fahren / brennen und zum bau /
sie blühen / fruchten / grauen / grünen /
benasset von dem Himmels-tau.
ermahnen uns der Christen Pflicht /
die uns deß Nechsten Dienst bericht.

Nun gute Nacht ihr hohen Forren
ihr Fichten und du Erlenstamm /
grunnt lange Zeiten ohn verdorren
gesichert vor deß Feuers-flamm.
Ich wünsch' euch alle reiffe Frucht /
und dickbelaubte Schatten Zucht.

Der Frühling
Lied

Im Ton:
Christ unser Herr zum Jordan kam

1. Der frohe Frühling kommet an,
Der Schnee dem Klee entweichet:
Der Lenz, der bunte Blumen-Mann
Mit linden Winden häuchet:
Die Erd eröffnet ihre Brust,
Mit Saft und Kraft erfüllet:
Der zarte West, der Felder Lust,
Hat nun den Nord gestillet.

2. Es hat der silberklare Bach
Den Harnisch ausgezogen:
Es jagt die Flut der Flute nach,
Durch bunten Kies gesogen.
Das Tauen nun die Auen frischt,
Die weiße Wollen-Herde
Auf neubegrüntem Teppicht tischt
Und danzet auf der Erde.

3. Man hört die heisre Turteltaub,
Die Schwalb und Nachtigallen,
Die grünlichweiße Blüt und Laub
Muß aus den Knöpfen fallen
Und bauen diesen Schatten-Thron
Den Luft- und Feldergästen.
Die Rosen knüpft der Dörner Kron
Von schwachen Stachelästen.

4. Die Sonne nunmehr stärker scheint
Und machet früher wachen.
Allein der dürre Reben weint,
Wann Feld und Wälder lachen:
Die hochgeschätzte Tulipan,
Das Sinnbild auf dem Bette,
Zieht ihre fremde Kleider an
Und pranget in die Wette.

5. Der Immen Markt, der Blumen Plan,
Narzissen und Violen,
Die Nelken, Liljen, Majoran,
Ist nunmehr unverhohlen.
Die kleinen Hönig-Vögelein
Den Zucker distillieren
Und henken in die Wachsburg ein,
Was sie zusammenführen.

6. Ach Gott, der du mit so viel Gut
Bekrönst des Jahres Zeiten,
Laß uns auch mit erfreutem Mut
Zum Paradeis bereiten:
Da wir dich werden für und für
Die schönste Schönheit finden,
Dargegen diese schnöde Zier
Ist eitler Kot der Sünden.

PAUL FLEMING

Schäferei

Sophia, Schäferin, an Tugend, Zier und Adel
und aller Trefflichkeit erboren ohne Tadel,
der Hirten schönster Preis, die um den grünen Belt
ihr wolgepflegtes Vieh hier treiben in das Feld!
Ob hier zwar vielerlei von schönen Blumen stehet
und manch gefärbtes Kraut mit dir spaziren gehet,
aus dem dir mancher Kranz auf heute wird gemacht
und in dein güldnes Haar mit Jauchzen wird gebracht,
so bringt Philemon doch, der treflichste der Hirten,
allein dir einen Strauß von Venus eignen Myrthen,
Philemon, deine Lust und ganzer Aufenthalt,
dem niemand gleiche geht an Adel und Gestalt.
Heb' unsre Bänder auf, o Schwester, neben seinen
und laß dir diesen Tag zu voller Freude scheinen,
der seinen Glanz streut aus in unverglichner Pracht
und durch dein güldnes Licht noch heller wird gemacht!
Itzt ist die schöne Zeit. Sophia, brauch der Freuden,
laß Schaaf' und alles Vieh nur unbesorget weiden!
Wir wollen einen Tanz um diesen frischen Fluß
auf dein gut Glücke tun und wechseln Kuß für Kuß.

Aurora sagt dir zu mit duppelt schönen Wangen
dein klares Morgenlicht inkünftig zu empfangen,
so daß dein ganzer Tag nichts als nur Sonnenschein
und durch die ganze Nacht ganz sternenklar soll sein.

Von den Blumen

Der Rosen Milch und Blut muß ihren Wangen weichen,
kein rotes Negelein mag ihrem Munde gleichen.
Die Saffranblume stirbt für ihrer Haare Zier,
Vergißmeinnicht vergißt auch seiner selbst für ihr.
Narzissen sind wol weiß, doch nicht für ihren Händen,
die Veilgen werden blas, wenn sie sich nach ihr wenden.
Ihr Hals ist heller noch als alle Lilgen sein,
und ihre Brust sticht hin der Anemonen Schein.
Ihr süßer Odem reucht wie starke Bisemblumen,
an ihr ist, was uns schickt Panchea und Idumen.
Was sag' ich? Müßt doch ihr, ihr Blumen, selbst gestehn,
sie sei noch tausentmal so schön' als Tausentschön!

Auf den lustigen Flecken Rubar in Gilan, hinter den Casbinischen Gebirgen, in welchem die Holsteinische Gesandtschaft den xxiij. Jenner MDCXXXVIII. im Rückzuge aus Persien übernachtete

Du Lusttal der Natur, aus welchem wir von Weiten
des Taurus langen Gast, den Winter, lachen aus;
hier tief spazieren gehn in einer Nais Haus,
die gülden heißt und ist; da alle Fruchtbarkeiten
auf Chloris grüner Brust und Thetis Schoß sehn streiten,

dort so viel Dryaden die Hügel machen kraus,
darvon Silenus bricht so manchen dicken Strauß
und jauchzet durch den Pusch mit allen seinen Leuten.
  Osiris, der umarmt die Oreaden hier;
Pomona hegt das Gold der hohen Pomeranzen,
läßt die Narzissen stets mit den Violen tanzen.
  Fürst aller Lieblichkeit, was sing' ich deine Zier?
Das Luftvolk führt um dich ein ewiges Getöne,
daß ja nichts um und an gebreche deiner Schöne.

An den Abend-Stern
Daß er ihn balde zu ihr bringen wolle

  Geh auf doch, geh doch auf, du hellester der Sterne!
Der Klytämnestern Sohn, der müde sieht nach dir.
Komm, Ruh-Freund, lös ihn ab! Diana scheint dir für,
Daß ihr Volk seinen Gang von deinem laufen lerne.
  Tritt, Hesperus, tritt auf und stelle dich ins Ferne.
Die mir üm deine Zeit gerufen hat zu ihr,
Steht vor dem Fenster schon und wünschet sehr nach mir.
Komm, führe mich zu ihr, bei der ich bin so gerne.
  Der sinkend Abend fleugt. Die dunkle Nacht fährt aus.
Der finstre Schatten schleicht üm Tethys' blindes Haus.
Die müde Welt schläft ein. Die muntern Lüfte wachen.
  Wo bleibst du? Ja, du kömmst. So leite mich denn hin.
Ich werde nicht eh froh, als bis ich bei ihr bin,
Die auch die Traurigkeit selbselbst kann fröhlich machen.

JOHANN FRIEDRICH VON TRAUNSDORFF

Die Natur für sich selbsten ist
  Der best Meister zu jeder Frist.
Wer dieselb durch Künst will versalzn,
  Der wird hernach gar ungeschmalzn.

JUSTUS GEORG SCHOTTEL

Donnerlied

1.

Swefel / Wasser / Feur und Dampf
Wollen halten einen Kampf;
Dikker Nebel dringt gedikkt /
Licht und Luft ist fast erstikkt.

2.

Drauf die starken Winde bald
Sausen / brausen / mit Gewalt /
Reissen / werfen / Wirbelduft /
Mengen Wasser / Erde / Luft.

3.

Plötzlich blikt der Blitz herein /
Macht das finstre feurig seyn /
Swefelklumpen / Strahlenlicht /
Rauch und Dampf herein mit bricht.

4.

Drauf der Donner brummt und kracht /
Rasselt / rollet hin mit Macht /
Prallet / knallet grausamlich /
Puffet / sumsend endigt sich.

5.

Bald das Blitzen wieder kommt /
und der Donner rollend brummt:
Bald hereilt ein Windesbraus /
und dem Wetter macht garaus.

JOHANN KLAJ

Hellgläntzendes Silber / mit welchem sich gatten
Der astigen Linden weitstreiffende Schatten /
Deine sanfftkühlend-beruhige Lust
Ist jedem bewust.
Wie solten Kunstahmende Pinsel bemahlen
Die Blätter? die schirmen vor brennenden Strahlen /
Keiner der Stämme / so grünlich beziert /
Die Ordnung verführt.
Es lisplen und wisplen die schlupfrigen Brunnen /
Von ihnen ist diese Begrünung gerunnen /
Sie schauren / betrauren und fürchten bereit
Die schneyichte Zeit.

GEORG PHILIPP HARSDÖRFFER

JOHANN KLAJ

Das Wasserrad

Da die schlanke Pegnitz fließet in dem schönen Wiesental,
Da sie dieses Land durchgießet und die Blumen ohne Zahl
In den grünen Auen frischt, da der Vogel lieblich singet,
Da die Wollenherde tischt und mein Schäferspiel erklinget,
Da die hohen Bäume schatten, da das Bienlein Blumen bricht,
Da die Fische sich begatten und der Fischer Reusen richt,
Da die kleine Mücke summt und die falschen Angeln schwimmen,
Da so manche Mühle brummt und die Hirten Pfeifen stimmen,
Da spaziert ich auf und nieder, als ich etwas rauschen hört,
Und bedachte, wie nicht wieder Zeit und Fluß zurücke kehrt.
Ich ersahe nächst dem Pfad, das der schnelle Strom ümlenkte,
Ein erhabnes Wasserrad, so die Blumenwiesen tränkte:
An den Felgen war zu sehen manches tiefes Schöpfgefäß,
Deren jedes, in dem Drehen, brachte seinem Halt gemäß
Wasser, welches abgewandt, schlürfte durch die trägen Auen,
Die der Sonnenstrahl verbrannt und verzehrt das Morgentauen.
Ach, wünscht ich in meinen Sinen, ließe, gleich dem Silberbach,
Jeder aus der Feder rinnen in die Felder Teutscher Sprach
Alles, was uns unbewußt, was von fremder Zung entspringet
Und nicht ohne Herzenslust weltverlangte Früchte bringet.

Morgen Sonnet

Die ewig helle schar wil nun jhr licht verschlissen /
Diane steht erblaßt; die Morgenrötte lacht
Den grawen Himmel an / der sanffte Wind erwacht /
Vnd reitzt das Federvolck / den newen Tag zu grüssen.
Das leben dieser welt / eilt schon die welt zu küssen /
Vnd steckt sein Haupt empor / man siht der Stralen pracht
Nun blinckern auf der See: O dreymal höchste Macht
Erleuchte den / der sich jtzt beugt vor deinen Füssen.
Vertreib die dicke Nacht / die meine Seel vmbgibt /
Die Schmertzen Finsternüß die Hertz vnd geist betrübt /
Erquicke mein gemüt / vnd stärcke mein vertrawen.
Gib / daß ich diesen Tag / in deinem dinst allein
Zubring; vnd wenn mein End' vnd jener Tag bricht ein
Daß ich dich meine Sonn / mein Licht mög ewig schawen.

Einsambkeit

In dieser Einsamkeit / der mehr denn öden wüsten /
Gestreckt auff wildes Kraut / an die bemößte See:
Beschaw' ich jenes Thal vnd dieser Felsen höh'
Auff welchem Eulen nur vnd stille Vögel nisten.
Hier fern von dem Pallast; weit von deß Pövels lüsten /
Betracht ich: wie der Mensch in Eitelkeit vergeh'
Wie auff nicht festem grund' all vnser hoffen steh'
Wie die vor abend schmähn / die vor dem tag vnß grüßten.

Die Höell / der rawe wald / der Todtenkopff / der Stein /
Den auch die zeit aufffrist / die abgezehrten bein.
Entwerffen in dem Mut vnzehliche gedancken.
Der Mauren alter grauß / diß vngebaw'te Land
Ist schön vnd fruchtbar mir / der eigentlich erkant /
Das alles / ohn ein Geist / den GOt selbst hält / muß wancken.

Auf das grausame Ungewitter / so den 24. Aug. 1654. entstanden

Der Himmel brand im Feur / die Lufft erklang vom krachen
Der schröcklich harten Donner Schläge /
Die Nacht verdeckte Land und Stege /
Die Nacht die in den Lauff des Lichts sich drang zu machen;
Der Wind heult / brüllt und bließ und rieß aus Ditis Rachen /
Die tollen Geister wurden rege /
Die Mauern stürtzten und die Wege /
Verdeckte Grauß und Kalck der Strom zustieß die Nachen;
Als mitten in dem Feld mich / HErr / der Todt ergriff /
Der hinter mir in Sturm / vor mir in Flammen lieff /
Vor mir die Bahn verfällt / und über mir die Hütten
In leichte Splitter stieß. Doch lebt ich / HErr / durch dich /
Mir selber war ich todt / dein Engel wacht um mich /
Stets neu gebohren wird / den GOtt wil stets begütten.

Gedancken bey auffgehender morgen-röthe

Aurora deine rosen blicken /
Der purpur triefft aus deiner hand /
Du suchst durch dieses reine pfand
Die welt und alles zu erquicken /
Und machst die bahn von gold und nectar voll /
Darauff dein Phöbus lauffen soll.

Ein iedes blat bey meinen füssen /
Ein ieder vogel über mir /
Verehret dich und opffert dir;
Und giebet uns mit lust zu wissen /
Wie itzt dein glantz und deiner wunder pracht
Verjagt das leid und dämpfft die nacht.

Du heist den unmuth von uns scheiden /
Die blumen weinen dir vor lust.
Du öffnest deine bunte brust /
In wilden püschen / thal und heiden.
Nur die / so dir fast gleichen zierrath führt /
Wird nicht durch deine pracht gerührt.

Corinne läst sich nicht bewegen /
Du fäll'st ihr wüten nicht dahin /
Sie weiß den kalten Tyger-sinn
Nicht abzuthun / nicht weg zu legen.
Sie speiset mich mit angst und bleichem leid /
Wie du die welt mit lieblichkeit.

Ihr harter geist weiß nicht zu biegen /
Ihr haß der geht nicht mehr zu ruh /
Er will stets munter seyn wie du /
Und gegen mich zu felde liegen;

Sie macht / daß mir dein angenehmer schein
Den blitzen ähnlich dünckt zu seyn.

Aurora brich doch diese sinnen /
Und lege diesen hohen muth!
So dir nur schimpff / mir unrecht thut:
Komm / tilge ferner ihr beginnen.
Legstu mir nun dergleichen kleinod zu /
So werd' ich wieder roth wie du.

Du must den kalten schnee vertreiben /
So unter warmen bergen ist /
Und mich zu martern hat erkiest /
Sonst kan und weiß ich nicht zu bleiben.
Aurora wilstu wie Corinne seyn?
Du läuffst und läßt mich hier allein!

JOHANN PETER TITZ

Wald-Gesang
Amarunt Di quoque sylvas

1. Hier, wo die dicken Bäume stehn,
In derer Schatten man kann gehn,
Will ich verlassen alles Leid
Und meine lange Traurigkeit
Beiseite tun auf eine Zeit.

2. Wie hat doch die Natur den Tal
So schön gezieret überal!
Wer hier nicht los wird seiner Pein,
Wer hier nicht Freud und Lust nimmt ein,
Muß ja gar unempfindlich sein.

3. Was Herz und Augen weiden kann,
Das trifft man hier ja alles an.
Willstu die Sonne? Sie ist hier.
Begehrest du den Schatten dir?
Du kannst ihn haben nach Begier.

4. Der Vögel heller Haufe singt
So, daß der ganze Wald erklingt:
Die Nachtigall für allen macht,
Daß man die andern fast verlacht
Und nur allein auf sie gibt acht.

5. Wo Götter in den Wäldern sind,
So gläub ich, daß man hier sie findt.
Apollo führt die Musen ein;
Die Nymphen gleichfalls ingemein
Begehren alle hier zu sein.

6. Hier hört man ihrer Saiten Klang
Und manchen schönen Wald-Gesang.
Auf der Schalmeien spielet Pan,
Merkur stimmt seine Leier an
Und singt aufs lieblichst, als er kann.

7. Wir wollen nicht die letzten sein,
Laßt uns mit ihnen stimmen ein,
Rührt eure Saiten, daß es klingt:
Weg alles, was Betrübnüs bringt
Und unsern Sinn zu Unmut zwingt!

8. Was nützt es, daß man allezeit
Ergeben ist der Traurigkeit
Und nur allein auf das gibt acht,
Was die Gedanken müde macht
Und vielen hat den Tod gebracht?

9. Die Sorgen mindern unsre Jahr
Und zeugen zeitlich graues Haar.

Wer sich zu seiner Zeit ergetzt
Und alle Müh beiseite setzt,
Wird recht und wohl für klug geschätzt.

10. Kömpt eine gute Stunde für,
Nimm sie in acht und halt sie dir:
Scheub deine Fröhlichkeit nicht auf.
Die Jahre kommen bald zu Hauf
Und enden unsern kurzen Lauf.

11. Wer schenket ein vom Weine hier?
Dies Glas, mein Bruder, bring ich dir.
Soll das Gemüte werden frei
Und ohnig der Melancholei,
So muß ein Trunk auch sein dabei.

12. Denk aber, wie dies Glas bald bricht,
So bald wirst du und ich zu nicht,
Auch alles, was du siehest hier,
Wie schön es jetzt uns kommet für,
Ist nichts und eitel, gleich wie wir.

GEORG NEUMARK

Loblied des Feld- und Waldlebens

Aus meiner Schäferei Filamon

1. Wohl dem, der in den Wäldern lebet,
In unsrer edlen Schäferlust,
Derselbe stets in Freuden schwebet,
Kein Jammer ist ihm je bewußt.
Unsterblich ist und bleibet frei
Die Schäfer- und Poeterei.

2. Was sind doch anders Fürstensachen
Als lauter Ungemach und Streit.
Allhier ist nichts, das uns kann machen
Betrübet: Trotz sei allem Neid.
Unsterblich ist und bleibet frei
Die Schäfer- und Poeterei.

3. Die Stadt ist reich von hohen Dingen,
Doch voll von Falschheit und von List,
Wir aber mögen fröhlich singen,
Bis Cynthia aufgangen ist.
Unsterblich ist und bleibet frei
Die Schäfer- und Poeterei.

4. In unsern Wäldern Phoebus glänzet,
In unsern Wäldern Pallas lacht,
Manch edler Schäfer wird bekränzet
Durch der Poeten starke Macht.
Unsterblich ist und bleibet frei
Die Schäfer- und Poeterei.

5. Bei uns die hohen Bäume prangen,
Bei uns ist Floren Blumenkraft,
Bei uns die schönen Äpfel hangen,
Bei uns ist süßer Bienensaft.
Unsterblich ist und bleibet frei
Die Schäfer- und Poeterei.

6. Drüm wohl dem, der in Wäldern lebet,
In unser edlen Schäferlust,
Derselbe stets in Freuden schwebet,
Kein Jammer ist ihm je bewußt.
Unsterblich ist und bleibet frei
Die Schäfer- und Poeterei.

HANS JACOB CHRISTOFFEL VON GRIMMELSHAUSEN

Komm Trost der Nacht / O Nachtigal /
Laß deine Stimm mit Freudenschall /
Auffs lieblichste erklingen :/:
Komm / komm / und lob den Schöpffer dein /
Weil andre Vöglein schlaffen seyn /
Und nicht mehr mögen singen:
  Laß dein / Stimmlein /
    Laut erschallen / dann vor allen
      Kanstu loben
Gott im Himmel hoch dort oben.

Ob schon ist hin der Sonnenschein /
Und wir im Finstern müssen seyn /
So können wir doch singen :/:
Von Gottes Güt und seiner Macht /
Weil uns kan hindern keine Nacht /
Sein Lob zu vollenbringen.
  Drumb dein / Stimmlein /
    Laß erschallen / dann vor allen
      Kanstu loben /
Gott im Himmel hoch dort oben.

Echo, der wilde Widerhall /
Will seyn bey diesem Freudenschall /
Und lässet sich auch hören :/:
Verweist uns alle Müdigkeit /
Der wir ergeben allezeit /
Lehrt uns den Schlaff bethören.
  Drumb dein /Stimmlein / etc.

Die Sterne / so am Himmel stehn /
Lassen sich zum Lob Gottes sehn /
Und thun ihm Ehr beweisen :/:

Auch die Eul die nicht singen kan /
Zeigt doch mit ihrem heulen an /
Daß sie Gott auch thu preisen.
   Drumb dein / Stimmlein / etc.

Nur her mein liebstes Vögelein /
Wir wollen nicht die fäulste seyn /
Und schlaffend ligen bleiben :/:
Sondern biß daß die Morgenröt /
Erfreuet diese Wälder öd /
Im Lob Gottes vertreiben.
   Laß dein / Stimmlein /
      Laut erschallen / dann vor allen
         Kanstu loben /
GOtt im Himmel hoch dort oben.

ANGELUS SILESIUS

Sie muntert sich aus dem Getöne der Kreaturen zu seinem Lobe auf

1

Auf, meine Stimm und Saitenspiel,
Laß Jesu zu Ehren
Dich hurtiglich hören
Und mache seines Lobes viel.
Musiziere,
Figuriere,
Laß es schallen,
Daß die Wälder widerhallen.

2

Ihm singt und klingt die ganze Welt,
Ihn loben gar schöne
Mit süßem Getöne
Die Vöglein auf dem grünen Feld.
Alle schwirren,
Schrein und girren,
Alle preisen
Gott, das Wort, mit ihren Weisen.

3

Ihm saust und summt es überall,
Ihm wehen die Winde
Bald heftig, bald linde,
Ihm redet manches Berg und Tal.
Alle Lüfte,
Alle Grüfte,
Die erschallen
Ihrem Schöpfer zu gefallen.

4

Ihm hört man ofte früh und spat
Die Lämmelein bläckern,
Die Zickelein meckern
Und tönen alls, was Atem hat.
Alle Felder,
Alle Wälder
Sind voll Stimmen,
Die ihn stets zu loben glimmen.

5

Die Schäfer gleichfalls, jung und alt,
Erfüllen die Weiden
Mit merklichen Freuden
Und loben ihn gar mannigfalt.

Hin und wieder
Hört man Lieder
Von ihm singen,
Pfeifen, Hörner, Geigen klingen.

6

Drum schweig auch du nicht, meine Seel,
Sei hurtig zu singen,
Die Saiten zu schwingen,
So lang du lebst in deiner Höhl.
Laß dich hören
Ihm zu Ehren,
Tön und schalle,
Daß Wald, Feld und Berg erhalle.

SIGMUND VON BIRKEN

Jetzt, da die Morgenröt entdecket ihre Wangen,
Die blasse Silber-Fuhr läßt Demant-Tropfen fallen,
Die Kinder kühler Nacht, die hellen Gras-Kristallen,
Der Kräuter Augen-Glas; jetzt, da die Perlen prangen
Auf Tellus' Haare-Schmuck: hat mich Begier ümfangen,
Zu hören, wie das Chor der Vögel läßt erschallen
Ihr Dank- und Morgenlied, darein die Bäche lallen.
Hier streck ich mich ins Gras, genieße mein Verlangen.
Das Laub mir Schatten gibt, das Gras gewünschte Ruh,
Die Blumen Augenweid, die Kräuter süßen Ruch;
Das bunte Vogel-Lied ist mir ein Liederbuch,
Und niemand siehet mir als nur der Himmel zu.
Ihr Bäche, Laub und Gras, ihr Kräuter, Feld und Wald!
Wohl mir, wann ich bei euch mag einmal werden alt.

Betrachtung des Grases, als er spazieren ging

1. Ihr lieben Gräser ihr
Und du, du frischer Klee,
Verzeiht die Kühnheit mir,
Daß ich mich untersteh
Und wider Willen geh
Durch eure bunte Zier.

2. Wer eure Sternen-Pracht
Der zarten Wunder-Frucht
Nicht würdig nimmt in acht
Und sie zu rühmen sucht,
Dem wird mit Recht geflucht,
Bis er es anders macht.

3. Den Vorrat, der der Welt
Zuerst sollt eigen sein,
Hat die Natur bestellt
Durch solch Gewächs allein;
Da mußte Stock und Stein
Nicht sehn das freie Feld.

4. Gott dachte da schon drauf,
Eh noch der Sonnen Licht
Und eh des Mondes Lauf
Von ihm ward angericht;
Da war kein Tier noch nicht,
Als ihr schon wuchset auf.

5. So prangt nicht ohngefähr
Der Erden Fruchtbarkeit,
Die euer schönes Heer
Läßt sein ihr Sommerkleid,
Wenn nur der Zeiten Neid
Nicht so darwider wär.

6. Wiewohl, wo findet man
Ein Ding, das ewig steht
Und durch den Mörder-Zahn
Der Welt nicht untergeht?
Nichts ist so hoch erhöht,
Es muß zuletzte dran.

7. Ihr Gräser fallt zwar leicht,
Wenn jetzt der strenge Nord
Durch eure Grenzen streicht
Aus seinem kalten Ort;
Der Ruhm, den ihr erreicht,
Geht doch zuletzt nicht fort.

8. Steht, wachset, grünet doch,
Ihr Frühlings-Kinder ihr,
Und trotzt die Luft dennoch,
Die euch haßt für und für;
Verfällt schon eure Zier,
Steigt euer Lob doch hoch.

Auf die Fruchtbringende Herbst-Zeit

Freud'-erfüller / Früchte-bringer / vielbeglückter Jahres-Koch /
Grünung-Blüh und Zeitung-Ziel / Werkbeseeltes Lustverlangen!
lange Hoffnung / ist in dir in die That-Erweisung gangen.
Ohne dich / wird nur beschauet / aber nichts genossen noch.
Du Vollkommenheit der Zeiten! mache bald vollkommen doch /
was von Blüh' und Wachstums-Krafft halbes Leben schon empfangen.
Deine Würkung kan allein mit der Werk-Vollziehung prangen.
Wehrter Zeiten-Schatz! ach bringe jenes blühen auch so hoch /
schütt' aus deinem reichen Horn hochverhoffte Freuden-Früchte.
Lieblich süsser Mund-Ergetzer! lab' auch unsern Geist zugleich:
so erhebt mit jenen er deiner Früchte Ruhm-Gerüchte.
zeitig die verlangten Zeiten / in dem Oberherrschungs-Reich.
Laß die Anlas-Kerne schwarz / Schickungs-Aepffel safftig werden:
daß man GOttes Gnaden-Frücht froh geniest und isst auf Erden.

Lobgesang der Blumengöttin

Ich bin die Blumenkönigin,
Die Welt- und Himmels-Gärtnerin,
Denn Berg und Tal, Gebirg und Wiesen säugen
Die edlen Blumen nicht allein.
Sie wachsen in Kristall und Stein,
Sie lassen sich in Erz und Muscheln zeugen.

Die Flüsse, Seen und das Meer
Sind nicht von Klee und Veilchen leer.
Ja, Vorwitz hat sowohl die Pracht
Agsteinenen Geblüms und Rosen aus Kristallen
Als die sich in der Luft versteinernden Korallen
Aus Thetis Schoß ans Licht gebracht.

So ists auch nur ein Alb-Bild im Gehirne,
Daß einig Stern ein Bär sei oder Stier.
Der Erdball stellt ja einen Garten für
Durch meiner Blumen irdische Gestirne.
Der Himmel aber ist ein Garten, seine Sternen
Sind Blumen. Der neun hellen Sternen Glanz
War für der Zeit der Ariadne Kranz.

So mögt ihr euch für mir schamrötig nun entfernen,
Ihr Göttinnen der andern Jahreszeit:
Weil Ceres nur allein im Sommer Klee abmeiht,
Pomone nur den Herbst ausziert mit Obstgerichten,
Der Himmel auch nur prangt mit Blumen, nicht mit
Früchten.
Hingegen ist mein Schmuck des ganzen Jahres Kleid,
Den nicht der Reif des Herbstes kann entfärben,
Der Sommer nicht versengen und verderben,
Des Winters Frost nicht tilgt, der alles sonst verschneit.

Kein Kraut, kein Baum bringt seine Frucht herfür,
Die nicht vorher mit Blüt und Blumen prahlen.
Der Pomeranzen purpurreiche Schalen
Sind doch beschämt durch ihrer Blüte Zier.
Die Nuß gibt nach der Blume der Muskaten,
Und der Geschmack der Äpfel von Granaten
Weicht ihrer Blüt an Farben und Geruch,
Das fette Feld ist ein smaragden Tuch,
Eh als man kann einernten falsche Saaten.
Mein Blumwerg hegt so gar wie Trauben, Wein und Most,
Dient Menschen zur Arznei und Bienen zu der Kost.

Ja, meiner Blumen Purper gibt
Der Lieb ein Wohnhaus ab, der Wollust eine Wiege;
Jedweder Stengel ist ein Merkmal ihrer Siege.
Denn alle Blumen sind verliebt,
Ihr gut Geruch ist ihrer Seele Sehnen,
Die Farb ihr Brand, der Tau die Liebestränen.

HANS ASSMANN VON ABSCHATZ

Thüringer Wald

O schöne Gegend / welche mir
Das alte Deutschland stellet für /
Wie unsrer Tuisconen Schaar
Vorzeiten so vergnüget war /
Wie sie dem linden Strome nach
Der Silber-hellen Spiegel-Bach
In ein begrüntes Thal hinaus
Gebauet manch geringes Hauß /
In welchem sie mit Fried und Ruh
Ihr langes Alter brachten zu /

Und / ohne schnödes Mein und Dein /
Mit dem vergnüget konten seyn /
Was sonder viel-gebrauchte Müh
Darreichte Wiese / Wald und Vieh.
O selig / wer zu dem bereit
Beschlüssen kan den Lauff der Zeit /
In seines Vaterlandes Schoß /
Von gutten Freunden nimmer bloß /
Um Schätz und Gütter unbetrübt /
In keine Pracht der Welt verliebt /
Läst seine beste Lust allein
Freund / Bücher und Gewissen seyn /
Geniest des Orts in stiller Ruh
Der seinen Sitten saget zu.
Ihm zeiget sich der grüne Wald
Nicht minder nütz als wohlgestalt /
Der Glutt und Kühlung bey sich trägt /
Und tausend Sänger in sich hegt.
Da sieht er / wie der klare Fluß
Zum Tranck und Spiegel dienen muß:
Da giebt ihm Ruhe bey der Nacht
Vor Sorgen-voller Bette Pracht /
Die mehr als Bley und Centner schwer /
Das auffgebreitte Blumen-Heer /
Wenn seine Lichter schläffet ein
Der viel beschaute Monden-Schein /
Der Himmel und ein freyer Mutt
Deckt seine Glieder mehr als gutt /
Zur Speise dienet Frucht und Wild /
So den gesunden Magen füllt
Ohn eitle Sorge für den Leib.
Gedancken seyn der Zeit-Vertreib /
Die sich ohn allen Kummer frey
Dem Sternen-Dache schwingen bey /
Und hat er keinen Überfluß
So ist nichts / was er darben muß.

Lob des Winters

Verzeiht, ihr warmen Frühlingstage,
Ihr seyd zwar schön, doch nicht vor mich.
Der Sommer macht mir heiße Plage,
Die Herbstluft ist veränderlich;
Drum stimmt die Liebe mit mir ein:
Der Winter soll mein Frühling seyn.

Der Winter zeigt an seinen Gaben
Die Schäze gütiger Natur,
Er kan mit Most und Äpfeln laben,
Er stärckt den Leib und hilft der Cur,
Er bricht die Raserey der Pest
Und dient zu Amors Jubelfest.

Der Knaster schmeckt bey kaltem Wetter
Noch halb so kräftig und so rein,
Die Jagd ergözt der Erden Götter
Und bringt im Schnee mehr Vortheil ein,
Der freyen Künste Ruhm und Preis
Erhebt sich durch den Winterfleiß.

Die Zärtligkeit der süßen Liebe
Erwehlt vor andern diese Zeit;
Der Zunder innerlicher Triebe
Verlacht des Frostes Grausamkeit;
Das Morgenroth bricht später an,
Damit man länger küßen kan.

Der Schönen in den Armen liegen,
Wenn draußen Nord und Regen pfeift,
Macht so ein inniglich Vergnügen,
Dergleichen niemand recht begreift,

Er habe denn mit mir gefühlt,
Wie sanfte sich's im Finstern spielt.

Da ringen die getreuen Armen
Mit Eintracht und Ergözligkeit,
Da laßen sie den Pfiehl erwarmen,
Den oft ein falsches Dach beschneit,
Da streiten sie mit Kuß und Biß
Und wüntschen lange Finsternüß.

Das Eiß beweist den Hofnungsspiegel,
Der viel entwirft und leicht zerfällt;
Ich küße den gefrornen Riegel,
Der mir Amanden vorenthält,
So oft mein Spiel ein Ständchen bringt
Und Sayth und Flöthe schärfer klingt.

Ich zieh den Mond- und Sternenschimmer
Dem angenehmsten Tage vor;
Da heb ich oft aus meinem Zimmer
Haupt, Augen, Herz und Geist empor,
Da findet mein Verwundern kaum
In diesem weiten Raume Raum.

Euch Brüder hätt ich bald vergeßen,
Euch, die ihr nebst der deutschen Treu
Mit mir viel Nächte durch geseßen;
Sagt, ob wo etwas Beßres sey,
Als hier bey Pfeifen und Camin
Die Welt mitsamt den Grillen fliehn.

Der Winter bleibt der Kern vom Jahre,
Im Winter bin ich munter dran,
Der Winter ist ein Bild der Baare
Und lehrt mich leben, weil ich kan;
Ihr Spötter redet mir nicht ein;
Der Winter soll mein Frühling seyn.

Das Blümlein Vergißmeinnicht

An einem wallenden, kristallengleichen Bach,
Der allgemach
Die glatte Flut durch tausend Blumen lenkte
Und schlanke Binsen, Klee und Gras
Mit silberreinen Tropfen tränkte,
Saß ich an einem kleinen Hügel,
Bewunderte bald in der blauen Flut
Des Luftsaphirs saphirnen Spiegel,
Bald den smaragdnen Rahm' des Grases, dessen Grün
Der güldne Sonnenstrahl beschien,
Und fand von Kräutern, Gras und Klee
In so viel tausend schönen Blättern
Aus dieses Weltbuchs A B C
So viel, so schön gemalt, so rein gezogne Lettern,
Daß ich, dadurch gerührt, den Inhalt dieser Schrift
Begierig wünschte zu verstehn.
Ich konnt es überhaupt auch alsbald sehn
Und, daß er von des großen Schöpfers Wesen
Ganz deutlich handelte, ganz deutlich lesen.

Ein jedes Gräschen war mit Linien geziert,
Ein jedes Blatt war vollgeschrieben;
Denn jedes Äderchen, durchs Licht illuminiert,
Stellt' einen Buchstab vor. Allein,
Was eigentlich die Worte sein,
Blieb mir noch unbekannt,
Bis der Vergißmeinnicht fast himmelblauer Schein,
Der in dem holden Grünen strahlte
Und in dem Mittelpunkt viel güldne Striche malte,
Mir einen klaren Unterricht
Von dreien Worten gab, indem mich ihre Pracht
Auf die Gedanken bracht:

Da Gott in allem, was wir sehen,
Uns sein Allgegenwart und wie er alles liebet
So wunderbarlich zu verstehen,
So deutlich zu erkennen gibet;
So deucht mich, hör ich durchs Gesicht,
Daß in dem saubern Blümchen hier
Sowohl zu dir als mir
Der Schöpfer der Vergißmeinnicht selbst spricht:
Vergiß mein nicht!

Kirschblüte bei der Nacht

Ich sahe mit betrachtendem Gemüte
Jüngst einen Kirschbaum, welcher blühte,
In kühler Nacht beim Mondenschein;
Ich glaubt, es könne nichts von größrer Weiße sein.
Es schien, ob wär ein Schnee gefallen.
Ein jeder, auch der kleinste Ast
Trug gleichsam eine schwere Last
Von zierlich weißen, runden Ballen.
Es ist kein Schwan so weiß, da nämlich jedes Blatt,
Indem daselbst des Mondes sanftes Licht
Selbst durch die zarten Blätter bricht,
Sogar den Schatten weiß und sonder Schwärze hat.
Unmöglich, dacht ich, kann auf Erden
Was Weißers angetroffen werden.

Indem ich nun bald hin, bald her
Im Schatten dieses Baumes gehe,
Sah ich von ungefähr
Durch alle Blumen in die Höhe
Und ward noch einen weißern Schein,
Der tausendmal so weiß, der tausendmal so klar,
Fast halb darob erstaunt, gewahr.

Der Blüte Schnee schien schwarz zu sein
Bei diesem weißen Glanz. Es fiel mir ins Gesicht
Von einem hellen Stern ein weißes Licht,
Das mir recht in die Seele strahlte.

Wie sehr ich mich am Irdischen ergetze,
Dacht ich, hat Gott dennoch weit größre Schätze.
  Die größte Schönheit dieser Erden
  Kann mit der himmlischen doch nicht verglichen
          werden.

CARL FRIEDRICH DROLLINGER

Herbstgedanken

Der schwüle Sommer ist verschwunden.
Die Sonne läuft der kühlen Waage zu.
Die Erde neiget sich zur Ruh
Nach ihren arbeitsvollen Stunden.
Ihr bunter Schmuck wird blöd und alt,
Und, was sich nächst im Flor befunden,
Verändert Farben und Gestalt.
Der Himmel trübet sich. Es haucht ein frischer Duft
Gleich einer kühlen Abendluft,
Und will des Jahres Abend kühlen.
Der Baume Zierat weicht; die leichten Winde spielen
Mit dem entlaubten Schmuck. O welch ein Unbestand!

Doch nein! ich kenne deine Hand,
Du großer Schöpfer und Erhalter!
Des Laubes Schirm, die schattenvolle Wand,
Die ihrer Früchte zartes Alter
Vor Hitz und Sturm in Sicherheit beschloß,

Hat nun die treue Hut vollendet,
Da der verwahrte Schatz gezeitigt und geendet;
Drum fällt sie weg, und stellt ihn frei und bloß.
O reicher Schatz, den wir bewundern müssen!
Schau, wie die süße Last die schwanken Äste beugt!
Es scheint, als wollen sie die werte Mutter küssen,
Die Mutter, welche sie gezeugt.
Der Blätter Schmuck, der allgemach verfleugt
Erscheinet nun noch eins so prächtig.
Die schlanke Rebe steht an Frucht und Zierat trächtig.
Schau, wie sie ihre grüne Pracht
Mit Gold und Purpur ausgesticket;
Wie sich ihr sterbend Laub zu guter Letzte schmücket,
Und seinen Abschied herrlich macht.

Wie aber? welch betrübtes Bild
Erblick ich voller Scham und Schanden!
Ich Armer ach! Mein Herbst ist auch vorhanden;
Mein Sommer ist bereits erfüllt.
Wie darf ich, Höchster! vor dir stehn,
Und mein beschämtes Haupt zu deinen Wolken strecken?
Ich bin ein kahler Baum, gleich einer dürren Hecken,
Von keinen Früchten reich, von keiner Zierat schön.
O wehe mir! die Axt der Rache blicket schon,
Und dräut mir schnödem Holz mit dem verdienten Lohn!
Erbarme dich! Erwecke meine Kraft,
Du Wesen voller Huld und Liebe;
Und fülle mich mit neuem Saft,
Mit einem gnadenvollen Triebe,
Eh mich dein Grimm zur Straf und Flamme rafft!
Herr, laß mich noch in dieser Zeit,
Obgleich mit später Frucht, zu deinem Ruhme dienen!
So werd ich dort in Ewigkeit
Bei dir im Paradiese grünen.

FRIEDRICH VON HAGEDORN

Die Vögel

In diesem Wald, in diesen Gründen
Herrscht nichts als Freiheit, Lust und Ruh.
Hier sagen wir der Liebe zu,
Im dicksten Schatten uns zu finden,
Da find ich dich, mich findest du.

Hier paaren sich Natur und Liebe,
Die Jugend und die Fröhlichkeit,
Die Lust und die Gelegenheit,
Und macht Gelegenheit ja Diebe,
So wird der Raub der Lust geweiht.

Die Vögel lieben hier und singen.
Es liebt, der in den Lüften schwebt,
Es liebt, was kaum der Fittich hebt,
Und suchet aus dem Nest zu dringen,
Weil alles nach der Freiheit strebt.

Die Nachtigall in diesen Sträuchen
Gleicht durch die süße Stimme dir,
In ihrer Scherzlust gleicht sie mir
Und sucht, uns beiden mehr zu gleichen,
Die sichern Schatten, so wie wir.

Die Lerche steiget in die Höhe.
Ihr buhlerischer Lustgesang
Verehrt und lobet lebenslang
Die freie Liebe, nicht die Ehe,
Die stete Wahl und keinen Zwang.

Wie scherzt und hüpfet durch die Felder
Die oft gepaarte Wachtelbrut!

Die frohen Schläge, die sie tut,
Erschallen in die nahen Wälder
Und tönen nur von Lust und Mut.

Wie buhlen dort die Turteltauben,
Wer kann ihr Girren nicht verstehn?
Die Liebe macht es doppelt schön
Und will und soll uns auch erlauben,
Das Schnäbeln ihnen abzusehn.

Der Sperling teilt sein kurzes Leben
In Zwitschern und in Lieben ein.
Man weiß, er liebet ungemein,
Will man sein Singen nicht erheben,
So wird er wohl zu trösten sein.

Noch eh wir uns von hier entfernen,
Nimm itzt nebst mir doch den Entschluß,
Bei jedem Scherz, bei jedem Kuß
Den Vögeln etwas abzulernen,
Das dir und mir gefallen muß.

Die Landlust

Geschäfte, Zwang und Grillen,
Entweiht nicht diese Trift,
Ich finde hier im Stillen
Des Unmuts Gegengift.
Ihr Schwätzer, die ich meide,
Vergeßt, mir nachzuziehn,
Verfehlt den Sitz der Freude,
Verfehlt der Felder Grün.

Es webet, wallt und spielet
Das Laub um jeden Strauch,

Und jede Staude fühlet
Des lauen Zephyrs Hauch.
Was mir vor Augen schwebet,
Gefällt und hüpft und singt,
Und alles, alles lebet,
Und alles scheint verjüngt.

Ihr Täler und ihr Höhen,
Die Lust und Sommer schmückt!
Euch, ungestört, zu sehen
Ist, was mein Herz erquickt.
Die Reizung freier Felder
Beschämt der Gärten Pracht,
Und in die offnen Wälder
Wird ohne Zwang gelacht.

Die Saat ist aufgeschossen
Und reizt der Schnitter Hand.
Die blättervollen Sprossen
Beschatten Berg und Land.
Die Vögel, die wir hören,
Genießen ihrer Zeit,
Nichts tönt in ihren Chören
Als Scherz und Zärtlichkeit.

Wie thront auf Moos und Rasen
Der Hirt in stolzer Ruh!
Er sieht die Herde grasen
Und spielt ein Lied dazu.
Sein muntres Lied ergetzet
Und scheut die Kenner nicht,
Natur und Lust ersetzet,
Was ihm an Kunst gebricht.

Aus Dorf und Büschen dringet
Der Jugend Kern hervor
Und tanzt und stimmt und singet

Nach seinem Haberrohr.
Den Reihentanz vollenden
Die Hirten auf der Hut,
Mit treu-vereinten Händen,
Mit Sprüngen voller Mut.

Wie manche frische Dirne
Schminkt sich aus jenem Bach
Und gibt an Brust und Stirne
Doch nicht den Schönsten nach.
Gesundheit und Vergnügen
Belebt ihr Aug und Herz
Und reizt in ihren Zügen
Und lacht in ihrem Scherz.

In jährlich neuen Schätzen
Zeigt sich des Landmanns Glück,
Und Freiheit und Ergetzen
Erheitern seinen Blick.
Verleumdung, Stolz und Sorgen,
Was Städte sklavisch macht,
Das schwärzt nicht seinen Morgen,
Das drückt nicht seine Nacht.

Nichts darf den Weisen binden,
Der alle Sinnen übt,
Die Anmut zu empfinden,
Die Land und Feld umgibt.
Ihm prangt die fette Weide
Und die betaute Flur,
Ihm grünet Lust und Freude,
Ihm malet die Natur.

Der Morgen

Uns lockt die Morgenröte
   In Busch und Wald,
Wo schon der Hirten Flöte
   Ins Land erschallt.
Die Lerche steigt und schwirret,
   Von Lust erregt,
Die Taube lacht und girret,
   Die Wachtel schlägt.

Die Hügel und die Weide
   Stehn aufgehellt,
Und Fruchtbarkeit und Freude
   Beblümt das Feld.
Der Schmelz der grünen Flächen
   Glänzt voller Pracht,
Und von den klaren Bächen
   Entweicht die Nacht.

Der Hügel weiße Bürde,
   Der Schafe Zucht,
Drängt sich aus Stall und Hürde
   Mit froher Flucht.
Seht, wie der Mann der Herde
   Den Morgen fühlt
Und auf der frischen Erde
   Den Buhler spielt!

Der Jäger macht schon rege
   Und hetzt das Reh
Durch blutbetriefte Wege,
   Durch Busch und Klee.
Sein Hifthorn gibt das Zeichen,
   Man eilt herbei,
Gleich schallt aus allen Sträuchen
   Das Jagdgeschrei.

Doch Phyllis Herz erbebet
  Bei dieser Lust,
Nur Zärtlichkeit belebet
  Die sanfte Brust.
Laß uns die Täler suchen,
  Geliebtes Kind,
Wo wir von Berg und Buchen
  Umschlossen sind!

Erkenne dich im Bilde
  Von jener Flur!
Sei stets, wie dies Gefilde,
  Schön durch Natur;
Erwünschter als der Morgen,
  Hold wie sein Strahl;
So frei von Stolz und Sorgen
  Wie dieses Tal!

ALBRECHT VON HALLER

Unvollkommenes Gedicht über die Ewigkeit*

1736

Ihr Wälder! wo kein Licht durch finstre Tannen strahlt
Und sich in jedem Busch die Nacht des Grabes malt;
Ihr hohlen Felsen dort! wo im Gesträuch verirret
Ein trauriges Geschwärm einsamer Vögel schwirret;

* Auf daß sich niemand an den Ausdrücken ärgere, worin ich von dem Tode, als von einem Ende des Wesens, oder der Hoffnung spreche, so ist es nötig zu berichten, daß alle diese Reden Einwürfe haben sein sollen, die ich würde beantwortet haben, wann ich fähig wäre, diese Ode zu Ende zu bringen. Ein zweites Leben ist dennoch ausdrücklich angenommen.

Ihr Bäche! die ihr matt in dürren Angern fließt
Und den verlornen Strom in öde Sümpfe gießt;
Erstorbenes Gefild und grausenvolle Gründe,
O daß ich doch bei euch des Todes Farben fünde!
O nährt mit kaltem Schaur und schwarzem Gram mein Leid!
Seid mir ein Bild der Ewigkeit!
Mein Freund ist hin!
Sein Schatten schwebt mir noch vor dem verwirrten Sinn,
Mich dünkt, ich seh sein Bild und höre seine Worte;
Ihn aber hält am ernsten Orte,
Der nichts zu uns zurücke läßt,
Die Ewigkeit mit starken Armen fest.

Kein Strahl vom Künftigen verstörte seine Ruh,
Er sah dem Spiel der Welt noch heut geschäftig zu;
Die Stunde schlägt, der Vorhang fällt,
Und alles wird zu nichts, was ihm so würklich schien.
Die dicke Nacht der öden Geister-Welt
Umringt ihn jetzt mit schreckenvollen Schatten;
Und die Begier ist, was er noch behält
Von dem, was seine Sinnen hatten.
Und ich? bin ich von höherm Orden?
Nein, ich bin, was er war, und werde, was er worden;
Mein Morgen ist vorbei, mein Mittag rückt mit Macht,
Und eh der Abend kömmt, kann eine frühe Nacht,
Die keine Hoffnung mehr zum Morgen wird versüßen,
Auf ewig mir die Augen schließen.

Furchtbares Meer der ernsten Ewigkeit!
Uralter Quell von Welten und von Zeiten!
Unendlichs Grab von Welten und von Zeit!
Beständigs Reich der Gegenwärtigkeit!
Die Asche der Vergangenheit
Ist dir ein Keim von Künftigkeiten.
Unendlichkeit! wer misset dich?
Bei dir sind Welten Tag' und Menschen Augenblicke.

Vielleicht die tausendste der Sonnen wälzt itzt sich,
Und tausend bleiben noch zurücke.
Wie eine Uhr, beseelt durch ein Gewicht,
Eilt eine Sonn, aus Gottes Kraft bewegt;
Ihr Trieb läuft ab und eine zweite schlägt,
Du aber bleibst und zählst sie nicht.

Der Sterne stille Majestät,
Die uns zum Ziel befestigt steht,
Eilt vor dir weg, wie Gras an schwülen Sommer-Tagen;
Wie Rosen, die am Mittag jung
Und welk sind vor der Dämmerung,
Ist gegen dich der Angelstern und Wagen.
Als mit dem Unding noch das neue Wesen rung
Und, kaum noch reif, die Welt sich aus dem Abgrund schwung,
Eh als das Schwere noch den Weg zum Fall gelernet
Und auf die Nacht des alten Nichts
Sich goß der erste Strom des Lichts,
Warst du, so weit als itzt, von deinem Quell entfernet.
Und wann ein zweites Nichts wird diese Welt begraben,
Wann von dem alles selbst nichts bleibet als die Stelle,
Wann mancher Himmel noch, von andern Sternen helle,
Wird seinen Lauf vollendet haben,
Wirst du so jung als jetzt, von deinem Tod gleich weit,
Gleich ewig künftig sein, wie heut.

Die schnellen Schwingen der Gedanken,
Wogegen Zeit und Schall und Wind
Und selbst des Lichtes Flügel langsam sind,
Ermüden über dir und hoffen keine Schranken.
Ich häufe ungeheure Zahlen,
Gebürge Millionen auf;
Ich wälze Zeit auf Zeit und Welt auf Welten hin,
Und wann ich auf der March des Endlichen nun bin
Und von der fürchterlichen Höhe
Mit Schwindeln wieder nach dir sehe,

Ist alle Macht der Zahl, vermehrt mit tausend Malen,
Noch nicht ein Teil von dir;
Ich tilge sie, und du liegst ganz vor mir.

O Gott! du bist allein des Alles Grund!
Du, Sonne, bist das Maß der ungemeßnen Zeit,
Du bleibst in gleicher Kraft und stetem Mittag stehen,
Du gingest niemals auf und wirst nicht untergehen,
Ein einzig Itzt in dir ist Ewigkeit!
Ja, könnten nur bei dir die festen Kräfte sinken,
So würde bald, mit aufgesperrtem Schlund,
Ein allgemeines Nichts des Wesens ganzes Reich,
Die Zeit und Ewigkeit zugleich,
Als wie der Ozean ein Tröpfchen Wasser, trinken.

Vollkommenheit der Größe!
Was ist der Mensch, der gegen dich sich hält!
Er ist ein Wurm, ein Sandkorn in der Welt;
Die Welt ist selbst ein Punkt, wann ich an dir sie messe.
Nur halb gereiftes Nichts, seit gestern bin ich kaum,
Und morgen wird ins Nichts mein halbes Wesen kehren;
Mein Lebenslauf ist wie ein Mittags-Traum,
Wie hofft er dann, den deinen auszuwähren?

Ich ward, nicht aus mir selbst, nicht, weil ich werden
wollte;
Ein Etwas, das mir fremd, das nicht ich selber war,
Ward auf dein Wort mein Ich. Zuerst war ich ein Kraut,
Mir unbewußt, noch unreif zur Begier;
Und lange war ich noch ein Tier,
Da ich ein Mensch schon heißen sollte.
Die schöne Welt war nicht für mich gebaut,
Mein Ohr verschloß ein Fell,* mein Aug ein Star,

* Dieses natürliche in dem ungebornen Kinde die Ohren schließende Fell habe ich in den upsalischen Abhandlungen beschrieben.

Mein Denken stieg nur noch bis zum Empfinden,
Mein ganzes Kenntnis war Schmerz, Hunger und die
Binden.
Zu diesem Wurme kam noch mehr von Erdenschollen
Und von des Mehles weißem Saft;
Ein innrer Trieb fing an, die schlaffen Sehnen
Zu meinen Diensten auszudehnen,
Die Füße lernten gehn durch fallen,
Die Zunge beugte sich zum Lallen,
Und mit dem Leibe wuchs der Geist.
Er prüfte nun die ungeübte Kraft,
Wie Mücken tun, die, von der Wärme dreist,
Halb Würmer sind und fliegen wollen.
Ich starrte jedes Ding als fremde Wunder an;
Ward reicher jeden Tag, sah vor und hinter heute,
Maß, rechnete, verglich, erwählte, liebte, scheute,
Ich irrte, fehlte, schlief und ward ein Mann!
Itzt fühlet schon mein Leib die Näherung des Nichts!
Des Lebens lange Last erdrückt die müden Glieder;
Die Freude flieht von mir mit flatterndem Gefieder
Der sorgenfreien Jugend zu.
Mein Ekel, der sich mehrt, verstellt den Reiz des Lichts
Und streuet auf die Welt den hoffnungslosen Schatten;
Ich fühle meinen Geist in jeder Zeil ermatten
Und keinen Trieb, als nach der Ruh!

Das Landleben

An Herrn Rammler

O rus, quando ego te aspiciam? quandoque licebit,
Nunc veterum libris, nunc somno et inertibus horis,
Ducere sollicitae jucunda oblivia vitae?

Horat.

O Freund! wie selig ist der Mann zu preisen,
Dem kein Getümmel, dem kein schwirrend Eisen;
Kein Schiff, das Beute, Mast und Bahn verlieret,
Den Schlaf entführet!

Der nicht die Ruhe darf in Berge senken,
Der fern vom Purpur, fern von Wechselbänken,
In eignen Schatten, durch den West gekühlet,
Sein Leben fühlet.

Er lacht der Schlösser von Geschütz bewachet,
Verhönt den Kummer, der an Höfen lachet,
Verhönt des Geizes in verschloßnen Mauren
Törichtes Trauren.

So bald Aurora, wenn der Himmel grauet,
Dem Meer entsteigend, lieblich abwärts schauet,
Flieht er sein Lager ohn verzärtelt Schmücken
Mit gleichen Blicken.

Er lobt den Schöpfer, hört ihm Lerchen singen,
Die durch die Lüfte sich dem Aug entschwingen,
Hört ihm vom Zephyr lispelnd auf den Höhen
Ein Loblied wehen.

Er schaut auf Rosen, Tau wie Demant blitzen.
Schaut über Wolken von der Berge Spitzen,

Wie schön die Ebne, die sich blau verlieret,
Flora gezieret.

Bald zeigt sich fliehend auf des Meeres Rücken
Ein Schiff von weitem den nachfliehnden Blicken,
Das sie erst lange gleichsam an sich bindet,
Und dann verschwindet.

Bald sieht er abwärts, voller Glanz und Prangen,
Noch einen Himmel in den Fluten hangen,
Noch eine Sonne Amphitritens Grenzen,
Grundaus durchglänzen.

Er geht in Wälder, wo an Schilf und Sträuchen
Im krummen Ufer Silberbäche schleichen,
Wo Blüten duften, wo der Nachtigallen
Lustlieder schallen.

Jezt pfropft er Bäume, leitet Wassergräben,
Schaut Bienen schwärmen, führt an Wänden Reben,
Jezt tränkt er Pflanzen, zieht von Rosenstöcken
Schattende Hecken.

Eilt dann zur Hütten (da kein Laster thronet,
Die Ruh und Wollust unsichtbar bewohnet)
Weil seine Doris, die nur Liebreiz schminket,
Ihm freundlich winket.

Kein Knecht der Krankheit mischt für ihn Gerichte,
Unschuld und Freude würzt ihm Milch und Früchte,
Kein bang Gewissen zeigt ihm Schwert und Strafe
Im süssen Schlafe.

Freund! laß uns Golddurst, Stolz und Schlösser hassen,
Und Kleinigkeiten Fürsten überlassen.
Mein Lange ruft uns, komm zum Sitz der Freuden,
In seine Weiden.

An die Sonne

Sonne, alle Menschenzungen
Loben deine goldne Strahlen.
Bäche, wo sich Nymphen baden,
Wo sie sich am Ufer trocknen;
Täler, wo sich Hirt und Herde
Deiner Glut entgegen lagert;
Berge, wo von dir erwärmet
Eis und Schnee in Täler rinnet;
Klippen, wo an kalten Eichen
Ziegen hangen, Gemsen klettern;
Fluren, wo Narzissen blühen,
Wo dein Strahl Violen wärmet,
Danken dir für deine Strahlen:
Aber ich kann dir nicht danken;
Denn du strahltest gar zu helle,
Als mich in der Sommerlaube
Keine Mutter sehen sollte.

Daphne an den Westwind

Komm, Zephyr, komm, in diesen Büschen
Soll mich dein sanfter Hauch erfrischen;
Du kannst, mit angenehmem Lärmen,
In dieser schönen Linde schwärmen.

Du kannst, auf ihren zarten Zweigen,
Gemach zu mir heruntersteigen
Und mich mit deinen Flügeln kühlen
Und mit mir in dem Schatten spielen.

Du kannst (was brauchst du denn zu scheuen?)
Die Blumen auseinander streuen!
Ich will schon frischere Violen,
Ich will schon beßre Rosen holen.

Denn mich wird hier mein Schäfer finden;
Drum muß ich beßre Kränze binden,
Drum muß ich frischere Violen,
Drum muß ich beßre Rosen holen.

Doch eil' erst, Zephyr, mich zu kühlen!
Du magst mit meinen Locken spielen,
Du magst um meinen Busen wehen,
Und Daphnis, Daphnis mag es sehen.

JOHANN PETER UZ

Der Frühling

Ich will, vom Weine berauscht, die Lust der Erde besingen,
Ich will die Zierde der Auen erhöhn,
Den Frühling, welcher anitzt, durch Florens Hände bekränzet,
Siegprangend unsre Gefilde beherrscht.

Fangt an! was säumet ihr euch? Fangt an, holdselige Saiten!
Entzückt der Echo begieriges Ohr!
Auch ich entbrenne bereits: da stehn schon lauschende Nymphen,
Nur halb durchs junge Gesträuche bedeckt.

Was seh ich? Blicket hinauf! die Luft wird plötzlich erheitert;
  Es grünt der Erde befruchtete Schoß;
Wohin mein Auge gerät, da sprossen frühe Violen;
  Was soll hier diese beflügelte Schar?

Wer zieht im Pompe daher? Du, Lenz, Geschenke des Himmels!
  Du hast die schreckliche Kälte besiegt,
Und nun, o liebliches Haupt der nicht mehr traurigen Auen!
  Dein langverlassenes Erbe besucht.

Der Reiz, den Hebe gebar, schwebt, vom Cupido begleitet,
  Der siegbegierige Pfeile bewegt,
Bei dir geschäftig umher, bei dir, dem Freunde Cytherens,
  Dem Glanz die selige Stirne bestrahlt.

Ein Chor der Freuden ereilt des Zephyrs flüchtige Söhne
  In Tänzen, welche die Flöte belebt,
Rings um den Wagen herum, worin die gütige Sonne
  Dich, Kind derselben! auf Erde gesandt.

Durchzeuch nicht länger, o Nord! verheerend unsre Gefilde!
  Flieht wieder, stürmische Winde! zurück.
Der Frühling herrschet hieselbst, den, in beschwerlicher Hitze,
  Der West durch sänftere Fittige kühlt.

Wie reizt mich eure Gestalt, seitdem der prächtige Frühling
  Euch, anmutsvolle Gefilde! bewohnt!
Erlaubt mir, ewig in euch, durch Laub und Blüte beschattet,
  Um lieblich murmelnde Bäche zu ruhn.

Hier lacht die heitere Luft und droht durch keine
Gewölke;
Es lacht die ganze schmaragdene Flur,
Sie ist, vom Taue beperlt, ein Sitz der schmeichelnden
Anmut,
Und lädt zum Kusse, den Amor erhitzt.

Da stehn die Blumen umher und düften kräftigen Ambra;
Die süßen Früchte der ehligen Huld,
Womit der zärtliche West, in holder Stille des Abends,
Um Florens reizende Brüste gescherzt.

Sei itzt, o Flora gegrüßt, dieweil du liebliche Kinder,
Zumal die göttliche Rose, gebarst,
Die selbst der Grazien Hand zum stolzen Throne
geführet,
Und durch bedornte Gesträuche beschützt;

Und mit der Könige Tracht, dem Purpurkleide,
geschmücket,
Womit, durch artige Hände geraubt,
Sie Amors güldenes Haar, der Nymphen Schläfe
bekränzet,
So oft sie fröhliche Feste begehn.

Wohlan, bekränzet anitzt auch mich, o göttliche Rosen!
So flieht die traurige Sorge dahin;
So naht kein Kummer heran; so wird der prächtige
Frühling
Mit Lust durch meine Gesänge gerühmt.

Er hat durch himmlische Glut euch, meine Töne,
begeistert;
Durch ihn sind alle Geschöpfe beseelt,
Und selbst das tote Gehölz und Tal und alle Gebürge
Und euch, bevölkerte Lüfte! belebt.

Drum ist die Stille geflohn und herrscht in wenigen Örtern;
Der Lärm regiert im heiligen Hain,
Wo bald das sichere Wild, das Lust und Liebe gejaget,
Mit Brüllen rasche Gebüsche bestreicht:

Bald tönt durchs ganze Revier die Brunst entzündeter Herden;
Dann girrt die zärtliche Taube dazu,
Und tief im Busche beseufzt Pandions einsame Tochter
Den Brand, der ihre Gebeine bekämpft.

Denn alles fühlet anitzt des Frühlings mächtige Triebe;
Nun hat der Liebe gefürchteter Arm
Was lebt, im Wasser, auf Erd und in den ewigen Höhen;
Nur dich nicht, stolze Dorinde! besiegt.

Wie hast du, Schönste! gewagt, mit diesem Feinde zu streiten?
Ich seh ihn; eile geschwinde davon!
Er kömmt, zum Kampfe bereit, und hat die Pfeile geschärfet,
Und schon die blutige Sehne gespannt.

Vor seinem streitbaren Arm ist noch kein Herze bestanden:
Auch du wirst, stolze Dorinde! besiegt,
Wann itzt der feurige Lenz ihm hilft im Streite gewinnen,
Der allzeit seine Triumphe gemehrt.

Genug vor itzo gescherzt; genug der Liebe geschmeichelt!
Nun sind mir größre Geschäfte bestimmt.
Hört auf! was säumet ihr euch? Hört auf, holdselige Saiten!
Ich bin auf höhere Töne bedacht.

Der Weise auf dem Lande

An Herrn v. Kleist

Ihr Wälder, ihr belaubte Gänge!
Und du, Gefilde! stille Flur!
Zu euch entflieh ich vom Gedränge,
O Schauplatz prächtiger Natur!
Wo ich zu lauter Lust erwache;
Und, auf beglückter Weisen Spur,
Im Schoße sichrer Ruhe lache.

Ich fühl, o Freund, mich neu geboren
Und fange nun zu leben an,
Seit, fern vom Trotze reicher Toren,
Ich hier in Freiheit atmen kann.
Hier kann ich ohne Mißgunst leben,
Wenn manchen ungerechten Mann
Die Fittige des Glückes heben.

Wer will, mag stolz nach Würden trachten.
Ich sehe, mit zufriednem Sinn,
Sie unter ehrnem Joche schmachten,
Verliebt in mühsamen Gewinn.
Sie drängen sich durch List und Gaben
An ihre Ruderbänke hin,
Dieweil sie Sklavenseelen haben.

Den leichten Rauch der falschen Ehre
Erkauf ich nicht mit wahrem Weh.
Mein Geist sei, nach der Weisheit Lehre,
So stille, wie die Sommersee:
So ruhig im Genuß der Freuden,
Als dort, im bunt beblümten Klee,
Die unschuldvollen Lämmer weiden.

Sieh hin, wie über grüne Hügel
Der Tag, bekränzt mit Rosen, naht!
Ihn kühlen Zephyrs linde Flügel,
Der jüngst das Frühlingsfeld betrat.
Nun taumelt Flora durch die Triften:
Nun schwingt sich aus betauter Saat
Die Lerche schwirrend nach den Lüften.

Dort, wo im Schatten schlanker Buchen
Die Quelle zwischen Blumen schwätzt;
Seh ich die Muse mich besuchen,
Wo tiefe Stille sie ergetzt.
Da singt sie kühn in ihre Saiten,
Indes, vom Morgentau benetzt,
Die Haare flatternd sich verbreiten.

Oft sitzt sie unter frischen Rosen
Und bläst ihr süßes Hirtenrohr;
Und Amor kommt, ihr liebzukosen,
Und jeder Ton entzückt sein Ohr.
Auch er versucht, wies ihm gelinget:
Ein schwaches Murmeln quillt hervor,
Das ungeübte Hand erzwinget.

Geht hin, die ihr nach Golde schnaubet!
Sucht Freude, die mein Herz verschmäht!
Betrügt, verratet, schindet, raubet
Und erntet, was die Witwe sät!
Damit, wenn ihr in Gold und Seide
Euch unter klugen Armen bläht,
Der dumme Pöbel euch beneide.

Dem Reichtum, bleicher Sorgen Kinde,
Schleicht stets die bleiche Sorge nach;
Sie stürmt, wie ungestüme Winde,
In euer innerstes Gemach.

Der sanfte Schlaf verschmäht Paläste,
Und schwebet um den kühlen Bach
Und liebt das Lispeln junger Weste.

Mir gnüget ein zufriednes Herze
Und was ich hab und haben muß,
Und, kann es sein, bei freiem Scherze,
Ein kluger Freund und reiner Kuß:
Dies kleine Feld und diese Schafe,
Wo, frei von Unruh und Verdruß,
Ich singe, scherze, küsse, schlafe.

JOHANN NICOLAUS GÖTZ

Der Frühling

Zu begierig, unsre stille Hütten,
Unser Tibur wieder zu besuchen,
Schlich sich, Aquilo zum Trotze, heimlich
Unser Tal herein ein Söhnchen Zephirs.
Durch sein Sorgen überzog die Täler
Bald ein Teppichwerk von blauen Veilgen,
Die die Luft gelinde parfumierten.
Unterm Mäntelchen der zarten Flügel
Bracht es viele, halb nur flicke, Amors,
Welche piepend Büsch und Gärten füllten.
Seit der Stunde zwitschern, wie betrunken,
Unsre Vögel all' aus allen Ecken,
Was ganz Zärtliches und Wohllustreiches.
Annoch, dünkt mich, ist es keine Liebe;
Doch, wie leichtlich, Götter, kann man irren!

Lob der schwarzen Kirschen

Des Weinstocks Saftgewächse ward
Von tausend Dichtern laut erhoben;
Warum will denn nach Sängerart
Kein Mensch die Kirsche loben?

O die karfunkelfarbne Frucht
In reifer Schönheit ward vor diesen
Unfehlbar von der Frau versucht,
Die Milton hat gepriesen.

Kein Apfel reizet so den Gaum
Und löschet so des Durstes Flammen,
Er mag gleich vom Chineserbaum
In echter Abkunft stammen.

Der ausgekochte Kirschensaft
Gibt aller Sommersuppen beste,
Verleiht der Leber neue Kraft
Und kühlt der Adern Äste;

Und wem das schreckliche Verbot
Des Arztes jeden Wein geraubet,
Der misch ihn mit der Kirsche rot,
Dann ist er ihm erlaubet;

Und wäre seine Lunge wund
Und seine ganze Brust durchgraben,
So darf sich doch sein matter Mund
Mit diesem Tranke laben.

Wenn ich den goldnen Rheinstrandwein
Und silbernen Champagner meide,
Dann, Freunde, mischt mir Kirschblut drein
Zur Aug- und Zungenweide:

Dann werd ich ebenso verführt
Als Eva, die den Baum betrachtet,
So schön gewachsen und geziert,
Und nach der Frucht geschmachtet.

Ich trink und rufe dreimal hoch!
Ihr Dichter singt im Ernst und Scherze
Zu oft die Rose; singet doch
Einmal der Kirschen Schwärze!

Vorbitte wegen eines Nußbaums
an Palemon

(Zu Magdeburg den 18ten des Herbstmonats 1761)

Erheitre nicht des Gartenhauses Wände,
Und fälle nicht, um einer Handbreit Raum,
Durch Eisen und durch zwei gedungne Hände,
Den schattigten Baum.

Selbst der Prophet, der Ninivens Verderben
Hartnäckig foderte, ganz Menschenfeind,
Hat einst, gerührt von einer Pflanze Sterben,
Den Kürbis beweint.

Und du, ganz Menschenfreund, du willst die Hiebe
Im hohen Baum? auf dessen Zweigen oft
Ein Vogel singt, der lockend, seiner Liebe
Befriedigung hofft?

Das willst du nicht. Denn wann auf weichem Sitze
Du wie ein Fürst, in selbst geschaffner Ruh
Dich hier verbirgst, dann decket vor der Hitze
Sein Schatten dich zu.

Er ist ein Herzog im Bezirk des Gartens.
Die Pyramidenbäume wuchsen nur
So durch die Kunst. Er spottete des Wartens,
Ihn zog die Natur!

O welch ein Leib! mit was für starken Gliedern
Versah sie ihn! So stand in Priams Stadt
Einst Hector unter allen seinen Brüdern,
Von Kampfe nicht matt.

Dein Baum, der Held, steht, wann der Frost dem Leben
Des Weinstocks und des Pfirsichbaumes droht,
Dann steht er von Pomonens Schutz umgeben,
Nicht fürchtend den Tod.

Mit andern Trauben als der Weinstock träget
Prangt er im Herbst; und liefert seinem Herrn
Indem ein Holz ihn unbarmherzig schläget
Den lieblichen Kern,

Gewachsen in dem Umfang harter Schalen.
So liegt im schlechten Körper oft versteckt
Ein Herz, nicht mit dem Glanze zu bezahlen
Der Mißgunst erweckt.

So hart wie sie, soll gegen fremde Lüste
Dein Mädchen sein, für dich allein nur schön.
Weih ihr den Baum, und sag einst: du Geküßte!
Dir ließ ich ihn stehn!

FRIEDRICH GOTTLIEB KLOPSTOCK

Der Zürchersee

Schön ist, Mutter Natur, deiner Erfindung Pracht
Auf die Fluren verstreut, schöner ein froh Gesicht,
  Das den großen Gedanken
    Deiner Schöpfung noch *einmal* denkt.

Von des schimmernden Sees Traubengestaden her,
Oder, flohest du schon wieder zum Himmel auf,
  Komm in rötendem Strahle
    Auf dem Flügel der Abendluft,

Komm, und lehre mein Lied jugendlich heiter sein,
Süße Freude, wie du! gleich dem beseelteren
  Schnellen Jauchzen des Jünglings,
    Sanft, der fühlenden Fanny gleich.

Schon lag hinter uns weit Uto, an dessen Fuß
Zürch in ruhigem Tal freie Bewohner nährt;
  Schon war manches Gebirge
    Voll von Reben vorbeigeflohn.

Jetzt entwölkte sich fern silberner Alpen Höh,
Und der Jünglinge Herz schlug schon empfindender,
  Schon verriet es beredter
    Sich der schönen Begleiterin.

»Hallers Doris«, die sang, selber des Liedes wert,
Hirzels Daphne, den Kleist innig wie Gleimen liebt;
  Und wir Jünglinge sangen
    Und empfanden wie Hagedorn.

Jetzo nahm uns die Au in die beschattenden
Kühlen Arme des Walds, welcher die Insel krönt;
  Da, da kamest du, Freude!
    Volles Maßes auf uns herab!

Göttin Freude, du selbst! dich, wir empfanden dich!
Ja, du warest es selbst, Schwester der Menschlichkeit,
  Deiner Unschuld Gespielin,
    Die sich über uns ganz ergoß!

Süß ist, fröhlicher Lenz, deiner Begeistrung Hauch,
Wenn die Flur dich gebiert, wenn sich dein Odem sanft
  In der Jünglinge Herzen,
    Und die Herzen der Mädchen gießt.

Ach du machst das Gefühl siegend, es steigt durch dich
Jede blühende Brust schöner, und bebender,
  Lauter redet der Liebe
    Nun entzauberter Mund durch dich!

Lieblich winket der Wein, wenn er Empfindungen,
Beßre sanftere Lust, wenn er Gedanken winkt,
  Im sokratischen Becher
    Von der tauenden Ros' umkränzt;

Wenn er dringt bis ins Herz, und zu Entschließungen,
Die der Säufer verkennt, jeden Gedanken weckt,
  Wenn er lehret verachten,
    Was nicht würdig des Weisen ist.

Reizvoll klinget des Ruhms lockender Silberton
In das schlagende Herz, und die Unsterblichkeit
  Ist ein großer Gedanke,
    Ist des Schweißes der Edlen wert!

Durch der Lieder Gewalt, bei der Urenkelin
Sohn und Tochter noch sein; mit der Entzückung Ton
  Oft beim Namen genennet,
    Oft gerufen vom Grabe her,

Dann ihr sanfteres Herz bilden, und, Liebe, dich,
Fromme Tugend, dich auch gießen ins sanfte Herz,
Ist, beim Himmel! nicht wenig!
Ist des Schweißes der Edlen wert!

Aber süßer ist noch, schöner und reizender,
In dem Arme des Freunds wissen ein Freund zu sein!
So das Leben genießen,
Nicht unwürdig der Ewigkeit!

Treuer Zärtlichkeit voll, in den Umschattungen,
In den Lüften des Walds, und mit gesenktem Blick
Auf die silberne Welle,
Tat ich schweigend den frommen Wunsch:

Wäret ihr auch bei uns, die ihr mich ferne liebt,
In des Vaterlands Schoß einsam von mir verstreut,
Die in seligen Stunden
Meine suchende Seele fand;

O so bauten wir hier Hütten der Freundschaft uns!
Ewig wohnten wir hier, ewig! Der Schattenwald
Wandelt' uns sich in Tempe,
Jenes Tal in Elysium!

Das Landleben

Nicht in den Ozean
Der Welten alle
Will ich mich stürzen!
Nicht schweben, wo die ersten Erschaffnen,
Wo die Jubelchöre der Söhne des Lichts
Anbeten, tief anbeten,
Und in Entzückung vergehn!

Nur um den Tropfen am Eimer,
Um die Erde nur, will ich schweben,
Und anbeten!

Halleluja! Halleluja!
Auch der Tropfen am Eimer
Rann aus der Hand des Allmächtigen!

Da aus der Hand des Allmächtigen
Die größern Erden quollen,
Da die Ströme des Lichts
Rauschten, und Orionen wurden;
Da rann der Tropfen
Aus der Hand des Allmächtigen!

Wer sind die tausendmal tausend,
Die myriadenmal hundert tausend,
Die den Tropfen bewohnen?
Und bewohnten?
Wer bin ich?

Halleluja dem Schaffenden!
Mehr als die Erden, die quollen!
Mehr als die Orionen,
Die aus Strahlen zusammenströmten!

Aber, du Frühlingswürmchen,
Das grünlichgolden
Neben mir spielt,
Du lebst;
Und bist, vielleicht – –
Ach, nicht unsterblich!

Ich bin herausgegangen,
Anzubeten;
Und ich weine?

Vergib, vergib dem Endlichen
Auch diese Tränen,
O du, der sein wird!

Du wirst sie alle mir enthüllen,
Die Zweifel, alle,
O du, der mich durchs dunkle Tal
Des Todes führen wird!

Dann werd ich es wissen:
Ob das goldne Würmchen
Eine Seele hatte?

Wärest du nur gebildeter Staub,
Würmchen, so werde denn
Wieder verfliegender Staub,
Oder was sonst der Ewige will!

Ergeuß von neuem, du mein Auge,
Freudentränen!
Du, meine Harfe,
Preise den Herrn!

Umwunden, wieder von Palmen umwunden
Ist meine Harfe!
Ich singe dem Herrn!

Hier steh ich.
Rund um mich ist alles Allmacht!
Ist alles Wunder!

Mit tiefer Ehrfurcht,
Schau ich die Schöpfung an!
Denn du!
Namenlosester, du!
Erschufst sie!

Lüfte, die um mich wehn,
Und süße Kühlung
Auf mein glühendes Angesicht gießen,
Euch, wunderbare Lüfte,
Sendet der Herr! Der Unendliche!

Aber itzt werden sie still; kaum atmen sie!
Die Morgensonne wird schwül!
Wolken strömen herauf!
Das ist sichtbar der Ewige,
Der kömmt!
Nun fliegen, und wirbeln, und rauschen die Winde!
Wie beugt sich der bebende Wald!
Wie hebt sich der Strom!
Sichtbar, wie du es Sterblichen sein kannst,
Ja, das bist du sichtbar, Unendlicher!

Der Wald neigt sich!
Der Strom flieht!
Und ich falle nicht auf mein Angesicht?

Herr! Herr! Gott! barmherzig! und gnädig!
Du Naher!
Erbarme dich meiner!
Zürnest, du, Herr, weil Nacht dein Gewand ist?
Diese Nacht ist Segen der Erde!
Du zürnest nicht, Vater!
Sie kömmt, Erfrischung auszuschütten
Über den stärkenden Halm!
Über die herzerfreuende Traube!
Vater! du zürnest nicht!

Alles ist stille vor dir, du Naher!
Ringsum ist alles stille!
Auch das goldne Würmchen merkt auf!
Ist es vielleicht nicht seelenlos?
Ist es unsterblich?

Ach vermöcht ich dich, Herr, wie ich dürste, zu preisen!
Immer herrlicher offenbarst du dich!
Immer dunkler wird, Herr, die Nacht um dich!
Und voller von Segen!

Seht ihr den Zeugen des Nahen, den zückenden Blitz?
Hört ihr den Donner Jehovah?
Hört ihr ihn?
Hört ihr ihn?
Den erschütternden Donner des Herrn?

Herr! Herr! Gott! barmherzig und gnädig!
Angebetet, gepriesen
Sei dein herrlicher Name!

Und die Gewitterwinde? Sie tragen den Donner!
Wie sie rauschen! Wie sie die Wälder durchrauschen!
Und nun schweigen sie! Majestätischer
Wandeln die Wolken herauf!

Seht ihr den neuen Zeugen des Nahen,
Seht ihr den fliegenden Blitz?
Hört ihr hoch in den Wolken den Donner des Herrn?
Er ruft Jehovah!
Jehovah!
Jehovah!
Und der gesplitterte Wald dampft!

Aber nicht unsre Hütte!
Unser Vater gebot
Seinem Verderber
Vor unsrer Hütte vorüberzugehn!

Ach schon rauschet, schon rauschet
Himmel und Erde vom gnädigen Regen!
Nun ist, wie dürstete sie! die Erd erquickt,
Und der Himmel der Fülle des Segens entladen!

Siehe, nun kömmt Jehovah nicht mehr im Wetter!
Im stillen, sanften Säuseln
Kömmt Jehovah!
Und unter ihm neigt sich der Bogen des Friedens.

Die frühen Gräber

Willkommen, o silberner Mond,
Schöner, stiller Gefährt der Nacht!
Du entfliehst? Eile nicht, bleib, Gedankenfreund!
Sehet, er bleibt, das Gewölk wallte nur hin.

Des Maies Erwachen ist nur
Schöner noch, wie die Sommernacht,
Wenn ihm Tau, hell wie Licht, aus der Locke träuft,
Und zu dem Hügel herauf rötlich er kömmt.

Ihr Edleren, ach es bewächst
Eure Male schon ernstes Moos!
O wie war glücklich ich, als ich noch mit euch
Sahe sich röten den Tag, schimmern die Nacht.

Die Sommernacht

Wenn der Schimmer von dem Monde nun herab
In die Wälder sich ergießt, und Gerüche
Mit den Düften von der Linde
In den Kühlungen wehn;

So umschatten mich Gedanken an das Grab
Der Geliebten, und ich seh in dem Walde
Nur es dämmern, und es weht mir
Von der Blüte nicht her.

Ich genoß einst, o ihr Toten, es mit euch!
Wie umwehten uns der Duft und die Kühlung,
Wie verschönt warst von dem Monde,
Du o schöne Natur!

Winterfreuden

Also muß ich auf immer, Kristall der Ströme, dich meiden?
Darf nie wieder am Fuß schwingen die Flügel des Stahls?
Wasserkothurn, du warest der Heilenden einer; ich hätte,
Unbeseelet von dir, weniger Sonnen gesehn!
Manche Rose hat mich erquickt; sie verwelkten! und du liegst,
Auch des Schimmers beraubt, liegest verrostet nun da!
Welche Tage gabest du mir! wie begannen sie, wenn sich
In der Frühe Glanz färbte noch bleibender Reif;
Welche Nächte, wenn nun der Mond mit der Heitre des Himmels,
Um der Schönheit Preis, siegend stritt, und besiegt.
Dann war leichter der Schwung, und die Stellung unkünstlicher, froher
Dann der Rufenden Laut, blinkete heller der Wein,
Und wie war der Schlaf der endlich Ermüdeten eisern,
Wie unerwecklich! Wer schlief jemals am Baume wie wir?
Aber es kam mit gebotnem Gepolter der Knecht; und wir sahen
Wieder den farbigen Reif, wieder den Schimmer der Nacht.

Der du so oft mit der labenden Glut der gefühlten Gesundheit
Mich durchströmetest, Quell längeres Lebens mir warst,
Wenn ich vorüberglitt an hellbeblüteten Ulmen;
Schnee war die Blume; der Bahn warnende Stimme vernahm,
Mit nachhorchendem Ohr; auch wohl hinschwebt' an der Ostsee,
Zwischen der Sonne, die sank, und dem Monde, der stieg;
Oder wenn, den die Flocken zu tausenden in sich verhüllten,
Und den schwindelte, Sturm auf das Gestade mich warf:
Ach einst wurdest du mir, Kothurn, zum tragischen! führtest
Mich auf jüngeres Eis, welches dem Eilenden brach.
Bleich stand da der Gefährt; mein Schutzgeist gab mir Entschluß ein;
Jener bebte nicht mehr: und die Errettung gelang.
Als sie noch schwankend schien, da rührte mich innig des Himmels
Lichtere Bläue, vielleicht bald nun die letzte für mich!
Dank dir noch einmal, Beindorf, daß du mich rettetest! Dir kam
Lang schon die letzte; mir macht sie die Erde noch schön.

Sehnsucht nach dem Winter

Im November 1744

Die Stürme durchheulen die Luft, und schleudern
Wolken auf Wolken,
Und donnernd stürzen die Ströme durchs Land.
Die Wälder trauern entblößt; das Laub der geselligen
Linde
Wird weit umher in die Täler gejagt.
Der Weinstock, ein dürres Gesträuch ... Was klag ich
so müßig den Weinstock?
Auf, Freunde! trinket sein schäumendes Blut!
Schon seht ihr den triefenden Herbst mit leerem
Fruchthorn entweichen;
Bald kömmt der Winter, mit Tannen bekränzt,
Und deckt den donnernden Strom mit diamantenem
Schilde,
Der alle Pfeile der Sonne verhöhnt,
Und hüllt in Blüte den Wald, (dem fröhlichen Barden
ein Frühling!)
Und streuet Lilien über das Tal.
Dann schwimmt der Jüngling nicht mehr durch
reißende Fluten, dann schweift er
Auf harten Wassern laut jauchzend umher,
Die Füße beschuhet mit Stahl, und überwindet den
Reiter,
Der am Gestade den Wettlauf gewagt.
Dann zittern die Bräute nicht mehr in wankender
Gondel, sie fliegen
Beherzt auf gleitenden Wagen dahin,
Erwärmt vom Siberischen Pelz, durch silberne Schleier
beschirmet,
An ihre zärtliche Führer gelehnt.

O Winter! eile voll Zorn, und nimm den kältesten Ostwind,
Und treib die Krieger aus Böhmen zurück,
Und meinen erstarreten *Kleist!* Noch hab ich ihm seine Lykoris
Und Wein von mürrischem Alter bewahrt.

CHRISTIAN FELIX WEISSE

Die Haselsträuche

Heil sei euch, sichern Haselsträuchen,
Wie lieben euch die Schäfer nicht!
In eure Schatten seh ich manchen Hirten schleichen
Mit seiner Schäferin, so bald die Sonne sticht:
Es muß des Schatten wegens sein;
Denn warum schlichen sie hinein?

Heil euch, fruchtbaren Haselsträuchen!
Auch wenn die Sonne nicht mehr sticht,
Im Herbst seh ich sehr oft den Schäfer zu euch schleichen
Mit seiner Schäferin; des Schattens wegen nicht?
Es muß der Nüsse wegen sein:
Denn warum schlichen sie hinein?

Die Wolken

Der bunte Wald verblühte;
Die schwüle Sonne glühte:
Als ich am kühlen Nachmittag
Im Schatten einer Linde lag.

Da sah ich mit Vergnügen
Die leichten Wolken fliegen;
Sie flogen nach der Gegend hin,
In der ich oft im Geiste bin.

Nach welchem Himmelsteile
Fliegt ihr, wie schnelle Pfeile,
Rief ich der einen Wolke nach,
Die aus der dunkeln Tiefe sprach:

Hoch über diese Hügel
Trägt uns des Windes Flügel;
Wir kommen von dem Ozean,
Und laufen die bestimmte Bahn.

Da sprach ich zu dem Kinde
Des Meeres und der Winde:
Wie glücklich ziehst du an den Ort
Von allen meinen Wünschen fort!

Vielleicht wirst du Selinden
Im heitern Garten finden,
Wie sie, von dickem Laub beschützt,
An hohen Eichen einsam sitzt.

Schwebt dort auch in den Lüften
Ein Heer von schwülen Düften;
So mäßige der Sonne Glut,
Daß sie in kühlem Schatten ruht.

Der Morgen

Die Luft verdünnet sich, die trüben Schatten fliehen
Vom falben Horizont.
Schon sieht man nach und nach Auroren rötlich glühen;
Schon weicht der bleiche Mond.
Der Venus heitrer Stern, der Herold von dem Morgen,
Glänzt noch mit blasser Pracht.
Nunmehr erwacht die Welt, nunmehr erwachen Sorgen,
Nunmehr verflieht die Nacht.

Ich sehe nach und nach in den bewegten Seen
Der Büsche wallend Bild.
Ich sehe nach und nach die Farben sich erhöhen,
Im länglichten Gefild.
Es öffnet sich das Haupt der frischbetauten Rosen,
Und grüßt Aurorens Licht,
Das nun mit kühlem Saft, den Knospen liebzukosen,
Schon durch die Nebel bricht.

Der Krieger eilet schon nach ungewisser Ehre
Aus dem zerrißnen Zelt;
Der dichtgepflanzte Wald hellglänzender Gewehre
Erfüllt und schreckt das Feld.
Der Sonne früher Strahl bespiegelt sich in Waffen,
Und bald darauf in Blut;
Des Himmels Rache braucht, die Sterblichen zu strafen,
Nur ihre eigne Wut.

Es eilet der Klient schon zu den harten Türen
Des Reichen, der ihn drückt,
Den noch, auf weichem Pfühl, die Träume leicht verführen,
Da ihn der Schlaf bestrickt.

Er dehnt sich gähnend aus und sieht mit trüben Blicken
Des neuen Tages Schein.
Er klagt das wüste Haupt, das noch die Dünste drücken,
Vom allzustarken Wein.

Vergnügt erblick ich hier der Sonne reine Strahlen,
Bespiegelt in dem Tau,
Mit zweifelhaftem Licht die bunten Kräuter malen,
In kühl beperlter Au.
Ich seh, wie sich das Laub der lieblich grünen Äste
Belebet und erquickt.
Ich fühl den sanften Tau, ich hör euch, stille Weste,
In Einsamkeit beglückt.

O göttlich stiller Hain! O lieblich kühle Haiden!
O angenehme Flur!
Hier schwebt der Geist verirrt, hier seh ich, voller Freuden,
Den Schauplatz der Natur.
Statt stolzer Städte Lärm seh ich die Lämmer spielen,
Beim Klange der Schalmei.
Hier kann ich in mir selbst des Lebens Wollust fühlen:
Hier bin ich endlich frei.

Hier drückt kein Lastersklav mich mit verstellten Küssen
An seine falsche Brust.
Hier lach ich seines Grimms; mein ruhiges Gewissen
Trotz seiner Pracht und Lust.
Hier darf ich mich nicht mehr vorm Stolz und Hochmut bücken,
Der mich als blöd verlacht!
Und jammernd seh ich nicht die Unschuld unterdrücken,
Durch Arglist, Geiz und Macht.

Hier rauscht ein sanfter Bach und schlängelt sich gelinde
Mit blendend hellem Schein.
Dort rauscht das frische Laub, durchschlüpft vom
jungen Winde,
Im heilig stillen Hain.
Dann tönt der Widerhall, den Liedern nachzuahmen,
Die letzten Silben nach.
Der Fischer fühlt den Fang mit Zittern an dem Hamen,
Im dick beschilften Bach.

Dort streckt ein junger Stier sich am Gestade nieder,
Mit träger Langsamkeit.
Ein andrer kömmt erhitzt vom nahen Felde wieder,
Und rühmt im Schritt den Streit.
O Muse, wag es nicht, die Gegend abzuschildern,
Wo sich mein Blick verliert!
Ich seh hier allzuviel von immer neuen Bildern:
Herz, sei nur du gerührt!

CHRISTIAN FRIEDRICH DANIEL SCHUBART

Der erste Schnee

Da tanzen sie, die weißen krausen Flöckchen,
Vom Wolkenzelt herab;
Und sanft und warm wie Lämmerwolle
Decken sie dich, du Mutter Natur!

So weiß ist nicht der Nonne Silberschleier,
Schleeblüte nicht so weiß:
Wie junger Schnee im Sonnenglanze,
Täler und Berge blitzen von ihm.

Schon schüttelt sich der Gaul am leichten Schlitten,
  Sein Schütteln ist Musik.
Und unterm Lied der Silberschellen
  Glitschet der Schlitten fliegend hinweg.

Ich aber sitze am beschneiten Fenster;
  Ein blaues Knasterwölkchen steigt,
Mit tausend luftgebauten Schlössern,
  Dünnere Lüfte zirkelnd empor.

Und Röschens Hand schlüpft unter meinen Schlafrock –
  Husch! schnattert sie, mich frierts!
Sanft lehnt sie sich an meine Schultern,
  Leben und Wärme duftet sie aus.

Durchs Winterfenster schlüpft ein weißes Flöckchen,
  Und fällt auf ihre Brust,
Bläht sich und schmilzt mit einem Seufzer:
  Röschen, dein Busen ist weißer, als ich!

Du kalter Nord, behalte deine Zobel!
  Kaninchen, deinen Pelz
Behalte du! Von Röschens Busen
  Wallet ein ewiger Sommer mir zu.

Schlittenlied

Schon wiehert der Schimmel
Sein mutig Geschrei;
Er stampft; denn es glitten
Geflügelte Schlitten
Am Stalle vorbei.

Was wichsest du, Kutscher
Den Schnurrbart? – Spann an!
Und schirre den Schimmel;
Denn schön ist der Himmel
Und prächtig die Bahn.

Hop! heisa! Wie fliegt schon
Der Schlitten dahin!
In sausender Eile,
Wie zischende Pfeile,
So fliegt er dahin.

Schon hängt an der Mähne
Ein silberner Duft;
Der Himmel ist heiter,
Die Seele wird weiter
Und schwimmt in der Luft.

Harmonische Glocken
Ertönen wie schön!
Welch himmlische Klänge,
Wie Vogelgesänge,
Wie Flötengetön!

Es schüttelt der Schimmel
Der Schellen Musik;
Kling, ling, ling, wir lassen
Geglättete Straßen
Im Fluge zurück.

Dort zittert im Froste
Ein weibischer Tor,
Ein menschliches Häschen,
Der's weidliche Näschen
Beinahe verlor.

Doch laßt es dort zittern,
Das Männchen von Brei!
Es klatsche die Peitsche,
Wir rollen als Deutsche
Im Fluge vorbei.

Schon sprudelt die Flasche
Vom rheinischen Most;
Trinkt, fröhliche Brüder,
Wein, Mädchen und Lieder
Verjagen den Frost.

MATTHIAS CLAUDIUS

Ein Lied vom Reifen,

d. d. den 7. Dez. 1780. Wandsbeck

Sirach C. 43. V. 21.
Er schüttet den Reifen auf die Erde wie Salz.

Seht meine lieben Bäume an,
Wie sie so herrlich stehn,
Auf allen Zweigen angetan
Mit Reifen wunderschön!

Von unten an bis oben 'naus
Auf allen Zweigelein
Hängt's weiß und zierlich, zart und kraus,
Und kann nicht schöner sein;

Und alle Bäume rundumher
All alle weit und breit
Stehn da, geschmückt mit gleicher Ehr,
In gleicher Herrlichkeit.

Und sie beäugeln und besehn
Kann jeder Bauersmann,
Kann hin und her darunter gehn,
Und freuen sich daran.

Auch holt er Weib und Kinderlein
Vom kleinen Feuerherd,
Und marsch mit in den Wald hinein!
Und das ist wohl was wert.

Einfältiger Naturgenuß
Ohn Alfanz drum und dran
Ist lieblich, wie ein Liebeskuß
Von einem frommen Mann.

Ihr Städter habt viel schönes Ding,
Viel Schönes überall,
Kredit und Geld und golden Ring,
Und Bank und Börsensaal;

Doch Erle, Eiche, Weid und Ficht
Im Reifen nah und fern –
So gut wird's euch nun einmal nicht,
Ihr lieben reichen Herrn!

Das hat Natur, nach ihrer Art
Gar eignen Gang zu gehn,
Uns Bauersleuten aufgespart
Die anders nichts verstehn.

Viel schön, viel schön ist unser Wald!
Dort Nebel überall,
Hier eine weiße Baumgestalt
Im vollen Sonnenstrahl

Lichthell, still, edel, rein und frei,
Und über alles fein! –
O aller Menschen Seele sei
So lichthell und so rein!

Wir sehn das an, und denken noch
    Einfältiglich dabei:
Woher der Reif, und wie er doch
    Zustande kommen sei?

Denn gestern abend, Zweiglein rein!
    Kein Reifen in der Tat! –
Muß einer doch gewesen sein
    Der ihn gestreuet hat.

Ein Engel Gottes geht bei Nacht,
    Streut heimlich hier und dort,
Und wenn der Bauersmann erwacht,
    Ist er schon wieder fort.

Du Engel, der so gütig ist,
    Wir sagen Dank und Preis.
O mach uns doch zum heilgen Christ
    Die Bäume wieder weiß!

Abendlied

Der Mond ist aufgegangen
Die goldnen Sternlein prangen
    Am Himmel hell und klar;
Der Wald steht schwarz und schweiget,
Und aus den Wiesen steiget
    Der weiße Nebel wunderbar.

Wie ist die Welt so stille,
Und in der Dämmrung Hülle
    So traulich und so hold!
Als eine stille Kammer,
Wo ihr des Tages Jammer
    Verschlafen und vergessen sollt.

Seht ihr den Mond dort stehen? –
Er ist nur halb zu sehen,
Und ist doch rund und schön!
So sind wohl manche Sachen,
Die wir getrost belachen,
Weil unsre Augen sie nicht sehn.

Wir stolze Menschenkinder
Sind eitel arme Sünder,
Und wissen gar nicht viel;
Wir spinnen Luftgespinste,
Und suchen viele Künste,
Und kommen weiter von dem Ziel.

Gott, laß uns dein Heil schauen,
Auf nichts Vergänglichs trauen,
Nicht Eitelkeit uns freun!
Laß uns einfältig werden,
Und vor dir hier auf Erden
Wie Kinder fromm und fröhlich sein!

Wollst endlich sonder Grämen
Aus dieser Welt uns nehmen
Durch einen sanften Tod!
Und, wenn du uns genommen,
Laß uns in Himmel kommen,
Du unser Herr und unser Gott!

So legt euch denn, ihr Brüder,
In Gottes Namen nieder;
Kalt ist der Abendhauch.
Verschon uns, Gott! mit Strafen,
Und laß uns ruhig schlafen!
Und unsern kranken Nachbar auch!

Mailied

O wie schön, wie schön ist der Mai!
Gras und Blumen wachsen,
Bäume haben Blätter,
Sanfte Winde wehen
Stiere gehn und weiden,
Junge Lämmer blöken,
O wie schön, wie schön ist der Mai.
Seht hier diese Wiese!
Tausend grüne Spitzen,
Und an allen Spitzen
Hangen Tropfen Tau.
Wie die Schlüsselblumen
Hier beisammenstehen!
Wie die Blätter rauschen!
Und dort fern am Hügel
Singt die Nachtigall.
Rundumher ist Freude,
Freude dort am Hügel,
Und im Tale Freude,
Freude in Gebüschen
Freude auf den Bäumen,
Alles lebt und fühlet,
O wie schön, wie schön ist der Mai!
Wenn doch Daphne käme! –
Wehet sanft ihr Winde,
Duftet süß ihr Blumen!
Ich will jetzt die schönsten
Ganz behutsam pflücken,
Nicht den Blüten schaden,
Nicht den Tau verschütten,
Und beim Morgengruße
Ihr die Blumen geben,
Und dann stehn und sehen
Wie sie Kränze flechtet,
Wie sie unter ihnen

Den bescheidnen wählet
Um die Stirn ihn windet
Und dann freundlich blicket
Unterm Blumenkranze.
   Wenn doch Daphne käme –!
– – und an allen Spitzen
Hangen Tropfen Tau,
Und die Stiere weiden,
Und die Blumen wachsen,
Und die Blätter rauschen,
Und die Lämmer blöken,
Und dort fern am Hügel,
Singt die Nachtigall.

JOHANN GOTTFRIED HERDER

St. Johanns Nachtstraum

Schönste Sommernacht!
Ich schwimm in Rosen und blühnden Bohnen
und Blumen und Hecken und Nachtviolen
In Tausend Düften! – O Mutter Natur
wo kenn ich deine Kinder Alle,
die Bräute Alle,
die jetzt sich schmücken und lieben und paaren
und Freude duften in der schönsten Brautnacht!
      Schöne Nacht!
Wie die Schöpfung flammet und wallt
und girret Liebe! Der allbelebende
Sonnenvater umarmt
mit welcher Jugendinbrunst jetzt
die Mutter Erd! Und der Himmel flammt

die Mitternacht ist Abendrot
und 'über wird Morgenrot
kühler, dämmernder Tautag! Schöne Nacht!
Und hundert Wesen schwirren empor!
In Luft und Meer und See und Sand
summen empor, lieben! Wie steigt
der häßliche Raupenwurm aus Grabegespinsten
in hundert Farben und Gestalten empor
ein fliegender Engel!

Unendlich, ach!
Unerschöpflich bist du schön!
Mutter Natur!
Hundertgestaltige deine Kinder
in Leben und Wesen und Lieb und Freuden
wer kann sie zählen? wer kann sie fühlen?
Nur du
in allen Gestalten und Leben und Wesen
und Lieb und Freuden, *fühlend dich*
Mutter Natur! – wie nenn ich dich?

Wer bin ich unter den Millionen
die jetzt genießen? Wer
unter den unendlichern Millionen
die ich genießen nicht seh.
In dieser Blüt! in dieser Blum
Im Nachtviolenduft hier
wie tausende sind vielleicht
die die Blüte knospen, die die Ros errötend
spinnen und färben und in Duft sich kühlen
Ich seh sie nicht!

Da fliegt der leuchtende Funke Gottes
der Sommerwurm! Kleiner Wurm
Funke Gottes! komm! glänze mir!
Wer warst du, daß die schaffende Hand

dich so hat angeglüht
Mit Sonnenglanz! mit Sonnenglut!
wer bist du?

Etwa der Seligen Einer? Eine verschiedene
unsterbliche Verbannete! verbannt
aus Raupenstand und Grabegespinst
den Wurm zu erlösen.

Und trägst noch Siegel der Unsterblichkeit
den Sonnenglanz! die Sonnenglut!
Nicht Wassern erlöschbar
die Felsen zerreißen*
Nicht Strömen erlöschbar
die Gold zernagen! glühest fort
lang im Tode noch fort
wenn dein Wurmkörperchen hin ist

Und duftest Flamm' und ziehst
den Funken des Blitzes – Kleiner Wurm!
Wunderwurm!
und kriechst im Staub! und fleuchst – – wohin?
Fleuch hin, ich kenne dich nicht
Wunderwurm!
Leb hin dein Sommerleben! im Staub**
im Fluge! wies dein Vater will
und zeuge zarte Glanzgestalten
ich kenne dich nicht!

Und kenne mich? Meinen Funken
eben so klein fliegend und wallend
aus Sonnenbrand getroffen – wer war's

* Die leuchtenden Schuppen am Johanns Wurm lassen sich auf keine Art austilgen, leuchten noch lange nach dem Tode, sind elektrisch und haben dem bloßen Auge alsdenn einen Flammendunstkreis um sich.
** Die Weibchen kriechen, die Männchen fliegen, die Jungen sind anfangs ganz Gold.

der ihn in meinen Staub gab
Daß er zwostrahlicht mir
vom Auge leucht'! im Herzen, ach, oft
wie ermattend walle! walle kurz –
und – lodert er fort dann?
Fleuchst Funke du fort,
wenn mein Wurmkörper auch hin ist
bist auch bestimmt, aus Grabesnacht
ein Würmchen zum Engel zu erlösen –

All meine Sinnen sind verschlossen!
Um meine Sinn' ist Sommernacht!
bin nicht zu denken hier! zu sein! zu fühlen!
zu leben! mich zu freun!

Zu leben allein?
Der leuchtende Wurm ist nicht allein
wird, was er wird,
einst nicht allein sein
Und mich freun? – Allein?
Niemand zu sagen, wie schön im Sommerliebesbrande
Mutter Natur du seist!
Schöne Mutter Natur

Niemand zu haben, der mit mir
schwirren die Schöpfung höre! gehn
die leisen Räder und sehn den Engel fliegen
Und denken Unsterblichkeit –
Vereint sie denken und fühlen
das Erdeleben vereint! uns drücken
an Freundesherz! o schöne Mutter Natur
dein Edelster Funke!

Freundschaft! Edelster Funke! bin ich's wert?
wie wenige sind's? o Mutter Natur
in der heiligsten Zauber Mitternacht
bet ich, wünsche dich an!

Mach mich's wert! des edelsten Funken
in aller deiner Flammennatur –
Wenn kommt mein leuchtender Engel
den Wurm zu erlösen

Zauberlaube
wo seh ich dich!
Rosen und Mondstrahl um dich schwimmend
und liebender Wachtelschlag
Zauberlaube
wo seh ich dich
Und mich gegossen
mein sanftes Weib

Mein edles Weib! den Knaben
am Mutterarm! an Mutterbrust
das sanftere Mädchen
ihr gleich!
Zauberlaube
wo seh ich dich
Und der wilde, trotzige Knabe lernt
im Staunen der Sommernacht
hören Gott! fühlen sanft
die Schöpfung und das Mädchen trinkt
sie sanfter schon
an der Mutterbrust
Und ich umschlungen
mit Vaterarm mein süßes Weib
mein süßes Drei – o Zaubertraum
wie bin ich allein?

GOTTFRIED AUGUST BÜRGER

Das Dörfchen

Ich rühme mir
Mein Dörfchen hier!
Denn schönre Auen,
Als rings umher
Die Blicke schauen,
Blühn nirgends mehr.
Welch ein Gefilde,
Zum schönsten Bilde
Für Dietrichs Hand!
Hier Felsenwand,
Dort Ährenfelder
Und Wiesengrün,
Dem blaue Wälder
Die Grenze ziehn!
An jener Höhe
Die Schäferei,
Und in der Nähe
Mein Sorgenfrei!
So nenn ich meine
Geliebte, kleine
Einsiedelei,
Worin ich lebe,
Zur Lust versteckt,
Die ein Gewebe
Von Ulm' und Rebe
Grün überdeckt.

Dort kränzen Schlehen
Die braune Kluft,
Und Pappeln wehen
In blauer Luft.
Mit sanftem Rieseln
Schleicht hier gemach

Auf Silberkieseln
Ein heller Bach;
Fließt unter Zweigen,
Die über ihn
Sich wölbend neigen,
Bald schüchtern hin;
Läßt bald im Spiegel
Den grünen Hügel,
Wo Lämmer gehn,
Des Ufers Büschchen
Und alle Fischchen
Im Grunde sehn,
Da gleiten Schmerlen
Und blasen Perlen.
Ihr schneller Lauf
Geht bald hinnieder,
Und bald herauf
Zur Fläche wieder.
Schön ist die Flur;
Allein Elise
Macht sie mir nur
Zum Paradiese.

Der erste Blick
Des Morgens wecket
Auch unser Glück.
Nur leicht bedecket
Führt sie mich hin,
Wo Florens Beete
Die Königin
Der Morgenröte
Mit Tränen näßt,
Und Perlen blitzen
Von allen Spitzen
Des Grases läßt.
Die Knospe spaltet
Die volle Brust;

Die Blume faltet
Sich auf zur Lust.
Sie blüht, und blühet
Doch schöner nicht,
Als das Gesicht
Elisens glühet.

Wann's heißer wird
Geht man selbander
Zu dem Mäander,
Der unten irrt.
Da sinkt zum Bade
Der Schäferin,
An das Gestade,
das Röckchen hin.
Soll ich nicht eilen,
Die Lust zu teilen? –
Der Tag ist schwül,
Geheim die Stelle,
Und klar und kühl
Die Badequelle.

Ein leichtes Mahl
Mehrt dann die Zahl
Von unsern Freuden.
In weichem Gras,
An Pappelweiden,
Steht zwischen Beiden
Das volle Glas.
Der Trunk erweitert
Nun bald das Herz,
Und Witz erheitert
Den sanften Scherz.
Sie kömmt, und winket,
Und schenkt mir ein,
Doch lachend trinket
Sie selbst den Wein;

Flieht dann und dünket
Sich gut versteckt;
Doch bald entdeckt,
Muß sie mit Küssen
Den Frevel büßen.

Drauf mischet sie
Die Melodie
Der süßen Kehle
In das Ahi
Der Philomele,
Die so voll Seele
Nie sang, wie sie.

So zirkeln immer
Lust und Genuß,
Und Überdruß,
Befällt uns nimmer.

O Seligkeit!
Daß doch die Zeit
Dich nie zerstöre!
Mir frisches Blut,
Ihr treuen Mut
Und Reiz gewähre!
Das Glück mag dann,
Mit vollen Händen,
An Jedermann,
Der schleppen kann,
Sich arm verschwenden.
Ich seh es an,
Entfernt vom Neide,
Und stimme dann
Mein Liedchen an,
Zum Tanz der Freude:
Ich rühme mir
Mein Dörfchen hier!

LEOPOLD FRIEDRICH GÜNTHER VON GOECKINGK

An den Genfer See

(Zu Morges, den 12. Jun. 1781)

Mir ist so wohl an deinem Strande,
Wie nie mir noch am Wasser war.
O hätt ich dich in meinem Lande,
Du fesseltest mich immerdar.

Um immer dich, du schöner Spiegel,
Aus meinem Fenster anzuschaun,
Wollt ich ein Haus auf diesem Hügel,
Wär's auch nur Eins von Moos, erbaun.

Erhabner sieht das Meer, von Zonen
Zu Zonen wallend, freilich aus;
Doch mögt' ich nicht am Meere wohnen,
Und schenkt' ein Fürst mir dort ein Haus.

Mich weckte jeder Sturm; ich stünde
Die Nacht mit wilder Phantasei
Am Strand, und im Geheul der Winde
Hört' ich der Wracke Hülfsgeschrei.

Und könnte nichts, als um Verschonen
Den Himmel flehen; retten nicht. –
Ich mag an keinem Meere wohnen,
Das Masten wie ein Rohr zerbricht.

Doch säß' izt neben mir Amande:
Wer weiß, ob nach dem Harz zurück
Ich kehrte! Fischt' an deinem Strande
Der Fischer nur, kein Dichter Glück?

Elegie auf eine Rose

Die schönste Rose, die der Lenz gebar,
Und Zephyr küßte, liegt
Mit welken Busen, mit zerstreuten Haar
Am Boden, und zerfliegt.

Ihr, die, mit voller Wang, am Morgenrot
Die Schwestern überstrahlt,
Ihr hat jetzt, da der Tag entflieht, der Tod
Die Wange bleich gemalt.

Entpurpert liegt sie da! Der Schmetterling,
Der, als ihr Reiz begann,
Voll Lüsternheit an ihrem Busen hing,
Blickt ihren Rest kaum an.

Der West, der ihr so oft, von Lieb erhitzt,
Manch süßes Küßchen stahl,
Der lose Flatterer, verläßt sie itzt
Und tändelt durch das Tal.

Du duftetest an keines Mädchens Brust,
In keines Mädchens Haar,
Du arme Rose, die der Flora Lust,
Der Neid der Schwestern war!

Von einem Wirbelwind ringsum bestürmt,
Sank sie zur Erde hin,
Als Donner sich am Himmel aufgetürmt,
Lyäens Lieblingin.

Kein Amor bettet je in ihren Schoß! –
Selinde kam, und sprach,
Indem ein Tränchen ihr vom Auge floß:
Das schöne Blümchen, ach!

Die Ruhe

Tochter Edens, o Ruh, die du die Finsternis
Stiller Haine bewohnst, unter der Dämmerung
Mondversilberter Pappeln,
Mit verschlungenen Armen, weilst;

Mit dem Schäfer im Hain flötest, der Schäferin,
Unter Blumen der Au, lächelnd entgegenkommst,
Und dem Schellengeklingel
Ihrer tanzenden Schäfchen lauschst;

Wie der Jüngling die Braut liebet, so lieb ich dich,
Allgefällige Ruh! spähte dir immer nach,
Bald auf blumigen Wiesen,
Bald im Busche der Nachtigall.

Wie der Pilger den Quell suchet, so sucht ich dich,
Ach, und seufzete: Ruh, bist du, wie Morgentraum,
Mit den Jahren der Kindheit,
Dann auf ewig von mir entflohn?

Endlich flüsterst du mir, Herzenerfreuerin,
Mit dem Wehen des Strauchs, Wehen des Uferschilfs,
Mit dem Zittern des Laubes,
Deinen Himmel in meine Brust!

Überirdisch Gefühl säuselt mich an, und bebt
Durch mein innerstes Mark! Riß sich der Himmel auf,
Kam die Pilgerin Edens,
Wonne Gottes, herab zu mir?

Jeder Lispel des Baums, jedes Geräusch des Bachs,
Jedes ländliche Lied, welches dem Dorf entschallt,
Ist mir Zauber der Sphären,
Und Geflüster der Seraphim.

Hingegossen auf Tau, blick ich den Abendstern,
Den Gespielen der Ruh, blick ich den Mond hinan,
Der so freundlich, so freundlich
Durch die nickenden Wipfel schaut.

Ruh, o lächle mir stets, wie du mir lächeltest,
Als mein wallendes Haar, mit der entknospeten
Frühlingsblume bekränzet,
Abendwinden zum Spiele flog.

Keiner Städterin Reiz, weder ein blaues Aug,
Noch ein kußlicher Mund, soll mich aus deinem Arm,
Zu den Hallen des Tanzes
Locken, oder des Opernspiels.

Weile, weile bei mir, unter dem Hüttendach,
Allgefällige Ruh, bis du mich, an der Hand
Eines Engels, den Lauben
Der Verklärten entgegenführst.

Die Mainacht

Wenn der silberne Mond durch die Gesträuche blickt,
Und sein schlummerndes Licht über den Rasen geußt,
Und die Nachtigall flötet,
Wandl ich traurig von Busch zu Busch.

Selig preis ich dich dann, flötende Nachtigall,
Weil dein Weibchen mit dir wohnet in einem Nest,
Ihrem singenden Gatten
Tausend trauliche Küsse gibt.

Überschattet von Laub, girret ein Taubenpaar
Sein Entzücken mir vor; aber ich wende mich,
  Suche dunkle Gesträuche,
    Und die einsame Träne rinnt.

Wann, o lächelndes Bild, welches wie Morgenrot
Durch die Seele mir strahlt, find ich auf Erden dich?
  Und die einsame Träne
    Bebt mir heißer die Wang herab!

Das Landleben

3. Fassung

Wunderseliger Mann, welcher der Stadt entfloh!
Jedes Säuseln des Baums, jedes Geräusch des Bachs,
  Jeder blinkende Kiesel,
    Predigt Tugend und Weisheit ihm!

Jedes Schattengesträuch ist ihm ein heiliger
Tempel, wo ihm sein Gott näher vorüberwallt;
  Jeder Rasen ein Altar,
    Wo er vor dem Erhabnen kniet.

Seine Nachtigall tönt Schlummer herab auf ihn,
Seine Nachtigall weckt flötend ihn wieder auf,
  Wenn das liebliche Frührot
    Durch die Bäum auf sein Bette scheint.

Dann bewundert er dich, Gott, in der Morgenflur,
In der steigenden Pracht deiner Verkünderin,
  Der allherrlichen Sonne,
    Dich im Wurm, und im Knospenzweig.

Ruht im wehenden Gras, wann sich die Kühl ergießt,
Oder strömet den Quell über die Blumen aus;
  Trinkt den Atem der Blüte,
    Trinkt die Milde der Abendluft.

Sein bestrohetes Dach, wo sich das Taubenvolk
Sonnt, und spielet und hüpft, winket ihm süßre Rast,
  Als dem Städter der Goldsaal,
    Als der Polster der Städterin.

Und der spielende Trupp schwirret zu ihm herab,
Gurrt und säuselt ihn an, flattert ihm auf den Korb;
  Picket Krumen und Erbsen,
    Picket Körner ihm aus der Hand.

Einsam wandelt er oft, Sterbegedanken voll,
Durch die Gräber des Dorfs, setzet sich auf ein Grab,
  Und beschauet die Kreuze,
    Und den wehenden Totenkranz.

Wunderseliger Mann, welcher der Stadt entfloh!
Engel segneten ihn, als er geboren ward,
  Streuten Blumen des Himmels
    Auf die Wiege des Knaben aus.

MALER MÜLLER

An den Frühling

Du schwebest vom Hügel
Mit tauigem Flügel,
Mit blumigem Kleid,
O Frühling, hernieder
Und weckest uns Lieder

Und weckest die Freud,
Und führest gelinde
Umschmeichelnde Winde
Zum schilfigen Bord,
Und fesselst geschwinde
Den schnaubenden Nord.

Du kleidest die Haiden
Und nackigten Weiden,
Du schwängerst die Luft
Mit Balsamgerüchen
Und lieblichem Duft.
Du gibest den Quellen
Belebende Wellen
Mit lächelndem Blick,
Dem schmeichelnden Bache
Die freundliche Sprache
Und Stimme zurück.

Dich grüßet der Himmel,
Dich grüßet die Welt
Im frohen Getümmel,
Tal, Wiesen und Feld.
Dich grüßet durch Lieder
Das bunte Gefieder,
Das Büsche durchzieht;
Dich grüßen die Hirten
Bei schattigen Myrten,
Dich grüßet mein Lied.

Mit blendenden Füßen
Entschlüpfen den Flüssen
Nun Paar an Paar
Die frohen Najaden;
Sie ruhn an Gestaden
Und trocknen ihr Haar;

Sie eilen, Violen
Und Rosen zu holen
Vom schattigen Hain,
Und grüßen sich singend
Und küssen sich schlingend
In lächelnde Reihn.

Mit fröhlichem Spotte
Steigt aus der Grotte
Der Satyr hervor,
Treibt Lämmer und Geißen
Und locket den weißen
Wildbrüllenden Stier.
Nun trinkt er und singet,
Und grüßt dich und springet
Mit fröhlichem Mut,
Und wirfet sich nieder
Und wälzet die Glieder
In sonniger Glut.

Auch Amor, der Kleine,
Durchtanzet die Haine,
Den Satyr sieht er;
Er winkt die Najaden
Und blauen Dryaden
Vom Frühlingsfest her.
Da eilen von Tänzen
Die Nymphen hervor
Und schmücken mit Kränzen
Des Schlummernden Ohr.

JOHANN WOLFGANG GOETHE

Oden an meinen Freund

1767

Erste Ode

Verpflanze den schönen Baum,
Gärtner, er jammert mich.
Glücklicheres Erdreich
Verdiente der Stamm.

Noch hat seiner Natur Kraft
Der Erde aussaugendem Geize,
Der Luft verderbender Fäulnis,
Ein Gegengift, widerstanden.

Sieh, wie er im Frühling
Lichtgrüne Blätter schlägt!
Ihr Orangenduft
Ist dem Geschmeiße Gift.

Der Raupen tückischer Zahn
Wird stumpf an ihnen,
Es blinkt ihr Silberglanz
Im Sonnenscheine.

Von seinen Zweigen
Wünscht das Mädchen
Im Brautkranze;
Früchte hoffen Jünglinge.

Aber sieh, der Herbst kömmt:
Da geht die Raupe,
Klagt der listigen Spinne
Des Baums Unverwelklichkeit.

Schwebend zieht sich
Von ihrer Taxuswohnung
Die Prachtfeindin herüber
Zum wohltätigen Baum

Und kann nicht schaden;
Aber die Vielkünstliche
Überzieht mit grauem Ekel
Die Silberblätter,

Sieht triumphierend,
Wie das Mädchen schaurend,
Der Jüngling jammernd
Vorübergeht.

Verpflanze den schönen Baum,
Gärtner, er jammert mich.
Baum, danke dem Gärtner,
Der dich verpflanzt!

Willkommen und Abschied

1. Fassung

Es schlug mein Herz. Geschwind, zu Pferde!
Und fort, wild wie ein Held zur Schlacht.
Der Abend wiegte schon die Erde,
Und an den Bergen hing die Nacht.
Schon stund im Nebelkleid die Eiche
Wie ein getürmter Riese da,
Wo Finsternis aus dem Gesträuche
Mit hundert schwarzen Augen sah.

Der Mond von einem Wolkenhügel
Sah schläfrig aus dem Duft hervor,
Die Winde schwangen leise Flügel,
Umsausten schauerlich mein Ohr.

Die Nacht schuf tausend Ungeheuer,
Doch tausendfacher war mein Mut,
Mein Geist war ein verzehrend Feuer,
Mein ganzes Herz zerfloß in Glut.

Ich sah dich, und die milde Freude
Floß aus dem süßen Blick auf mich.
Ganz war mein Herz an deiner Seite,
Und jeder Atemzug für dich.
Ein rosenfarbes Frühlingswetter
Lag auf dem lieblichen Gesicht
Und Zärtlichkeit für mich, ihr Götter,
Ich hofft es, ich verdient es nicht.

Der Abschied, wie bedrängt, wie trübe!
Aus deinen Blicken sprach dein Herz.
In deinen Küssen welche Liebe,
O welche Wonne, welcher Schmerz!
Du gingst, ich stund und sah zur Erden
Und sah dir nach mit nassem Blick.
Und doch, welch Glück, geliebt zu werden,
Und lieben, Götter, welch ein Glück!

Maifest

Wie herrlich leuchtet
Mir die Natur!
Wie glänzt die Sonne!
Wie lacht die Flur!

Es dringen Blüten
Aus jedem Zweig
Und tausend Stimmen
Aus dem Gesträuch

Und Freud und Wonne
Aus jeder Brust.
O Erd, o Sonne,
O Glück, o Lust,

O Lieb, o Liebe,
So golden schön
Wie Morgenwolken
Auf jenen Höhn,

Du segnest herrlich
Das frische Feld,
Im Blütendampfe
Die volle Welt!

O Mädchen, Mädchen,
Wie lieb ich dich!
Wie blinkt dein Auge,
Wie liebst du mich!

So liebt die Lerche
Gesang und Luft,
Und Morgenblumen
Den Himmelsduft,

Wie ich dich liebe
Mit warmen Blut,
Die du mir Jugend
Und Freud und Mut

Zu neuen Liedern
Und Tänzen gibst.
Sei ewig glücklich,
Wie du mich liebst.

Ein zärtlich-jugendlicher Kummer
Führt mich ins öde Feld; es liegt
In einem stillen Morgenschlummer
Die Mutter Erde. Rauschend wiegt
Ein kalter Wind die starren Äste. Schauernd
Tönt er die Melodie zu meinem Lied voll Schmerz,
Und die Natur ist ängstlich still und trauernd,
Doch hoffnungsvoller als mein Herz.

Denn sieh, bald gaukelt dir, mit Rosenkränzen
In runder Hand, du Sonnengott, das Zwillingspaar
Mit offnem blauen Aug, mit krausem goldnen Haar
In deiner Laufbahn dir entgegen. Und zu Tänzen
Auf neuen Wiesen schickt
Der Jüngling sich und schmückt
Den Hut mit Bändern, und das Mädchen pflückt
Die Veilchen aus dem jungen Gras, und bückend sieht
Sie heimlich nach dem Busen, sieht mit Seelenfreude
Entfalteter und reizender ihn heute,
Als er vorm Jahr am Maienfest geblüht;
Und fühlt, und hofft.
Gott segne mir den Mann
In seinem Garten dort! Wie zeitig fängt er an,
Ein lockres Bett dem Samen zu bereiten!
Kaum riß der März das Schneegewand
Dem Winter von den hagern Seiten,
Der stürmend floh und hinter sich aufs Land
Den Nebelschleier warf, der Fluß und Au
Und Berg in kaltes Grau
Versteckt: da geht er ohne Säumen,
Die Seele voll von Ernteträumen,
Und sät und hofft.

Mahomets-Gesang

Seht den Felsenquell
Freudehell,
Wie ein Sternenblick!
Über Wolken
Nährten seine Jugend
Gute Geister
Zwischen Klippen im Gebüsch.

Jünglingfrisch
Tanzt er aus der Wolke
Auf die Marmorfelsen nieder,
Jauchzet wieder
Nach dem Himmel.

Durch die Gipfelgänge
Jagt er bunten Kieseln nach,
Und mit frühem Führertritt
Reißt er seine Bruderquellen
Mit sich fort.

Drunten werden in dem Tal
Unter seinem Fußtritt Blumen,
Und die Wiese
Lebt von seinem Hauch.

Doch ihn hält kein Schattental,
Keine Blumen,
Die ihm seine Knie' umschlingen,
Ihm mit Liebesaugen schmeicheln;
Nach der Ebne dringt sein Lauf,
Schlangewandelnd.

Bäche schmiegen
Sich gesellig an.

Nun tritt er
In die Ebne silberprangend,
Und die Ebne prangt mit ihm,
Und die Flüsse von der Ebne
Und die Bäche von Gebürgen
Jauchzen ihm und rufen: Bruder,
Bruder, nimm die Brüder mit,
Mit zu deinem alten Vater,
Zu dem ewgen Ozean,
Der mit weitverbreit'ten Armen
Unsrer wartet;
Die sich, ach, vergebens öffnen,
Seine Sehnenden zu fassen;
Denn uns frißt in öder Wüste
Gierger Sand,
Die Sonne droben
Saugt an unserm Blut,
Ein Hügel
Hemmet uns zum Teiche.
Bruder,
Nimm die Brüder von der Ebne,
Nimm die Brüder von Gebürgen
Mit, zu deinem Vater mit!

Kommt ihr alle! –
Und nun schwillt er
Herrlicher, ein ganz Geschlechte
Trägt den Fürsten hoch empor,
Und im rollenden Triumphe
Gibt er Ländern Namen, Städte
Werden unter seinem Fuß.

Unaufhaltsam rauscht er über,
Läßt der Türne Flammengipfel,
Marmorhäuser, eine Schöpfung
Seiner Fülle, hinter sich.

Zedernhäuser trägt der Atlas
Auf den Riesenschultern, sausend
Wehen über seinem Haupte
Tausend Segel auf zum Himmel
Seine Macht und Herrlichkeit.

Und so trägt er seine Brüder,
Seine Schätze, seine Kinder
Dem erwartenden Erzeuger
Freudebrausend an das Herz.

Auf dem See

2. Fassung

Und frische Nahrung, neues Blut
Saug ich aus freier Welt;
Wie ist Natur so hold und gut,
Die mich am Busen hält!
Die Welle wieget unsern Kahn
Im Rudertakt hinauf,
Und Berge, wolkig himmelan,
Begegnen unserm Lauf.

Aug, mein Aug, was sinkst du nieder?
Goldne Träume, kommt ihr wieder?
Weg, du Traum, so gold du bist:
Hier auch Lieb' und Leben ist.
Auf der Welle blinken
Tausend schwebende Sterne,
Weiche Nebel trinken
Rings die türmende Ferne;
Morgenwind umflügelt
Die beschattete Bucht,
Und im See bespiegelt
Sich die reifende Frucht.

Herbstgefühl

Fetter grüne, du Laub,
Das Rebengeländer,
Hier mein Fenster herauf.
Gedrängter quillet,
Zwillingsbeeren, und reifet
Schneller und glänzend voller.
Euch brütet der Mutter Sonne
Scheideblick, euch umsäuselt
Des holden Himmels
Fruchtende Fülle.
Euch kühlet des Monds
Freundlicher Zauberhauch,
Und euch betauen, ach,
Aus diesen Augen
Der ewig belebenden Liebe
Voll schwellende Tränen.

An den Mond

2. Fassung

Füllest wieder Busch und Tal
Still mit Nebelglanz,
Lösest endlich auch einmal
Meine Seele ganz;

Breitest über mein Gefild
Lindernd deinen Blick,
Wie des Freundes Auge mild
Über mein Geschick.

Jeden Nachklang fühlt mein Herz
Froh- und trüber Zeit,

Wandle zwischen Freud und Schmerz
In der Einsamkeit.

Fließe, fließe, lieber Fluß!
Nimmer werd ich froh,
So verrauschte Scherz und Kuß,
Und die Treue so.

Ich besaß es doch einmal,
Was so köstlich ist!
Daß man doch zu seiner Qual
Nimmer es vergißt!

Rausche, Fluß, das Tal entlang,
Ohne Rast und Ruh,
Rausche, flüstre meinem Sang
Melodien zu,

Wenn du in der Winternacht
Wütend überschwillst,
Oder um die Frühlingspracht
Junger Knospen quillst.

Selig, wer sich vor der Welt
Ohne Haß verschließt,
Einen Freund am Busen hält
Und mit dem genießt,

Was, von Menschen nicht gewußt
Oder nicht bedacht,
Durch das Labyrinth der Brust
Wandelt in der Nacht.

Wandrers Nachtlied

Über allen Gipfeln
Ist Ruh,
In allen Wipfeln
Spürest du
Kaum einen Hauch;
Die Vögelein schweigen im Walde.
Warte nur, balde
Ruhest du auch.

Gesang der Geister über den Wassern

Des Menschen Seele
Gleicht dem Wasser:
Vom Himmel kommt es,
Zum Himmel steigt es,
Und wieder nieder
Zur Erde muß es,
Ewig wechselnd.

Strömt von der hohen,
Steilen Felswand
Der reine Strahl,
Dann stäubt er lieblich
In Wolkenwellen
Zum glatten Fels,
Und leicht empfangen
Wallt er verschleiernd,
Leisrauschend
Zur Tiefe nieder.

Ragen Klippen
Dem Sturz entgegen,
Schäumt er unmutig

Stufenweise
Zum Abgrund.

Im flachen Bette
Schleicht er das Wiesental hin,
Und in dem glatten See
Weiden ihr Antlitz
Alle Gestirne.

Wind ist der Welle
Lieblicher Buhler;
Wind mischt vom Grund aus
Schäumende Wogen.

Seele des Menschen,
Wie gleichst du dem Wasser!
Schicksal des Menschen,
Wie gleichst du dem Wind!

Die Metamorphose der Pflanzen

Dich verwirret, Geliebte, die tausendfältige Mischung
Dieses Blumengewühls über dem Garten umher;
Viele Namen hörest du an, und immer verdränget
Mit barbarischem Klang einer den andern im Ohr.
Alle Gestalten sind ähnlich, und keine gleichet der andern;
Und so deutet das Chor auf ein geheimes Gesetz,
Auf ein heiliges Rätsel. O könnt ich dir, liebliche Freundin,
Überliefern sogleich glücklich das lösende Wort!
Werdend betrachte sie nun, wie nach und nach sich die Pflanze,
Stufenweise geführt, bildet zu Blüten und Frucht.
Aus dem Samen entwickelt sie sich, sobald ihn der Erde
Stille befruchtender Schoß hold in das Leben entläßt,

Und dem Reize des Lichts, des heiligen, ewig bewegten,
Gleich den zärtesten Bau keimender Blätter empfiehlt.
Einfach schlief in dem Samen die Kraft; ein beginnendes Vorbild
Lag, verschlossen in sich, unter die Hülle gebeugt,
Blatt und Wurzel und Keim, nur halb geformet und farblos;
Trocken erhält so der Kern ruhiges Leben bewahrt,
Quillet strebend empor, sich milder Feuchte vertrauend,
Und erhebt sich sogleich aus der umgebenden Nacht.
Aber einfach bleibt die Gestalt der ersten Erscheinung;
Und so bezeichnet sich auch unter den Pflanzen das Kind.
Gleich darauf ein folgender Trieb, sich erhebend, erneuet,
Knoten auf Knoten getürmt, immer das erste Gebild.
Zwar nicht immer das gleiche; denn mannigfaltig erzeugt sich,
Ausgebildet, du sieht's, immer das folgende Blatt,
Ausgedehnter, gekerbter, getrennter in Spitzen und Teile,
Die verwachsen vorher ruhten im untern Organ.
Und so erreicht es zuerst die höchst bestimmte Vollendung,
Die bei manchem Geschlecht dich zum Erstaunen bewegt.
Viel gerippt und gezackt, auf mastig strotzender Fläche,
Scheinet die Fülle des Triebs frei und unendlich zu sein.
Doch hier hält die Natur, mit mächtigen Händen, die Bildung
An und lenket sie sanft in das Vollkommnere hin.
Mäßiger leitet sie nun den Saft, verengt die Gefäße,
Und gleich zeigt die Gestalt zärtere Wirkungen an.
Stille zieht sich der Trieb der strebenden Ränder zurücke.
Und die Rippe des Stiels bildet sich völliger aus.
Blattlos aber und schnell erhebt sich der zärtere Stengel,
Und ein Wundergebild zieht den Betrachtenden an.
Rings im Kreise stellet sich nun, gezählet und ohne
Zahl, das kleinere Blatt neben dem ähnlichen hin.

Um die Achse gedrängt, entscheidet der bergende Kelch sich,
Der zur höchsten Gestalt farbige Kronen entläßt.
Also prangt die Natur in hoher, voller Erscheinung,
Und sie zeiget, gereiht, Glieder an Glieder gestuft.
Immer staunst du aufs neue, sobald sich am Stengel die Blume
Über dem schlanken Gerüst wechselnder Blätter bewegt.
Aber die Herrlichkeit wird des neuen Schaffens Verkündung;
Ja, das farbige Blatt fühlet die göttliche Hand,
Und zusammen zieht es sich schnell; die zärtesten Formen,
Zwiefach streben sie vor, sich zu vereinen bestimmt.
Traulich stehen sie nun, die holden Paare, beisammen,
Zahlreich ordnen sie sich um den geweihten Altar.
Hymen schwebet herbei, und herrliche Düfte, gewaltig,
Strömen süßen Geruch, alles belebend, umher.
Nun vereinzelt schwellen sogleich unzählige Keime,
Hold in den Mutterschoß schwellender Früchte gehüllt.
Und hier schließt die Natur den Ring der ewigen Kräfte;
Doch ein neuer sogleich fasset den vorigen an,
Daß die Kette sich fort durch alle Zeiten verlänge
Und das Ganze belebt, so wie das Einzelne, sei.
Wende nun, o Geliebte, den Blick zum bunten Gewimmel,
Das verwirrend nicht mehr sich vor dem Geiste bewegt.
Jede Pflanze verkündet dir nun die ewgen Gesetze,
Jede Blume, sie spricht lauter und lauter mit dir.
Aber entzifferst du hier der Göttin heilige Lettern,
Überall siehst du sie dann, auch in verändertem Zug.
Kriechend zaudre die Raupe, der Schmetterling eile geschäftig,
Bildsam ändre der Mensch selbst die bestimmte Gestalt.
O, gedenke denn auch, wie aus dem Keim der Bekanntschaft
Nach und nach in uns holde Gewohnheit entsproß,
Freundschaft sich mit Macht aus unserm Innern enthüllte,
Und wie Amor zuletzt Blüten und Früchte gezeugt.

Denke, wie mannigfach bald die, bald jene Gestalten,
  Still entfaltend, Natur unsern Gefühlen geliehn!
Freue dich auch des heutigen Tags! Die heilige Liebe
  Strebt zu der höchsten Frucht gleicher Gesinnungen auf,
Gleicher Ansicht der Dinge, damit in harmonischem Anschaun
  Sich verbinde das Paar, finde die höhere Welt.

Der Musensohn

Durch Feld und Wald zu schweifen,
Mein Liedchen wegzupfeifen,
So geht's von Ort zu Ort!
Und nach dem Takte reget,
Und nach dem Maß beweget
Sich alles an mir fort.

Ich kann sie kaum erwarten,
Die erste Blum im Garten,
Die erste Blüt am Baum.
Sie grüßen meine Lieder,
Und kommt der Winter wieder,
Sing ich noch jenen Traum.

Ich sing ihn in der Weite,
Auf Eises Läng und Breite,
Da blüht der Winter schön!
Auch diese Blüte schwindet,
Und neue Freude findet
Sich auf bebauten Höhn.

Denn wie ich bei der Linde
Das junge Völkchen finde,
Sogleich erreg ich sie.

Der stumpfe Bursche bläht sich,
Das steife Mädchen dreht sich
Nach meiner Melodie.

Ihr gebt den Sohlen Flügel
Und treibt, durch Tal und Hügel,
Den Liebling weit von Haus.
Ihr lieben holden Musen,
Wann ruh ich ihr am Busen
Auch endlich wieder aus?

Gefunden

Ich ging im Walde
So für mich hin,
Und nichts zu suchen,
Das war mein Sinn.

Im Schatten sah ich
Ein Blümchen stehn,
Wie Sterne leuchtend,
Wie Äuglein schön.

Ich wollt es brechen,
Da sagt' es fein:
Soll ich zum Welken
Gebrochen sein?

Ich grub's mit allen
Den Würzlein aus,
Zum Garten trug ich's
Am hübschen Haus.

Und pflanzt' es wieder
Am stillen Ort;
Nun zweigt es immer
Und blüht so fort.

Mächtiges Überraschen

Ein Strom entrauscht umwölktem Felsensaale,
  Dem Ozean sich eilig zu verbinden;
  Was auch sich spiegeln mag von Grund zu Gründen,
  Er wandelt unaufhaltsam fort zu Tale.

Dämonisch aber stürzt mit einem Male –
  Ihr folgen Berg und Wald in Wirbelwinden –
  Sich Oreas, Behagen dort zu finden,
  Und hemmt den Lauf, begrenzt die weite Schale.

Die Welle sprüht und staunt zurück und weichet
  Und schwillt bergan, sich immer selbst zu trinken;
  Gehemmt ist nun zum Vater hin das Streben.

Sie schwankt und ruht, zum See zurückgedeichet;
  Gestirne, spiegelnd sich, beschaun das Blinken
  Des Wellenschlags am Fels, ein neues Leben.

Parabase

Freudig war, vor vielen Jahren,
Eifrig so der Geist bestrebt,
Zu erforschen, zu erfahren,
Wie Natur im Schaffen lebt.
Und es ist das ewig Eine,
Das sich vielfach offenbart;
Klein das Große, groß das Kleine,
Alles nach der eignen Art.
Immer wechselnd, fest sich haltend;
Nah und fern und fern und nah;
So gestaltend, umgestaltend –
Zum Erstaunen bin ich da.

Dämmrung senkte sich von oben,
Schon ist alle Nähe fern;
Doch zuerst emporgehoben
Holden Lichts der Abendstern!
Alles schwankt ins Ungewisse,
Nebel schleichen in die Höh;
Schwarzvertiefte Finsternisse
Widerspiegelnd ruht der See.

Nun im östlichen Bereiche
Ahn ich Mondenglanz und -glut,
Schlanker Weiden Haargezweige
Scherzen auf der nächsten Flut.
Durch bewegter Schatten Spiele
Zittert Lunas Zauberschein,
Und durchs Auge schleicht die Kühle
Sänftigend ins Herz hinein.

Dornburg, September 1828

Früh, wenn Tal, Gebirg und Garten
Nebelschleiern sich enthüllen,
Und dem sehnlichsten Erwarten
Blumenkelche bunt sich füllen,

Wenn der Äther, Wolken tragend,
Mit dem klaren Tage streitet,
Und ein Ostwind, sie verjagend,
Blaue Sonnenbahn bereitet,

Dankst du dann, am Blick dich weidend,
Reiner Brust der Großen, Holden,
Wird die Sonne, rötlich scheidend,
Rings den Horizont vergolden.

Der Abend

An Miller

Wenn der Abend den See rötet, sich hangende
Buchen spiegeln im See, und das bewegte Schilf,
Und der einsame Nachen
Und das trinkende Wollenvieh:

Ruhe senket sich dann nieder auf tauenden
Lüften, kühlet den Wald, tränket die Blumenau,
Stimmt den singenden Landmann,
Und der flötenden Nachtigall

Liebeweinendes Lied; Wonne, der tränenden
Wehmut Schwester, und du, süße Vergessenheit
Jedes rauschenden Taumels,
Überfließen die Seele mir.

Wankend irr ich umher unter den duftenden
Erlen; jeglichen Busch, jeden Bewohner des
Busches grüßet des frohen
Auges schwimmende Zärtlichkeit.

Auch das Blümchen, der Wurm, welcher das Blümchen beugt,
Ist mir inniglich wert; gab ihm mein Vater doch
Seinen goldenen Schimmer,
Düfte jener und Farbenglanz.

Lieblich lächelt der Mond! lieblich der Abendstern!
Freund, sie lächelten uns weiland am Ufer der
Leine, uns in der Laube,
Uns im Tale des Silberquells!

Miller, trübt sich dein Blick? Miller, mein weinendes
Auge trübt sich in Nacht, welche kein freundlicher
Mond mit Silber durchschimmert,
Kein sanftlächelnder Abendstern!

Der Felsenstrom

Unsterblicher Jüngling!
Du strömest hervor
Aus der Felsenkluft!
Kein Sterblicher sah
Die Wiege des Starken!
Es hörte kein Ohr
Das Lallen des Edlen im sprudelnden Quell!

Wie bist du so schön
In silbernen Locken!
Wie bist du so furchtbar
Im Donner der hallenden Felsen umher!

Dir zittert die Tanne!
Du stürzest die Tanne
Mit Wurzel und Haupt!
Dich fliehen die Felsen!
Du haschest die Felsen,
Und wälzest sie spottend wie Kiesel dahin!

Dich kleidet die Sonne
In Strahlen des Ruhmes!
Sie malet mit Farben des himmlischen Bogens
Die schwebenden Wolken der stäubenden Flut.

Was eilst du hinab
Zum grünlichen See?
Ist dir nicht wohl beim näheren Himmel?

Nicht wohl im hallenden Felsen?
Nicht wohl im hangenden Eichengebüsch?

O eile nicht so
Zum grünlichen See!
Jüngling! du bist noch stark wie ein Gott!
Frei wie ein Gott!

Zwar lächelt dir unten die ruhende Stille,
Die wallende Bebung des schweigenden Sees,
Bald silbern vom schwimmenden Monde,
Bald golden und rot im westlichen Strahl.

O Jüngling! was ist die seidene Ruhe,
Was ist das Lächeln des freundlichen Mondes,
Der Abendsonne Purpur und Gold,
Dem, der in Banden der Knechtschaft sich fühlt?

Noch strömest du wild,
Wie dein Herz gebeut!
Dort unten herrschen oft ändernde Winde,
Oft Stille des Todes im dienstbaren See!

O eile nicht so
Zum grünlichen See!
Jüngling! noch bist du stark wie ein Gott!
Frei wie ein Gott!

Lied auf dem Wasser zu singen, für meine Agnes

Mitten im Schimmer der spiegelnden Wellen
Gleitet wie Schwäne der wankende Kahn;
Ach, auf der Freude sanftschimmernden Wellen
Gleitet die Seele dahin wie der Kahn;

Denn von dem Himmel herab auf die Wellen
Tanzet das Abendrot rund um den Kahn.

Über den Wipfeln des westlichen Haines
Winket uns freundlich der rötliche Schein;
Unter den Zweigen des östlichen Haines
Säuselt der Kalmus im rötlichen Schein;
Freude des Himmels und Ruhe des Haines
Atmet die Seel im errötenden Schein.

Ach es entschwindet mit tauigem Flügel
Mir auf den wiegenden Wellen die Zeit.
Morgen entschwinde mit schimmerndem Flügel
Wieder wie gestern und heute die Zeit,
Bis ich auf höherem strahlenden Flügel
Selber entschwinde der wechselnden Zeit.

JOHANN MARTIN MILLER

Fritzchens Lob des Landlebens

Im November 1772

Rühmt immer eure große Stadt
  Und laßt ihr Lob erschallen!
Mein liebes kleines Dörfchen hat
  Mir dennoch mehr gefallen.

Hier muß ich ganze Tage lang
  Im öden Zimmer sitzen,
Dort konnt ich frei und ohne Zwang
  Die schönen Tage nützen.

Am frühen Morgen konnt ich gleich
In meinen Garten hüpfen
Und nach den Vögeln im Gesträuch,
Ihr Nest zu finden, schlüpfen.

Wenn ich ein Röschen offen sah,
Wie pflegt ich dann zu springen,
Um es mit Freuden der Mama
Zum Morgengruß zu bringen!

Sie nahm es freundlich, küßte mich
Für meine kleine Mühe
Und sah mich an und freute sich,
Daß ich nicht minder blühe.

Da ging ich immer Hand in Hand
Mit unsers Pachters Käthchen,
Ihr gleicht im ganzen weiten Land
Und in der Stadt kein Mädchen.

Schön, wie ein Maientag, war sie,
Geschäftig, wie ein Bienchen,
Und speiste alle Morgen früh
Im Hühnerhof die Hühnchen.

Da sah ich allemal hinab.
Oft dünkt ich mich verborgen,
Sie aber sah mich doch, und gab
Mir freundlich guten Morgen.

Ein Lämmchen, weißer noch als Schnee,
Folgt' ihr am roten Bändchen,
Wohin sie ging, und aß den Klee
Aus ihren weißen Händchen.

Die Blumen wuchsen schöner, die
Mir unser Gärtner schenkte,

Wenn das geliebte Mädchen sie
  Mit klarem Wasser tränkte.

Ans kleine Schmerlenufer ging
  Sie oft mit mir zum Fischen,
Und ließ, wenn ich ein Fischchen fing,
  Mitleidig es entwischen.

Da zürnt' ich manchesmal mit ihr,
  Doch war es bald vorüber,
Und nach dem Schmollen hatten wir
  Einander desto lieber.

O dürft ich, liebes Dörfchen, dich
  Nur einmal wieder sehen,
Gewiß, die Städter sollten mich
  Sobald nicht wieder sehen!

Lied der Bauren beim Regen

10. August 1788 *1. Fassung*

Da sehn wir's wieder hell und klar,
Daß Gott uns nie vergißt,
Und jede Zeit und Stund im Jahr
Der beste Vater ist.
Da gießt nach langem Sonnenbrand,
Sein Regen sich aufs dürre Land.

Du lieber Gott, wie traurig sah's
Bei uns auf Wies' und Feld!
Verdorrt war Korn und Laub und Gras,
Und von der Hitz entstellt;
Matt schlich das Vieh zur Weid hinaus,
Und kehrte hungriger nach Haus.

Die welken Ähren neigten sich
Und gelblich ward ihr Grün;
Der zarte Flachs schwand sichtbarlich
Vor unsern Augen hin;
Die Trespe nur und Distel stand,
Und wuchert' im erhitzten Land.

Da stunden wir, vom Schweiß benäßt,
Der von der Stirn uns rann,
Das Herz, von Sorgen eingepreßt,
Und sahn den Jammer an,
Und seufzten: Ach, du lieber Gott,
Wer giebt uns auf den Winter Brot?

Da schmolz – hab ewig Dank dafür! –
Dein milder Vatersinn;
Da sahn am fernen Himmel wir
Gewölk, wie Schäfchen, ziehn,
Und immer kam's in raschrem Lauf
Und schwärzlicher zu uns herauf.

Da sank, in Dunkel eingehüllt,
Die Sonn am Wald hinab,
Und Regen rauschte kühl und mild
Aufs dürre Feld herab;
Nun freuet alles dankbarlich
Des neugeschenkten Lebens sich.

Wie frisch erhebt der Halm sein Haupt,
Wie prangt der Flachs so blau!
Wie steht der Baum so neubelaubt,
Und glänzendgrün die Au'!
Und welch ein übersüßer Duft
Füllt rings umher die kühle Luft.

Das alles hast du, guter Gott,
In kurzer Zeit getan.

Wo ist sie nun, die Hungersnot,
Der wir entgegen sahn?
Drum laß uns immer dir vertraun,
Und nie so ängstlich vorwärts schaun!

JAKOB MICHAEL REINHOLD LENZ

An die Sonne

Seele der Welt, unermüdete Sonne!
Mutter der Liebe, der Freuden, des Weins!
Ach ohne dich erstarret die Erde
Und die Geschöpfe in Traurigkeit.
Und wie kann ich von deinem Einfluß
Hier allein beseelt und beseligt
Ach wie kann ich den Rücken dir wenden?

Wärme, Milde! mein Vaterland
Mit deinem süßesten Strahl, nur laß mich
Ach ich flehe, hier dir näher,
Nah wie der Adler dir bleiben.

JOHANN HEINRICH VOSS

Frühlingslied
eines gnädigen Fräuleins

Wie lange soll die Brunnenzeit
Der gnädgen Tante dauren?
Man muß in dieser Einsamkeit
Ja ganz und gar versauren!

Sie wird mit Einfalt und Natur
Mich noch zur Närrin schwatzen!
Was schiert mich Hain und Quell und Flur
Und andre solche Fratzen!

Des Abends hört man nur Musik
Der Frösch und Heimchen schallen
Und das abscheuliche Gequiek
Der dummen Nachtigallen!
Von Mücken wird man dann gepurrt
Und wälzet sich im Bette;
Der Haushahn kräht, der Hofhund knurrt
Und bellt und zerrt die Kette!

Und liegt man kaum im ersten Schlaf,
Da geht es an ein Tuten!
Da brüllt der Ochs, da blökt das Schaf,
Da wiehern Hengst' und Stuten!
Dann poltert Tante vor der Tür,
Fängt heiser an zu krähen:
»Auf, Fräulein, auf! du mußt mit mir
Der Sonne Aufgang sehen.«

Da gibt's nicht Kaffee oder Tee
Noch Butterbrot mit Braten;
Ganz nüchtern und im Negligé
Muß man den Tau durchwaten.
Zwo Stunden wenigstens muß ich
Durch Dorn und Distel rennen
Und von der Sonnenhitze mich
Zur Mohrin lassen brennen!

Und läutet man Glock zwölf zu Tisch,
So gibt's nur Gras und Kräuter,
Nur saure Milch, ein Stückchen Fisch,
Ein Eichen und so weiter.

Der Grobian von Sudelkoch
Weiß nichts von Leckerbißchen!
Zum Nachtisch kömmt aufs höchste noch
Ein Teller voll Radieschen!

Kein einzig Wörtchen hört man hier
Von Tricktrack, Dam' und Karten;
Zum Zeitvertreibe schlendern wir
Ein Weilchen in den Garten.
Hätt ich nicht meinen Amadis,
Mich zu desennuyieren,
Ich müßte schier vor Ärgernis
Und Langerweil krepieren!

Oft schleppen Ihre Gnaden gar
Mich zu der Baurkanaille,
Zu Kerln mit unfrisiertem Haar
Und Menschern ohne Taille.
Besonders wenn das Lumpenpack
An Feiertagen kegelt:
Da stinkt es von Swizenttobak!
Da wird was Rechts geflegelt!

Und in der Kirche gar zu sein,
Das ist nun ganz abscheulich!
Der Pfaffe predigt so gemein!
Das Volk tut da so heilig!
Was macht man da mit Stoff und Uhr,
Mit Schmink und Demantringen?
Hans Hagel glaubt, man sei da nur
Zum Beten und zum Singen!

Vermaledeites Einerlei,
Wirst du denn ewig dauern?
O laß mich, lieber böser Mai,
Zurück zu jenen Mauern!

Ach, seht doch, in der blauen Fern
Wie schön der Rauch sich hebet!
Du liebe Stadt voll junger Herrn!
Ach! wie das Herz mir bebet!

Der Herbstgang

Für Christian Rudolf Boie

Die Bäume stehn der Frucht entladen,
Und gelbes Laub verweht ins Tal;
Das Stoppelfeld in Schimmerfaden
Erglänzt am niedern Mittagsstrahl.
Es kreist der Vögel Schwarm und ziehet,
Das Vieh verlangt zum Stall und fliehet
Die magern Aun, vom Reife fahl.

Oh, geh am sanften Scheidetage
Des Jahrs zu guter Letzt hinaus
Und nenn ihn Sommertag und trage
Den letzten, schwer gefundnen Strauß.
Bald steigt Gewölk und schwarz dahinter
Der Sturm und sein Genoß, der Winter,
Und hüllt in Flocken Feld und Haus.

Ein weiser Mann, ihr Lieben, haschet
Die Freuden im Vorüberfliehn,
Empfängt, was kommt, unüberraschet
Und pflückt die Blumen, weil sie blühn;
Und sind die Blumen auch verschwunden,
So steht am Winterherd umwunden
Sein Festpokal mit Immergrün.

Noch trocken führt durch Tal und Hügel
Der längstvertraute Sommerpfad.
Nur rötlich hängt am Wasserspiegel
Der Baum, den grün ihr neulich saht.

Doch grünt der Kamp von Winterkorne;
Doch grünt beim Rot der Hagedorne
Und Spillbeern unsre Lagerstatt!

So still an warmer Sonne liegend,
Sehn wir das bunte Feld hinan
Und dort, auf schwarzer Brache pflügend
Mit Luftgepfeif, den Ackermann;
Die Krähn in frischer Furche schwärmen
Dem Pfluge nach und schrein und lärmen,
Und dampfend zieht das Gaulgespann.

Natur, wie schön in jedem Kleide!
Auch noch im Sterbekleid wie schön!
Sie mischt in Wehmut sanfte Freude
Und lächelt tränend noch im Gehn.
Du, welkes Laub, das niederschauert,
Du, Blümchen, lispelst: Nicht getrauert!
Wir werden schöner auferstehn!

FRIEDRICH SCHILLER

Der Abend

Nach einem Gemälde

Senke, strahlender Gott, die Fluren dürsten
Nach erquickendem Tau, der Mensch verschmachtet,
  Matter ziehen die Rosse,
    Senke den Wagen hinab.

Siehe, wer aus des Meers kristallner Woge
Lieblich lächelnd dir winkt! Erkennt dein Herz sie?
  Rascher fliegen die Rosse,
    Thetys, die göttliche, winkt.

Schnell vom Wagen herab in ihre Arme
Springt der Führer, den Zaum ergreift Kupido,
  Stille halten die Rosse,
    Trinken die kühlende Flut.

An dem Himmel herauf mit leisen Schritten
Kommt die duftende Nacht; ihr folgt die süße
  Liebe. Ruhet und liebet,
    Phöbus, der liebende, ruht.

Die Blumen

Kinder der verjüngten Sonne,
  Blumen der geschmückten Flur,
Euch erzog zu Lust und Wonne,
  Ja euch liebte die Natur.
Schön das Kleid mit Licht gesticket,
Schön hat Flora euch geschmücket
  Mit der Farben Götterpracht.
Holde Frühlingskinder, klaget,
Seele hat sie euch versaget,
  Und ihr selber wohnt in Nacht.

Nachtigall und Lerche singen
  Euch der Liebe selig Los,
Gaukelnde Sylphiden schwingen
  Buhlend sich auf eurem Schoß.
Wölbte eures Kelches Krone
Nicht die Tochter der Dione
  Schwellend zu der Liebe Pfühl?
Zarte Frühlingskinder, weinet,
Liebe hat sie euch verneinet,
  Euch das selige Gefühl.

Aber hat aus Nannys Blicken
Mich der Mutter Spruch verbannt,
Wenn euch meine Hände pflücken
Ihr zum zarten Liebespfand,
Leben, Sprache, Seelen, Herzen,
Stumme Boten süßer Schmerzen,
Goß euch dies Berühren ein,
Und der mächtigste der Götter
Schließt in eure stillen Blätter
Seine hohe Gottheit ein.

Hymne an den Unendlichen

Zwischen Himmel und Erd, hoch in der Lüfte Meer,
In der Wiege des Sturms trägt mich ein Zackenfels,
Wolken türmen
Unter mir sich zu Stürmen,
Schwindelnd gaukelt der Blick umher,
Und ich denke dich, Ewiger.

Deinen schauernden Pomp borge dem Endlichen,
Ungeheure Natur! Du, der Unendlichkeit
Riesentochter,
Sei mir Spiegel Jehovas!
Seinen Gott dem vernünftgen Wurm
Orgle prächtig, Gewittersturm!

Horch! er orgelt – Den Fels, wie er herunterdröhnt!
Brüllend spricht der Orkan Zebaoths Namen aus.
Hingeschrieben
Mit dem Griffel des Blitzes:
Kreaturen, erkennt ihr mich?
Schone, Herr! wir erkennen dich.

Natur und Vernunft

Wärt ihr, Schwärmer, imstande, die Ideale zu fassen,
O so verehrtet ihr auch, wie sichs gebührt, die Natur.
Wärt ihr, Philister, imstand, die Natur im Großen zu sehen,
Sicher führte sie selbst euch zu Ideen empor.

JOHANN PETER HEBEL

Das Gewitter

Der Vogel schwankt so tief und still,
er weiß nit, woner ane will.
Es chunnt so schwarz, und chunnt so schwer,
und in die Lüfte hangt e Meer
voll Dunst und Wetter. Los, wie's schallt
am Blauen, und wie's widerhallt.

In große Wirble fliegt der Staub
zum Himmel uf, mit Halm und Laub,
und lueg mer dört sel Wülkli a!
I ha ke große Gfalle dra.
Lueg, wiener's usenander rupft,
wie üser eis, wenn's Wulle zupft.

Se helfis Gott, und bhüetis Gott!
Wie zuckt's dur's Gwülch so füürig rot
und 's chracht und stoßt, es isch e Gruus,
aß d'Fenster zitteren und 's Hus.
Lueg 's Büebli in der Waglen a!
Es schloft, und nimmt si nüt drum a.

Sie lüte z'Schlienge druf und druf,
je, und 's hört ebe doch nit uf.
Sel bruucht me gar, wenn's dundere soll,
und 's lütet eim no d'Ohre voll. –
O helfis Gott! – Es isch e Schlag!
Dört siehsch im Baum am Gartehag?

Lueg, 's Büebeli schloft no allewil
und us dem Dundere macht's nit viel.
Es denkt: »Das ficht mi wenig a,
er wird jo d'Auge binem ha.«
Es schnüfelet, es dreiht sie hott
ufs ander Öhrli. Gunn der's Gott!

O siehsch die helle Streife dört?
O los! Hesch nit das Raßle ghört?
Es chunnt. Gott wellis gnädig si!
Göhnt weidli, henket d'Läden i!
's isch wieder akurat wie fern.
Guet Nacht, du schöni Weizenern.

Es schetteret uffem Chilchedach;
und vorem Hus, wie gäutscht's im Bach
und loßt nit no – daß Gott erbarm.
Jez simmer wieder alli arm. –
Zwor hemmer au scho gmeint, 's seig so,
und doch isch's wieder besser cho.

Lueg, 's Büebli schloft no alliwil
und us dem Hagle macht's nit viel!
Es denkt: »Vom Briegge loßt's nit no,
er wird mi Teil scho übrig lo.«
He jo, 's het au, so lang i's ha,
zu rechter Zit si Sächli gha.

O gebis Gott e Chindersinn!
's isch große Trost und Sege drinn.

Sie schlofe wohl und traue Gott,
wenn's Spieß und Nägel regne wott,
und er macht au si Sprüchli wohr
mit sinen Englen in der Gfohr. –

Wo isch das Wetter ane cho?
D'Sunn stoht am heitre Himmel do.
's isch schier gar z'spot, doch grüeß di Gott!
»He«, seit sie, »nei, 's isch no nit z'spot;
es stoht no menge Halm im Bah'
und menge Baum, und Öpfel dra.« –

Potz tausig, 's Chind isch au verwacht.
Lueg, was es für e Schnüüfeli macht!
Es lächlet, es weiß nüt dervo.
Siehsch, Friederli, wie's ussieht do? –
Der Schelm hot no si Gfalle dra.
Gang, richt em eis si Päppli a! –

FRIEDRICH VON MATTHISSON

Der Wald

– me gelidum nemus
Secernit populo.
Horat.

Herrlich ist's im Grünen!
Mehr als Opernbühnen
Ist mir abends unser Wald,
Wenn das Dorfgeläute
Dumpfig aus der Weite
Durch der Wipfel Dämmrung hallt.

Hoch aus mildem Glanze
Streut im leichten Tanze
Mir das Eichhorn Laub und Moos;
Fink' und Amsel rauschen
Durch die Zweig' und lauschen
Rings im jungen Maigespроß.

Fern am Ellernholze
Grast in Ruh der stolze
Kronhirsch längs dem Weidendamm;
Überhüllt von Laube
Girrt die Ringeltaube
Im Gerank am Eichenstamm.

In der Abendhelle
Funkelt die Libelle,
Sanft am Farrenkraut gewiegt;
Mückenschwärm' erheben
Sich aus Binsengräben
Und der braune Schröter fliegt.

Iris und Ranunkel
Blühn im Weidendunkel,
Wo durch Tuff die Quelle schäumt,
Die mit Spiegelglätte
Dort im Rasenbette
Wies' und Birkental umsäumt.

Ob dem Felsenpfade
Schimmert die Kaskade,
Wie ein flatternd Silberband.
Hell durch Laubgewimmel
Blinkt der Frühlingshimmel,
Und der Berge Schneegewand.

Zauberisch erneuen
Sich die Phantaseien
Meiner Kindheit hier so licht!

Rosenfarbig schweben
Duftgebild', und weben
Ein elysisch Traumgesicht.

JOHANN GAUDENZ VON SALIS-SEEWIS

Herbstlied

Bunt sind schon die Wälder;
Gelb die Stoppelfelder,
Und der Herbst beginnt.
Rote Blätter fallen,
Graue Nebel wallen,
Kühler weht der Wind.

Wie die volle Traube,
Aus dem Rebenlaube,
Purpurfarbig strahlt!
Am Geländer reifen
Pfirsiche mit Streifen
Rot und weiß bemalt.

Sieh! wie hier die Dirne
Emsig Pflaum' und Birne
In ihr Körbchen legt;
Dort, mit leichten Schritten,
Jene, goldne Quitten
In den Landhof trägt!

Flinke Träger springen,
Und die Mädchen singen,
Alles jubelt froh!

Bunte Bänder schweben,
Zwischen hohen Reben,
Auf dem Hut von Stroh!

Geige tönt und Flöte
Bei der Abendröte
Und im Mondenglanz;
Junge Winzerinnen
Winken und beginnen
Deutschen Ringeltanz.

JOHANN GOTTFRIED SEUME

Lied
auf dem vaterländischen Berge

Am Ätna wächst die Frucht der Hesperiden
  Und Öl und goldner Wein;
Allein man wohnt am Ätna nicht zufrieden
  Und kann nicht ruhig sein.

Der Feuerberg stürzt aus dem Höllenschlunde
  Oft seine Flut herab,
Und wälzt die Stadt mit Öl und Frucht zugrunde,
  Und macht ein großes Grab.

Am Hügel hier blühn jetzt noch schöne Rosen,
  Und wächst auch etwas Wein:
Auch können wir beim Lied vertraulich kosen,
  Und immer ruhig sein.

Zwar nickt uns nicht vom hohen Baume
  Die Ambrafeige zu;

Doch pflücken wir vom Ast die Mohrenpflaume,
Und essen sie in Ruh.

Die Mandel fehlt, wir haben aber Kirschen,
Und haben dran Gewinn;
Und gäben wir wohl unsre Purpurpfirschen
Für die Granate hin?

Der Ätna ist ein häßlicher Herr Vetter
Mit seiner Feerei;
Hier kommt wohl auch ein kleines Donnerwetter;
Doch ist es bald vorbei.

Drum wollen wir genießen, singen, kosen,
Und froh sein wollen wir.
Singt, Freunde, singt: Es leben unsre Rosen
Auf unserm Berge hier!

AUGUST WILHELM SCHLEGEL

Der gespaltene Berg

Dort, wo sich an des Mittelmeeres Wogen
Gaetas schroffer Felsenwall erhebt,
Wo, rechts und links am Ufer hingezogen,
Der freie Blick zwo Buchten überschwebt,
Wo noch nicht in Vergessenheit entflogen
So manch uralte Heldensage lebt,
Wie seiner Amme hier zum Angedenken
Äneas Grab und Namen wollte schenken:

Da siehest du der Bergeshöhen eine
Gespalten ganz durch eine seltne Kluft.

Es geht der Riß hinab im harten Steine
Vom Gipfel an bis in die tiefste Gruft,
Doch hemmt die beiden Wände vom Vereine
Nur enger Raum und wenig Himmelsluft,
Also, daß Einer nur und nach dem Andern
Den dunkeln Fußsteig mag hinunter wandern.

Und es berichten uns die heilgen Sagen:
Derselbe Berg war vormals fest und dicht.
Doch als der Heiland, an das Kreuz geschlagen,
Für unsre Sünd' erlitten das Gericht,
Und als der Schrei von seinem letzten Zagen,
Der durch der Erde Schoß erschütternd bricht,
Die Hüll' am Allerheiligsten zerrissen;
Da hat sich auch des Felsen Brust zersplissen.

Die Kirche, von der Andacht Trieb geleitet,
Hat dieses Wunderzeichen wohl gehegt.
Hier ist ein Weg zur Pilgerfahrt bereitet,
Wobei die Seele Christi Leid erwägt;
An dreizehn Stellen, wie man nieder schreitet,
Erscheint das Bild des Kreuzes eingeprägt;
Bald murmelnd, bald geräuschig, spült die Welle
Am Ausgang um die heimliche Kapelle.

FRIEDRICH HÖLDERLIN

An die Natur

Da ich noch um deinen Schleier spielte,
Noch an dir, wie eine Blüte, hing,
Noch dein Herz in jedem Laute fühlte,
Der mein zärtlichbebend Herz umfing,

Da ich noch mit Glauben und mit Sehnen
Reich, wie du, vor deinem Bilde stand,
Eine Stelle noch für meine Tränen,
Eine Welt für meine Liebe fand,

Da zur Sonne noch mein Herz sich wandte,
Als vernähme seine Töne sie,
Und die Sterne seine Brüder nannte
Und den Frühling Gottes Melodie,
Da im Hauche, der den Hain bewegte,
Noch dein Geist, dein Geist der Freude sich
In des Herzens stiller Welle regte,
Da umfingen goldne Tage mich.

Wenn im Tale, wo der Quell mich kühlte,
Wo der jugendlichen Sträuche Grün
Um die stillen Felsenwände spielte
Und der Aether durch die Zweige schien,
Wenn ich da, von Blüten übergossen,
Still und trunken ihren Othem trank
Und zu mir, von Licht und Glanz umflossen,
Aus den Höhn die goldne Wolke sank –

Wenn ich fern auf nackter Heide wallte,
Wo aus dämmernder Geklüfte Schoß
Der Titanensang der Ströme schallte
Und die Nacht der Wolken mich umschloß,
Wenn der Sturm mit seinen Wetterwogen
Mir vorüber durch die Berge fuhr
Und des Himmels Flammen mich umflogen,
Da erschienst du, Seele der Natur!

Oft verlor ich da mit trunknen Tränen
Liebend, wie nach langer Irre sich
In den Ozean die Ströme sehnen,
Schöne Welt! in deiner Fülle mich;

Ach! da stürzt ich mit den Wesen allen
Freudig aus der Einsamkeit der Zeit,
Wie ein Pilger in des Vaters Hallen,
In die Arme der Unendlichkeit. –

Seid gesegnet, goldne Kinderträume,
Ihr verbargt des Lebens Armut mir,
Ihr erzogt des Herzens gute Keime,
Was ich nie erringe, schenktet ihr!
O Natur! an deiner Schönheit Lichte,
Ohne Müh und Zwang entfalteten
Sich der Liebe königliche Früchte,
Wie die Ernten in Arkadien.

Tot ist nun, die mich erzog und stillte,
Tot ist nun die jugendliche Welt,
Diese Brust, die einst ein Himmel füllte,
Tot und dürftig, wie ein Stoppelfeld;
Ach! es singt der Frühling meinen Sorgen
Noch, wie einst, ein freundlich tröstend Lied,
Aber hin ist meines Lebens Morgen,
Meines Herzens Frühling ist verblüht.

Ewig muß die liebste Liebe darben,
Was wir lieben, ist ein Schatten nur,
Da der Jugend goldne Träume starben,
Starb für mich die freundliche Natur;
Das erfuhrst du nicht in frohen Tagen,
Daß so ferne dir die Heimat liegt,
Armes Herz, du wirst sie nie erfragen,
Wenn dir nicht ein Traum von ihr genügt.

Heidelberg

Lange lieb ich dich schon, möchte dich, mir zur Lust,
Mutter nennen, und dir schenken ein kunstlos Lied,
Du, der Vaterlandsstädte
Ländlichschönste, so viel ich sah.

Wie der Vogel des Walds über die Gipfel fliegt,
Schwingt sich über den Strom, wo er vorbei dir glänzt,
Leicht und kräftig die Brücke,
Die von Wagen und Menschen tönt.

Wie von Göttern gesandt, fesselt' ein Zauber einst
Auf die Brücke mich an, da ich vorüber ging,
Und herein in die Berge
Mir die reizende Ferne schien,

Und der Jüngling, der Strom, fort in die Ebne zog,
Traurigfroh, wie das Herz, wenn es, sich selbst zu schön,
Liebend unterzugehen,
In die Fluten der Zeit sich wirft.

Quellen hattest du ihm, hattest dem Flüchtigen
Kühle Schatten geschenkt, und die Gestade sahn
All ihm nach, und es bebte
Aus den Wellen ihr lieblich Bild.

Aber schwer in das Tal hing die gigantische,
Schicksalskundige Burg nieder bis auf den Grund,
Von den Wettern zerrissen;
Doch die ewige Sonne goß

Ihr verjüngendes Licht über das alternde
Riesenbild, und umher grünte lebendiger
Efeu; freundliche Wälder
Rauschten über die Burg herab.

Sträuche blühten herab, bis wo im heitern Tal,
An den Hügel gelehnt, oder dem Ufer hold,
Deine fröhlichen Gassen
Unter duftenden Gärten ruhn.

Der Neckar

In deinen Tälern wachte mein Herz mir auf
Zum Leben, deine Wellen umspielten mich,
Und all der holden Hügel, die dich
Wanderer! kennen, ist keiner fremd mir.

Auf ihren Gipfeln löste des Himmels Luft
Mir oft der Knechtschaft Schmerzen; und aus dem Tal,
Wie Leben aus dem Freudebecher,
Glänzte die bläuliche Silberwelle.

Der Berge Quellen eilten hinab zu dir,
Mit ihnen auch mein Herz und du nahmst uns mit,
Zum stillerhabnen Rhein, zu seinen
Städten hinunter und lustgen Inseln.

Noch dünkt die Welt mir schön, und das Aug entflieht,
Verlangend nach den Reizen der Erde mir,
Zum goldenen Paktol, zu Smyrnas
Ufer, zu Ilions Wald. Auch möcht ich

Bei Sunium oft landen, den stummen Pfad
Nach deinen Säulen fragen, Olympion!
Noch eh der Sturmwind und das Alter
Hin in den Schutt der Athenertempel

Und ihrer Gottesbilder auch dich begräbt,
Denn lang schon einsam stehst du, o Stolz der Welt,

Die nicht mehr ist. Und o ihr schönen
Inseln Ioniens! wo die Meerluft

Die heißen Ufer kühlt und den Lorbeerwald
Durchsäuselt, wenn die Sonne den Weinstock wärmt,
Ach! wo ein goldner Herbst dem armen
Volk in Gesänge die Seufzer wandelt,

Wenn sein Granatbaum reift, wenn aus grüner Nacht
Die Pomeranze blinkt, und der Mastixbaum
Von Harze träuft und Pauk und Cymbel
Zum labyrinthischen Tanze klingen.

Zu euch, ihr Inseln! bringt mich vielleicht, zu euch
Mein Schutzgott einst; doch weicht mir aus treuem Sinn
Auch da mein Neckar nicht mit seinen
Lieblichen Wiesen und Uferweiden.

Der gefesselte Strom

Was schläfst und träumst du, Jüngling, gehüllt in dich,
Und säumst am kalten Ufer, Geduldiger,
Und achtest nicht des Ursprungs, du, des
Ozeans Sohn, des Titanenfreundes!

Die Liebesboten, welche der Vater schickt,
Kennst du die lebenatmenden Lüfte nicht?
Und trifft das Wort dich nicht, das hell von
Oben der wachende Gott dir sendet?

Schon tönt, schon tönt es ihm in der Brust, es quillt,
Wie, da er noch im Schoße der Felsen spielt',
Ihm auf, und nun gedenkt er seiner
Kraft, der Gewaltige, nun, nun eilt er,

Der Zauderer, er spottet der Fesseln nun,
Und nimmt und bricht und wirft die Zerbrochenen
Im Zorne, spielend, da und dort zum
Schallenden Ufer und an der Stimme

Des Göttersohns erwachen die Berge rings,
Es regen sich die Wälder, es hört die Kluft
Den Herold fern und schaudernd regt im
Busen der Erde sich Freude wieder.

Der Frühling kommt; es dämmert das neue Grün;
Er aber wandelt hin zu Unsterblichen;
Denn nirgend darf er bleiben, als wo
Ihn in die Arme der Vater aufnimmt.

Hälfte des Lebens

Mit gelben Birnen hänget
Und voll mit wilden Rosen
Das Land in den See,
Ihr holden Schwäne,
Und trunken von Küssen
Tunkt ihr das Haupt
Ins heilignüchterne Wasser.

Weh mir, wo nehm ich, wenn
Es Winter ist, die Blumen, und wo
Den Sonnenschein,
Und Schatten der Erde?
Die Mauern stehn
Sprachlos und kalt, im Winde
Klirren die Fahnen.

Der Frühling

Wenn auf Gefilden neues Entzücken keimt
Und sich die Ansicht wieder verschönt und sich
An Bergen, wo die Bäume grünen,
Hellere Lüfte, Gewölke zeigen,

O! welche Freude haben die Menschen! froh
Gehn an Gestaden Einsame, Ruh und Lust
Und Wonne der Gesundheit blühet,
Freundliches Lachen ist auch nicht ferne.

FRIEDRICH SCHLEGEL

Im Speßhart

1806

Gegrüßt sei du viel lieber Wald!
Es rührt mit wilder Lust,
Wenn abends fern das Alphorn schallt,
Erinnrung mir die Brust.

Jahrtausende wohl standst du schon,
O Wald so dunkel kühn,
Sprachst allen Menschenkünsten Hohn,
Und webtest fort dein Grün.

Wie mächtig dieser Äste Bug,
Und das Gebüsch wie dicht,
Was golden spielend kaum durchschlug
Der Sonne funkelnd Licht.

Nach oben strecken sie den Lauf,
Die Stämme grad und stark;
Es strebt zur blauen Luft hinauf
Der Erde Trieb und Mark.

Durch des Gebildes Adern quillt
Geheimes Lebensblut,
Der Blätterschmuck der Krone schwillt
In grüner Frühlingsglut.

Natur, hier fühl ich deine Hand,
Und atme deinen Hauch,
Beklemmend dringt und doch bekannt
Dein Herz in meines auch.

Dann denk ich, wie vor alter Zeit,
Du dunkle Waldesnacht!
Der Freiheit Sohn sich dein gefreut,
Und was er hier gedacht.

Du warst der Alten Haus und Burg;
Zu diesem grünen Zelt
Drang keines Feindes Ruf hindurch,
Frei war noch da die Welt.

NOVALIS

Der Harz

Harz, du Muttergebürg, welchem die andre Schar
  Wie der Eiche das Laub entsproßt,
Adler zeugest du dir hoch auf der Felsenhöh
  Und dem Dichter Begeisterung.

Weit im deutschen Gefild sieht man der Felsen Haupt
Spät im Sommer vom Schnee noch schwer,
Tiefer Fichten bekränzt, düster vom Eichenwald,
Der vor Zeiten den Deutschen hehr.

Ströme rauschen herab dir in das finstre Tal,
Brechen zwischen den Lasten sich,
Welche spielende Flut von dem Gebürge riß
Und des eilenden Sturmes Grimm.

Oft umringen dich auch Blitz und des Donners Hall,
Schrecken unten das tiefre Tal,
Doch mit heitrer Stirn lachst du des Ungestüms,
Träufst nur fruchtbare Flut herab.

Eber brausen im Wald, Eber mit Mörderzahn,
Die der Spieß zu bestehn nur wagt,
Du auch hegest den Hirsch trotzend auf sein Geweih
Und noch mehrerer Tiere Heer.

Gütig lässest du zu, daß dir dein Eingeweid
Mit der emsigen Hand durchwühlt
Nach verderbendem Gold und nach dem Silbererz
Unersättlicher Menschendurst,

Aber schenkest uns auch Kupfer und tötend Blei,
Eisen nützlich dem Mensch[en]geschlecht,
Das den Acker durchfurcht, Sterblichen Speise gibt
Und dem gütigen Ofen Holz,

Wenn mit schneidender Axt Bäume der Hauer fällt,
Die dein nährender Schoß erhob.
Aber bauet's nicht auch Häuser zum Schutz uns auf?
Schützt's uns nicht für der Feinde Wut?

Lob dir, denn es besang dich der Unsterblichkeit
Sänger Klopstock mit Harfenklang,

Daß es scholl im Gebürg und in dem Eichenwald
In dem felsichten Widerhall.

Deutsche Freiheit so wert, werter dem Biedermann
Als des zinsenden Perus Gold,
Stehe furchtbar und hehr und unerschütterlich
Wie dein donnerndes Felsenhaupt.

An ein fallendes Blatt

Siehe der Winter deckt mit dem schimmernden Schnee die Fluren,
Und es weichet das Grün; Stürme durchwehn den Baum,
Reißen das treueste Blatt mit Ungestüme herunter,
Siehe dort gaukelt es hin, sausenden Lüften ein Spiel.
Einstens vom Alter beschneit verfliegt so im ruhigen Tode,
Schnell wie Erschaffung dem hohen Gedanken des Ewigen folget,
Schwebt zu der Wonne mein Geist, welche dem Sterblichen harrt,
Welcher, was Vorsehung gab, zufrieden und freudevoll annahm,
Menschen, so viel er gekannt, heiter und glücklich gemacht.

Der Rosenstock

Rosenstöckchen, wart ich will dich pflegen,
Schützen dich vor Hitze und vor Regen,
Welcher heftig aus Gewittern träuft,
Bleib in Liebchens Laube hier verborgen,
Sanft begießen will ich alle Morgen
Dich, bis du zur Blüte aufgereift.

Deine Rosen sollen dann bekränzen
Liebchen, und an ihrem Busen glänzen,
Dessen sanfte Röte dich beschämt,
Dann noch sollst du immer fröhlich grünen,
Saitenlob noch oft von mir verdienen,
Wenn der Zephir Nord und Reif bezähmt.

LUDWIG TIECK

Blumen

Blumen sind uns nah befreundet,
Pflanzen unserm Blut verwandt,
Und sie werden angefeindet,
Und wir tun so unbekannt.

Unser Kopf lenkt sich zum Denken
Und die Blume nach dem Licht,
Und wenn Nacht und Tau einbricht
Sieht man sich die Blätter senken.
Wie der Mensch zum Schlaf einnickt,
Schlummert sie in sich gebückt.

Schmetterlinge fahren nieder,
Summen hier und summen dort,
Summen ihre trägen Lieder,
Kommen her und schwirren fort.

Und wenn Morgenrot den Himmel säumt,
Wacht die Blum und sagt, sie hat geträumt,
Weiß es nicht, daß voll von Schmetterlingen
Alle Blätter ihres Kopfes hingen.

Bologna

Seit ich Florenz verließ
Vermiß ich Italien,
Alle Berge dünken mir klein,
Alle Formen der Landschaft beengend:
O wie sehnt sich mein Auge nach dir
Du erhabene römische Ferne,
Mit deinen hochschwebenden Gebirgen,
Der weiten, ausgedehnten Landschaft.

Tot nennen sie deine Natur?
Noch immer ruhen, wie liebliche Träume,
Deine dämmernden Gestalten vor den Augen meines
Geistes,
Und wie man nach langem, innigen Gespräch,
In der Versammlung der Fremden den Freund vermißt,
So erseufz ich nach Roms Gegenwart
Wenn man mir dieses wohl und jenes schön will
nennen.

WILHELM HEINRICH WACKENRODER

Das Meer

1795

Auf hoher Felsenkante
der Menschheit Abgesandte
stehn wir und opfern Gott Gesang.
Ihm tönen Jubellieder
im Namen unsrer Brüder
für alle Pracht der Erde Dank.

In allgewaltger Schale
dem heiligen Schicksale
schäumt unter uns das weite Meer.
In lachend heitrer Stille,
im wilden Sturmgebrülle
ist's immer heilig, groß und hehr.

Und Gottes Bild, der Himmel,
schaut in der Flut Gewimmel
mit unbewegtem Aug hinein:
Er beugt sich freundlich nieder,
mit blauem Glanzgefieder
schließt er die Flut umarmend ein.

CLEMENS BRENTANO

Der Abend

Nach seiner Heimat kühlen Lorbeerhainen
Schwebt auf der goldnen Schale
Schon Helios, es glühen rings die Wellen,
Der Ozean erschwillt in frohen Scheinen,
Die wie mit Blitzesstrahle
Die ernste Nacht der fernen Ufer hellen,
Und über alle Schwellen
Ergießt der Gott die stillen Feuerwogen
Zum ewgen Himmelsbogen,
Daß von den Bergen durch das dunkle Leben
Des Tages Flammen widerhallend beben.

Hoch auf den Bergen wehen seine Flammen,
Den raschen Mann zu führen,
Der seiner Reise Ziel noch nicht errungen,

Er strahlet mit dem Glanze stets zusammen,
Wenn gleich die Füße gleiten,
Bleibt von dem Lichte doch sein Haupt umschlungen.
Nie von der Nacht bezwungen
Lenkt ruhig nach der Sterne heilgem Feuer,
Das ernste Schiff den Steuer
Und wandelt heimwärts durch die dunkeln Fluten
Vertrauend auf des Leuchtturms hohe Gluten.

Vom kühnen Felsen rinnen Lichter nieder,
Die Täler zu ergründen,
Und wo des Feuers milde Quelle ziehet,
Verglimmen bald des Haines wilde Lieder,
Denn alle Töne schwinden,
Bis sie des Abends Flammen rein geglühet –
Und welch ein Lied erblühet –
Es flicht die Nachtigall die goldnen Schlingen
Und süß gefangen ringen
Im Liede Liebesschmerz und Schmerzesliebe,
Daß Schmerz in Liebe, Lieb in Schmerz sich übe*.

So drang der Töne Frühling aus dem Schweigen,
So auch in reinen Seelen
Des Tages wilde Kämpfe bald zerrinnen,
Wenn Lieb und Schmerz sich hold zusammen neigen,
Die Zwietracht zu verhehlen,
Und rührend doch den ewgen Streit beginnen.
Ach keine mag gewinnen! –
Ein Wundergift fließt beiden von den Pfeilen,
zu töten und zu heilen –
Denn er muß stets an ihrem Pfeil gesunden,
Und sterbend lebt sie nur in seinen Wunden.

Doch bald wird nun die Ruhe niederschweben,
Daß alle Schmerzen fliehen,

* Ich konnte das schöne Tonspiel des Italienischen von amare und amaro nicht anders geben.

Den heißen Kampf die stillen Schatten kühlen,
Dann mag der Sehnsucht ungelöstes Leben
In heilgen Phantasien,
In schönen Träumen dichtend sich erwühlen.
Könnt ihr solch Leben fühlen?
So will, mit seinem Rausch euch zu erfüllen,
Mein Bild ich gern enthüllen,
Mein Bild, wie in des Abends Heiligtumen
Die Jungfrau redet mit den holden Blumen.

Am Sophientag

Süßer Mai du Quell des Lebens
Bist so süßer Blumen voll
Liebe sucht auch nicht vergebens
Wem sie Kränze winden soll.

Süßer Mai, mit Blumenglocken
Läutest du das Fest mir ein
Ich bekränze ihre Locken,
Will ein frommer Gast auch sein.

Süßer Mai, zum Liebesmahle
Trägst du Blumenkelche ein
Blütensäulen stehn im Saale
Drüber wölbt sich Sonnenschein.

Süßer Mai, in deinen Kelchen
Küssen fromme Bienen sich
Aber unter allen welchen
Hast du eingefüllt für mich!

Süßer Mai! du bringest nieder
Blume, Blüte, Sonnenschein,
Daß ich wisse, wem die Lieder,
Wem das Herz, das Leben weihn.

Die Rose blüht; schloß gleich ein rauher Wind,
Als sie der goldnen Imme sich erschlossen,
Der Liebe arglos offnen Kelch geschwind,
Hat doch der Haß nicht Gift hineingegossen!
Sie schloß gleich einem bangen, zarten Kind
Die Augen, bis die Zornflut abgeflossen;
Vielleicht schloß sie in brünstigem Verlangen
Sich nur so schnell, die Biene einzufangen?

Die Rose blüht, die Biene ist entflohn,
Aufs neue muß sie mit den Frühlingsglocken
Des Zornes Stachel führnden, goldnen Sohn
In ihres Duftes keuschen Busen locken;
Ihr süß'ster Tau, kehrt er, wird ihm zum Lohn
O kehr, mein Bienlein, sei nicht so erschrocken!
Zum Garten sieht mein Fenster, dorten wohn ich.
Komm, liebe Imme, sammle Wachs und Honig!

Die Rose blüht; wenn alle Vöglein schlafen,
Wenn nieder hintern Wald die Sonne flieht,
Wenn treu der Mond mit seinen Wolkenschafen
An deiner Rose Stand vorüberzieht,
Zur Stunde, als Imeldens Töne trafen
Ein liebes Herz durch ein unschuldig Lied,
Da will am Fenster nieder zu dem Garten
Die Rose auf die fromme Biene warten.

Die Rose blüht; o fliehe, Licht der Sonnen,
O führe, Mond, die Sternenherde bald
Zum stillen, vollen, goldenen Mondesbronnen,
Streu aus den sichren Schatten, dunkler Wald,
Und bleiche, Mond, was Liebe hat gesponnen!
Doch mit Musik, die anderswo erschallt,
Mag Amor all die Schmetterlinge irren,
Die lauschend gern die Rose dir umschwirren.

Die Rose blüht, der Zorn ist voll Verderben!
Wer, Zorn, gerät in deine finstre Haft,
Der mordet, martert, tötet ohne Sterben
Und hat der bittren Hölle Eigenschaft!
O Liebe, wer die Einsicht dürft erwerben
Von deiner Gottestiefe Wunderkraft!
O Liebe, wer, ein Tröpflein, sich verlöre
In deines Segens weltumspielndem Meere!

KAROLINE VON GÜNDERODE

Der Nil

Aber ich stürze von Bergen hernieder,
Wo mich der Regen des Himmels gekühlt,
Tränke erbarmend die lechzenden Brüder
Daß sich ihr brennendes Bette erfüllt.

Jauchzend begrüßen mich alle die Quellen;
Kühlend umpfange ich, Erde, auch dich;
Leben erschwellt mir die Tropfen, die Wellen,
Leben dir spendend umarme ich dich.

Teueres Land du! Gebährerin Erde!
Nimm nun den Sohn auch den liebenden auf,
Du, die in Klüften gebahr mich und nährte,
Nimm jetzt, o Mutter! den Sehnenden auf.

ACHIM VON ARNIM

Wem gehört das junge Laub,
Das die Knospen heut durchbricht?
Der sei meiner Bitt' nicht taub,
Der bewahr' es vor dem Licht!
Denn es lockt, es reizt, es drängt,
Und im Froste es versengt!

Unentfaltet, zart und schwach
Schaut es halb zusammgedrückt,
Mit den Augen überwach
Zu dem Lichte hochentzückt.
Möchte schon zum Himmelsraum, –
Und gehört doch noch dem Baum!

ADELBERT VON CHAMISSO

Der erste Schnee

Der leise schleichend euch umsponnen
Mit argem Trug, eh ihr's gedacht,
Seht, seht den Unhold! über Nacht
Hat er sich andern Rat ersonnen.
Seht, seht den Schneenmantel wallen!
Das ist des Winters Herrscherkleid;
Die Larve läßt der Grimme fallen; –
Nun wißt ihr doch, woran ihr seid.

Er hat der Furcht euch überhoben,
Lebt auf zur Hoffnung und seid stark!
Schon zehrt der Lenz an seinem Mark,
Geduld! und mag der Wütrich toben.

Geduld! schon ruft der Lenz die Sonne,
Bald weben sie ein Blumenkleid,
Die Erde träumet neue Wonne, –
Dann aber träum ich neues Leid!

JUSTINUS KERNER

Sehnsucht

O könnt ich einmal los
Von all dem Menschentreiben,
Natur! in deinem Schoß
Ein herzlich Kind verbleiben!

Mich rief ein Traum so schwer
Aus deinen Mutterarmen,
Seitdem kann nimmermehr
Das kranke Herz erwarmen.

Der Menschen Treiben, ach!
Das hält mich nun gefangen,
Das folgt mir störend nach,
Wo Erd und Himmel prangen.

Doch ist dies Treiben mir
So fremd und so unherzlich,
Und, Mutter, ach! nach dir
Zieht mich ein Heimweh schmerzlich!

O nimm dein reuig Kind
In deine Mutterarme,
Daß dir's am Busen lind
Zu neuer Lieb erwarme!

Wie ist's ergangen mir,
Daß ich verirrt so lange!
Mutter! zu dir, zu dir!
Wie ist mir weh und bange!

Bis ich wie Blum' und Quell
Dir darf im Herzen bleiben,
Mutter! o führ mich schnell
Hin, wo kein Menschentreiben!

Der Grundton der Natur

Wenn der Wald im Winde rauscht,
Blatt mit Blatt die Rede tauscht,
Möcht ich gern die Blätter fragen:
Tönt ihr Wonnen? tönt ihr Klagen?

Springt der Waldbach Tal entlang
Mit melodischem Gesang,
Frag ich still in meinem Herzen:
Singt er Wonne? singt er Schmerzen?

Lausch der Äolsharfe nur!
Schmerz ist Grundton der Natur;
Schmerz des Waldes rauschend Singen,
Schmerz – des Baches murmelnd Springen,
Und am meist aus Menschen Scherz
Tönt als Grundton Schmerz, nur Schmerz.

Süddeutschlands Wärme

1851

Wenn man von Deutschlands Süden spricht,
Von seinen warmen, sonn'gen Auen,
Streng ich mich an, doch kann ich nicht,
Was andre meinen, fühlen, schauen.

Wie eine Sage alter Zeit
Erscheint mir Deutschlands warmer Süden.
Kaum aus der Kindheit, fern mir, weit,
Weiß ich noch was von Märzenblüten.

Jetzt oft im Mai noch Frost und Schnee,
O fraget nur die armen Reben!
Sie klagen tränend euch ihr Weh,
Ihr sonnenloses Schattenleben.

Dreiviertel Jahre kalt und wüst,
Ein ewger Kampf von Licht und Schatten,
Ja! das schon lange Jahre ist,
Der traur'ge Himmel, den wir hatten.

Im Grame hab ich oft gedacht:
Erlösch' die Sonne voll auf immer,
Stieg' nur empor die nord'sche Nacht
Mit ihres Nordscheins Farbenschimmer,

Mit ihrem Mond, der silberhell,
Die Schneegefilde rings verkläret,
Wo man im Flug des Renntiers schnell
Durch tausend lichte Wunder fähret,

Zu Fackeln diamantnen Strahl
Aus burgeshohen Bergkristallen. –
Die Nacht, die würd mir hundertmal
Mehr als des Südens Tag gefallen.

Verlebter Süden! schwach und alt,
Hat dich die Wassersucht ergriffen.
Da, wo dein Land war, wird einst kalt
Im Meer der Walfischjäger schiffen.

LUDWIG UHLAND

Die sanften Tage

Ich bin so hold den sanften Tagen,
Wann in der ersten Frühlingszeit
Der Himmel, blaulich aufgeschlagen,
Zur Erde Glanz und Wärme streut;
Die Täler noch von Eise grauen,
Der Hügel schon sich sonnig hebt,
Die Mädchen sich ins Freie trauen,
Der Kinder Spiel sich neu belebt.

Dann steh ich auf dem Berge droben
Und seh es alles, still erfreut,
Die Brust von leisem Drang gehoben,
Der noch zum Wunsche nicht gedeiht.
Ich bin ein Kind und mit dem Spiele
Der heiteren Natur vergnügt,
In ihre ruhigen Gefühle
Ist ganz die Seele eingewiegt.

Ich bin so hold den sanften Tagen,
Wann ihrer mild besonnten Flur
Gerührte Greise Abschied sagen;
Dann ist die Feier der Natur.
Sie prangt nicht mehr mit Blüt' und Fülle,
All ihre regen Kräfte ruhn,

Sie sammelt sich in süße Stille,
In ihre Tiefen schaut sie nun.

Die Seele, jüngst so hoch getragen,
Sie senket ihren stolzen Flug,
Sie lernt ein friedliches Entsagen,
Erinnerung ist ihr genug.
Da ist mir wohl im sanften Schweigen,
Das die Natur der Seele gab;
Es ist mir so, als dürft ich steigen
Hinunter in mein stilles Grab.

Frühlingsglaube

Die linden Lüfte sind erwacht,
Sie säuseln und weben Tag und Nacht,
Sie schaffen an allen Enden.
O frischer Duft, o neuer Klang!
Nun, armes Herze, sei nicht bang!
Nun muß sich alles, alles wenden.

Die Welt wird schöner mit jedem Tag,
Man weiß nicht, was noch werden mag,
Das Blühen will nicht enden.
Es blüht das fernste, tiefste Tal:
Nun, armes Herz, vergiß der Qual!
Nun muß sich alles, alles wenden.

Frühlingslied des Rezensenten

Frühling ist's, ich laß es gelten,
Und mich freut's, ich muß gestehen,
Daß man kann spazieren gehen,
Ohne just sich zu erkälten.

Störche kommen an und Schwalben,
Nicht zu frühe, nicht zu frühe!
Blühe nur, mein Bäumchen, blühe!
Meinethalben, meinethalben!

Ja! ich fühl ein wenig Wonne,
Denn die Lerche singt erträglich,
Philomele nicht alltäglich,
Nicht so übel scheint die Sonne.

Daß es keinen überrasche,
Mich im grünen Feld zu sehen!
Nicht verschmäh ich auszugehen,
Kleistens Frühling in der Tasche.

Das Tal

Oft geh ich stille
Durchs Tal dahin,
Geheime Fülle!
Verborgner Sinn!
Mit Säuseln schweift es
Die Büsch entlang,
Die Gräser streift es
Im leisen Klang.

Nur wenn mich linde
Die Träum umwehn,
Kann ohne Binde
Mein Tal ich sehn.
Gestalten schweben
Durch Busch und Flur.
O Welt! dein Leben
Erträumt sich nur.

JOSEPH VON EICHENDORFF

Abschied

O Täler weit, o Höhen,
O schöner, grüner Wald,
Du meiner Lust und Wehen
Andächt'ger Aufenthalt!
Da draußen, stets betrogen,
Saust die geschäft'ge Welt,
Schlag noch einmal die Bogen
Um mich, du grünes Zelt!

Wenn es beginnt zu tagen,
Die Erde dampft und blinkt,
Die Vögel lustig schlagen,
Daß dir dein Herz erklingt:
Da mag vergehn, verwehen
Das trübe Erdenleid,
Da sollst du auferstehen
In junger Herrlichkeit!

Da steht im Wald geschrieben,
Ein stilles, ernstes Wort
Von rechtem Tun und Lieben,
Und was des Menschen Hort.
Ich habe treu gelesen
Die Worte, schlicht und wahr,
Und durch mein ganzes Wesen
Ward's unaussprechlich klar.

Bald werd ich dich verlassen,
Fremd in der Fremde gehn,
Auf buntbewegten Gassen
Des Lebens Schauspiel sehn;

Und mitten in dem Leben
Wird deines Ernsts Gewalt
Mich Einsamen erheben,
So wird mein Herz nicht alt.

Der frohe Wandersmann

Wem Gott will rechte Gunst erweisen,
Den schickt er in die weite Welt;
Dem will er seine Wunder weisen
In Berg und Wald und Strom und Feld.

Die Trägen, die zu Hause liegen,
Erquicket nicht das Morgenrot,
Sie wissen nur von Kinderwiegen,
Von Sorgen, Last und Not um Brot.

Die Bächlein von den Bergen springen,
Die Lerchen schwirren hoch vor Lust,
Was sollt ich nicht mit ihnen singen
Aus voller Kehl und frischer Brust?

Den lieben Gott laß ich nur walten;
Der Bächlein, Lerchen, Wald und Feld
Und Erd und Himmel will erhalten,
Hat auch mein Sach aufs best bestellt!

Nachts

Ich wandre durch die stille Nacht,
Da schleicht der Mond so heimlich sacht
Oft aus der dunklen Wolkenhülle,
Und hin und her im Tal

Erwacht die Nachtigall,
Dann wieder alles grau und stille.

O wunderbarer Nachtgesang:
Von fern im Land der Ströme Gang,
Leis Schauern in den dunklen Bäumen –
Wirrst die Gedanken mir,
Mein irres Singen hier
Ist wie ein Rufen nur aus Träumen.

Mondnacht

Es war, als hätt der Himmel
Die Erde still geküßt,
Daß sie im Blütenschimmer
Von ihm nun träumen müßt.

Die Luft ging durch die Felder,
Die Ähren wogten sacht,
Es rauschten leis die Wälder,
So sternklar war die Nacht.

Und meine Seele spannte
Weit ihre Flügel aus,
Flog durch die stillen Lande,
Als flöge sie nach Haus.

Frühe

Im Osten graut's, der Nebel fällt,
Wer weiß, wie bald sich's rühret!
Doch schwer im Schlaf noch ruht die Welt,
Von allem nichts verspüret.

Nur eine frühe Lerche steigt,
Es hat ihr was geträumet
Vom Lichte, wenn noch alles schweigt,
Das kaum die Höhen säumet.

FRIEDRICH RÜCKERT

Herbstfarben

Das Grün des Frühlings mühte
Sich mit vergebnen Mühn,
Ganz aufzugehn in Blüte,
In Gold und Purpurglühn.
Ein Gold- und Purpurschimmer
Wob drüber nur, doch blieb
Darunter eben immer
Der grüne dunkle Trieb.
Was nicht dem Lenz gelungen
Am grünen Lebensstrauch,
Das hat der Herbst errungen
Mit seinem Todeshauch.
Nicht einzle Purpurdolden,
Nicht goldne Sternlein matt;
Der ganze Wald ist golden,
Und Purpur jedes Blatt.
Doch wie die Herbstluft schauert,
Zu Boden sinkt der Glanz;
Denn lauter Blüte dauert
Nicht ohne Grün im Kranz.

April

Leichtsinnig, launig, neckisch, ausgelassen,
Wandl' ich in jeder Stunde Leib und Sinn:
Kaum weiß ich selbst, wie ich beschaffen bin,
Wie sollen mich die fremden Leute fassen?

Hier werf ich einen Schneeball durch die Gassen,
Dort schweb ich blau in jungen Düften hin,
Bald streich ich sanft der Schönen weiches Kinn,
Bald sagen sie, ich wäre grob im Spaßen.

Gern wollt ich dir noch Vieles von mir sagen,
Doch drückt mich des Sonettes enges Band,
Das mir die Muse um den Mund geschlagen.

Sie sprach: Ich kenne dich als ungezogen,
Und jener Herr hat in dem welschen Land
Der besten Sitt' als Kavalier gepflogen.

Der Einsame

Durch die dunkelgrünen Zweige,
Durch den düfteschweren Himmel
Silberweißer Blütensterne
Schaun mit großen Flammenblicken
Die Orangen nach der Sonne,
Die in rosenrotem Lichte
Wiederscheint aus glühen Wogen,
Bange Scheidegrüße winkend.

In den Oleanderlauben,
Um die weißen Marmorbilder
Muntrer Nymphen und Tritonen,
Die aus Hörnern und Syringen
Kühle Silberschäume sprudeln,
Lagern sich zum Abendspiele
Mit der Zither, mit dem Balle,
Mit den ritterlichen Dienern
Zierlich die geschmückten Frauen,
Und die schlanken Pagen fliegen,
Und die Funkenwürmchen flattern
Durch die Reihen, durch die Myrten.

Und der Wandrer geht vorüber
An den Lauben, an den Spielen.
Nach den fernen blauen Höhen
Muß er schauen, muß er ziehen,
Wo aus nächtigen Zypressen
Heimlich ein vertrauter Schimmer
Auf den Fremdling niederstrahlet.
Treue, bleiche Mondensichel,
Suchst du mich, willst du mich rufen? –
Schüchtern, wie die junge Liebe,
Hüllst du dich in rote Wolken
Vor des Festes heitern Blicken:
Aber Augen, naß und selig,
Starren auf zu deinem Lichte,
Suchend nach zwei andern Augen,
Die, wie sie, sich drinnen spiegeln.

Rom, den 22sten Juni 1818.

An eine Geisblattranke

Zwischen Fichtenbäumen in der Öde
Find ich, teure Blüte, dich so spat?
Rauhe Lüfte hauchen schnöde,
Da sich eilig schon der Winter naht.

Dicht auf Bergen lagen Nebelstreifen,
Hinter denen längst die Sonne schlief,
Als noch übers Feld zu schweifen
Mich ein inniges Verlangen rief.

Da verriet dich dein Geruch dem Wandrer,
Deine Weiße, die dich blendend schmückt:
Wohl mir, daß vor mir kein Andrer
Dich gesehn und dich mir weggepflückt!

Wolltest du mit deinem Dufte warten,
Bis ich käm an diesen stillen Ort?
Blühtest ohne Beet und Garten
Hier im Wald bis in den Winter fort?

Wert ist wohl die spat gefundne Blume,
Daß ein Jüngling in sein Lied sie mischt,
Sie vergleichend einem Ruhme,
Der noch wächst, da schon so viel erlischt.

Flucht nach Toskana

1828

Wie flog der Wagen leicht dahin,
Seit hinter mir der Apennin,
Seit jeder Pfad, auf dem er flog,
Ins Arnotal hinunterbog!

Olivenhaine rings herum,
Wo manches schöne Tuskulum,
Umgeben von Zypressen, stand,
Verhießen mir ein mildres Land,
Ein Volk, das immer fröhlich singt,
Und dessen Sprache süßer klingt.

Nie laßt mich wiedersehn, o nie
Die nebelreiche Lombardie,
Wo winterlich der Flüsse Qualm
Umdampft den dürren Stoppelhalm,
Und über ebne Flächen weit
Sich legt die dicke Feuchtigkeit!
Wie prächtig Mailand auch, wie groß,
Es liegt der Finsternis im Schoß,
Und seiner breiten Straßen Glanz,

Was frommt er ihm? Der Scala Tanz,
Den alten, marmorblanken Dom
Beneiden ihm Florenz und Rom;
Doch wo's so finster ist und kalt,
Welch quälerischer Aufenthalt!
Wer wollte nicht, um ihn zu fliehn,
Hoch über die Gebürge ziehn,
Hinab zur schönen Stadt gekehrt,
Die einst der Welt so viel gelehrt?

Du bist mir im Dezember Lenz,
Du milder Himmel von Florenz!
Paläste, grüne Haine ziert
Der Arno, welcher nie gefriert,
Und über ihm, so schön und breit,
Die Brücke der Dreifaltigkeit.

Am Bodensee

Über Gelände, matt gedehnt,
Hat Nebelhauch sich wimmelnd gelegt,
Müde, müde die Luft am Strande stöhnt,
Wie ein Roß, das den schlafenden Reiter trägt;
Im Fischerhause kein Lämpchen brennt,
Im öden Turme kein Heimchen schrillt,
Nur langsam rollend der Pulsschlag schwillt
In dem zitternden Element.

Ich hör es wühlen am feuchten Strand,
Mir unterm Fuße es wühlen fort,
Die Kiesel knistern, es rauscht der Sand,
Und Stein an Stein entbröckelt dem Bord.
An meiner Sohle zerfährt der Schaum,
Eine Stimme klaget im hohlen Grund,
Gedämpft, mit halbgeschlossenem Mund,
Wie des grollenden Wetters Traum.

Ich beuge mich lauschend am Turme her,
Sprühregenflitter fährt in die Höh,
Ha, meine Locke ist feucht und schwer!
Was treibst du denn, unruhiger See?
Kann dir der heilige Schlaf nicht nahn?
Doch nein, du schläfst, ich seh es genau,
Dein Auge decket die Wimper grau,
Am Ufer schlummert der Kahn.

Hast du so vieles, so vieles erlebt,
Daß dir im Traume es kehren muß,
Daß deine gleißende Nerv' erbebt,
Naht ihr am Strand eines Menschen Fuß?

Dahin, dahin! die einst so gesund,
So reich und mächtig, so arm und klein,
Und nur ihr flüchtiger Spiegelschein
Liegt zerflossen auf deinem Grund.

Der Ritter, so aus der Burg hervor
Vom Hange trabte in aller Früh;
– Jetzt nickt die Esche vom grauen Tor,
Am Zwinger zeichnet die Mylady. –
Das arme Mütterlein, das gebleicht
Sein Leichenhemde den Strand entlang,
Der Kranke, der seinen letzten Gang
An deinem Borde gekeucht;

Das spielende Kind, das neckend hier
Sein Schneckenhäuschen geschleudert hat,
Die glühende Braut, die lächelnd dir
Von der Ringelblume gab Blatt um Blatt;
Der Sänger, der mit trunkenem Aug
Das Metrum geplätschert in deiner Flut,
Der Pilger, so am Gesteine geruht,
Sie Alle dahin wie Rauch!

Bist du so fromm, alte Wasserfei,
Hältst nur umschlungen, läßt nimmer los?
Hat sich aus dem Gebirge die Treu
Geflüchtet in deinen heiligen Schoß?
O, schau mich an! ich zergeh wie Schaum,
Wenn aus dem Grabe die Distel quillt,
Dann zuckt mein längst zerfallenes Bild
Wohl einmal durch deinen Traum!

Ein harter Wintertag

Daß ich dich so verkümmert seh,
Mein lieb lebendges Wasserreich,
Daß ganz versteckt in Eis und Schnee
Du siehst der plumpen Erde gleich;

Auch daß voll Reif und Schollen hängt
Dein überglaster Fichtengang:
Das ist es nicht, was mich beengt,
Geh ich an deinem Bord entlang.

Zwar in der immer grünen Zier
Erschienst, o freundlich Element,
Du ähnlich den Oasen mir,
Die des Arabers Sehnsucht kennt;

Wenn neben der verdorrten Flur
Erblühten deine Moose noch,
Wenn durch die schweigende Natur
Erklangen deine Wellen doch.

Allein auch heute wollt ich gern
Mich des kristallnen Flimmers freun,
Belauschen jeden Farbenstern
Und keinen Sommertag bereun:

Wär nicht dem Ufer längs, so breit,
Die glatte Schlittenbahn gefegt,
Worauf sich wohl zur Mittagszeit
Gar manche rüstge Ferse regt.

Bedenk ich nun, wie manches Jahr
Ich nimmer eine Eisbahn sah:
Wohl wird mir's trüb und wunderbar,
Und tausend Bilder treten nah.

Was blieb an Wünschen unerfüllt,
Das nähm ich noch gelassen mit:
Doch ach, der Frost so manchen hüllt,
Der einst so fröhlich drüber glitt!

Mondesaufgang

An des Balkones Gitter lehnte ich
Und wartete, du mildes Licht, auf dich;
Hoch über mir, gleich trübem Eiskristalle,
Zerschmolzen, schwamm des Firmamentes Halle,
Der See verschimmerte mit leisem Stöhnen,
– Zerfloßne Perlen oder Wolkentränen? –
Es rieselte, es dämmerte um mich,
Ich wartete, du mildes Licht, auf dich!

Hoch stand ich, neben mir der Linden Kamm,
Tief unter mir Gezweige, Ast und Stamm;
Im Laube summte der Phalänen Reigen,
Die Feuerfliege sah ich glimmend steigen;
Und Blüten taumelten wie halb entschlafen;
Mir war, als treibe hier ein Herz zum Hafen,
Ein Herz, das übervoll von Glück und Leid,
Und Bildern seliger Vergangenheit.

Das Dunkel stieg, die Schatten drangen ein –
Wo weilst du, weilst du denn, mein milder Schein! –
Sie drangen ein, wie sündige Gedanken,
Des Firmamentes Woge schien zu schwanken,
Verzittert war der Feuerfliege Funken,
Längst die Phaläne an den Grund gesunken,
Nur Bergeshäupter standen hart und nah,
Ein düstrer Richterkreis, im Düster da.

Und Zweige zischelten an meinem Fuß
Wie Warnungsflüstern oder Todesgruß,

Ein Summen stieg im weiten Wassertale
Wie Volksgemurmel vor dem Tribunale;
Mir war, als müsse etwas Rechnung geben,
Als stehe zagend ein verlornes Leben,
Als stehe ein verkümmert Herz allein,
Einsam mit seiner Schuld und seiner Pein.

Da auf die Wellen sank ein Silberflor,
Und langsam stiegst du, frommes Licht, empor;
Der Alpen finstre Stirnen strichst du leise,
Und aus den Richtern wurden sanfte Greise;
Der Wellen Zucken ward ein lächelnd Winken,
An jedem Zweige sah ich Tropfen blinken,
Und jeder Tropfen schien ein Kämmerlein,
Drin flimmerte der Heimatlampe Schein.

O Mond, du bist mir wie ein später Freund,
Der seine Jugend dem Verarmten eint,
Um seine sterbenden Erinnerungen
Des Lebens zarten Widerschein geschlungen,
Bist keine Sonne, die entzückt und blendet,
In Feuerströmen lebt, in Blute endet –
Bist, was dem kranken Sänger sein Gedicht,
Ein fremdes, aber o ein mildes Licht!

HEINRICH HEINE

Ein Fichtenbaum steht einsam
Im Norden auf kahler Höh.
Ihn schläfert; mit weißer Decke
Umhüllen ihn Eis und Schnee.

Er träumt von einer Palme,
Die, fern im Morgenland,
Einsam und schweigend trauert
Auf brennender Felsenwand.

Dämmernd liegt der Sommerabend
Über Wald und grünen Wiesen;
Goldner Mond, im blauen Himmel,
Strahlt herunter, duftig labend.

An dem Bache zirpt die Grille,
Und es regt sich in dem Wasser,
Und der Wandrer hört ein Plätschern
Und ein Atmen in der Stille.

Dorten, an dem Bach alleine,
Badet sich die schöne Elfe;
Arm und Nacken, weiß und lieblich,
Schimmern in dem Mondenscheine.

Untergang der Sonne

Die schöne Sonne
Ist ruhig hinabgestiegen ins Meer;
Die wogenden Wasser sind schon gefärbt
Von der dunkeln Nacht,
Nur noch die Abendröte
Überstreut sie mit goldnen Lichtern;
Und die rauschende Flutgewalt
Drängt ans Ufer die weißen Wellen,
Die lustig und hastig hüpfen,

Wie wollige Lämmerherden,
Die abends der singende Hirtenjunge
Nach Hause treibt.

Wie schön ist die Sonne!
So sprach nach langem Schweigen der Freund,
Der mit mir am Strande wandelte,
Und scherzend halb und halb wehmütig,
Versichert' er mir: die Sonne sei
Eine schöne Frau, die den alten Meergott
Aus Konvenienz geheiratet;
Des Tages über wandle sie freudig
Am hohen Himmel, purpurgeputzt,
Und diamantenblitzend,
Und allgeliebt und allbewundert
Von allen Weltkreaturen,
Und alle Weltkreaturen erfreuend
Mit ihres Blickes Licht und Wärme;
Aber des Abends, trostlos gezwungen,
Kehre sie wieder zurück
In das nasse Haus, in die öden Arme
Des greisen Gemahls.

»Glaub mir's« – setzte hinzu der Freund,
Und lachte und seufzte und lachte wieder –
»Die führen dort unten die zärtlichste Ehe!
Entweder sie schlafen oder sie zanken sich,
Daß hochaufbraust hier oben das Meer,
Und der Schiffer im Wellengeräusch es hört
Wie der Alte sein Weib ausschilt:
›Runde Metze des Weltalls!
Strahlenbuhlende!
Den ganzen Tag glühst du für andre,
Und nachts, für mich, bist du frostig und müde!‹
Nach solcher Gardinenpredigt,
Versteht sich! bricht dann aus in Tränen
Die stolze Sonne und klagt ihr Elend,

Und klagt so jammerlang, daß der Meergott
Plötzlich verzweiflungsvoll aus dem Bett springt,
Und schnell nach der Meeresfläche heraufschwimmt,
Um Luft und Besinnung zu schöpfen.

So sah ich ihn selbst, verflossene Nacht,
Bis an die Brust dem Meer enttauchen.
Er trug eine Jacke von gelbem Flanell,
Und eine liljenweiße Schlafmütz,
Und ein abgewelktes Gesicht.«

Leise zieht durch mein Gemüt
Liebliches Geläute.
Klinge, kleines Frühlingslied,
Kling' hinaus ins Weite.

Kling' hinaus, bis an das Haus,
Wo die Blumen sprießen.
Wenn du eine Rose schaust,
Sag ich laß sie grüßen.

Graue Nacht liegt auf dem Meere
Und die kleinen Sterne glimmen.
Manchmal tönen in dem Wasser
Lange hingezogne Stimmen.

Dorten spielt der alte Nordwind
Mit den blanken Meereswellen,
Die wie Orgelpfeifen hüpfen,
Die wie Orgelpfeifen schwellen.

Heidnisch halb und halb auch kirchlich
Klingen diese Melodeien,
Steigen mutig in die Höhe,
Daß sich drob die Sterne freuen.

Und die Sterne, immer größer,
Glühen auf mit Lustgewimmel,
Und am Ende groß wie Sonnen
Schweifen sie umher am Himmel.

Zur Musik, die unten tönet,
Wirbeln sie die tollsten Weisen;
Sonnennachtigallen sind es,
Die dort oben strahlend kreisen.

Und das braust und schmettert mächtig,
Meer und Himmel hör ich singen,
Und ich fühle Riesenwollust
Stürmisch in mein Herze dringen.

Entartung

Hat die Natur sich auch verschlechtert,
Und nimmt sie Menschenfehler an?
Mich dünkt die Pflanzen und die Tiere,
Sie lügen jetzt wie jedermann.

Ich glaub nicht an der Lilje Keuschheit,
Es buhlt mit ihr der bunte Geck,
Der Schmetterling; der küßt und flattert
Am End mit ihrer Unschuld weg.

Von der Bescheidenheit der Veilchen
Halt ich nicht viel. Die kleine Blum,
Mit den koketten Düften lockt sie,
Und heimlich dürstet sie nach Ruhm.

Ich zweifle auch, ob sie empfindet,
Die Nachtigall, das was sie singt;
Sie übertreibt und schluchzt und trillert
Nur aus Routine, wie mich dünkt.

Die Wahrheit schwindet von der Erde,
Auch mit der Treu ist es vorbei.
Die Hunde wedeln noch und stinken
Wie sonst, doch sind sie nicht mehr treu.

AUGUST HEINRICH HOFFMANN VON FALLERSLEBEN

Ein Raudener Abendbild

Rauden, 14. Mai 1864

Wilder Regen träuft hernieder,
Grüner schimmert Strauch und Baum,
Und die Nachtigall singt wieder
Lauter an des Waldes Saum.

Schwäne rudern leis hinunter
An des Baches grünem Rand
Und Fasane streichen munter
Durch das frische Wiesenland.

Neu erquickt von mildem Regen
Freut sich Wiese, Wald und Feld,
Und es zieht im Frühlingssegen
Friede durch die stille Welt.

Wäre mir doch so ein Frieden,
So ein frisch belebend Grün,
So ein Abend noch beschieden
Nach den Tagen heißer Mühn!

Feuchter Nebel, düstres Wetter,
Und doch muß die Lese sein!
Trüben Blickes liest der Winzer
Seine nassen Trauben ein.

Nirgend froher Sang und Jubel,
Nirgend Herzensfreudigkeit:
Alle Hoffnung ist verschwunden,
Und geblieben ist das Leid.

Endlich bringt er heim den Segen,
Tut ihn in die Kelter ein,
Und der Lohn für seine Arbeit
Ist nur heuer herber Wein.

Und wie anders war die Lese,
Als die Sonne schien ins Tal,
Und durchsichtig hell erglänzte
Jede Beer im Sonnenstrahl!

Und wie anders war die Lese,
Als du mir die Trauben brachst,
Und mit liebevollem Blicke
Drüber deinen Segen sprachst!

Und noch heute möcht ich jubeln,
Könnte die Erinnrung dich,
Könnte, was ich dir verdanke,
Alles so dich freun wie mich!

Auf eine holländische Landschaft

Müde schleichen hier die Bäche,
Nicht ein Lüftchen hörst du wallen,
Die entfärbten Blätter fallen
Still zu Grund, vor Altersschwäche.

Krähen, kaum die Schwingen regend,
Streichen langsam; dort am Hügel
Läßt die Windmühl ruhn die Flügel;
Ach, wie schläfrig ist die Gegend!

Lenz und Sommer sind verflogen;
Dort das Hüttlein, ob es trutze,
Blickt nicht aus, die Strohkapuze
Tief ins Aug herabgezogen.

Schlummernd, oder träge sinnend,
Ruht der Hirt bei seinen Schafen,
Die Natur, Herbstnebel spinnend,
Scheint am Rocken eingeschlafen.

Der Nachtwind hat in den Bäumen
Sein Rauschen eingestellt,
Die Vögel sitzen und träumen
Am Aste traut gesellt.

Die ferne schmächtige Quelle,
Weil alles andre ruht,
Läßt hörbar nun Welle auf Welle
Hinflüstern ihre Flut.

Und wenn die Nähe verklungen,
Dann kommen an die Reih
Die leisen Erinnerungen,
Und weinen fern vorbei.

Daß alles vorübersterbe,
Ist alt und allbekannt;
Doch diese Wehmut, die herbe,
Hat niemand noch gebannt.

Abend ist's, die Wipfel wallen
Zitternd schon im Purpurscheine,
Hier im lenzergriffnen Haine
Hör ich noch die Liebe schallen.

Kosend schlüpfen durch die Äste
Muntre Vöglein, andre singen,
Rings des Frühlings Schwüre klingen,
Daß die Liebe ist das Beste.

Wo die frischen Wellen fließen,
Trinken Vöglein aus der Quelle,
Keins will unerquickt zur Stelle
Seinen Tagesflug beschließen.

Wie ins dunkle Dickicht schweben
Vöglein nach dem Frühlingstage,
Süß befriedigt, ohne Klage
Möcht ich scheiden aus dem Leben;

Einmal nur, bevor mir's nachtet,
An den Quell der Liebe sinken,
Einmal nur die Wonne trinken,
Der die Seele zugeschmachtet,

Wie vor Nacht zur Flut sich neigen
Dort des Waldes durstge Sänger;
Gern dann schlief' ich, tiefer, länger,
Als die Vöglein in den Zweigen.

EDUARD MÖRIKE

An einem Wintermorgen, vor Sonnenaufgang

O flaumenleichte Zeit der dunkeln Frühe!
Welch neue Welt bewegest du in mir?
Was ists, daß ich auf einmal nun in dir
Von sanfter Wollust meines Daseins glühe?

Einem Kristall gleicht meine Seele nun,
Den noch kein falscher Strahl des Lichts getroffen;
Zu fluten scheint mein Geist, er scheint zu ruhn,
Dem Eindruck naher Wunderkräfte offen,
Die aus dem klaren Gürtel blauer Luft
Zuletzt ein Zauberwort vor meine Sinne ruft.

Bei hellen Augen glaub ich doch zu schwanken;
Ich schließe sie, daß nicht der Traum entweiche.
Seh ich hinab in lichte Feenreiche?
Wer hat den bunten Schwarm von Bildern und Gedanken
Zur Pforte meines Herzens hergeladen,
Die glänzend sich in diesem Busen baden,
Goldfarbgen Fischlein gleich im Gartenteiche?

Ich höre bald der Hirtenflöten Klänge,
Wie um die Krippe jener Wundernacht,

Bald weinbekränzter Jugend Lustgesänge;
Wer hat das friedenselige Gedränge
In meine traurigen Wände hergebracht?

Und welch Gefühl entzückter Stärke,
Indem mein Sinn sich frisch zur Ferne lenkt!
Vom ersten Mark des heutgen Tags getränkt,
Fühl ich mir Mut zu jedem frommen Werke.
Die Seele fliegt, so weit der Himmel reicht,
Der Genius jauchzt in mir! Doch sage,
Warum wird jetzt der Blick von Wehmut feucht?
Ists ein verloren Glück, was mich erweicht?
Ist es ein werdendes, was ich im Herzen trage?
– Hinweg, mein Geist! hier gilt kein Stillestehn:
Es ist ein Augenblick, und Alles wird verwehn!

Dort, sieh, am Horizont lüpft sich der Vorhang
 schon!
Es träumt der Tag, nun sei die Nacht entflohn;
Die Purpurlippe, die geschlossen lag,
Haucht, halbgeöffnet, süße Atemzüge:
Auf einmal blitzt das Aug, und, wie ein Gott,
 der Tag
Beginnt im Sprung die königlichen Flüge!

Septembermorgen

Im Nebel ruhet noch die Welt,
Noch träumen Wald und Wiesen:
Bald siehst du, wenn der Schleier fällt,
Den blauen Himmel unverstellt,
Herbstkräftig die gedämpfte Welt
In warmem Golde fließen.

Um Mitternacht

Gelassen stieg die Nacht ans Land,
Lehnt träumend an der Berge Wand,
Ihr Auge sieht die goldne Waage nun
Der Zeit in gleichen Schalen stille ruhn;
  Und kecker rauschen die Quellen hervor,
  Sie singen der Mutter, der Nacht, ins Ohr
    Vom Tage,
  Vom heute gewesenen Tage.

Das uralt alte Schlummerlied,
Sie achtets nicht, sie ist es müd;
Ihr klingt des Himmels Bläue süßer noch,
Der flüchtgen Stunden gleichgeschwungnes Joch.
  Doch immer behalten die Quellen das Wort,
  Es singen die Wasser im Schlafe noch fort
    Vom Tage,
  Vom heute gewesenen Tage.

Er ist's

Frühling läßt sein blaues Band
Wieder flattern durch die Lüfte;
Süße, wohlbekannte Düfte
Streifen ahnungsvoll das Land.
Veilchen träumen schon,
Wollen balde kommen.
– Horch, von fern ein leiser Harfenton!
Frühling, ja du bist's!
Dich hab ich vernommen!

Am Walde

Am Waldsaum kann ich lange Nachmittage,
Dem Kukuk horchend, in dem Grase liegen;
Er scheint das Tal gemächlich einzuwiegen
Im friedevollen Gleichklang seiner Klage.

Da ist mir wohl, und meine schlimmste Plage,
Den Fratzen der Gesellschaft mich zu fügen,
Hier wird sie mich doch endlich nicht bekriegen,
Wo ich auf eigne Weise mich behage.

Und wenn die feinen Leute nur erst dächten,
Wie schön Poeten ihre Zeit verschwenden,
Sie würden mich zuletzt noch gar beneiden.

Denn des Sonetts gedrängte Kränze flechten
Sich wie von selber unter meinen Händen,
Indes die Augen in der Ferne weiden.

Früh im Wagen

Es graut vom Morgenreif
In Dämmerung das Feld,
Da schon ein blasser Streif
Den fernen Ost erhellt;

Man sieht im Lichte bald
Den Morgenstern vergehn,
Und doch am Fichtenwald
Den vollen Mond noch stehn:

So ist mein scheuer Blick,
Den schon die Ferne drängt,
Noch in das Schmerzensglück
Der Abschiedsnacht versenkt.

Dein blaues Auge steht
Ein dunkler See vor mir,
Dein Kuß, dein Hauch umweht,
Dein Flüstern mich noch hier.

An deinem Hals begräbt
Sich weinend mein Gesicht,
Und Purpurschwärze webt
Mir vor dem Auge dicht.

Die Sonne kommt; – sie scheucht
Den Traum hinweg im Nu,
Und von den Bergen streicht
Ein Schauer auf mich zu.

Am Rheinfall

Halte dein Herz, o Wanderer, fest in gewaltigen Händen!
Mir entstürzte vor Lust zitternd das meinige fast.
Rastlos donnernde Massen auf donnernde Massen geworfen,
Ohr und Auge wohin retten sie sich im Tumult?
Wahrlich, den eigenen Wutschrei hörete nicht der Gigant hier,
Läg er, vom Himmel gestürzt, unten am Felsen gekrümmt!
Rosse der Götter, im Schwung, eins über dem Rücken des andern,
Stürmen herunter und streun silberne Mähnen umher;
Herrliche Leiber, unzählbare, folgen sich, nimmer dieselben,
Ewig dieselbigen – wer wartet das Ende wohl aus?
Angst umzieht dir den Busen mit eins, und, *wie* du es denkest,
Über das Haupt stürzt dir krachend das Himmelsgewölb!

Oft in vertraulicher Nacht wiegt mich der Kahn in der
Bucht noch,
Stille atmet die Luft, Stille der Himmel, die See;
Kaum daß ein Fischer mich stört, der plätschernd zum
Hafen zurückfährt,
Kaum daß am dunkelen Strand noch eine Stimme
verhallt.
Dann betracht ich gerne, Vesuv, dein erhabenes Nachtbild,
Schaudernd fühlt das Gemüt, was du im Innern verbirgst,
Und es entwallt dem schrecklichen Haupt ein düsteres
Glutrot,
Das die südliche Nacht flüchtigen Scheines erhellt.
Welche Klarheit, o Götter, was ist's? Aus dem Krater der
Somma
Dämmert es mählich auf, fast wie ein zaubrischer Tag.
Du bist's, lieblicher Mond, du entsteigst in schüchternem
Lichte,
Und nur tiefer verstärkt seh ich die Schatten des Bergs.
Aber sie ruhen umher, wie im Traum und Schlummer
versunken,
Und verschwimmen in Duft, Küsten und Inseln und
Meer.
Stille wink ich dem Greis: es funkelt die Well' um das
Ruder,
Und der nächtlichen Stadt rudern bedächtlich wir zu.

Der Granatenbaum

Fern vom Granatenhaine
Steht ein Granatenbaum,
Er grünt und blüht ganz einsam
Hart an des Meeres Saum.

Und ob ihm aus der Erde
Auch Keim und Nahrung quoll,
Doch neigt er Stamm und Äste
Zum Meere sehnsuchtvoll.

Er spiegelt sich so gerne
Im klaren Wellenschein,
All seine Blüten und Blätter
Streut er ins Meer hinein.

Ach, was am meisten schade,
Die saftgen Äpfel von Gold,
Er streut ins Meer sie alle,
Aufs Land nicht einer rollt!

Dies Tun nimmt mich nicht Wunder,
Doch wundert Eins mich, traun:
Daß man den Nutzenlosen
Nicht längst schon umgehaun. –

Seejungfraun haben die Blüten
Froh ihren Locken gesellt,
Und spielen mit goldnen Äpfeln
Der lichten Oberwelt.

Sommerbild

Ich sah des Sommers letzte Rose stehn,
Sie war, als ob sie bluten könne, rot;
Da sprach ich schauernd im Vorübergehn:
So weit im Leben, ist zu nah am Tod!

Es regte sich kein Hauch am heißen Tag,
Nur leise strich ein weißer Schmetterling;
Doch, ob auch kaum die Luft sein Flügelschlag
Bewegte, sie empfand es und verging.

Herbstbild

Dies ist ein Herbsttag, wie ich keinen sah!
Die Luft ist still, als atmete man kaum,
Und dennoch fallen raschelnd, fern und nah,
Die schönsten Früchte ab von jedem Baum.

O stört sie nicht, die Feier der Natur!
Dies ist die Lese, die sie selber hält,
Denn heute löst sich von den Zweigen nur,
Was vor dem milden Strahl der Sonne fällt.

Rückerinnerung

Oft wenn die Sommernacht auf lauen Flügeln
Von Gärten, Blütenwäldern, Rebenhügeln
Des Südens Düfte zu mir trägt,
Wenn durch das Bogenwerk am Säulengange
Der Mondstrahl spielt, und fern mit süßem Klange
Die Nachtigall am Brunnen schlägt;

Wenn mit Geplauder dann, mit Scherz und Singen
Die muntern Freunde lachend mich umringen,
Die Laut' im Arm, das Glas zur Hand:
Da werd ich plötzlich stumm, und die Gedanken
Schweifen, Zugvögeln gleich, mit irrem Schwanken
Sehnsüchtig heim ins Vaterland.

Mir ist es dann, als sei ich doch im Grunde
Ein Schiffer nur, geführt von böser Stunde
Zu eines Zaubereilands Pracht,
Als müßt ich dieses Mondlichts süßes Weben
Und diese Blütendüfte freudig geben
Für eine deutsche Nebelnacht.

Da denk ich, wie ich bei des Herbstes Stürmen
Oftmals entlang den Kirchhof an den Türmen
Des gotischen Doms vorüberschritt;
Die Glocken schlugen an, gleich roten Sternen
Schwankten im Zug der Gassen die Laternen,
Und über Gräbern scholl mein Tritt.

Laut auf die Dächer prasselte der Regen;
Am Bogentor schlug mir der Wind entgegen
Und schüttelt' heftig mit Gebraus
Die alten Ulmen, die dort finster ragen;

Doch ich, den Mantel fester umgeschlagen,
Eilte zum hohen Giebelhaus.

O Freude, wenn ich dann, vom Regen tropfend,
Das Herz in ungestümer Sehnsucht klopfend,
Empor die breiten Treppen flog,
Und von den dunklen Galerien droben
Sich mir, vom Schein der Lampe mild umwoben,
Ein Lockenhaupt entgegen bog! –

THEODOR STORM

Abseits

Es ist so still; die Heide liegt
Im warmen Mittagssonnenstrahle,
Ein rosenroter Schimmer fliegt
Um ihre alten Gräbermale;
Die Kräuter blühn; der Heideduft
Steigt in die blaue Sommerluft.

Laufkäfer hasten durchs Gesträuch
In ihren goldnen Panzerröckchen,
Die Bienen hängen Zweig um Zweig
Sich an der Edelheide Glöckchen,
Die Vögel schwirren aus dem Kraut –
Die Luft ist voller Lerchenlaut.

Ein halbverfallen niedrig Haus
Steht einsam hier und sonnbeschienen;
Der Kätner lehnt zur Tür hinaus,
Behaglich blinzelnd nach den Bienen;

Sein Junge auf dem Stein davor
Schnitzt Pfeifen sich aus Kälberrohr.

Kaum zittert durch die Mittagsruh
Ein Schlag der Dorfuhr, der entfernten;
Dem Alten fällt die Wimper zu,
Er träumt von seinen Honigernten.
– Kein Klang der aufgeregten Zeit
Drang noch in diese Einsamkeit.

Meeresstrand

Ans Haff nun fliegt die Möwe,
Und Dämmrung bricht herein;
Über die feuchten Watten
Spiegelt der Abendschein.

Graues Geflügel huschet
Neben dem Wasser her;
Wie Träume liegen die Inseln
Im Nebel auf dem Meer.

Ich höre des gärenden Schlammes
Geheimnisvollen Ton,
Einsames Vogelrufen –
So war es immer schon.

Noch einmal schauert leise
Und schweiget dann der Wind;
Vernehmlich werden die Stimmen,
Die über der Tiefe sind.

Mondlicht

Wie liegt im Mondenlichte
Begraben nun die Welt;
Wie selig ist der Friede,
Der sie umfangen hält!

Die Winde müssen schweigen,
So sanft ist dieser Schein;
Sie säuseln nur und weben
Und schlafen endlich ein.

Und was in Tagesgluten
Zur Blüte nicht erwacht,
Es öffnet seine Kelche
Und duftet in die Nacht.

Wie bin ich solchen Friedens
Seit lange nicht gewohnt!
Sei du in meinem Leben
Der liebevolle Mond!

Ostern

Es war daheim auf unserm Meeresdeich;
Ich ließ den Blick am Horizonte gleiten,
Zu mir herüber scholl verheißungsreich
Mit vollem Klang das Osterglockenläuten.

Wie brennend Silber funkelte das Meer,
Die Inseln schwammen auf dem hohen Spiegel,
Die Möwen schossen blendend hin und her,
Eintauchend in die Flut die weißen Flügel.

Im tiefen Kooge bis zum Deichesrand
War sammetgrün die Wiese aufgegangen;
Der Frühling zog prophetisch über Land,
Die Lerchen jauchzten und die Knospen sprangen. –

Entfesselt ist die urgewaltge Kraft,
Die Erde quillt, die jungen Säfte tropfen,
Und alles treibt, und alles webt und schafft,
Des Lebens vollste Pulse hör ich klopfen.

Der Flut entsteigt der frische Meeresduft;
Vom Himmel strömt die goldne Sonnenfülle;
Der Frühlingswind geht klingend durch die Luft
Und sprengt im Flug des Schlummers letzte Hülle.

O wehe fort, bis jede Knospe bricht,
Daß endlich uns ein ganzer Sommer werde;
Entfalte dich, du gottgebornes Licht,
Und wanke nicht, du feste Heimaterde! –

Hier stand ich oft, wenn in Novembernacht
Aufgor das Meer zu gischtbestäubten Hügeln,
Wenn in den Lüften war der Sturm erwacht,
Die Deiche peitschend mit den Geierflügeln.

Und jauchzend ließ ich an der festen Wehr
Den Wellenschlag die grimmen Zähne reiben;
Denn machtlos, zischend schoß zurück das Meer –
Das Land ist unser, unser soll es bleiben!

Über die Heide

Über die Heide hallet mein Schritt;
Dumpf aus der Erde wandert es mit.

Herbst ist gekommen, Frühling ist weit –
Gab es denn einmal selige Zeit?

Brauende Nebel geisten umher;
Schwarz ist das Kraut und der Himmel so leer.

Wär ich hier nur nicht gegangen im Mai!
Leben und Liebe – wie flog es vorbei!

GOTTFRIED KELLER

Sommernacht

Es wallt das Korn weit in die Runde
Und wie ein Meer dehnt es sich aus;
Doch liegt auf seinem stillen Grunde
Nicht Seegewürm, noch andrer Graus:
Da träumen Blumen nur von Kränzen
Und trinken der Gestirne Schein.
O goldnes Meer, dein friedlich Glänzen
Saugt meine Seele gierig ein!

In meiner Heimat grünen Talen,
Da herrscht ein alter schöner Brauch;
Wann hell die Sommersterne strahlen,
Der Glühwurm schimmert durch den Strauch:
Dann geht ein Flüstern und ein Winken,
Das sich dem Ährenfelde naht,
Da geht ein nächtlich Silberblinken
Von Sicheln durch die goldne Saat.

Das sind die Bursche, jung und wacker,
Die sammeln sich im Feld zu Hauf
Und suchen den gereiften Acker
Der Witwe oder Waise auf,

Die keines Vaters, keiner Brüder
Und keines Knechtes Hilfe weiß –
Ihr schneiden sie den Segen nieder,
Die reinste Lust ziert ihren Fleiß.

Schon sind die Garben fest gebunden
Und schön in einen Kranz gebracht;
Wie lieblich flohn die stillen Stunden,
Es war ein Spiel in kühler Nacht!
Nun wird geschwärmt und hell gesungen
Im Garbenkreis, bis Morgenduft
Die nimmermüden, braunen Jungen
Zur eignen schweren Arbeit ruft.

THEODOR FONTANE

Im Herbst

Es fällt das Laub wie Regentropfen
  So zahllos auf die Stoppelflur;
Matt pulst der Bach wie letztes Klopfen
  Im Todeskampfe der Natur.

Still wird's! Und als den tiefen Frieden
  Ein leises Wehen jetzt durchzog,
Da mocht es sein, daß abgeschieden
  Die Erdenseele aufwärts flog.

Auf dem Meere

1

Grabesstill die Wasserwüste,
Nur die Brandung gärt und kocht
Willenlos an ferner Küste,
Wie mein Herz im Busen pocht.

Wie mein Herz, das eine leere
Öde Wüste gleich der Flut,
Gleich dem todesstillen Meere
Lebt es nur bei Sturmeswut.

2

Von den Welten, die versanken,
Von den Toten, die ertranken
In den Fluten – träumt die See;
Die Erinnrung weckt Gedanken
In ihr voller Schmerz und Weh. –

Welten, tief in mir versunken,
Läßt auch mich der Höllenfunken
Der Erinnrung wiedersehn,
Und Gedanken – todestrunken
Wild um Sturm und Windsbraut flehn.

3

Meer, du heißt das ungetreue,
Nun so stürme, stürme laut,
Zeige, daß der Himmelsbläue
Deiner Flut ein Tor vertraut.

Seit die Sprache ihres blauen,
Schönen Auges mich belog,
Treue heuchelnd, um Vertrauen
Und um Liebe mich betrog,

Muß ja deine Himmelsbläue
Nichts als trügerischer Schein,
Wie ihr Auge voller Treue
Nichts als eine Lüge sein.

4

Hei, es stürmt! am Firmamente
Schwand der Sonne hehre Pracht,
Und zum Schöpfungselemente
Ward die Welt – zur Chaosnacht.

Jetzt ein Blitz! die Donner rollen,
Wie wenn Gott im Zorne spricht;
Als ob sie verkünden sollen
Schon der Welt das Weltgericht.

Und ich zittre; bleich und trübe
Steigt ein Toter aus der Flut,
Wie in mir die tote Liebe,
Die so tief, so tief geruht.

5

Grabesstill die Wasserwüste,
Nur die Brandung gärt und kocht,
Willenlos an ferner Küste –
Wie mein Herz im Busen pocht.

Leise weint der Himmel nieder
Auf das öde Wassergrab,
Heiße Tränen rinnen nieder
Von den Wangen mir herab.

Ach, der letzte Hoffnungsschimmer
Für mein Herz, – er ist nicht mehr,
An den kalten Busen nimmer
Preßt mich das erstorbne Meer.

Fülle

Genug ist nicht genug! Gepriesen werde
Der Herbst! Kein Ast, der seiner Frucht entbehrte!
Tief beugt sich mancher allzureich beschwerte,
Der Apfel fällt mit dumpfem Laut zur Erde.

Genug ist nicht genug! Es lacht im Laube!
Die saftge Pfirsche winkt dem durstgen Munde!
Die trunknen Wespen summen in die Runde:
»Genug ist nicht genug!« um eine Traube.

Genug ist nicht genug! Mit vollen Zügen
Schlürft Dichtergeist am Borne des Genusses,
Das Herz, auch es bedarf des Überflusses,
Genug kann nie und nimmermehr genügen!

Schwarzschattende Kastanie

Schwarzschattende Kastanie,
Mein windgeregtes Sommerzelt,
Du senkst zur Flut dein weit Geäst,
Dein Laub, es durstet und es trinkt,
Schwarzschattende Kastanie!
Im Porte badet junge Brut
Mit Hader oder Lustgeschrei,
Und Kinder schwimmen leuchtend weiß
Im Gitter deines Blätterwerks,
Schwarzschattende Kastanie!
Und dämmern See und Ufer ein
Und rauscht vorbei das Abendboot,
So zuckt aus roter Schiffslatern

Ein Blitz und wandert auf dem Schwung
Der Flut, gebrochnen Lettern gleich,
Bis unter deinem Laub erlischt
Die rätselhafte Flammenschrift,
Schwarzschattende Kastanie!

Morgenlied

Mit edeln Purpurröten
Und hellem Amselschlag,
Mit Rosen und mit Flöten
Stolziert der junge Tag.
Der Wanderschritt des Lebens
Ist noch ein leichter Tanz,
Ich gehe wie im Reigen
Mit einem frischen Kranz.

Ihr taubenetzten Kränze
Der neuen Morgenkraft,
Geworfen aus den Lüften
Und spielend aufgerafft –
Wohl manchen ließ ich welken
Noch vor der Mittagsglut;
Zerrissen hab ich manchen
Aus reinem Übermut!

Mit edeln Purpurröten
Und hellem Amselschlag,
Mit Rosen und mit Flöten
Stolziert der junge Tag –
Hinweg, du dunkle Klage,
Aus all dem Licht und Glanz!
Den Schmerz verlorner Tage
Bedeckt ein frischer Kranz.

Der verwundete Baum

Sie haben mit dem Beile dich zerschnitten,
Die Frevler – hast du viel dabei gelitten?
Ich selber habe sorglich dich verbunden
Und traue: Junger Baum, du wirst gesunden!
Auch ich erlitt zu schier derselben Stunde
Von schärferm Messer eine tiefre Wunde.
Zu untersuchen komm ich deine täglich
Und meine fühl ich brennen unerträglich.
Du saugest gierig ein die Kraft der Erde,
Mir ist als ob auch ich durchrieselt werde!
Der frische Saft quillt aus zerschnittner Rinde
Heilsam. Mir ist, als ob auch ich's empfinde!
Indem ich *deine* sich erfrischen fühle,
Ist mir, als ob sich *meine* Wunde kühle!
Natur beginnt zu wirken und zu weben,
Ich traue: Beiden geht es nicht ans Leben!
Wie viele, so verwundet, welkten, starben!
Wir beide prahlen noch mit unsern Narben!

Erntegewitter

Ein jäher Blitz. Der Erntewagen schwankt.
Aus seinen Garben fahren Dirnen auf
Und springen schreiend in die Nacht hinab.
Ein Blitz. Auf einer goldnen Garbe thront

Noch unvertrieben eine frevle Maid,
Der das gelöste Haar den Nacken peitscht.
Sie hebt das volle Glas mit nacktem Arm,
Als brächte sie's der Glut, die sie umflammt,
Und leert's auf einen Zug. Ins Dunkel wirft
Sie's weit und gleitet ihrem Becher nach.
Ein Blitz. Zwei schwarze Rosse bäumen sich.
Die Peitsche knallt. Sie ziehen an. Vorbei.

Möwenflug

Möwen sah um einen Felsen kreisen
Ich in unermüdlich gleichen Gleisen,
Auf gespannter Schwinge schweben bleibend,
Eine schimmernd weiße Bahn beschreibend,
Und zugleich in grünem Meeresspiegel
Sah ich um dieselben Felsenspitzen
Eine helle Jagd gestreckter Flügel
Unermüdlich durch die Tiefe blitzen.
Und der Spiegel hatte solche Klarheit,
Daß sich anders nicht die Flügel hoben
Tief im Meer, als hoch in Lüften oben,
Daß sich völlig glichen Trug und Wahrheit.

Allgemach beschlich es mich wie Grauen,
Schein und Wesen so verwandt zu schauen,
Und ich fragte mich, am Strand verharrend,
Ins gespenstische Geflatter starrend:
Und du selber? Bist du echt beflügelt?
Oder nur gemalt und abgespiegelt?
Gaukelst du im Kreis mit Fabeldingen?
Oder hast du Blut in deinen Schwingen?

JOSEPH VICTOR VON SCHEFFEL

Winterdämmern

Nebel tanzen auf den Wellen
Und im Duft entschwand das Land ...
Heute will der Tag nicht hellen
Mondbleich losch der Sonne Brand.

Wie ein Spiegel, dran man hauchte,
Starrt die Flut umtrübt und fahl,
Und in gleiche Trübnis tauchte
Ferne, Strand und Mühlental.

Wilde Enten fliehn und fludern
Schwarmweis aus dem Schilfbereich ...
Wohlgeordnet ist ihr Rudern,
Starken Schiffgeschwadern gleich.

In der uferlosen Weiten
Silbergrauen Dämmerschein
Laß auch ich mein Fahrzeug gleiten,
Dämmrung hüllt mich selber ein.

Fische fangen, Vogelstellen,
Dichter sein ... o Wind und Tand!
... Nebel tanzen auf den Wellen,
Und im Duft entschwand das Land!

HEINRICH LEUTHOLD

Trauer

1.

Ein unbezwingbar dunkler Hang
Läßt oft durch dornverschlungne Pfade
Mich einsam schweifen Tage lang
Am schilfumsäumten Seegestade.

Rings Wald und Moor. Wie schwül die Luft!
Die Wildnis hier, wie abgelegen!
Gleich einer dunkelgrünen Gruft
Gähnt schweigend mir der See entgegen.

Ein Wasserhuhn huscht scheu empor
Und duckt sich wieder unterm Schilfe:
Gedehnt und klagend tönt vom Moor
Ein Laut oft, wie ein Ruf um Hilfe.

Ein Geier schwebt mit schrillem Pfiff
Hoch über meinem Haupt im Blauen ...
Am Strande liegt ein leckes Schiff,
Wie eine Leiche anzuschauen.

Und fernher, kalt und feierlich,
Starrt das Gebirg mit seinen Gletschern;
Es spiegelt in den Wellen sich,
Die ums versunkne Pfahldorf plätschern.

PAUL HEYSE

Aus dem Mansardenfenster

Schornsteine, Dächer weit und breit,
Trostlose Ziegeleinsamkeit;
Ein Kater, der auf Spatzen jagt,
Kein grüner Halm – Gott sei's geklagt.

Kein Menschenauge blickt herein,
Kein lampenschimmernd Fensterlein.
Ich bin um jeden Rauch vergnügt,
Der kräuselnd einem Schlot entfliegt.

Hoch ist's; doch morgen, sprach der Wirt,
Wenn Nummer siebzehn reisen wird – –
Da sieh! was blitzt vom Süden her?
Ihr Götter! mein geliebtes Meer!

Der Fund hat mich so froh erschreckt,
Als hätt ich einen Schatz entdeckt.
Nun für den schönsten Saal im Haus
Tauscht' ich mein Kämmerlein nicht aus.

Und dort der Himmel, Stern an Stern,
Die niedre Welt wie stumm und fern –
Ach, nur ein Blick ins Ewge weiht
Die ganze arme Menschlichkeit!

Genua

WILHELM RAABE

Es hat geschneit die ganze Nacht
Bis an den grauen Morgen;
Es hielt 'ne traurige Totenwacht
Mein Herz in Not und Sorgen.

Es hielt mein armes Herze Wacht
Wohl über der toten Liebe;
Es hat geschneit die ganze Nacht
Bis an den Morgen trübe.

Ja gestern war die Erd so grau,
Die Welt war abgestorben:
Nun legte das Tuch die Leichenfrau,
Man merkt nicht, was verdorben!

Es ist ein eigen Ding,
Zu sitzen und zu lauschen,
Wenn draußen vor der Tür
Die schwarzen Tannen rauschen,
Wenn Tropf auf Tropfen klingt
Hernieder von dem Dach,
Und jeder leise Klang
Ein altes Bild ruft wach;
Wenn von dem Bergeshang
Den Schnee die Windsbraut fegt,
Und auf dein träumend Herz
Die Hand die Liebe legt.
Das Feuer schilt und murrt,
Im Winkel pickt die Uhr,
Träumend der Jagdhund knurrt,
Verweht wird jede Spur
Von deinem Fuß da drauß,
Da draußen in dem Schnee,
Nun ist die Welt dein Haus ...

WILHELM BUSCH

Der Kohl

Unter all den hübschen Dingen
In der warmen Sommerzeit
Ist ein Korps von Schmetterlingen
Recht ergötzlich insoweit.

Bist du dann zu deinem Wohle
In den Garten hinspaziert,
Siehst du über deinem Kohle
Muntre Tänze aufgeführt.

Weiß gekleidet und behende
Flattert die vergnügte Schar,
Bis daß Lieb und Lust zu Ende
Wieder mal für dieses Jahr.

Zum getreuen Angedenken,
Auf den Blättern kreuz und quer,
Lassen sie zurück und schenken
Dir ein schönes Raupenheer.

Leidest du, daß diese Sippe
Weiterfrißt, wie sie begehrt,
Kriegst du nebst dem Blattgerippe
Nur noch Proben ohne Wert.

Also ist es zu empfehlen,
Lieber Freund, daß du dich bückst
Und sehr viele Raupenseelen,
Pitsch, aus ihren Häuten drückst.

Denn nur der ist wirklich weise,
Der auch in die Zukunft schaut.
Denk an deine Lieblingsspeise:
Schweinekopf mit Sauerkraut.

Die Birke

Es wächst wohl auf der Heide
Und in des Waldes Raum
Ein Baum zu Nutz und Freude,
Genannt der Birkenbaum.

Die Schuh, daraus geschnitzet,
Sind freundlich von Gestalt.

Wohl dem, der sie besitzet,
Ihm wird der Fuß nicht kalt.

Es ist die weiße Rinde
Zu Tabaksdosen gut,
Als teures Angebinde
Für den, der schnupfen tut.

Man zapfet aus der Birke
Sehr angenehmen Wein,
Man reibt sich, daß es wirke,
Die Glatze damit ein.

Dem Birkenreiserbesen
Gebühret Preis und Ehr;
Das stärkste Kehrichtwesen,
Das treibt er vor sich her.

Von Birken eine Rute,
Gebraucht am rechten Ort,
Befördert oft das Gute
Mehr als das beste Wort.

Und kommt das Fest der Pfingsten,
Dann schmückt mir fein das Haus,
Ihr, meine liebsten Jüngsten,
Mit Birkenzweigen aus.

Auf der Lichtung

Sommermittag auf dem Hochwald brütet,
Aber auf der Lichtung treu behütet
Vom Geflechte dunkler Brombeerranken,
Wachen auf des Waldes Lichtgedanken.

Falter sind es, die so farbenprächtig,
Auf der Lichtung, sonnig halb und nächtig,
Diese Brombeerblüten still umbeben,
Purpurdisteln geistergleich umschweben.

Sagt mir an ihr stillen Geisterfalter
Auf der Lichtung: Wie viel Zeitenalter
Ihr im Banne laget bei den Toten,
Eh ihr wurdet solche Wunderboten?

Blühender Kirschbaum

Ungezählte frohe Hochzeitsgäste
Groß und kleine, einfach und betreßte:
Herrn und Frauen, Edelfräulein, Ritter,
Ungezählte Väter wohl und Mütter;
Ungezählte Kinder, Großmatronen,
Jägerinnen viel und Amazonen,
Freche Dirnen wohl mit Ernsten, Frommen
Auf dem Edelhof zusammenkommen.

Ungezählte bräutlich schöne Zimmer,
Da und dort wohl mädchenhafter Flimmer,
Ungezählte rosge Hochzeitsbetten
Und daneben heimlich traute Stätten;

Rosenfarbig ausgeschlagne Stübchen
Für die Harfnerinnen und Schönliebchen;
Ungezählte Schalen mit Getränken,
Ungezählte Köche wohl und Schenken,
Ungemeßner Raum zu freiem Walten
In dem Hochzeitshause ist enthalten.

Ungezähltes Kommen oder Gehen,
Abschiednehmen, Kehren, Wiedersehen,
Essen, Trinken, Tanzen, Liebesgrüßen,
Liebgewordnes wohl umarmen müssen;
Ungezähltes inniges Umfassen,
Götterfreies wohl gewähren lassen;
Ungezähltes Leid und Selbstvergessen
In dem luftgen Saale, – währenddessen
Ungezählte selige Minuten
An dem Freudenheim vorüberfluten.

MARTIN GREIF

Morgendämmerung

Die Nacht liegt ausgebreitet,
Erquickt die Erde ruht,
Der Mond, der zitternde, gleitet
Hinab in düsterer Glut.

Noch stehn am Himmelsraume
Gestirne sonder Zahl,
Am fernen, dämmernden Saume
Zuckt schon ein purpurner Strahl.

Die Vögel werden munter,
Der Hahn ist längst erwacht,
Leis ziehen die Schatten hinunter,
Hinunter die tauende Nacht.

DETLEV VON LILIENCRON

Haidebilder

Tiefeinsamkeit spannt weit die schönen Flügel,
Weit über stille Felder aus.
Wie ferne Küsten grenzen graue Hügel,
Sie schützen vor dem Menschengraus.

Im Frühling fliegt in mitternächtiger Stunde
Die Wildgans hoch in raschem Flug.
Das alte Gaukelspiel: in weiter Runde
Hör ich Gesang im Wolkenzug.

Verschlafen sinkt der Mond in schwarze Gründe,
Beglänzt noch einmal Schilf und Rohr.
Gelangweilt ob so mancher holden Sünde,
Verläßt er Garten, Wald und Moor.

Die Mittagsonne brütet auf der Haide,
Im Süden droht ein schwarzer Ring.
Verdurstet hängt das magere Getreide,
Behaglich treibt ein Schmetterling.

Ermattet ruhn der Hirt und seine Schafe,
Die Ente träumt im Binsenkraut,
Die Ringelnatter sonnt in trägem Schlafe
Unregbar ihre Tigerhaut.

Im Zickzack zuckt ein Blitz, und Wasserfluten
Entstürzen gierig dunklem Zelt.
Es jauchzt der Sturm und peitscht mit seinen Ruten
Erlösend meine Haidewelt.

In Herbstestagen bricht mit starkem Flügel
Der Reiher durch den Nebelduft.
Wie still es ist! kaum hör ich um den Hügel
Noch einen Laut in weiter Luft.

Auf eines Birkenstämmchens schwanker Krone
Ruht sich ein Wanderfalke aus.
Doch schläft er nicht, von seinem leichten Throne
Äugt er durchdringend scharf hinaus.

Der alte Bauer mit verhaltnem Schritte
Schleicht neben seinem Wagen Torf.
Und holpernd, stolpernd schleppt mit lahmem Tritte
Der alte Schimmel ihn ins Dorf.

Die Sonne leiht dem Schnee das Prachtgeschmeide,
Doch ach! wie kurz ist Schein und Licht.
Ein Nebel tropft, und traurig zieht im Leide
Die Landschaft ihren Schleier dicht.

Ein Häslein nur fühlt noch des Lebens Wärme,
Am Weidenstumpfe hockt es bang.
Doch kreischen hungrig schon die Rabenschwärme
Und hacken auf den sichern Fang.

Bis auf den schwarzen Schlammgrund sind gefroren
Die Wasserlöcher und der See.
Zuweilen geht ein Wimmern, wie verloren,
Dann stirbt im toten Wald ein Reh.

Tiefeinsamkeit, es schlingt um deine Pforte
Die Erika das rote Band.
Von Menschen leer, was braucht es noch der Worte,
Sei mir gegrüßt, du stilles Land.

Einsamer Baum

Funkelt dort die Säulenfronte,
Überdacht von einer Pinie?
Einsam, fern am Horizonte,
Fern am Deich, der blassen Linie,
Steht ein Bäumchen, krank und ruppig,
Ohne Blätter, ohne Nest,
Schwarz vom Seesalz, kraus und struppig,
Arg zerzaust vom ewigen West.

Einmal ist er grün geworden,
Als ein heißes Land im Süden
Sandte seinen Gruß nach Norden,
Kuß und Trost dem lebensmüden.
Einmal blühten seine Zweige,
Einmal zog ein Cymberlzug,
Als in roter Sonnenneige
Dort ein Herz am andern schlug.

Leise kam die Flut gezogen,
Trümmer hob sie von den Watten,
Dunkle Halligwerften trogen,
Todesfeuchte Kasematten.
Durch die Luft, wie müde Greise,
Schleppt ein weiß Gewölke sich,
Abgemattet von der Reise,
Marsch aus fremdem Himmelstrich.

Bleicher Stern im Wolkenspalte,
Wild phantastische Gebilde,
Menschen, nordisch nüchtern kalte,
Odins Schwert und Asenschilde.
Hohe Flut, gelispellose,
Spielt herauf zu Deich und Baum.
Meine blasse Küstenrose
Lehnt an mich, ein lieber Traum.

Nun von meinem Fenster seh ich
Oft den Baum mit toten Zweigen.
Unter seinen Ästen steh ich
Oft im tiefen Winterschweigen.
Oft, ich halt des Hutes Krempe,
Freut mich dort der Wetterstreit,
Singt der Sturm, der rasche Kämpe,
Grenzenloser Einsamkeit.

FRIEDRICH NIETZSCHE

Der Herbst

Dies ist der Herbst: der – bricht dir noch das Herz!
Fliege fort! fliege fort! –
Die Sonne schleicht zum Berg
Und steigt und steigt
Und ruht bei jedem Schritt.

Was ward die Welt so welk!
Auf müd gespannten Fäden spielt
Der Wind sein Lied.
Die Hoffnung floh –
Er klagt ihr nach.

Dies ist der Herbst: der – bricht dir noch das Herz!
Fliege fort! fliege fort!
O Frucht des Baums,
Du zitterst, fällst?
Welch ein Geheimnis lehrte dich
Die Nacht,
Daß eisger Schauder deine Wange,
Die Purpur-Wange deckt? –

Du schweigst, antwortest nicht?
Wer redet noch? – –

Dies ist der Herbst: der – bricht dir noch das Herz!
Fliege fort! fliege fort! –
»Ich bin nicht schön
– so spricht die Sternenblume –,
Doch Menschen lieb ich
Und Menschen tröst ich –

Sie sollen jetzt noch Blumen sehn,
Nach mir sich bücken
Ach! und mich brechen –
In ihrem Auge glänzet dann
Erinnrung auf,
Erinnerung an Schöneres als ich: –
– ich seh's, ich seh's – und sterbe so.« –

Dies ist der Herbst: der – bricht dir noch das Herz!
Fliege fort! fliege fort!

Vereinsamt

Die Krähen schrein
Und ziehen schwirren Flugs zur Stadt:
Bald wird es schnein –
Wohl dem, der jetzt noch – Heimat hat!

Nun stehst du starr,
Schaust rückwärts ach! wie lange schon!
Was bist du Narr
Vor Winters in die Welt entflohn?

Die Welt – ein Tor
Zu tausend Wüsten stumm und kalt!

Wer das verlor,
Was du verlorst, macht nirgends halt.

Nun stehst du bleich,
Zur Winter-Wanderschaft verflucht,
Dem Rauche gleich,
Der stets nach kältern Himmeln sucht.

Flieg, Vogel, schnarr
Dein Lied im Wüsten-Vogel-Ton! –
Versteck, du Narr,
Dein blutend Herz in Eis und Hohn!

Die Krähen schrein
Und ziehen schwirren Flugs zur Stadt:
– bald wird es schnein,
Weh dem, der keine Heimat hat!

An der Brücke stand
jüngst ich in brauner Nacht.
Fernher kam Gesang;
goldener Tropfen quoll's
über die zitternde Fläche weg.
Gondeln, Lichter, Musik –
trunken schwamm's in die Dämmrung hinaus ...

Meine Seele, ein Saitenspiel,
sang sich, unsichtbar berührt,
heimlich ein Gondellied dazu,
zitternd vor bunter Seligkeit.
– Hörte jemand ihr zu?

Nach neuen Meeren

Dorthin – *will* ich; und ich traue
Mir fortan und meinem Griff.
Offen liegt das Meer, ins Blaue
Treibt mein Genueser Schiff.

Alles glänzt mir neu und neuer,
Mittag schläft auf Raum und Zeit –:
Nur *dein* Auge – ungeheuer
Blickt mich's an, Unendlichkeit!

ISOLDE KURZ

Landregen

Hilf Gott, wie ist die Welt so naß!
Regen, Regen, Regen!
Schon drei Tag ohn Unterlaß
Schwimmt's auf allen Wegen.
Um die Hügel spinnt's,
Von den Dächern rinnt's,
Und die Leute blau gefroren,
Wie mit dem Regenschirm geboren.
Nebel liegt auf See und Land,
Wie ein graues Packtuch ausgespannt.
Deutsche Natur, dran erkenn ich dich,
Wie die Hausfrau sparsam und bürgerlich:
Diese Wälder und laubigen Höhn
Wären für alle Tage zu schön,
Deckst sie mit grauem Segeltuche,
Sparst sie für seltene Sonntagsbesuche,
Und die Berge, so fern und fahl,
Steckst du ins Wolkenfutteral.

Drunten im lieben, im goldenen Süd
Wird die Sonne zu scheinen nicht müd,
Scheint sich selber zu Lust und Ehr,
Tut nicht, als ob's was Besonderes wär.
Dort, ja dort!
Hier aber plätschert es fort.
Nach dem Wahlspruch biederer Bürgersleute:
Wie wir's gestern getrieben, so treiben wir's heute,
Plätschert's aus purer Gewohnheit fort.
Güsse folgen auf Güsse,
Nordische Sommergenüsse.
Und das Licht der Laternen, das qualmerstickt
Mit hundert Augen aus Pfützen blickt,
Die Wiesen Moräste, die Straßen Leim,
Die ganze Welt wird ein Niflheim.

ARNO HOLZ

Deutscher Sommerwald

In
graues Grün
verdämmern ... Riesenstämme.

Von
greisen Ästen,
wirrdorr, fahlstur, flirrstorr,
in
langen Bärten
zottelhängt,
zotteldrängt, zottelsträngt
Moos.

Irgendwo,
schnabelhämmernd,
irgendwo, ticktaktak, irgendwo,
klopfpochend,
aus
tiefstem,
schweigendem, äugendem
Dunkelforst,
unaufhörlich, unablässig, unermüdlich,
immer wieder von neuem, immer wieder noch einmal, immer wieder
koboldgeschäftig, wichtelmännchenemsig,
totenuhrpickernd
ein
Specht.

. . . .

Kommt . . . der Wolf? . . . Wächst
das
Wunschkraut
hier?

Wird
auf ihrem weißen Zelter . . . lächelnd . . . auf mein klopfendes Herz zu
die
Prinzessin reiten?

. . . .

Nichts.

Wie
schwarze Urweltkröten,
regungslos,
hockt am Weg . . . der . . . Wacholder.

Zwischendurch,
weißsprenkelig, sonnengerinselübertupfelt, bleichstengelig,
tückisch,
giftig, scharlachrot
helleuchten,
gelleuchten, grelleuchten
Fliegenpilze!

Auf hoher See

Still, still, Kind, still, es war ein Traum.
Die Wellen grün, und weiß der Schaum.
Er rollt durch den Sonnenschein, blitzt und zerstiebt –
Es war ein Traum, daß es Rosen gibt!
Es war ein Traum, daß ein deutscher Wald
hoch über dir seine Wipfel geballt,
und daß dort, von Menschen wie du gesehn,
Berge, Täler und Städte stehn!
Schon seit Tagen sahst du kein Streifchen Land,
hinter dir liegt, was du Welt genannt.
Nun gibts kein Leid mehr und keine Lust,
nun schlägt kein Herz mehr in deiner Brust!
Das Segel blitzt, die Welle schäumt,
es war ein Traum, wie ein Kind ihn träumt,
der Schornstein raucht, die Möve fliegt,
nichts, nichts, so weit dein Auge sieht –
nur:
Himmel und Wasser!

RICHARD DEHMEL

Morgenandacht

Sehnsucht hat mich früh geweckt;
wo die alten Eichen rauschen,
hier am Waldrand hingestreckt,
will ich Dich, Natur, belauschen.

Jeder Halm steht wie erwacht;
grüner scheint das Feld zu leben,
wenn im kühlen Tau der Nacht
warm die ersten Strahlen beben.

Wie die Fülle mich beengt!
so viel Großes! so viel Kleines!
wie es sich zusammendrängt
in ein übermächtig Eines!

Wie der Wind im Hafer surrt,
tief im Gras die Grillen klingen,
hoch im Holz die Taube gurrt,
wie die Blätter schauernd schwingen,

wie die Bienen taumelnd sammeln
und die Käfer lautlos schlüpfen –
O Natur! was soll mein Stammeln,
seh ich alldas Dich verknüpfen:

wie es mir ins Innre dringt,
all das Große, all das Kleine,
wie's mit mir zusammenklingt
in das übermächtig Eine!

Der Stieglitz

Die Sonne sticht; ein Distelfeld
blitzt durch die stille Mittagswelt.
Im starrgezackten Blättermeer
glühn purpurlockig kreuz und quer
die Blütenköpfe.

Und durch den eisengrauen Busch:
ein bunter Vogel, hupp, hup husch,
hüpft durch das wilde Staudenheer,
als ob es ohne Stacheln wär:
ein junger Stieglitz.

Wie wirr! wie wunderlich geschweift!
Ein leichtes Lüftchen kommt und greift
von Blütenspeer zu Blütenspeer
und wirft die Schatten hin und her;
weg ist der Stieglitz.

Nun will ich stille weitergehn
und mir die sonnige Welt besehn,
und durch das Leben kreuz und quer,
als ob es ohne Stacheln wär;
das liebe Leben.

Stimme des Abends

Die Flur will ruhn.
In Halmen, Zweigen
ein leises Neigen.
Dir ist, als hörst du
die Nebel steigen.
Du horchst – und nun:

dir wird, als störst du
mit deinen Schuhn
ihr Schweigen.

Manche Nacht

Wenn die Felder sich verdunkeln,
fühl ich, wird mein Auge heller;
schon versucht ein Stern zu funkeln,
und die Grillen wispern schneller.

Jeder Laut wird bilderreicher,
das Gewohnte sonderbarer,
hinterm Wald der Himmel bleicher,
jeder Wipfel hebt sich klarer.

Und du merkst es nicht im Schreiten,
wie das Licht verhundertfältigt
sich entringt den Dunkelheiten.
Plötzlich stehst du überwältigt.

RICARDA HUCH

Mondnacht

Eine gelbe Eule, uralt,
Durch den Tannenwald streicht
Lautlosen Flugs bei Nacht,
Hat ein Mäuslein erfaßt.
Der Mond ist's, klettert von Ast zu Ast
Behend und leicht,
Kein Zweiglein kracht.

Nun ist sie droben, die Mörderin,
Hält die Beute umkrallt,
Fliegt langsam über die schwarzen Wipfel hin.

Kriegswinter

Laßt uns ein wenig von dem holden Frühling
träumen.
Jetzt in des Winters Graun;
Wenn die Knospen wieder schwellen an den kahlen
Bäumen
Wie Honig braun.

Die Erde bebt von der Schlacht und die Luft von
Kanonen.
Laßt uns dicht am Kamin
Von einem Walde reden, wo Anemonen
Aus dürren Blättern blühn.

Es klebt noch ein grauer Schnee unterm welken
Strauche
Und in schattiger Kluft,
Doch war es eben, als ob vorüberhauche
Ein süßer Duft.

Es raschelt von den erwachenden kleinen Tieren;
Bald hört man schon
Hoch oben im Gewölk eine Lerche jubilieren.
O seliger Ton!

Wir hörten lange nichts als der Sterbenden Stöhnen.
So jung dahin!
Und Mütter jammern nach den verlornen Söhnen,
Nach des Lebens Sinn.

Was man von Gott spricht, dem Vater in himmlischen
Räumen,
Ist das nur Rauch?
Laßt uns ein wenig von dem holden Frühling
träumen,
Und von Frieden auch.

Glatt, ohne Risse spannt sich der Planeten
Perlmutterhaut,
Als wärens Fische, die im Tanz sich drehten,
Vom Meer umblaut.

Nur von der Erde trieft aus schwarzen Schrunden
In Strömen Blut,
Befleckt den Äther und die heilgen Runden
Mit Fieberglut.

Ob denn dort oben in den Sternensphären
Kein Balsam fließt,
Der unsrer kranken Erde tausend Schwären
Allheilend schließt?

Vorfrühling

Laß uns nun vergessen die Qual
Des langen Winters und die Totenklage!
Stehn auch die Wälder noch kahl,
Gekommen sind die braunen Veilchentage.

Du siehst noch nichts Grünes ringsum,
Du hörst noch nicht der Lerche junge Lieder

Und nicht der Bienen Gesumm,
Nur Krähen krächzen traurig hin und wieder.

Doch blüht es schon gelb und blau
Aus welken Buchenblättern, faulig feuchten,
Die Lüfte sind weich und lau,
Und an den Stämmen hängt ein schwaches
Leuchten.

Noch zittert das wunde Herz, –
Wir waren allzu schwer, zu tief getroffen.
Vergiß nun, vergiß! Es ist März,
Der Schmerz verklingt, wir werden wieder
hoffen!

MAXIMILIAN DAUTHENDEY

Die kühlen buschigen Weiden

Es stehen wieder die kühlen, buschigen Weiden
Am Inselufer, wo sie zum Wasser hinfühlen
Und spiegeln sich wieder den Sommer lang;
Grüßen den Fluß auf seinem täglichen Gang,
Lassen sich die Welle um den Wurzelfuß spülen,
Zischen mit den Blättern noch nachts voll Genuß
Und lassen sich gern von den vier Winden durchwühlen.
Alle die Weidenblätter voll silbriger Spiegel sind
Und werden wie die Sehnenden auch nachts nicht blind.

Nachtfalter

Nachtfalter kommen verloren
Wie Gedanken, aus dem Dunkel geboren,
Sie müssen dem Tag aus dem Wege gehen
Und kommen zum Fenster, um hellzusehen.
Und in die Nachtstille versunken
Flattern sie zuckend und trunken,
Sie haben nie Sonne, nie Honig genossen,
Die Blumen alle sind ihnen verschlossen.
Nur wo bei Lampen die Sehnsucht wacht,
Verliebte sich grämen in schlafloser Nacht,
Da stürzen sie in das Licht, sich zu wärmen,
In das Licht, das Tränen bescheint und Härmen;
Die Falter der Nacht, die Sonne nie kennen,
Sie müssen an den Lampen der Sehnsucht verbrennen.

Die rote Maske

Der Mond kam der Nacht heißrot entgegen,
Schien trunken von Wollust und verwegen,
Wie einer, dem das Blut stieg zu Kopf,
Wie ein wilder, sehnsüchtiger Tropf.

Die Nacht wär' dem Roten gern ausgewichen,
Schwer schwankend kam er durchs Feld gestrichen;
Doch als sie genau sah, war's tot und kalt
Nur eine rotgeschminkte Gestalt.

Der Mond war Hanswurst und wurde verlegen,
War nicht wollüstig und nicht verwegen,
Es fiel ihm die rote Maske ins Gras,
Darunter die tote Sehnsucht saß.

Ein kahler Schädel mit eisigen Wangen
Ist bleich an der Nacht vorübergegangen;
Die Lippen erfroren, die Augen blind,
So trug ihn fort der Morgenwind.

RUDOLF G. BINDING

Oberbayrische Landschaft

Bergeinsamkeit die du von blauen Thronen,
die Stirn mit Eis bewehrt, herüberschaust
und in die Täler wo die Menschen wohnen
die Kühle deiner Majestät herniedertaust,
du wartest still von jenen Ewigkeiten,
weit hinter dir, zu jenen andern hin
die aus den dunklen Seen aufwärts schreiten
und wie das Schicksal leise nach dem Reifen
und Zepter deiner starren Herrschaft greifen.

Und bist so jung doch noch und auch so bleich
wie eine neu erhobene Königin
die erstmals naht dem Thron in ihrem Reich.

STEFAN GEORGE

Komm in den totgesagten park und schau:
Der schimmer ferner lächelnder gestade·
Der reinen wolken unverhofftes blau
Erhellt die weiher und die bunten pfade.

Dort nimm das tiefe gelb · das weiche grau
Von birken und von buchs · der wind ist lau ·
Die späten rosen welkten noch nicht ganz ·
Erlese küsse sie und flicht den kranz ·

Vergiss auch diese lezten astern nicht ·
Den purpur um die ranken wilder reben ·
Und auch was übrig blieb von grünem leben
Verwinde leicht im herbstlichen gesicht.

Wir schreiten auf und ab im reichen flitter
Des buchenganges beinah bis zum tore
Und sehen aussen in dem feld vom gitter
Den mandelbaum zum zweitenmal im flore.

Wir suchen nach den schattenfreien bänken
Dort wo uns niemals fremde stimmen scheuchten ·
In träumen unsre arme sich verschränken ·
Wir laben uns am langen milden leuchten

Wir fühlen dankbar wie zu leisem brausen
Von wipfeln strahlenspuren auf uns tropfen
Und blicken nur und horchen wenn in pausen
Die reifen früchte an den boden klopfen.

Juli-Schwermut

An Ernest Dowson

Blumen des sommers duftet ihr noch so reich:
Ackerwinde im herben saatgeruch
Du ziehst mich nach am dorrenden geländer
Mir ward der stolzen gärten sesam fremd.

Aus dem vergessen lockst du träume: das kind
Auf keuscher scholle rastend des ährengefilds
In ernte-gluten neben nackten schnittern
Bei blanker sichel und versiegtem krug.

Schläfrig schaukelten wespen im mittagslied
Und ihm träufelten auf die gerötete stirn
Durch schwachen schutz der halme-schatten
Des mohnes blätter: breite tropfen blut.

Nichts was mir je war raubt die vergänglichkeit.
Schmachtend wie damals lieg ich in schmachtender flur
Aus mattem munde murmelt es: wie bin ich
Der blumen müd · der schönen blumen müd!

An baches ranft
Die einzigen frühen
Die hasel blühen.
Ein vogel pfeift
In kühler au.
Ein leuchten streift
Erwärmt uns sanft
Und zuckt und bleicht.
Das feld ist brach ·
Der baum noch grau ..
Blumen streut vielleicht
Der lenz uns nach.

Wilder Park

Feuchter schatten fällt aus den buchen ..
Fettes gras schiesst wuchernd empor·
Hüllt den weiher – gehst du ihn suchen?
Welch geraun entquoll seinem moor?

Halblicht sinkt durch buschige dächer·
Trauernd schmiegt sich moosig umwirrt
Nackter gott vorm schilfigen fächer –
Welch ein klaglaut hat dich umgirrt?

Lächelnd streifst du steinprunk der vasen·
Laub ist spröde· früchte sind firn.
Welch ein wind kam fernher geblasen?
Welch ein zweig fuhr um deine stirn?

Leise bebst du· glücklich umgaukelt·
Eilst dem tor zu· linde bedrückt ..
Welche blume hat dir geschaukelt?
Welch ein strahl kam auf dich gezückt?

CHRISTIAN MORGENSTERN

Krähen bei Sonnenaufgang

Noch flieht der Blick des jungen Tags
der Berge nebelgraue Gipfel,
und schon entschwebt, gemeßnen Schlags,
die erste Krähe ihrem Wipfel.

Der schwankt, befreit von schwerer Last,
daß rings die Zweige sich bewegen:

Fahlsilbern sprüht von Ast zu Ast
des Frühtaus feiner Flüsterregen.

Doch eh sein Flüstern noch erstickt,
enttönt ein »Krah« dem stillen Raume:
Der Vogel hat am Wolkensaume
das erste blasse Rot erblickt.

Auf allen Wipfeln wacht es auf
und schüttelt sich und ruft nach Taten ...
In lautem Streiten und Beraten
erhebt sich endlich Hauf um Hauf.

Nur zwei Gewitzte warten schlau,
bis alles nach und nach verstoben,
sie wissen einen nahen Bau,
den gestern Jäger ausgehoben.

Ein Käuzleinflügel harrt hier noch,
die Kecken lecker zu belohnen –:
das Paar umkreist erregt das Loch ...
Braungolden glänzt das Meer der Kronen ...

Lied

Wenn so der erste feine Staub
des Sommers auf die Blätter fällt –
dann ade, du Frühlingswelt!
Dann ade, du junges Laub! –
Ach, wie sterben die Frühlinge schnelle!

Wenn erst das Auge sich versöhnt
mit all dem Grün und Weiß und Rot,
da beginnt des Frühlings Tod,
da versommern wir verwöhnt ...
Ach, wie sterben die Frühlinge schnelle!

Und dann schauen wir vom Hügel,
wie das Land sich müde sonnt ...
Leblos steht ein Mühlenflügel,
wie ein Kreuz, am Horizont – –.
Ach, wie sterben die Frühlinge schnelle!

HUGO VON HOFMANNSTHAL

Stille

Trübem Dunst entquillt die Sonne
Zähen grauen Wolkenfetzen ..
Hässlich ist mein Boot geworden
Alt und morsch mit wirren Netzen.

Gleichgetöntes Wellenplätschern
Schlägt den Kiel (er schaukelt träge)
Und die Flut mit Schaum und Flecken
Zeichnet nach die Spur der Wege.

Ferne vor dem trüben Himmel
Schweben graziöse Schatten
– Helles Lachen schallt herüber –
Gleiten Gondeln flink die glatten

Fackeln haben sie und Flöten
Und auf Polstern: Blumen, Frauen ..
Langsam tauchen sie mir unter
In dem Dunst dem schweren grauen ..

Stürme schlafen dort im Dunste:
Kämen sie noch heute abend
Zischend auf die glatte Öde
Wellentreibend brausend labend!

Vorfrühling

Es läuft der Frühlingswind
Durch kahle Alleen,
Seltsame Dinge sind
In seinem Wehn.

Er hat sich gewiegt,
Wo Weinen war,
Und hat sich geschmiegt
In zerrüttetes Haar.

Er schüttelte nieder
Akazienblüten
Und kühlte die Glieder,
Die atmend glühten.

Lippen im Lachen
Hat er berührt,
Die weichen und wachen
Fluren durchspürt.

Er glitt durch die Flöte
Als schluchzender Schrei,
An dämmernder Röte
Flog er vorbei.

Er flog mit Schweigen
Durch flüsternde Zimmer
Und löschte im Neigen
Der Ampel Schimmer.

Es läuft der Frühlingswind
Durch kahle Alleen,
Seltsame Dinge sind
In seinem Wehn.

Durch die glatten
Kahlen Alleen
Treibt sein Wehen
Blasse Schatten

Und den Duft,
Den er gebracht,
Von wo er gekommen
Seit gestern nacht.

Reiselied

Wasser stürzt, uns zu verschlingen,
Rollt der Fels, uns zu erschlagen,
Kommen schon auf starken Schwingen
Vögel her, uns fortzutragen.

Aber unten liegt ein Land,
Früchte spiegelnd ohne Ende
In den alterslosen Seen.

Marmorstirn und Brunnenrand
Steigt aus blumigem Gelände,
Und die leichten Winde wehn.

Südliche Mondnacht

Werden zu doppelter Lust nun doppelte Tage geboren?
Ehe der eine versank, steigt schon der neue herauf!
Herrlich in Salben und Glanz, gedächtnißlos wie ein Halbgott,
Deckt er mir Gärten und See zu mit erstarrendem Prunk

Und der vertrauliche Baum wird fremd, fremd funkelt der Springbrunn,
Fremde und dunkle Gewalt drängt sich von außen in mich.
Sind Dies die Büsche, darin die bunten Gedanken genistet?
Kaum mehr erkenn' ich die Bank! Die ists? Die lauernde, hier?
Aber sie ists, denn im Netz der fleißigen, winzigen Spinne
Hängt noch der schimmernde Punkt! Komm ich mir selber zurück?
Als dein Brief heut kam – ich riß mit zu hastigen Fingern
Ungeduldig ihn auf –, flogen die Theilchen hinweg
Von dem zerrissenen Rand: sie sprühten wie Tropfen dem Trinker,
Wenn er zum Springbrunn sich drängt, um den verdürsteten Mund!
Ja, jetzt drängt sichs heran und kommt übers Wasser geschwommen,
Hebt sich mit lieblichem Arm rings aus dem Dunkel zu mir:
Wie ein Entzauberter athme ich nun, und erst recht nun verzaubert,
Und in der starrenden Nacht halt' ich den Schlüssel des Glücks!

RAINER MARIA RILKE

Herbsttag

Herr: es ist Zeit. Der Sommer war sehr groß.
Leg deinen Schatten auf die Sonnenuhren,
und auf den Fluren laß die Winde los.

Befiehl den letzten Früchten voll zu sein;
gieb ihnen noch zwei südlichere Tage,
dränge sie zur Vollendung hin und jage
die letzte Süße in den schweren Wein.

Wer jetzt kein Haus hat, baut sich keines mehr.
Wer jetzt allein ist, wird es lange bleiben,
wird wachen, lesen, lange Briefe schreiben
und wird in den Alleen hin und her
unruhig wandern, wenn die Blätter treiben.

Blaue Hortensie

So wie das letzte Grün in Farbentiegeln
sind diese Blätter, trocken, stumpf und rauh,
hinter den Blütendolden, die ein Blau
nicht auf sich tragen, nur von ferne spiegeln.

Sie spiegeln es verweint und ungenau,
als wollten sie es wiederum verlieren,
und wie in alten blauen Briefpapieren
ist Gelb in ihnen, Violett und Grau;

Verwaschnes wie an einer Kinderschürze,
Nichtmehrgetragnes, dem nichts mehr geschieht:
wie fühlt man eines kleinen Lebens Kürze.

Doch plötzlich scheint das Blau sich zu verneuen
in einer von den Dolden, und man sieht
ein rührend Blaues sich vor Grünem freuen.

Papageien-Park

Jardin des Plantes, Paris

Unter türkischen Linden, die blühen, an Rasenrändern,
in leise von ihrem Heimweh geschaukelten Ständern
atmen die Ara und wissen von ihren Ländern,
die sich, auch wenn sie nicht hinsehn, nicht verändern.

Fremd im beschäftigten Grünen wie eine Parade,
zieren sie sich und fühlen sich selber zu schade,
und mit den kostbaren Schnäbeln aus Jaspis und Jade
kauen sie Graues, verschleudern es, finden es fade.

Unten klauben die duffen Tauben, was sie nicht mögen,
während sich oben die höhnischen Vögel verbeugen
zwischen den beiden fast leeren vergeudeten Trögen.

Aber dann wiegen sie wieder und schläfern und äugen,
spielen mit dunkelen Zungen, die gerne lögen,
zerstreut an den Fußfesselringen. Warten auf Zeugen.

Vorfrühling

Härte schwand. Auf einmal legt sich Schonung
an der Wiesen aufgedecktes Grau.
Kleine Wasser ändern die Betonung.
Zärtlichkeiten, ungenau,

greifen nach der Erde aus dem Raum.
Wege gehen weit ins Land und zeigens.
Unvermutet siehst du seines Steigens
Ausdruck in dem leeren Baum.

Schon kehrt der Saft aus jener Allgemeinheit,
die dunkel in den Wurzeln sich erneut,
zurück ans Licht und speist die grüne Reinheit,
die unter Rinden noch die Winde scheut.

Die Innenseite der Natur belebt sich,
verheimlichend ein neues Freuet-Euch;
und eines ganzen Jahres Jugend hebt sich,
unkenntlich noch, ins starrende Gesträuch.

Des alten Nußbaums rühmliche Gestaltung
füllt sich mit Zukunft, außen grau und kühl;
doch junges Buschwerk zittert vor Verhaltung
unter der kleinen Vögel Vorgefühl.

Wilder Rosenbusch

Wie steht er da vor den Verdunkelungen
des Regenabends, jung und rein;
in seinen Ranken schenkend ausgeschwungen
und doch versunken in sein Rose-sein;

die flachen Blüten, da und dort schon offen,
jegliche ungewollt und ungepflegt:
so, von sich selbst unendlich übertroffen
und unbeschreiblich aus sich selbst erregt,

ruft er dem Wandrer, der in abendlicher
Nachdenklichkeit den Weg vorüberkommt:
Oh sieh mich stehn, sieh her, was bin ich sicher
und unbeschützt und habe was mir frommt.

Mein Lied

Schlafend fällt das nächtliche Laub,
O, du stiller dunkelster Wald ....

Kommt das Licht mit dem Himmel,
Wie soll ich wach werden?
Überall wo ich gehe
Rauscht ein dunkler Wald;

Und bin doch dein spielender Herzschelm, Erde,
Denn mein Herz murmelt das Lied
Moosalter Bäche der Wälder.

Die Dämmerung naht

Die Dämmerung naht – im Sterben liegt der Tag .....
Sein Schatten deckt mich zu, der kühl auf einem Blatte lag,
Auf seinen roten Beeren.

Ich baute uns ein Himmelreich, dir unantastbar zu gehören
– Das an den Riffen deiner Herzensnacht zerbrach.

Die Vögel singen, und vom Nachtigallenschlag
Erzittert noch mein Bild am Wald im Bach.
Dir will ich es verehren –

Die Dämmerung naht, im Sterben liegt der Tag.

AUGUST STRAMM

Vorfrühling

Pralle Wolken jagen sich in Pfützen
Aus frischen Leibesbrüchen schreien Halme Ströme
Die Schatten stehn erschöpft.
Auf kreischt die Luft
Im Kreisen, weht und heult und wälzt sich
Und Risse schlitzen jählings sich
Und narben
Am grauen Leib.
Das Schweigen tappet schwer herab
Und lastet!
Da rollt das Licht sich auf
Jäh gelb und springt
Und Flecken spritzen –
Verbleicht
Und
Pralle Wolken tummeln sich in Pfützen.

THEODOR DÄUBLER

Der Atem der Natur, der Wind, die Phantasie
der Erde,
Erträumt sich Götterwolken, die nach Norden wehn.
Der Wind, die Phantasie der Erde, denkt sich
Nebelpferde,
Und Götter sehe ich auf gradem Berge stehn!

Ich atme auf, und Geister drängen sich aus meinem
Herzen.
Hinweg, empor! Wer weiß, wo sich ein Wunsch erkennt!
Ich atme tief: ich sehne mich, – und Weltenbilder merzen
Sich in mein Innres ein, das seinen Gott benennt.

Natur! nur das ist Freiheit, Weltall-Liebe ohne Ende!
Das Dasein aber macht ein Opferleben schön!
O Freinatur, die Zeit gestalten unsre Werkzeugshände,
Die Welt, die Größe, selbst die Überwindungshöhn!

Ein Wald, der blüht, das Holz, das brennend, wie mit
Händen, betet,
Wir alle fühlen uns durchs fromme Opfer gut.
O Gott, o Gott, ich Mensch habe alleine mich verspätet,
Wie oft verhielt ich meine reinste Seelenglut!

Im Tale steigt der Rauch, als wie aus einer Opferschale,
So langsam und fast heilig, überm Dorf empor.
Ich weiß es wohl, die Menschen opfern selbst von ihrem
Mahle,
Da eine Gottheit sich ihr Herdfeuer erkor!

Regen

Die Sonne hat nur kurz das nasse Tal umschlungen,
Die Pappeln rauschen wieder, neckisch spielt der Wind.
Des Baches Schwermut hat gar lang allein geklungen,
Der Wind ist pfiffiger als ein vergnügtes Kind.

Die Wolken wollen kommen. Alles wurde rauher,
Die blassen Pappeln rascheln wie bei einem Guß.
Die nassen Weiden faßt ein kalter Schauer,
Gewaltig saust die Luft, beinahe wie ein Fluß.

Nun soll der Regen kommen! Und es gieße wieder!
Der Sturm ist kraftbegabtes Lautgebraus,
Der Regen bringt die Rhythmen heller Silberlieder,
Die Pappeln wissen das und schlottern schon voraus.

Dem nassen Tal entwallen kalte Atlashüllen,
Und auch die Nebelhauche tauchen raschelnd auf.
Der Wind beginnt die Flur mit Wispern zu erfüllen,
Die Pappeln biegen sich, das Grau nimmt seinen Lauf.

HERMANN HESSE

Windiger Tag im Juni

Der See starrt wie Glas,
Am steilen Hügelhang
Weht silbern das dünne Gras.

Jammernd und todesbang
Schreit ein Kiebitz in der Luft,
Taumelt in zuckenden Bogen.

Vom anderen Ufer herübergeflogen
Kommt Sensengeläut und sehnlicher Wiesenduft.

Hundstage

Wie nun am dürren Ginsterhang,
Im braunen Stein, im goldnen Staub,
Im gilbenden Akazienlaub
Der Sommer seinen Überschwang
Austobt und in sich selbst verbrennt!

Aus dürrer Schote knistern schwarze Kerne,
Und abends hängen schwer die Sterne
Wie überreif am Firmament,
Das wie ein Puls im Fieber pocht
Und von verhaltnen Wettern kocht.

Wo eben noch in frohen Schauern
Das Leben feucht und spielend rann,
Keucht Sommer wütend hügelan
Der Höhe zu. Er will nicht dauern,
Er lechzt nach Rausch und Opferglück,
Ihn rief der Tod: auf hagrem Pferde
Jagt er voran und läßt die Erde
Erschöpft, verblüht, verbrannt zurück.

Und seufzend reckt sich Laub und Gras
Und raschelt hart und klirrt wie Glas.

RUDOLF ALEXANDER SCHRÖDER

Aus der Villa Torlonia

Bei den Zypressen und den alten Eichen
Und bei der Wasser ruhevollem Fall
Hab ich gewußt: wir bleiben stets die gleichen,
Und das Gemeinsame ist überall.

Du hast mit mir zugleich dich in dem Spiegel
Gestorbener Teiche fragend angeblickt
Und von dem Rand der abgestuften Hügel
Dich an dem fernen Silberstreif erquickt.

Dort liegt das Meer. Und Schiffe, ungesehn,
Ziehn schwer befrachtet durch die helle Flut.
Und zwischen uns und jenen offenen Pfaden,

Auf denen sie zu fremden Ufern gehn,
Verbreitet sich der Erde mildes Gut
In Feldern, die mit Wein und Öl beladen.

Sommerverse

Junigewitter

Kuckuck und Johanniswurm
Und der frühe Mond im Sinken;
Überm Berg die Wolkenwand,
Unbeweglich, Turm an Turm. –
Soll das ausgedörrte Land
Brennen, oder soll's ertrinken?

Züngelnd spaltet sich der Strahl,
Aus dem Raunen wird ein Grollen.
Tropfen. – Und nun rauscht's mit vollen
Bächen ins erschrockne Tal.

HANS CAROSSA

Heimliche Landschaft

Reich verstreute Tempeltrümmer
Glühen gelb im Sonnenbrand.
Ginsterbüsche zwischen Säulen
Ziehen Gold aus heißem Sand.

Edle Schmetterlinge zieren
Marmorhaupt und Marmorschoß;
In des Gottes Achselhöhle
Wuchert blühend grünes Moos.

Eine silbergraue Schlange
Liegt zerbrochen starr im Staub;
Kinder knieen zu ihr nieder,
Decken sie mit Walnußlaub.

Und schon steigen aus dem Boden
Harte Käfer scharenweis,
Toten Leib zurückzutragen
In der Wesen heißen Kreis.

AGNES MIEGEL

Mainacht

O meine selige Jugend!
Blaue Tage am Ostseestrand,
Wenn in den grauen Schluchten
Jeder Baum in Blüte stand.

O glühende Sommernächte,
Am offenen Fenster durchwacht!
Ferne Gewitter rollten
Im Westen die ganze Nacht,

Und über den Lindenwipfeln
Führten im Blitzesschein
Die alten Preußengötter
Ihren ersten Frühlingsreihn,

Herden und Saaten segnend,
Schwanden sie über das Meer.
Ihre hohen Bernsteinkronen
Blitzten noch lange her.

September

Dies sind die liebsten Tage mir im Jahr:
Die ersten Astern blühen in den Beeten,
Die Luft ist kirchenstill und blau und klar
Und ganz erfüllt vom Dufte der Reseden.

Kein Vogelschlag durchklingt den Sonnenschein
Doch unablässig zirpen die Zikaden –
Bei ihrem Schwirren in den Abendschein
Geh, Seele, satt von Welt und Sonne, ein,
Ein müdes Kind, zu letzten Schlummers Gnaden.

PAUL ZECH

Novemberwind

Für Paul Friedrich

Novemberwind kommt vom Gebirge gebraust.

Raschelnde Blätter auf weiten Chausseen
unter Alleen verstümmelt, zerzaust,
müssen sich rasend im Wirbel drehn.

Novemberwind jagt wie ein Husarenschwarm;
stampft durch die Gärten, frißt Schober arm,

klopft an die Tore, entriegelt das Schloß ....
Stürmt in die Stube ein finstrer Profoß?

Novemberwind probt sich die Finger krumm.

Kriegt dich nicht Fingern und Foltern herum,
schlägt dich ein Blitzstrahl gefügsam stumm.

Novemberwind läutet den Grabchoral.
Novemberwind donnert drei Salven zu Tal.

Reitet Verderben und reitet Gericht,
bis ihn die wilden Wolkenwölfe umringen,
bis er mit leisen schneeweißen Schwingen
seufzend zusammenbricht.

STEFAN ZWEIG

Graues Land

Wolken in dämmernder Röte
Drohn über dem einsamen Feld.
Wie ein Mann mit trauriger Flöte
Geht der Herbst durch die Welt.

Du kannst seine Nähe nicht fassen,
Nicht lauschen der Melodie.
Und doch: in dem fahlen Verblassen
Der Felder fühlst du sie.

Altjahrsabend

Aus der durchhöhlten Rübe springt die Maus.
Der steife Wind zwingt das Holunderblatt zu
tagelangem Purzelbaum –
Die leere Rübenbacke klafft,
Die Tauben peitscht der Wind ans Haus.

Den Bauernpferden wächst das Haar wie Moos so
dicht.
Das Jahr geht hin. Kein Anfang ist und Ende nicht.
Die Eichel fällt – die Einsamkeit erschrickt, und Öde
schluckt den Ton.
Sie schluckt auch meiner Sohle Lärmen, sie vergaß
mich schon.

Die Goldammer

Ich verwünsche, wer sich naht:
Auf dem Telegraphendraht
Sitzt die Ammer, alte Frau,
Gelb der Latz, die Röcke grau;
Zerrt ein Lied aus ihrer Tasche,
Zischend strickt sie Masch' an Masche,
Für den Regen eine Schlinge,
Hohe Zeit für Schmetterlinge.
Bei der Nadeln Tropfenglanz
Tanzt die Fliege Firlefanz,
Denn zu träge, sie zu jagen,
Läßt der Pferdeschwanz das Schlagen.
Stör die goldne Alte nicht!
Brombeerbusch, der für sie ficht

Und dem Bold, der gottlos stapft,
Blut aus Knie und Finger zapft.
Unter ihrer Melodie
Immer gleichem zi-zi-zi
Brennt der Weg zu weißer Asche,
Süßt, wie unter Lavastaube
Am Vesuv gereifte Traube,
Beere, die ich listig hasche.

JOACHIM RINGELNATZ

Fresia

Fresia heißt eine blasse Blüte
Vornehmer, feiner Art.
Ihre Linien sind weich und zart.
Auf dem Seidengelb prangen erglühte
Rosige Schatten.
Fresia füllt mit liebesmatten,
Schweren, süßen Wolken die Luft,
Haucht einen heißen, sündigen Duft,
Der dir indische Märchen erzählt,
Der, vom Winde zerstäubt,
Dich lange noch quält,
Der dich belügt und dich schmeichelnd betäubt.
Ihre Schönheit birgt kein Gemüt.
Du lernst sie hassen.
Fresia mußt du rauh anfassen,
Mußt sie töten, eh sie verblüht.

Landregen

Der Regen rauscht. Der Regen
Rauscht schon seit Tagen immerzu.

Und Käferchen ertrinken
Im Schlammrinn an den Wegen. – –
Der Wald hat Ruh.
Gelabte Blätter blinken.

Im Regenrauschen schweigen
Alle Vögel und zeigen
Sich nicht.

Es rauscht urewige Musik.

Und dennoch sucht mein Blick
Ein Streifchen helles Licht.
Fast schäm ich mich, zu sagen:
Ich sehne mich nach etwas Staub.

Ich kann das schwere, kalte Laub
Nicht länger mehr ertragen.

ERNST STADLER

Im Treibhaus

Gefleckte Moose · bunte Flechten schwanken
um hoher Palmen fächerstarre Fahnen·
und zwischen glatten Taxusstauden ranken
sich bleich und lüstern zitternde Lianen.

Gleich seltnen Faltern schaukeln Orchideen·
und krause Farren ringeln ihr Gefieder·
glitzernd von überwachsnen Wänden wehn
in Flocken wilde Blütenbüschel nieder.

Und kranke Triebe züngeln auf und leuchten
aus jäh gespaltner Kelche wirrem Meer·
und langsam trägt die laue Luft den feuchten
traumschlaffen Duft der Palmen drüberher.

Und schattenhaft beglänzt im weichen
gedämpften Feuer strahlt der Raum·
und ahnend dämmern Bild und Zeichen
für seltne Wollust · frevlen Traum.

Fluß im Abend

Der Abend läuft den lauen Fluß hinunter,
Gewittersonne übersprengt die Ufersenkung bunter.
Es hat geregnet. Alle Blätter dampfen Feuchte.
Die Weidenwildnis streckt mit hellen Tümpeln sich ins
witternde Geleuchte.
Weiße Nebel sich ins Abendglänzen schwingen.
Unterm seichten Fließen dumpf und schrill die
mitgezognen Kiesel klingen.
Die Pappeln stehn im Licht, traumgroße Kerzen dick
mit gelbem Honigseim beträuft –
Mir ist, als ob mein tiefstes Glück durch grüne Ufer in
den brennenden Gewitterabend läuft.

OSKAR LOERKE

Wüstengewitter

Der rote Stein ist greisenhaft gefaltet.
Und wenn ein Blitz ihn weckt, so wird er röter,
Wie eingeschlafnes Feuer, steingestaltet.
Und meine Glut war klein davor.

In Blitzeshelle donnern die Zypressen
Empor wie schwarze bittre Geisirfluten:
Der Erde Galle, schmerzverschlammt, vergessen.
Und meine Bitternisse waren klein davor.

Des Donners Widerhall schlägt durchs Gebirge Lücken
Und reißt die Schluchten in Unendlichkeiten
Und schleppt die Berge weit auf seinem Rücken.
Und meine Seherschaft war klein davor.

Sie sah nur sprühn die Gall- und Feuerwellen;
Und auf den Gesirspitzen schliefen Vögel,
Und auf den Feuern standen hoch Gazellen.
Du, Einsamkeit, warst tausendfalt gezählt.

GOTTFRIED BENN

Rauhreif

Etwas aus den nebelsatten
Lüften löste sich und wuchs
Über Nacht als weißer Schatten
Eng um Tanne, Baum und Buchs.

Und erglänzte wie das Weiche
Weiße, das aus Wolken fällt,
Und erlöste stumm in bleiche
Schönheit eine dunkle Welt.

Dunkler Sommer

O in so tote Himmel aufzublühn –
Es klafft der Kelch die ganze Röte hin
Und schluchzt empor die kleine Schwalbentiefe,
In die die Wolke hängt, und bebt und rinnt –
Und immer nur die Kühle, schon am Schaft,
Am glatten Stengel schon beginnt es, branden
Die Schauer der verstörten Aufgeburt.

Von hellen Lüften bin ich doch gefleckt,
Und bin im Ruf der Flamme; Stürme
Aus meilenweiter Bläue, violetten Zion
Erkenne ich – nun liegt im Korn der Mohn,
Umständlich reif, fast milchig, daß die Zitze
Ihm läuft, und honighaft: und dieses in das Blähn
Von schleifendem Gekröse, Schafsmisthimmel
Tonlosester Zenithe.

Du, es ist Mittag! *Ganz* jung ist vorbei!
Und *ganz* voll Geigen hängt kein Himmel mehr
Und auch kein anderer gewölbter Raum –
Fromme, erglühte Erde treibt die letzten
Gebete, eh der Frevel sich erhebt!

Antworte! Sprich! Du bist von Flöten,
Geliebten Lauten, süßen Balalaiken
Ganz unbeschreiblich überhangen!
Wolltest Du nur! Sieh: Ich,
Und alle Ranke unerwidert!

Oh, gar nicht Echo! Leisen Laut!
Geflüster! Denke auch: Die Aster wächst
Schon auf. Sein wird Gesang und Nüsse
Und Laub und Nebel über dem Planeten!

Ich stürme, Du, ich rase, ich granitne
Mir neue Himmel hin, wenn Du nicht rufst,
Blut stürzend in die fladenhaften Haufen
Verdorrter Räume, die den Glanz verloren.

Astern

Astern – schwälende Tage,
alte Beschwörung, Bann,
die Götter halten die Waage
eine zögernde Stunde an.

Noch einmal die goldenen Herden
der Himmel, das Licht, der Flor,
was brütet das alte Werden
unter den sterbenden Flügeln vor?

Noch einmal das Ersehnte,
den Rausch, der Rosen Du –
der Sommer stand und lehnte
und sah den Schwalben zu,

noch einmal ein Vermuten,
wo längst Gewißheit wacht:
die Schwalben streifen die Fluten
und trinken Fahrt und Nacht.

Valse d'automne

Das Rot in den Bäumen
und die Gärten am Ziel –,
Farben, die träumen,
doch sie sagen soviel.

In allen, in allen
das Larvengesicht:
»befreit – zum Zerfallen,
Erfüllung – nicht.«

An Weihern, auf Matten
das seltsame Rot
und dahinter die Schatten
von Fähre und Boot,

die Ufer beschlagen
vom ewigen Meer
und es kreuzen sich Sagen
und Völker her,

das Locken der Frühe,
der Späte Sang
und der grosse
einsame
Untergang.

Der Farben so viele,
die Kelche weit,
und das Ziel der Ziele:
Verlorenheit.

In allen, in allen
den Gärten am Ziel,
befreit zum Zerfallen,
der Farben so viel.

Orgie

Wir tappen tief durch Raps und Röhricht
Und Sumpf und Säume von wilden Wiesen
Und fallen nach Faltern und tuscheln töricht
Und narrn uns mit Mohnsam und müssen niesen.

Und wühlen uns wütend in Haufen Heues
Und juchzen und johlen wie fröhliche Fohlen
Und streifen ab unser Schwaches und Scheues
Und kreisen kreischend wie wehende Dohlen.

Spinnen kriechen uns über den Mund.
Ähren kitzeln keck unsre Nasen.
Mücken zerstechen uns Hals und Nacken.

Närrisch umbellt uns der kleine Hund.
Trunken wälzen wir uns auf dem Rasen,
Prustend wie Pane mit blühenden Backen.

Getrübter Frühling

Der Fluß flieht zu der Wiesen frischem Grün
aus fernen Wintern. Opferherden grasen.
Die Veilchen unter altem Laube blühn.
Auf Gräberhügeln spielen junge Hasen.

Die Lerche singt den Segen auf die Saat,
die Mutterschafe weiden mit den Lämmern.
Ein Menschenpaar geht auf verlaßnem Pfad
und sieht den Specht an morschem Baume hämmern.

In allem spürt es einen dunklen Gram
das Herz, das harmlos blühen will, bedrücken.
Der Duft, der morgens von den Wassern kam,
verweht, und Bettler drohen an den Brücken.

Die Veilchen sind gepflückt. Die Lerche schweigt.
Die Abendglocke läutet Totenklage.
Zu den verhüllten Nachtgebirgen steigt
der müde Stern fruchtloser Frühlingstage.

Die Eisheiligen

Die Eisheiligen stehen mit steif gefrorenen Bärten,
aus denen der kalte Wind Schneekörner kämmt,
früh plötzlich in den blühenden Frühlingsgärten,
Nachzügler, Troß vom Winter, einsam, fremd.

Eine kurze Weile nur sind sie hilflos, betroffen,
dann stürzt die Meute auf den Blumenpfad.
Sie können nicht, sich lang zu halten, hoffen;
so wüsten sie in sinnlos böser Tat.

Von den Kastanien reißen sie die Kerzen
und trampeln tot der Beete bunten Kranz,
dem zarten, unschuldsvollen Knospenglück bereiten
sie hohnlachend Schmerzen,
zerstampfen junges Grün in greisenhaft verbißnem
Kriegestanz.

Plötzlich mitten in all dem Toben und Rasen
ist ihre Kraft vertan,
und die ersten warmen Winde blasen
aus der Welt den kurzen Wahn.

Großstadtrand

Trostlos im Wüsten an der Großstadt Rand
steht roh und öd die gräßliche Kaserne,
ein häßliches Geschwür im Gartenland,
nie leuchten über ihr des Abends Sterne.

Der Bahndamm sperrt die Stätte wie ein Wall,
die Züge laufen Wette mit dem Wind.
Wo ist ihr Ziel? Die Welt grüßt überall,
nur hier nicht, wo die Tage Selbstmord sind.

Gelassen strömt der ölige Kanal
vorüber an den Zwingern der Fabriken.
Verboten Badende machen Skandal,
vom fernen Festplatz tönen die Musiken.

Die Eisenbrücke schwankt, ein Schaugerüst,
auf dem die Bahnen tollkühn Drahtseil tanzen.
Und es betastet Abendrots Gelüst
der toten Festung wehrlos stille Schanzen.

Am andern Ufer tuten Autos laut,
klirrt die Elektrische und stampfen Pferde,
wird eine neue Stadt ins Bild gebaut,
küßt der Eroberer die Heimaterde.

Reicht sich dem kühnen Schwimmer eine Hand,
nahn sich des Lebens oder Sterbens Boten.
Unnahbar, wieder an der Großstadt Rand,
droht ein Begräbnisort mit seinen Toten.

Am Moor

3. Fassung

Wanderer im schwarzen Wind; leise flüstert das
 dürre Rohr
In der Stille des Moors. Am grauen Himmel
Ein Zug von wilden Vögeln folgt;
Quere über finsteren Wassern.

Aufruhr. In verfallener Hütte
Aufflattert mit schwarzen Flügeln die Fäulnis;
Verkrüppelte Birken seufzen im Wind.

Abend in verlassener Schenke. Den Heimweg
 umwittert
Die sanfte Schwermut grasender Herden,
Erscheinung der Nacht: Kröten tauchen aus
 silbernen Wassern.

Der Herbst des Einsamen

Der dunkle Herbst kehrt ein voll Frucht und Fülle,
Vergilbter Glanz von schönen Sommertagen.
Ein reines Blau tritt aus verfallener Hülle;
Der Flug der Vögel tönt von alten Sagen.
Gekeltert ist der Wein, die milde Stille
Erfüllt von leiser Antwort dunkler Fragen.

Und hier und dort ein Kreuz auf ödem Hügel;
Im roten Wald verliert sich eine Herde.
Die Wolke wandert übern Weiherspiegel;
Es ruht des Landmanns ruhige Geberde.

Sehr leise rührt des Abends blauer Flügel
Ein Dach von dürrem Stroh, die schwarze Erde.

Bald nisten Sterne in des Müden Brauen;
In kühle Stuben kehrt ein still Bescheiden
Und Engel treten leise aus den blauen
Augen der Liebenden, die sanfter leiden.
Es rauscht das Rohr; anfällt ein knöchern Grauen,
Wenn schwarz der Tau tropft von den kahlen Weiden.

Siebengesang des Todes

Bläulich dämmert der Frühling; unter saugenden
Bäumen
Wandert ein Dunkles in Abend und Untergang,
Lauschend der sanften Klage der Amsel.
Schweigend erscheint die Nacht, ein blutendes Wild,
Das langsam hinsinkt am Hügel.

In feuchter Luft schwankt blühendes Apfelgezweig,
Löst silbern sich Verschlungenes,
Hinsterbend aus nächtigen Augen; fallende Sterne;
Sanfter Gesang der Kindheit.

Erscheinender stieg der Schläfer den schwarzen Wald
hinab,
Und es rauschte ein blauer Quell im Grund,
Daß jener leise die bleichen Lider aufhob
Über sein schneeiges Antlitz;

Und es jagte der Mond ein rotes Tier
Aus seiner Höhle;
Und es starb in Seufzern die dunkle Klage der Frauen.

Strahlender hob die Hände zu seinem Stern
Der weiße Fremdling;
Schweigend verläßt ein Totes das verfallene Haus.

O des Menschen verweste Gestalt: gefügt aus kalten Metallen,
Nacht und Schrecken versunkener Wälder
Und der sengenden Wildnis des Tiers;
Windesstille der Seele.

Auf schwärzlichem Kahn fuhr jener schimmernde Ströme hinab,
Purpurner Sterne voll, und es sank
Friedlich das ergrünte Gezweig auf ihn,
Mohn aus silberner Wolke.

Sommersneige

Der grüne Sommer ist so leise
Geworden, dein kristallenes Antlitz.
Am Abendweiher starben die Blumen,
Ein erschrockener Amselruf.

Vergebliche Hoffnung des Lebens. Schon rüstet
Zur Reise sich die Schwalbe im Haus
Und die Sonne versinkt am Hügel;
Schon winkt zur Sternenreise die Nacht.

Stille der Dörfer; es tönen rings
Die verlassenen Wälder. Herz,
Neige dich nun liebender
Über die ruhige Schläferin.

Der grüne Sommer ist so leise
Geworden und es läutet der Schritt
Des Fremdlings durch die silberne Nacht.
Gedächte ein blaues Wild seines Pfads,

Des Wohllauts seiner geistlichen Jahre!

Jahr

Dunkle Stille der Kindheit. Unter grünenden Eschen
Weidet die Sanftmut bläulichen Blickes; goldene Ruh.
Ein Dunkles entzückt der Duft der Veilchen;
schwankende Ähren
Im Abend, Samen und die goldenen Schatten der
Schwermut.
Balken behaut der Zimmermann; im dämmernden Grund
Mahlt die Mühle; im Hasellaub wölbt sich ein purpurner
Mund,
Männliches rot über schweigende Wasser geneigt.
Leise ist der Herbst, der Geist des Waldes; goldene Wolke
Folgt dem Einsamen, der schwarze Schatten des Enkels.
Neige in steinernem Zimmer; unter alten Zypressen
Sind der Tränen nächtige Bilder zum Quell versammelt;
Goldenes Auge des Anbeginns, dunkle Geduld des Endes.

Frühling der Seele

Aufschrei im Schlaf; durch schwarze Gassen stürzt der
Wind,
Das Blau des Frühlings winkt durch brechendes Geäst,
Purpurner Nachttau und es erlöschen rings die Sterne.
Grünlich dämmert der Fluß, silbern die alten Alleen
Und die Türme der Stadt. O sanfte Trunkenheit

Im gleitenden Kahn und die dunklen Rufe der Amsel
In kindlichen Gärten. Schon lichtet sich der rosige Flor.

Feierlich rauschen die Wasser. O die feuchten Schatten
der Au,
Das schreitende Tier; Grünendes, Blütengezweig
Rührt die kristallene Stirne; schimmernder Schaukelkahn.
Leise tönt die Sonne im Rosengewölk am Hügel.
Groß ist die Stille des Tannenwalds, die ernsten Schatten
am Fluß.

Reinheit! Reinheit! Wo sind die furchtbaren Pfade des
Todes,
Des grauen steinernen Schweigens, die Felsen der Nacht
Und die friedlosen Schatten? Strahlender Sonnenabgrund.

Schwester, da ich dich fand an einsamer Lichtung
Des Waldes und Mittag war und groß das Schweigen
des Tiers;
Weiße unter wilder Eiche, und es blühte silbern der Dorn.
Gewaltiges Sterben und die singende Flamme im Herzen.

Dunkler umfließen die Wasser die schönen Spiele der
Fische.
Stunde der Trauer, schweigender Anblick der Sonne;
Es ist die Seele ein Fremdes auf Erden. Geistlich dämmert
Bläue über dem verhauenen Wald und es läutet
Lange eine dunkle Glocke im Dorf; friedlich Geleit.
Stille blüht die Myrthe über den weißen Lidern des Toten.

Leise tönen die Wasser im sinkenden Nachmittag
Und es grünet dunkler die Wildnis am Ufer, Freude
im rosigen Wind;
Der sanfte Gesang des Bruders am Abendhügel.

Die drei Teiche in Hellbrunn

1. Fassung, Sammlung 1909

Der erste

Um die Blumen taumelt das Fliegengeschmeiß,
Um die bleichen Blumen auf dumpfer Flut,
Geh fort! Geh fort! Es brennt die Luft!
In der Tiefe glüht der Verwesung Glut!
Die Weide weint, das Schweigen starrt,
Auf den Wassern braut ein schwüler Dunst.
Geh fort! Geh fort! Es ist der Ort
Für schwarzer Kröten ekle Brunst.

Der zweite

Bilder von Wolken, Blumen und Menschen –
Singe, singe, freudige Welt!
Lächelnde Unschuld spiegelt dich wider –
Himmlisch wird alles, was ihr gefällt!
Dunkles wandelt sie freundlich in Helle,
Fernes wird nah! O Freudiger du!
Sonne, Wolken, Blumen und Menschen
Atmen in dir Gottesruh.

Der dritte

Die Wasser schimmern grünlich-blau
Und ruhig atmen die Zypressen,
Es tönt der Abend glockentief –
Da wächst die Tiefe unermessen.
Der Mond steigt auf, es blaut die Nacht,
Erblüht im Widerschein der Fluten –
Ein rätselvolles Sphinxgesicht,
Daran mein Herz sich will verbluten.

Farbiger Herbst

Ein Brunnen singt. Die Wolken stehn
Im klaren Blau die weißen zarten.
Bedächtig stille Menschen gehn
Am Abend durch den alten Garten.

Der Ahnen Marmor ist ergraut
Ein Vogelzug streift in die Weiten.
Ein Faun mit toten Augen schaut
Nach Schatten, die ins Dunkel gleiten.

Das Laub fällt rot vom alten Baum
Und kreist herein durchs offene Fenster.
Ein Feuerschein glüht auf im Raum
Und malet trübe Angstgespenster.

Opaliger Dunst webt über das Gras
Ein Teppich von verwelkten Düften.
Im Brunnen schimmert wie grünes Glas
Die Mondessichel in frierenden Lüften.

Heiterer Frühling

2. Fassung

1

Am Bach, der durch das gelbe Brachfeld fließt,
Zieht noch das dürre Rohr vom vorigen Jahr.
Durchs Graue gleiten Klänge wunderbar,
Vorüberweht ein Hauch von warmem Mist.

An Weiden baumeln Kätzchen sacht im Wind,
Sein traurig Lied singt träumend ein Soldat.
Ein Wiesenstreifen saust verweht und matt,
Ein Kind steht in Konturen weich und lind.

Die Birken dort, der schwarze Dornenstrauch,
Auch fliehn im Rauch Gestalten aufgelöst.
Hell Grünes blüht und anderes verwest
Und Kröten schliefen durch den jungen Lauch.

2

Dich lieb ich treu du derbe Wäscherin.
Noch trägt die Flut des Himmels goldene Last.
Ein Fischlein blitzt vorüber und verblaßt;
Ein wächsern Antlitz fließt durch Erlen hin.

In Gärten sinken Glocken lang und leis
Ein kleiner Vogel trällert wie verrückt.
Das sanfte Korn schwillt leise und verzückt
Und Bienen sammeln noch mit ernstem Fleiß.

Komm Liebe nun zum müden Arbeitsmann!
In seine Hütte fällt ein lauer Strahl.
Der Wald strömt durch den Abend herb und fahl
Und Knospen knistern heiter dann und wann.

3

Wie scheint doch alles Werdende so krank!
Ein Fieberhauch um einen Weiler kreist;
Doch aus Gezweigen winkt ein sanfter Geist
Und öffnet das Gemüte weit und bang.

Ein blühender Erguß verrinnt sehr sacht
Und Ungebornes pflegt der eignen Ruh.
Die Liebenden blühn ihren Sternen zu
Und süßer fließt ihr Odem durch die Nacht.

So schmerzlich gut und wahrhaft ist, was lebt;
Und leise rührt dich an ein alter Stein:
Wahrlich! Ich werde immer bei euch sein.
O Mund! der durch die Silberweide bebt.

JAKOB VAN HODDIS

O Nacht zärtlicher Sterne Gefunkel
In liebesklarer Luft
Lebendigen Traumes Flammendunkel.
Über schmalen Wegen der Bergeskluft,
Hoch im Gebirg' in den eisigen Gipfeln ein Raunen.
Musik der Seele. Tanz und Märchen erstaunen.

Mehr als zu sein und mehr als nicht zu sein!
Wer darf den Leib denn denken, den er liebt!
Wer darf vermessen durch die Wälder schrein,
Daß Gott ihm nie den Tag der Schönheit gibt?
Farbiger Rauch steigt auf aus den Städten der Qual,
Wo der weiße Bruder bedächtig die Tonpfeife raucht,
Wie ein Feuer von Fieberträumen hingehaucht,
Fern am lauernden Horizont.

GEORG HEYM

Sommernachmittag

Das Wasser schwindet schnell auf dem Asphalt.
Warm steigt sein Dunst zum Himmel, dem verblaßten.
Aus Käsekellern quillt's, und aus den Kasten
Der Blumenläden, wie ein Traum vom Wald.

Es werfen Schatten kaum die kleinen Kronen
Der staubbezogenen Bäume auf die Fliesen.
Und allenthalben sieht man die Markisen,
Weiß, rot und braun auf schlafenden Balkonen.

Das schwarze Wasser stockt auf dem Kanal.
Von buntem Laube ist es fast verdeckt.
Die Ufer, die der Sommer sonst versteckt,
Sie treten grau und steinern vor, und kahl.

Die hohen Bäume sind schon lang gereift.
Es läuft ein Schauer hin auf ihrer Wand,
Die Blätter wirbeln braun und dürr gebrannt,
Da sie der Herbst mit dunklem Fittich streift.

Autumnus

Der Schwäne Schneeweiß. Glanz der blauen Flut.
Des breiten Strandes Gelb, das flach verläuft.
Gelärm der Badenden und Freude laut
Der braunen schlanken Leiber, die mit Zweigen
Sich peitschen blankes Wasser auf das Haupt.

Doch aufwärts steigt der Wald in blauen Farben
Des Nachmittags. Sein breites grünes Haupt
Ist sanft gerundet in den blassen Himmel
Der zitternd ausstreut frühen Herbstes Licht.

Weit an dem Stromtal zieht das Hügelland
Sich fern hinab, mit bunten Wäldern voll
Und voll von Sonne, bis es hinten weit
Verschwimmend tief in blaue Schatten taucht.

Und die Hörner des Sommers verstummten im
Tode der Fluren,
In das Dunkel flog Wolke auf Wolke dahin.
Aber am Rande schrumpften die Wälder verloren,
Wie Gefolge der Särge in Trauer vermummt.

Laut sang der Sturm im Schrecken der bleichenden
Felder,
Er fuhr in die Pappeln und bog einen weißen Turm.
Und wie der Kehricht des Windes lag in der Leere
Drunten ein Dorf, aus grauen Dächern gehäuft.

Aber hinaus bis unten am Grauen des Himmels
Waren aus Korn des Herbstes Zelte gebaut,
Unzählige Städte, doch leer und vergessen.
Und niemand ging in den Gassen herum.

Und es sank der Schatten der Nacht. Nur die Raben
noch irrten
Unter den drückenden Wolken im Regen hin,
Einsam im Wind, wie im Dunkel der Schläfen
Schwarze Gedanken in trostloser Stunde fliehn.

Träumerei in Hellblau

Alle [Landschaften] haben
Sich mit Blau gefüllt.
Alle Büsche und Bäume des Stromes,
Der weit in den Norden schwillt.

Blaue Länder der Wolken,
Weiße Segel dicht,
Die Gestade des Himmels in Fernen
Zergehen in Wind und Licht.

Wenn die Abende sinken
Und wir schlafen ein,
Gehen die Träume, die schönen,
Mit leichten Füßen herein.

Zymbeln lassen sie klingen
In den Händen licht.
Manche flüstern, und halten
Kerzen vor ihr Gesicht.

ALFRED WOLFENSTEIN

Durch die stehende Landschaft

I

Eine Wolke spiegelt sich durch wasserblaue
Luft mit Schattenrauch und Silberrauch
Abgestuft bis an den Grund der Wiese,
Mit der Ebene einzigem Baum
Lang gleich einem Mast im Bauch.

Wie ein umgekipptes Fahrzeug schaukelt sie,
– Unbeweglich starrt ihr Baum in seinen Bart,
Seine Wurzelfahnen wehen steif im Boden,
Aber ich springe aus dem Gras
Und verwandle mich zur Fahrt.

II

Bleicher Himmel, greisenhaft im Walde,
Steht geballt und ohne Bahn,
Weg und Wald verschwimmen wie ein Teich,
Jedes Blatt wird steif
Wie ein Schwan.

Aber durch das blanke Schweigen
Fährt ein schwärzlich rauchend Haupt,
Rauscht ein Fuß und schraubt
Langgefurchten Traum in wasserkühle Landschaft,
Traum von roter Stadt, die an das Feuer glaubt.

KARL OTTEN

Im Walde

Ihr Birken
koreanische Trauergäste
gebeugt im Schnee
schattenlos beweinend
den Tod des großen Gottes
der hinter Nebeln
langsam dem Grabe
der Erde zuwelkt.
Es klirren die Nadeln
aus Eis von den Lärchen.
Bald ist Alles vollendet
und der Weg ins Tal
versinkt im Meer
das sich grau emporwirft
und niederkniet
vor den unbewegten Eichen.

Römersteig

Am Walde beim Römersteig
Hebt seine Blüten der Fingerhut,
Tuba bei Tuba, Zweig an Zweig
Reihn sie sich in der Juliglut.

Aber sie hauchen aus
Die Stille und atmen sie ein;
Röte schimmert ins Tal hinaus,
Hügelzüge blauen herein.

Hier, wo wie bald auch
Die Tollkirsche schwillt und sich schwärzt,
Rührt nur der tonlose Hauch
An das tönende Herz.

Hagebutten

Überall der Hagebutten Feuer,
Für Verlorenes als Gewinn entfacht;
Nach der Rosen Niederfall ein neuer
Leuchterdienst für uns und unsre Nacht.

Morgenstrahl, zurück aus roten Köchern
Sprüht er rings bei welken Wüstenein;
Doch am Abend, wie aus Himmelsbechern,
Will ein Tautropf sich an andre reihn;

Also wird, wo spinnweb-leicht ein Bogen
Blanken Wassers am Gesträuch ersteht,

Das Vergänglichste noch einbezogen
In dies Rot, wie's spät noch als Komet

Dieser Herbstnacht von weither gesendet,
Uns die Zärtlichkeit vom Munde liest,
Im Bereich der Wüsteneien endet
Und als Hagebuttenrot verfließt.

FRANZ WERFEL

Der Neusiedlersee

Der geschmolzenen Flut unbeweglicher Spiegel
Wird von dem flachen, dem tropischen Tiegel
  Wie ein Luftgebilde umfaßt.
Weit lagert am Fluß der bühligen Treppe
Im schleppenden Tag die wäßrige Steppe,
  Als Österreichs seltsamer Gast.

Von Röhricht hat er um sich geschlagen
Den meilendicken, den borstigen Kragen
  Zum Schutz der gefährdeten Brust.
Kein Hauch kann vom Leithagebirge fächern
Kein Laut von Margretens storchstrohigen Dächern
  Und auch nicht die Glocke von Rust.

Die Röhrichtreiche geheim umklammern
Schatzinseln und Tümpel und Vorratskammern,
  Smaragd-malachitnes Getier.
Aus dem trunken unkenden Rohrgefabel
Aufflattert ein weißlicher Löffelschnabel
  Wie im Winde zerfetztes Papier.

In des Neusiedlersees schilfpelziger Krause
Ist der hohe Mittag der Welt zuhause,
  Hier hat er Wohnung und Staat.
Wenn die Reiher ihr Höhensteuer stellen,
Tritt er, dieweil ihn Frösche umgellen,
In einer Wolke von Geist-Libellen
  Träg in das sandige Bad.

Ode von den leidenden Tierchen

An dem brüchigen Stein sah ich im Mittagslicht
Heute ein Echslein starr. Vor dem knarrenden Schritt
Floh's nicht davon, wo sonst im Kiese ein Rieseln
Und der leiseste Hauch es hinwegscheucht.

Über das Wesen gebeugt, merkt' ich: Der reizende Leib
Welkte sichtbar vor mir. Sein smaragdener Glanz
War ergraut. Das fiebrisch bettelnde Zünglein
Meldete Schwäche, Qual und entgleitendes Leben.

Denkend ging ich davon. Wenige Schritte weit
Fand ich vor niedriger Tür eines Kätzchens Gespenst,
Räudiger Wegwurf, zweiwöchig. Mit röhrendem Stöhnen
Flehte das Elend um baldiges Sterben.

Wieder wandt' ich mich ab. Doch mein Geist war betäubt.
Nicht mehr fühlt' ich des Tags südlichen Jubel. Das Meer
Rollte schwarz. Die rings erdröhnende Schöpfung
War ein Kehrichthaufen verschollener Leiden.

Aber ich schwor es mir zu, nicht zu vergessen euch,
Nichtige Tierchen, ihr, deren Geschick mich traf.
Wenn meine Seele einst nichts als Gedächtnis sein wird,
Will ich euch beide vor unsern Schöpfer tragen.

ERNST BLASS

Taggesang I

Da doch das Bergeshaupt bereits durchstach
Des morgendlichen Nebels feuchtes Tuch,
War es ein Wunder, daß aus Sträuchern brach
Beschienen sich entfaltender Geruch –

Da Vormittag schon über den Geländen,
Durchwärmend sie, zu flimmern anbegann
Und dann in Himmelsfarben blendend spann
Die rege Welt, sonnig an allen Enden?

Des Flusses pflanzengrüne Spiegelglätte,
Still schillernd war sie wie ein Feenkleid,
Und an der Ufer hingereckter Stätte
Gesträuch und Gras waren zum Duft bereit,

Der treibend kam mit schüchternem Gelingen
Und einzog ins erweiterte Gemüt –
Bis alles wird ein Immer-Aufwärts-Klingen
Zum Himmel, der mit tausend Ästen blüht.

KLABUND

Tierherbst

Schon balzt der Auerhahn, der bunte.
In den Äckerrinnen frieren Kaninchen.
Eine Gemse stürzt in den Gießbach.
Der Frosch entschläft.

Der Frost bereift die Flügel der letzten Fliege.
Der Fuchs ersehnt den hellen Winterpelz.
Geläut der Bäume, wenn die Blätter klingen.
Schlange raschelt durch totes Laub zum Bruder Strahl.

Wolken stürzen sich weinend in die Arme.
Elend des Abschieds, wenn der Wind verweht.
Erinnerung beglänzt den Bescheidenen.
Der erste Schnee. Ich möchte sterben gehn.

GEORG BRITTING

Vorwinterlich

Der Himmel ist dezemberblau
Und januarfrostklar.
Der Jungbaum spreizt, der Zar der Schar,
Der Strächerschar, die vor ihm kniet, die Hände
rissig-rauh.

Doch abends kommt ein Frühjahrsmond
Grün über Turm und Dach,
Ist jugendblaß und märzenblond,
Ist frühlingssüß und frühlingsschwach.

Die Katze friert
Am Trottoir.
Und wie der Mond nun höher schwirrt –
O stiert
Da nicht einäugig her das Kältetier, der Winterstier,
pflaumblau, nackt, ohne Haar.

Vorfrühlingsgarten

Wie sieht der Rasen runzlig aus! Die Äste
Der Bäume sind schwarz und dünn.
Spatzen, die einzigen Vogelgäste,
Piepsen dumm und kühn.

Die Sträucher sind mit Reisig umhüllt,
Tomaten und Stachelbeeren.
Wie ein verwaschenes Tuch, zerknüllt,
Flattert der Weg. Die weinlaubleeren

Zaunlatten sind scharf, und wie Speere
Umstehn sie die Gartenbucht.
Wann reift die Johannisbeere
Zu sommerlich roter Frucht?

Mond überm Fluß

Nebel schickt der Fluß herauf.
Wallend dreht sich das Gewölk
Und still empor.

Dunkel glühend schwelt das Rund
Des Monds wie Feuersbrunst.
Wie Rauch stößt er aus seinem Mund
Blutroten Dunst.

Dann tritt er glänzend aus dem Qualm hervor,
Und immer höher hebt er sich hinauf.
Bald überm Nebelziehen schwebt er leuchtend,
Das Blaugewölb der Nacht mit Silber feuchtend.

Morgensonne am Meer

Kalt weht Wind vom Meere her.
Feierlich und ungeheuer
Steigt die Sonne auf, ihr Feuer
Übersteigt das Meer …

Wie erstorben liegt das Meer und schweigt,
Aber Wellen lächeln schon im Grauen.
Bald neigt sich das Meer, ein blaues Schauen,
Vor der Sonne, die unendlich steigt.

Spreewald

Von sanften Kanälen durchzogen,
Und wie verzaubert ein See
Voll Wurzeln und Wasserrosen
Und schwimmenden Farnen und Moosen:
Zur Waldung verwandelte Spree.

Wie schlafend herabgebogen
Uralte Wipfel. Ein Reh,
Sich spiegelnd im Bodenlosen,
Im grünen Verdämmern der Spree …

Schmetterling

Welch schönes Jenseits
ist in deinen Staub gemalt.
Durch den Flammenkern der Erde,
durch ihre steinerne Schale
wurdest du gereicht,
Abschiedswebe in der Vergänglichkeiten Maß.

Schmetterling
aller Wesen gute Nacht!
Die Gewichte von Leben und Tod
senken sich mit deinen Flügeln
auf die Rose nieder
die mit dem heimwärts reifenden Licht welkt.

Welch schönes Jenseits
ist in deinen Staub gemalt.
Welch Königszeichen
im Geheimnis der Luft.

In der blauen Ferne,
wo die rote Apfelbaumallee wandert
mit himmelbesteigenden Wurzelfüßen,
wird die Sehnsucht destilliert
für Alle die im Tale leben.

Die Sonne, am Wegesrand liegend
mit Zauberstäben,
gebietet Halt den Reisenden.

Die bleiben stehn
im gläsernen Albtraum,
während die Grille fein kratzt
am Unsichtbaren

und der Stein seinen Staub
tanzend in Musik verwandelt.

JOSEF WEINHEBER

Baum im Frost

Zweite und dritte asklepiadeische Strophe

Wieder übers Gebirg steigt der gelassne Mond.
Von den Gräbern im Tal aufweht ein Klageton.
Doch die gläserne Schwinge klirrt
furchtbar oben im Haupt; seine Jahrhunderte

reiften raunend ihn. Lang, lange vor Haus und Furt
griff er fühlend hinab, wurde Geheimnis, war
groß und voll in den Sommern,
und Geschlechter umwogten ihn.

O der einsamen Furcht! O der Verlorenheit,
da auf Sinnen und Saft weiße Erstarrung stürzt.
Jäh ertaubt ihm die Wurzel und
unerbittlich hinab beugt ihn ein letzter Sturm.

Aus erfülltem Gelock schrecken die schlafenden
Vögel auf, ohne Rat, schwer in dem nächtlichen
Himmel schwebend, in wirren
Kreisen fern nach dem Mond entführt.

Altes Flußbett

Jahre schon sinds, daß mich Flut und Forellen gemieden.
Jahre schon lieg ich verlassen im brütenden
Mittagsfrieden.
Einstmals durchschoß mich die hurtige Strömung in
steinernen Rinnen,
Wellen sprangen wie junge, hellhaarige Tänzerinnen!
Scherben decken und Kiesel und Rostgeschirr die verödete
Stelle,
und nur der Gräser fließend gebeugter Wuchs verrät noch
das alte Gefälle.
Falter suchen mich auf und Käfer und bläuliche Fliegen,
Kinder im Spiel und die rupfenden Mäuler der Ziegen.
Manchmal nach langem Regen sammeln sich Lachen,
dann bedrückt mich ein fernes Erinnern, ein halbes,
beklommnes Erwachen.
Manchmal des Nachts zur schwülen, gewittrigen Stunde
spür ich ein Zucken, ein Zerren, ein Drängen auf meinem
Grunde.
Manchmal umirren Wassergeister und Seelen Ertrunkner
mein Bette,
suchen im Mondlicht umsonst die schaurig vertraute Stätte,
suchen umsonst die zitternde Spiegelfläche aus alten
Jahren,
gierig bedacht, einen Rest der eignen Gestalt zu gewahren,
nur einen Hauch, einen Umriß, daß etwas von ihnen doch
bliebe –
aber sie finden Gestrüpp nur und Abfall und
Schuttgeschiebe.
Und mit den Frühnebeln sind sie zerrinnend geschieden.
Mittags lieg ich verlassen im heißen, brütenden Frieden.

Die Mücke

Zwischen dir und mir ist keine Brücke.
Dir ists gleich; ich fühle den Verdruß.
Ich ein Menschenkind, du eine Mücke;
beide gegenseitig voller Tücke,
Feinde nach urewigem Beschluß.

Silbern summend, zierliches Gebilde,
näherst dich aus Finsternis dem Ohr:
Blutdurst, Undank, Gift und Dolch im Schilde.
Die dir zuschaut, meines Herzens Milde,
kommt dir noch nicht einmal komisch vor.

Könntest du mein Mitgefühl begreifen,
wären wir, wie einst, im Paradies.
Keines aber sprengt den Zauberreifen,
ungekränkt harmonisch auszuschweifen,
Keines je das eigene Verließ!

Auf der Hand willkommnem Landungsplatze
gehst du nieder, Flugzeugminiatur,
tauchst die Nadel ein; und sieh, ich kratze
dich nicht fort, obschon es brennt, – ich atze
dich mit meinem Blut! O wärst du nur

fähig, Zwerg, mein Fühlen zu empfinden,
das in dir des Schöpfers Größe ehrt;
fähig, dich in Freundschaft zu verbinden
mir, der einsam (aus verschiednen Gründen)
beinah nur noch mit sich selbst verkehrt!

Rosig schwillst du an und ziehst die Nadel
zierlich aus der Pore Brunnenschacht,

Wunderwerk aus Eleganz und Adel,
und entschwindest (nicht, daß ich dich tadel!)
satt und silbern summend in die Nacht.

Auf eine weiße Muschel

I

So klar, so kühl bist du, als schliefe
Pelasgerfrühe ihren Traum
in deiner Wiegenhut; als schliefe
der Gott in dir und wäre kaum

noch schlafend, wäre schon erwachten
Empfindens Marmor und Gestalt.
Orakelwort tönt im erwachten
meerwinddurchwehten Lorbeerwald.

So kühl der Tempel, klar die Säulen,
so wahr ihr nüchternes Gesetz.
Gestürzt, geborsten sind die Säulen.
Uralt ein Fischer flickt sein Netz.

II

Ich hob dich auf aus tausend andern,
zum Strand gespült, verweht im Sand:
ein Wunder unter tausend andern,
nun eine Welt in meiner Hand.

Ich hebe dich dem Licht entgegen
und taste deiner Anmut nach.
Du schimmerst schweigend mir entgegen,
rufst tief uralt ein Heimweh wach:

zu sein wie du, weiß und vollendet,
ein Glück, das unbewußt gelingt
und, wie sich's rein in sich vollendet,
Versöhnung, Frieden, Freude bringt.

Türme

Am Strande nördlichen Meeres,
Wo schwarzer grausamer Sturm Schwärme gell
kreischender Möwen peitscht,
Wo an rissige Klippen geschleuderte Woge eisgrün
klirrend zerbricht,
Zerschellt, zerspritzt,
Starrt der Turm.
Hart, finster, lastend, stumm in grauer Öde.
Erstorben.
Ohne Mund.
Kein Tor, keine Pforte: verschlossen.
Aus blicklosen Fenstern geistert in Nebeln düsterrot
glimmendes Licht,
Kolkt ein Rabe krächzende Prophezeiungen,
Schwimmt Schnee-Eule lautlos, flockenrieselnd in das
kristallen singende Schweigen der Nacht. –
Irgendwo fern klagt ein Schiff im Eise ...

Irgendwo.

Irgendwo in Böhmen senkt eine Birke schmale blond
umflossene Wangen rötlichen Trümmern zu.
Wehmütig, mit auf der Brust gefalteten Händen.
Doch um ihren Fuß spielen Glockenblumen,
Bunter Wachtelweizen belächelt das machtlose Burgverlies,
und Gras trauert tändelnd auf der begrabenen
Schwelle;
Feuerfalter gaukeln in Sonne über gestürzte Mauern, über
erloschne Geschlechter hin.

Aus gierig glänzenden Augen der blauen Haie, die
spähend, schnappend in Küstengewässern sich
tummeln,

Blicken die Herrn der Feste, Seelen illyrischer Seeräuber her,
Die einst den trotzig plumpen, vierschrötig niederen Bau zum Hüter blitzender Beute setzten.
O schwarze Flaggen, Kaperfahrten, waffenschlagende Plankenkämpfe mit den Venedigern!
Vorbei.
Aus den verfallenden Kammern
Läuten nicht trunken goldene Becher mehr, die blutfarbnen Weines voll sind,
Dringt auch heut nicht Fischerkindergelärm, noch der scharfe Ruch gebratenen Seefangs.
Jadeschimmernde Eidechsen huschen emsig schwänzelnd umher, tuscheln in Eidechsenmundart zusammen
Oder sitzen auf lichtumspülten, warmen Steinen geruhsam sinnend.
In dunklen Mauern gebiert das Skorpionsweibchen lebende Junge und stirbt; aber die Söhne erben der Väter Gift.

Auch dieser ist einsam,
Dem ein herrischer Mund zu sein gebot, die zeptertragende Hand eines Königs im Osten.
Doch die Krone sprang von der Stirn, und die myrrhenduftenden Prunkgewänder verdarben. –
Er aber steht und leidet.
Unsäglich leerer Himmel, der Vogelfittich und fruchtende Wolke nicht kennt, gießt brennende Bläue endlos über ihn aus;
Gluthitzen, Strahlenfluten rinnen von seinen bleichen Quadern.

Die Zypresse floh. Zeder und Ölbaum sind fortgewandert, und keine Rebe schmiegt liebende Arme um seinen schlafenden Stein.

Kein Hirt treibt die Schafe, daß sie aus erdnahen Fugen
ihm staubige Gräser rupfen,
Und dem Zuge beladner Kamele zeigt er niemals den
Weg.

Zuweilen,
Wenn die Sichel der Nacht des Tages glühende Garben
mäht,
Ein schmaler Mond wie Balsam ihm silbrige Kühle
träuft,
Bebt aus seinem Wesen
Der scheue, leise, schnell ermattete Klang
Verschollener Harfe.

Vielleicht vergaß mich meine Seele im Traum,
Sank gen Morgen gebreitet, und ihres Wandelfluges
Harrte der weiße Turm: durch seine heißen,
verwunschenen, lebenlosen Gemächer irrte sie,
Ihre Ahnen suchend,
Und rührte verschwebend Saiten an, die noch tönen ...

Die Kröte

Ein blaues Dämmer sinkt mit triefender Feuchte;
Es schleppt einen breiten rosiggoldenen Saum.
Schwarz steilt eine Pappel auf in das weiche Geleuchte,
Und milde Birken verzittern zu fahlerem Schaum.
Wie Totenhaupt kollert so dumpf ein Apfel zur Furche,
Und knisternd verflackert mählich das herbstbraune Blatt.
Mit Lichtchen gespenstert ferne die düsternde Stadt.
Weißer Wiesennebel braut Lurche.

Ich bin die Kröte.
Und ich liebe die Gestirne der Nacht.

Abends hohe Röte
Schwelt in purpurne Teiche, kaum entfacht.
Unter der Regentonne
Morschen Brettern hock ich duckig und dick;
Auf das Verenden der Sonne
Lauert mein schmerzlicher Mondenblick.

Ich bin die Kröte.
Und ich liebe das Gewisper der Nacht.
Eine feine Flöte
Ist im schwebenden Schilf, in den Seggen erwacht,
Eine zarte Geige
Flirrt und fiedelt am Felderrain.
Ich horch und schweige,
Zerr mich an fingrigem Bein

Unter fauler Planke
Aus Morastigem Glied um Glied,
Wie versunkner Gedanke
Aus dem Wust, aus dem Schlamm sich zieht.
Durch Gekräut, um Kiesel
Hüpf ich als dunkler, bescheidener Sinn;
Tauiges Laubgeriesel,
Schwarzgrüner Efeu spült mich dahin.

Ich atme, schwimme
In einer tiefen, beruhigten Pracht,
Demütige Stimme
Unter dem Vogelgefieder der Nacht.
Komm denn und töte!
Mag ich nur ekles Geziefer dir sein:
Ich bin die Kröte
Und trage den Edelstein ...

Fließend

Wolke aus hartem Schiefergrau
Schwimmt in die blanke Weite des Abends.
Unter ihr, silbern,
Spannt sich die Wasserhaut des Flusses.

Sichelnder Nachtwind zerteilt
Die schwärende Last des Himmels.
Schon neigen am Ufer die Gräser
Flüsternd einander sich zu.

Spaziergang im Winter

Im Schneefeld glänzen noch die Spuren
Von Vögeln, die schon fortgehuscht,
Als seien plötzlich Liebes-Zeichen
Auf Reispapier getuscht.

Weit leuchtend schwingen gelbe Ruten
Der Weiden in das blaue Licht,
Als streiften scheue Frühlingswinde
Über das Erdgesicht.

Die sterbenden Flüsse

Die Speicher am Ursprung verderben,
schon weicht von den Ufern der Sand;
es geht ein gewaltiges Sterben
allorts durch die Flüsse im Land.
Ins Bett greift die Schleuse und leitet
den Fall aus der felsigen Klamm;
die lehmigen Wasser begleitet
schon öfter im Flachland ein Damm.

Zu erlenbestandenen Plätzen
tritt kahler und schrundiger Saum;
viele Pfähle und Maste ersetzen
im Unterlauf Buschwerk und Baum.
Schon steigt aus dem Strombett in Schuten
der Grundsand, gesprengt das Gestein;
die Abwässer trüben die Fluten
und Fische und Krebse gehn ein.

Schon regelt das schöne Gefälle
der Bäche ein landfremdes Maß;
schon hängt vor der Stadt in die Welle
der Rampen zementenes Gras.
Die Landschaft der Bäche und Flüsse
ist heute schon vielfach dahin;
bald werden, trotz reichlicher Güsse,
dem Meer zu nur Fahrrinnen ziehn.

Vom Schwimmen in Seen und Flüssen

1

Im bleichen Sommer, wenn die Winde oben
Nur in dem Laub der großen Bäume sausen
Muß man in Flüssen liegen oder Teichen
Wie die Gewächse, worin Hechte hausen.
Der Leib wird leicht im Wasser. Wenn der Arm
Leicht aus dem Wasser in den Himmel fällt
Wiegt ihn der kleine Wind vergessen
Weil er ihn wohl für braunes Astwerk hält.

2

Der Himmel bietet mittags große Stille.
Man macht die Augen zu, wenn Schwalben kommen.
Der Schlamm ist warm. Wenn kühle Blasen quellen
Weiß man: ein Fisch ist jetzt durch uns geschwommen.
Mein Leib, die Schenkel und der stille Arm
Wir liegen still im Wasser, ganz geeint
Nur wenn die kühlen Fische durch uns schwimmen
Fühl ich, daß Sonne überm Tümpel scheint.

3

Wenn man am Abend von dem langen Liegen
Sehr faul wird, so, daß alle Glieder beißen
Muß man das alles, ohne Rücksicht, klatschend
In blaue Flüsse schmeißen, die sehr reißen.
Am besten ist's, man hält's bis Abend aus.
Weil dann der bleiche Haifischhimmel kommt
Bös und gefräßig über Fluß und Sträuchern
Und alle Dinge sind, wie's ihnen frommt.

4

Natürlich muß man auf dem Rücken liegen
So wie gewöhnlich. Und sich treiben lassen.
Man muß nicht schwimmen, nein, nur so tun, als
Gehöre man einfach zu Schottermassen.
Man soll den Himmel anschaun und so tun
Als ob einen ein Weib trägt, und es stimmt.
Ganz ohne großen Umtrieb, wie der liebe Gott tut
Wenn er am Abend noch in seinen Flüssen schwimmt.

Über das Frühjahr

Lange bevor
Wir uns stürzten auf Erdöl, Eisen und Ammoniak
Gab es in jedem Jahr
Die Zeit der unaufhaltsam und heftig grünenden
Bäume.
Wir alle erinnern uns
Verlängerter Tage
Helleren Himmels
Änderung der Luft
Des gewiß kommenden Frühjahrs.
Noch lesen wir in Büchern
Von dieser gefeierten Jahreszeit
Und doch sind schon lange
Nicht mehr gesichtet worden über unseren Städten
Die berühmten Schwärme der Vögel.
Am ehesten noch sitzend in Eisenbahnen
Fällt dem Volk das Frühjahr auf.
Die Ebenen zeigen es
In alter Deutlichkeit.
In großer Höhe freilich
Scheinen Stürme zu gehen:
Sie berühren nur mehr
Unsere Antennen.

Kalifornischer Herbst

1

In meinem Garten
Gibt es nur immergrüne Pflanzen. Will ich Herbst
sehn
Fahr ich zu meines Freundes Landhaus in den
Hügeln. Dort
Kann ich für fünf Minuten stehn und einen Baum
sehn
Beraubt des Laubs, und Laub, beraubt des Stamms.

2

Ich sah ein großes Herbstblatt, das der Wind
Die Straße lang trieb, und ich dachte: schwierig
Den künftigen Weg des Blattes auszurechnen!

Der Blumengarten

Am See, tief zwischen Tann und Silberpappel
Beschirmt von Mauer und Gesträuch ein Garten
So weise angelegt mit monatlichen Blumen
Daß er vom März bis zum Oktober blüht.

Hier, in der Früh, nicht allzu häufig, sitz ich
Und wünsche mir, auch ich mög allezeit
In den verschiedenen Wettern, guten, schlechten
Dies oder jenes Angenehme zeigen.

Regen im Kiefernhain

Schweig. Im Gehölz höre ich keine menschlichen
Worte
Sondern ich höre neue Worte, entfernt gesprochen von
Tropfen auf Blättern.
Horch. Es regnet von den zerstreuten Wolken.
Es regnet auf die salzigen und versengten
Tammarinden.
Es regnet auf die Pinien, blättrig und rauh.
Es regnet auf die göttlichen Myrten, die schimmernden
Ginsterbüsche
Die hingegebenen Blumen, den dichten Wacholder,
den lustigen, erlauchten
Es regnet auf unsere Gottgesichter.

Es regnet auf unsre nackten Hände, leichten Kleider,
frischen Gedanken
Die schöne Fabel, die dich gestern täuschte und mich
heute täuscht.

Regen fällt auf das einsame Grün mit einem Geraschel,
das anhält und
Sich verändert in der Luft, je nach des Laubs jeweiliger
Dichte.
Hör zu.
Dem Seufzen antwortet das Lied der Grille, die nicht
erschrickt vor
Dem südwindlichen Seufzen noch dem aschfarbenen
Himmel.
Die Pinie hat ihren Ton, die Myrte einen andern und
den gleichen nicht
Der Wacholder, verschiedene Instrumente in
unzähligen Fingern.
Eingetauchte, wir, in den Geist des Waldes, lebend das
Baumleben.

Und dein trunknes Antlitz ist weich vom Regen, wie
ein Blatt; und dein
Haar riecht wie der helle Ginster, du irdische Kreatur.
Horch zu, horch zu.
Der Akkord der lüftigen Grillen wird tauber und
geht unter im Seufzen
Das anwächst.

FRIEDRICH GEORG JÜNGER

Wintertag

Die Hasen laufen über weisse Heide
Und fliehen lautlos in die Weiten.
Von ihren Pelzen, weich wie Seide,
Seh' ich den Schnee der Hügel gleiten.

So mühlos seh' ich sie enteilen
Wie Federbälle und wie Reifen.
Ich höre nichts. Bald wird es schneien,
So leise ziehn sie ihre Schleifen.

O Feentage! Alte Zeiten!
So war es einst, so ist es heute.
Wie leicht und froh die Schlitten gleiten.
Von fern kommt silbernes Geläute.

Die Eulen

Sieh die Eulen, wie sie so schweigsam
Rasten, wie sie den Tag versäumen.
Reglos ruh'n sie. Was sie auf ihren
Hohen Türmen so tief nur träumen?

Goldne Schatten fliessen gelinde
Um die Mauern, und Bäume rauschen.
Leer und geschäftig hallt der Strassen
Lärm nach oben. Die Vögel lauschen.

Sollen sie fliehen? Doch den Äther
Kann das Gewühle nicht durchdringen,
Nicht die Weisen, die in der Stille
Reiner Zellen den Tag verbringen.

Aus der Helle stossen die schnellen
Falken und Segler auf sie nieder,
Doch sie sinken tiefer und tiefer
In den Flaum und weiches Gefieder.

Wie die seligen Götter achten
Sie der Schreier nicht, die gehässig
In der Luft sich wiegen. Sie sinnen
Müssig, blinzeln im Lichte lässig.

In der blauen und grauen Dämm'rung
Rüsten sie die Schwingen und heben
Sich bedächtig, rufen einander
Durch die Lüfte, eh sie entschweben.

Dann entschwinden sie. Nur die runden
Augen leuchten. Feurige Kreise
Ziehn im Dunkel. Doch ihre Flüge
Hört das Ohr nicht. Sie sind zu leise.

Misanthropologie

Schöne Dinge gibt es dutzendfach.
Aber keines ist so schön wie diese:
eine ausgesprochen grüne Wiese
und paar Meter veilchenblauer Bach.

Und man kneift sich. Doch das ist kein Traum.
Mit der edlen Absicht, sich zu läutern,
kniet man zwischen Blumen, Gras und Kräutern.
Und der Bach schlägt einen Purzelbaum.

Also das, denkt man, ist die Natur?
Man beschließt, in Anbetracht des Schönen,
mit der Welt sich endlich zu versöhnen.
Und ist froh, daß man ins Grüne fuhr.

Doch man bleibt nicht lange so naiv.
Plötzlich tauchen Menschen auf und schreien.
Und schon wieder ist die Welt zum Speien.
Und das Gras legt sich vor Abscheu schief.

Eben war die Landschaft noch so stumm.
Und der Wiesenteppich war so samten.
Und schon trampeln diese gottverdammten
Menschen wie in Sauerkraut herum.

Und man kommt, geschult durch das Erlebnis,
wieder mal zu folgendem Ergebnis:
Diese Menschheit ist nichts weiter als
eine Hautkrankheit des Erdenballs.

Anmerkung: Man sollte die meisten Menschen mit einer Substanz bestreichen dürfen, die unsichtbar macht.

Samenzug

Nun peitscht mit leisen Ruten
September sie hinaus,
die harten, braunbeschuhten,
im Duftkelch reif geruhten,
die Samen aus dem Haus.

Die kleinen Karmeliter,
die unbeschuhten, auch,
und an des Grases Gitter
entlädt sich ein Gewitter
von spelzgelöstem Rauch.

Sandale und Cuculle,
so wandern sie dahin
wie eines Schöpfers Schrulle
aus klaffender Schatulle
von tief erschöpftem Grün.

Es formt sich zur Pagode
der schießende Salat,
in Todeslust zu Tode
die plattgedrückte Hode
mit der Akaziensaat.

Hinab aus Glanz und Bläue
dringt auf geweihtem Weg
die Mystenschar, die scheue,
damit sie sich erneue,
in orphisches Geheg.

Die Mütze deckt den Namen,
der Name die Gestalt.

Will schon das Licht erlahmen,
birgt sich das Wort im Samen –
so wird die Welt nicht alt.

ODA SCHAEFER

Letzter Baumschatten

Diese träumenden Schatten
Aquariengrün vor dem Roste
Licht sickert ein wie Wasser in Moos
So stehen sie ruhevoll
Die alten Kastanien.

Sie dulden die Luft voller Sterben
Sie tragen die Feuchte des Abends
Die Stille lastet
Mit fernhin hallenden Stimmen.
Kastanien, Karyatiden des Unsichtbaren
Morgen schon ohne Laub
Leere, greifende Arme
Übermorgen –
Dann ist Winter
Und den Schnee zu tragen ist schwer.

Wintersonnenwende

Der Blätter leichte Flotte sank so bald
Die schwarze Flut strömt nur noch kurze Zeit
Es hebt der Bäume mächtige Gestalt
Sich edler, wie von einer Last befreit.

Ein Ring von Licht am Horizont heut lag
Den sah ich an der Sommerwende Fest
Es kam und ging der Herbst mit einem Tag
Und Wintersterne traten ins Geäst.

Dachstein

Wege unsere mühelosen
Das Gebirge hinauf
Schwebend im Blechgehäuse
Durch Nebelwolken
Bei Föhrenwipfeln
Hoch über grauem
Steingeröll

Und droben kühl
Mit keineswegs brennenden
Füßen
Über Matten voll Soldanellen
Durch Latschenwälder
Geheimnisvoll läutende

Aber erschüttert der Blick
Durchs Gipfelfernrohr höher

Hinauf die bleichen
Unendlich verlassenen
Eisfelder des

Riesen

Rose und Laubfall

Was tut das Laub
Herabgeweht
Messing und rot
Fein ausgezackt
Raschelnd noch, knisternd
Dann regendurchnäßt
Schwarzfaules Geschlinge
Bedeckt bedeckt

Was tut der Schnee
Stillfallender Schnee
Glitzerschnee
Nadeln aus arktischem Blau
Schneehühner Dickflocken weich
Unablässiges Sinken
Begräbt

Unter Rose und Laubfall erwacht
Unterm Schnee das verborgene Morgen.

PETER HUCHEL

Herbst der Bettler

Das spröde Holz am Brombeerzaun
trug auswärts Früchte viel,
ganz erdige, von Sonne braun
und Regen innen kühl.

Die nachts auf blachem Felde ruhn,
sie kämmten aus das Laub,
eh sie auf drahtgeflickten Schuhn
fortzogen unterm Staub.

Oktoberbüsche, kahl und naß,
verfaulter Nüsse Riß,
im rauhreifübereisten Gras
des Nebels kalter Biß!

Wie eine Wabe, ausgeleert,
die Sonnenblume starrt.
Der Wind, der durch die Dornen fährt,
klirrt wie ein Messer hart.

Wilde Kastanie

Nicht eßbar, doch voll braunem Knallen,
wenn sie die Magd ins Feuer drückt,
die liebste Beere wohl von allen,
nach der das Kind im Herbst sich bückt:
sie hängt in rauher Stachelschale
und unterm breiten Blätterstern,
zu groß für eine Amselkralle
und für die kleine Hand zu fern.

Doch wenn der Sturm der roten Blätter
bis in die alten Wipfel stößt,
im raschelnden Oktoberwetter
die Spinne aus dem Netz sich löst,
dann springen braun Kastanienbälle
von allen Ästen der Allee,
sie rollen, von des Windes Kelle
getrieben hin auf der Chaussee.

Todtmoos

In Todtmoos
sah ich in weißer leuchtender Schneeluft
schneepflückende Wesen fliegen.
Ich griff in den Flockenfall
und fing nur Kälte.

Schneenarben an den Felsen,
Wegzeichen wohin? Schriftzeichen,
nicht zu entziffern.

Vergänglicher Tag

Schuppenkalter Mond
im Bambusgebüsch.
Grün sank dein Licht
in die hölzernen Schatten
der Zäune. Am Morgen lagen vier tote
Fische riesengroß im Netz.
Mit offnen Mäulern
klagten sie
dem Tag.
Schwer war das Netz,
das wir zum Strande zogen,
von so viel Tod.
Grüner Mond,
du starbst mitten
im frierenden Himmel,
der über Schilfdächern gläsern tönt,
ein Sterbegong
groß und leise
schlafenden Negern.
Hört ihr,
wie durchs Dunkel
der Fische
der unsichtbare, der kaum geahnte
Horizont
uns langsam zerbricht?

Der Park

Aus kalten Höfen, Schuppen und Fabriken,
An die das Leben sich verkauft und kettet,
Hat mich zuletzt der alte Park gerettet
Und Atem mir verliehen vorm Ersticken.

Denn dies ist größer als der Hämmer Ticken,
Wenn in den Grund sich eine Wurzel bettet
Und über Halmen, die der Abend glättet,
Mit vollem Laub die alten Kronen nicken.

Ich denke hier der Zeit, die, tiefverhaßt,
Mich und mein Leben widerwillig trägt,
Mit der mein Wesen nie zusammenpaßt,

Darin der Puls von andern Zeiten schlägt.
Ob ich zu früh, ob ich zu spät geboren,
Ich geb mein Spiel mitsamt der Zeit verloren.

An meinen Birnbaum

Der Rausch deiner großen Jahre
Ist nun verblüht und verweht,
Ob auch das Licht, das klare,
Dir täglich zu Häupten steht.

Ich fühle die Blätter weben,
Müde von schwerem Traum;
Wie wunderbar schlummert mein Leben
In deinem Leben, mein Baum!

Von deinen Zweigen allen
Ist keiner von Früchten schwer,
Ich höre das zögernde Fallen
Und Klopfen im Grase nicht mehr,

Das oft mich wundersam störte,
Wenn ich in Schwermut lag
Und die Stimmen der Toten hörte,
Bang zwischen Nacht und Tag.

Nun ruhst du; den rauschenden Schlummer
Beschwerte der Himmel dir nicht,
Aber den tiefsten Kummer
Überblühte dein Licht.

GÜNTER EICH

Niederschönhausen

Willst du dem Sommer trauen?
Es schafft im alten Parke
der Gärtner und die Frauen
mit Karren, Korb und Harke.

Im Laubhaus der Platanen
glänzt die gefleckte Rinde.
Wir und die Blätter ahnen
die Ewigkeit im Winde.

Wo schwarz die Amseln gaukeln,
die Kehle voller Lieder,

an langen Schnüren schaukeln
die Früchte her und wider.

Ich weiß nicht, wann sie fallen.
Oh Tag in alten Bäumen!
Jäh ist mir eingefallen,
wie wir die Zeit versäumen.

Ende August

Mit weißen Bäuchen hängen die toten Fische zwischen
Entengrütze und Schilf.
Die Krähen haben Flügel, dem Tod zu entrinnen.
Manchmal weiß ich, daß Gott am meisten sich sorgt
um das Dasein der Schnecke.
Er baut ihr ein Haus. Uns aber liebt er nicht.

Eine weiße Staubfahne zieht am Abend der Omnibus,
wenn er die Fußballmannschaft heimfährt.
Der Mond glänzt im Weidengestrüpp, vereint mit dem
Abendstern.
Wie nahe bist du, Unsterblichkeit, im Fledermausflügel,
im Scheinwerfer-Augenpaar, das den Hügel herab sich
naht.

Ende eines Sommers

Wer möchte leben ohne den Trost der Bäume!

Wie gut, daß sie am Sterben teilhaben!
Die Pfirsiche sind geerntet, die Pflaumen färben sich,
während unter dem Brückenbogen die Zeit rauscht.

Dem Vogelzug vertraue ich meine Verzweiflung an.
Er mißt seinen Teil von Ewigkeit gelassen ab.
Seine Strecken
werden sichtbar im Blattwerk als dunkler Zwang,
die Bewegung der Flügel färbt die Früchte.

Es heißt Geduld haben.
Bald wird die Vogelschrift entsiegelt,
unter der Zunge ist der Pfennig zu schmecken.

Strandgut

Bruchstücke von Gesprächen,
die unter Wasser geführt werden,
auf den Sand geworfene Antworten, –

Keine Fährten, aber die Wellenränder
mit Quallen und Algenteilchen,
Holzsplitter, Muschelschale und Bernsteinrest,
und die Welle, die zurückläuft,
daß hinter der Feuchtigkeit
der Sand sich wieder erhellt,
als begebe sich eine schnelle Dämmerung.

Die Frage erwartend
flattert das Gras auf der Düne.

Veränderte Landschaft

Die Schwermut kommt von Süden,
daß wir die Schneefelder sehen
und die Waldblößen,
die Stellen im Herzen,

die vergessen sind,
Baumgruppen des Zweifels,
die geschwungenen Wege der Zuversicht
und die Zäune der Armut.

Ob die Toten den Föhn spüren,
zeigen die Brachfelder an.
(Es ist verschieden
wie die Schneereste verschieden sind.)
Die Nachricht der Maulwurfshügel
wird noch weitergegeben,
aber nicht mehr gültig sind
die Namen der Dörfer.

Wege, Wasser, Brücken

Mit den Schritten heute
zwischen den Zäunen hin,
zum Bäcker, über die Isarbrücke,
zum Zeitungskiosk, –

mit den Schritten heute
hier auf Gras, Teerpflaster und Regenpfützen
die Schritte durch Potsdam
nachts für den letzten Zug, –

mit den Schritten heute,
aus den Gebüschen
funkelt die Schwermut
vom Wasserspiegel herauf,
unter der Havelbrücke
der weiße Schatten der Schwäne.

Heu

Fragt keiner nach den Libellen
(pfeilblau gestrichelt die Luft)
und dem Fiebergesicht der Sonne
entbrannt im See

Der Mann mit Sense
mäht den Atem
in Gras und Libellen
fragt keiner nach ihm

Orangerot hängen
die Schöße des Mohns
Heu duftet nach Schlaf

Trauerweiden klagen
ihr Leid dem See
der Mann mit Sense mäht
Garben aus blauen Libellen
mäht zu Heu
das Heute

Fragt keiner keinen
wer heute einschlief
im Mohnheu

Sommer

Grün
die zahllosen Flügel

des Pappelbaumes
vom Wind liebkost

Sonne
öffnet die Tür

Kommen die
farbigen Geister
in Netzen aus Luft

Die ungeborene Schwester
winkt Liebesgrüße und Zeichen

Wer singt
Der verwunschene Vogel
im Pappelbaum

ERNST MEISTER

Es gibt
im Nirgendblau
ein Spiel, es heißt
Verwesung.

Es hängt
am Winterbaum
ein Blatt, es
dreht und
wendet sich.

Ein Schmetterling
ruht aus
auf Todes
lockerer Wimper.

Urlaub

Die Rosen welk, das falbe Gras,
aus tausend Himmeln rann das Licht,
das letzte, das die Welt besaß.
Schon war der Schuh vom Taue naß.
Dies war der Herbst. Wir wußtens beide nicht.

Im Laube schlug das letzte Blut.
Die Vogelbeeren glühten prall
und mundeten den Drosseln gut.
Holunder wog des Sommers Glut.
Das Jahr schrak vor der reifen Äpfel Fall.

Holunder schwarz, Holunder süß
glänzt dunklen Tränen gleich im Laub.
Sie schlürft das Kind. – Ach, war nicht dies
ein Wink, der in den Frühling wies?
Wir wissens nicht, wir zwischen Stern und Staub.

Der alte Garten

(*Muzot*)

Folge mir in den Garten ...
Er grünt um das alte Haus;
das sieht aus Fenstern und Scharten
in das Tal der Rhone hinaus.

Efeu hält seine Flanken.
Klematis und wilder Wein

tasten in zögernden Ranken
über verwitterten Stein.

Eidechse funkelt am Felsen;
kehlenauf schlägt ihr das Herz.
Malven mit hohen Hälsen
recken sich sonnenwärts.

Dort unter schattendem Laube
fächelt ein freundlicher West,
rührt an der hängenden Traube,
rüttelt am Birnengeäst.

Wie die pastell-blauen Bälle
der Kugeldisteln im Wind
schwanken, als ob sie von schnellen
Händen geworfen sind!

Höre, wie der Mäander
des Bachs durch die Wiesen schlurft,
bis er, gestaut, auseinander-
schäumend die Weide kurvt ...

Lausche am Tore dem leisen
Strahl aus dem Brunnenrohr,
wie er in zitternden Kreisen
rasch sich ins Schweigen verlor.

Schon hat der Oleander
die schwankenden Sinne versöhnt
und der Wasser Gewander
mit stillem Duft übertönt.

Hörtest du Schritte nicht eben?
Laß zu den Rosen uns gehn,
hügelan nun durch die Reben
das Kommen der Nacht zu sehn ...

Dort auf die schmale Terrasse,
die Garten und Weinberg grenzt,
stützt sie das Kinn in die blassen
Hände. Ihr Auge glänzt.

Sie trinkt aus den Rosenbüschen,
bis sich um Strauch und Baum
Duft und Dunkel vermischen,
und sinkt in Traum . . .

HILDE DOMIN

Ziehende Landschaft

Man muß weggehen können
und doch sein wie ein Baum:
als bliebe die Wurzel im Boden,
als zöge die Landschaft und wir ständen fest.
Man muß den Atem anhalten,
bis der Wind nachläßt
und die fremde Luft um uns zu kreisen beginnt,
bis das Spiel von Licht und Schatten,
von Grün und Blau,
die alten Muster zeigt
und wir zuhause sind,
wo es auch sei,
und niedersitzen können und uns anlehnen,
als sei es an das Grab
unserer Mutter.

›Seids gewesen, seids gewesen!‹

Die letzte Erde
der Erde letzter Tag
die letzte Landschaft
die eines letzten Menschen Auge sieht
unerinnert
nicht weitergegeben
an nicht mehr Kommende
dieser Tag
ohne Namen ihn zu rufen
ohne Rufende

nicht grüner
nicht weißer
nicht blauer
als die Tage die wir sehn
oder schwarz
oder feuerfarben
er wird einen Abend haben
oder er wird keinen Abend haben
seine Helle sein Dunkel
unvergleichbar.

Die Sonne die leuchtet falls sie leuchtet
unbegrüßt
nach diesem Tag
wird es sich unter ihr öffnen?
Werden wir
als Staunende
wieder herausgegeben
unter einem währenden Licht?

Zünder der letzten Lunte
Maden der Ewigkeit?

Epitaph im Winter

die feigenblüten sind gegessen
ein wenig schnee mitte dezember
gegen vier uhr begräbt man ein kind
gelber himmel
das tierfell des bergs der nördlichen talseite

schlangengrau die feigenbaumrinde
für die reben hat morgantini
schon im herbst die pfeiler gesetzt
es wird kälter
sagt er im vorbeigehn   er kommt den paßweg
er sagt   mario hat nur sechs tage gelebt

Glaubwürdige Jahreszeit

der frühling lügt
wenn er grün
über die wiesen
flunkert
wenn er windig
vom april
faselt
dann lügt er
der frühling

es ist der herbst
der rote tod
der im essigbaum hockt
der herbst ist es
der die wahrheit sagt

Erfahrung mit Blumen

Erfahrung: Wiederfinden
eines Motivs.
Zum Beispiel
alternde Schnittblumen in
einer Hand.

Dahinter
der sichtbare Text
einer Landschaft ohne Tod,
mit zuviel Pflanzengeruch
durchlässiger Buchstaben.

Später das Blumenthema,
wiederholt von anderen
Fingern.

Das Bukett fällt schließlich
müde durch die einverstandene Zeit,
von der man nichts
erfährt.

Sommerbild

Bild aus leuchtender Tinte:
niedriger Himmel,
unter dem Vogelblut trocknet.

An ihren schweren Profilen
tragende Ulmen.

Gewicht
zusammengedrängter Luft
über Gegenständen.

Die Pflanzen wachsen nicht mehr.

Bruchstücke von Schatten,
die das Licht flecken.

Frauen, Gefangene
ihrer kühlen Haut.

Das Geräusch von Schritten
erstickt im undurchsichtigen
Grün.

Warnung des Sommers

Am Laub der Bäume
tauchen gelbe Flecken auf –
eine unkorrigierbare
Warnung des Sommers.
Man geht im Regenmantel geradeaus
durch eine Gegend mit Falläpfeln
und vergessener Müllabfuhr,
die man nicht zitieren kann
in richtigen Landschaftsgedichten.
Manche Leute wollen alles haben,
sagt man. Sie bekommen
die Unfreundlichkeit der Welt umsonst,
mit Schnee im Rücken,
der morgen fallen wird.

STEPHAN HERMLIN

Die Vögel und der Test

Zeitungen melden, daß unter dem Einfluß der Wasserstoffbombenversuche die Zugvögel über der Südsee ihre herkömmlichen Routen ändern.

Von den Savannen übers Tropenmeer
Trieb sie des Leibes Notdurft mit den Winden,
Wie taub und blind, von weit- und altersher,
Um Nahrung und um ein Geäst zu finden.

Nicht Donner hielt sie auf, Taifun nicht, auch
Kein Netz, wenn sie was rief zu großen Flügen,
Strebend nach gleichem Ziel, ein schreiender Rauch,
Auf gleicher Bahn und stets in gleichen Zügen.

Die nicht vor Wasser zagten noch Gewittern
Sahn eines Tags im hohen Mittagslicht
Ein höhres Licht. Das schreckliche Gesicht

Zwang sie von nun an ihren Flug zu ändern.
Da suchten sie nach neuen sanfteren Ländern.
Laßt diese Änderung euer Herz erschüttern . . .

CHRISTINE BUSTA

Blick in den Augusthimmel

Ein blauer Brief ist der Nachmittag über den Gärten,
durchwölkt von schimmernden Wasserzeichen des
Herbstes.
Unruhige Lettern aus Vogelflug, verlöscht vom Winde.

Wem gilt die Botschaft? Den Sonnenblumen? Vielleicht der
eignen Seele? Du strenge Geduld der schwarzen
Iris zwischen dem Gold sich mählich lösender Wimpern.

Rauhreif

Alles ist Blüte geworden,
Frostblüte,
Nebelgedicht.

Mit gläsernen Zweigen
läutet der Weg
ins weiße Exil der Raben.

CHRISTINE LAVANT

Durch diese gläsernen Nachmittage
schwirren heillos besessene Vögel
aufgetauchten Gebirgen zu
unter der zitternden Sonne.

Gelbe Unrast in jedem Strauch.
Fiebrig horchen, auf braunen Hügeln,
mit roten Schläfen die Wälder.

An Ufern sammelt ein fremder Wind
Weidenblätter und Hopfenranken,
furchtsam gleitet das helle Floß
ins schwarze fröstelnde Wasser.

Niemand redet der Erde zu.
Unter besessenen Vogelschwärmen
sprachlos begreift sie den Abend.

RAINER BRAMBACH

Flugzeit

Laub fällt, und sichtbar werden
leere Vogelnester im Geäst.
Es regnet, regnet weiter
bis zum Schnee –
Kommt noch ein Tag, auf Nebelhörnern
kühl November blasend,
stehn wir in Wolle eingewickelt
bis zum Kinn und prüfen unser Dach.
Die offnen Stellen füllen wir mit Sorge.
Zeit wär's zu fliegen.

Meine Vorfahren kamen nie vom Norden los
auch mein Vater und meine Mutter nicht.
Vielleicht haben sie mich gezeugt
damit ich hierherfahren konnte
in das Hügelland voll von Reben und Eichen
in dieses steinige wilde Land der Zypressen
in das Wacholder Ginster Olivenbaumland –

Verstaubt und durstig hocke ich auf einem Stein
und sage mir: dieses Land
ist ein steinhartes Gedicht voll holpriger Zeilen,
Geruch von Öl, braunem Wein,
Dornen, Augen aus Leder, die vor sich hinbrüten,
bis der Wind weht, der die Olivenzweige
silbern aufschimmern läßt.

(*Siepi, Toskana, Ende März,*
Ruedi Bettschart gewidmet)

JOHANNES BOBROWSKI

Die Lichtung

Zwischen den dunkelnden Stämmen,
die im verwachsenen Grün
aus niederem Strauchwerk stehn,
müht sich wie Staub
das Abendlicht.

Aber ich suche die Lichtung, die weißen
Birkenstümpfe, darüber
das Birkhuhn streicht –
und wo weiter hinab
die Ebene anhebt.

Dort beginnt auch der Strom.
Und es schlägt sein
Herz in der ärmlichen Quelle
so als ging er den alten
hunderttürmigen Städten
schon vorüber und wüchse
groß, aufleuchtend am hohen
Mittage in die unendlichen
Himmel der Meere.

Verlassenes Dorf (1942)

Schlug in der Höfe Gestrüpp,
wie ein Steinwurf, Wind.
Hing eine Wolke trüb
drüber, verschossen, blind.

An der Wagenspur
wusch ein jammernder Regen.
Laub noch spät von den schrägen
Zäunen wie Vögel fuhr.

Der du gehörst der Erde,
klopfst an die Tore um Brot.
Mag dich die eigne Gebärde
wärmen – das Dorf ist tot.

Spätsommerverse

Wie Rauch der Duft der Gräser, wenn sich der Tag
verdehnt. Und dort scheint heller der schwere Glanz
des Binsenflusses. Treibt so frühe
über den Hügel der Mond hernieder?

Wie schmal der Weg nun unter der Wolk hingeht,
an schief umzäunten Wiesen und Weggesträuch.
Wir kannten ihn – – Es aufzuschreiben,
braucht's das Gestrichel der Grillenstimmen.

Wände weiß

Wände weiß, Mauern aus Licht, Orgel Messiaens –
Bögen, Tore, geschnitten im Schwalbenflug –
Haff – aus Norden
kommen die Vogelheere,
tragen die Bläue fort.

Frühe, wirbelnder Schrei,
den Hügeln zu Häupten,
September.
Nebel fliegen voraus.

Über den Hang herab, einst,
sprang der zeternde Bocksfuß,
offenen Mundes, der Pan
griff in die Luft.

Du im niederbrechenden
Rohr, im Schwirrholzgetön
hörtest, kaum als ein Regen,
windumsausten Gesang.

FRANZ JOACHIM BEHNISCH

Jeder Tag

Jeder Tag spiegelt die Pappelreihe
in dem trägen Fluß am Park.
Langsam entfernen sich
die abgefallenen Blütenstände
unter der Brücke.

Der Vogel kennt ihn, doch er zählt ihn nicht.
Der Wind mischt ihm Schatten und Licht.
Spaziergänger legen ihn zu den Akten.
Er bleibt sich fremd.

Einmal, spät,
kommt die Silhouette der Altstadt und sagt:
Es war immer schon so,
sei nicht traurig.

Morgen ist auch ein Tag,
der mit den Blütenständen,
der mit dem Laub, mit dem Treibeis
unter der Brücke
sich langsam entfernen wird.

Dunkles Aug im September

Steinhaube Zeit. Und üppiger quellen
die Locken des Schmerzes ums Antlitz der Erde,
den trunkenen Apfel, gebräunt von dem Hauch
eines sündigen Spruches: schön und abhold dem Spiel,
das sie treiben im argen
Widerschein ihrer Zukunft.

Zum zweitenmal blüht die Kastanie:
ein Zeichen der ärmlich entbrannten
Hoffnung auf Orions
baldige Rückkunft: der blinden
Freunde des Himmels sternklare Inbrunst
ruft ihn herauf.

Unverhüllt an den Toren des Traumes
streitet ein einsames Aug.
Was täglich geschieht,
genügt ihm zu wissen:
am östlichen Fenster
erscheint ihm zur Nachtzeit die schmale
Wandergestalt des Gefühls.

Ins Naß ihres Auges tauchst du das Schwert.

Unstetes Herz, dem die Heide die Stadt baut
inmitten der Kerzen und Stunden,
du steigst
mit den Pappeln hinan zu den Teichen:

im Nächtlichen schnitzt dort
die Flöte den Freund ihres Schweigens
und zeigt ihn den Wassern.
Am Ufer
wandelt vermummt der Gedanke und lauscht:
denn nichts
tritt hervor in eigner Gestalt,
und das Wort, das über dir glänzt,
glaubt an den Käfer im Farn.

Heimkehr

Schneefall, dichter und dichter,
taubenfarben, wie gestern,
Schneefall, als schliefst du auch jetzt noch.

Weithin gelagertes Weiß.
Drüberhin, endlos,
die Schlittenspur des Verlornen.

Darunter, geborgen,
stülpt sich empor,
was den Augen so weh tut,
Hügel um Hügel,
unsichtbar.

Auf jedem,
heimgeholt in sein Heute,
ein ins Stumme entglittenes Ich:
hölzern, ein Pflock.

Dort: ein Gefühl,
vom Eiswind herübergeweht,
das sein tauben-, sein schnee-
farbenes Fahnentuch festmacht.

Sommerbericht

Der nicht mehr beschrittene, der
umgangene Thymianteppich.
Eine Leerzeile, quer
durch die Glockenheide gelegt.
Nichts in den Windbruch getragen.

Wieder Begegnungen mit
vereinzelten Worten wie:
Steinschlag, Hartgräser, Zeit.

Le Menhir

Wachsendes
Steingrau.

Graugestalt, augen-
loser du, Steinblick, mit dem uns
die Erde hervortrat, menschlich,
auf Dunkel-, auf Weißheidewegen,
abends, vor
dir, Himmelsschlucht.

Verkebstes, hierhergekarrt, sank
über den Herzrücken weg. Meer-
mühle mahlte.

Hellflüglig hingst du, früh,
zwischen Ginster und Stein,
kleine Phaläne.

Schwarz, phylakterien-
farben, so wart ihr,
ihr mit-
betenden Schoten.

Beschreibung einer Landschaft

Farben der Kindheit
Vögel gegen die Sonne
helles Gras vor dem Wald
mein einziges Sehen und Hören

Je öfter ich euch beschreibe
je mehr ich euch suche
desto weiter und blasser
desto formloser weicht ihr zurück

Ich höre das Rauschen
meiner Worte vom Rauschen des Waldes
ich sehe das Grau und das Grün
von Gesichtern und Kleidern

Die loben mein gutes Gedächtnis
und horchen mich aus
sie essen das Licht und den Schatten
sie trinken den Wind

Die Bäume

Wenn sie die Bäume aus ihren Ländern schlagen,
Schlagen sie immer sich selber ins eigene Fleisch.
Wo keine Blätter wehn, wo keine Bäume ragen,
Grinst der Fels zu der Karstvögel Hungergekreisch.

Aus schwarzen Bäumen, die sie aus Schächten holen,
Aus harzigen Bäumen der Wälder ist all ihr Leben
gemacht.

Bäume sind ihre Bücher, Bäume sind ihre Bohlen,
Bäume sind ihre Wärme und ihre Sonnen bei Nacht.

Ein Baum ist ihr Galgen, ihr Kreuz ein Baum auf
dem Hügel,
Ein Baum in der Erde ihr Sarg, ein Baum auf dem
Wasser ihr Boot.
Bäume sind ihre Betten, Bäume sind ihre Flügel,
Bäume im Grund sind ihr Leben, fliegende Bäume
ihr Tod.

In großen Kriegen sind Bäume Asche geworden,
Bomben zerrissen Kronen und Wurzelgrund.
Große Tropfen weinen über das Morden,
Bitter tränt Harz von Bäumen, zerschlagen und
wund.

Bäume warten im Land vor den großen Städten,
Die sich verzehren in ihrem eigenen Gift.
In ihrem Astwerk predigen alte Propheten,
In ihrer Borke steht eine runzlige Schrift:

Wenn die Wetter das faule Mark der Ruinen
Mürbe machen wie Zunder im hohlen Baum,
Wurzeln die wiedergekehrten Bäume in ihnen.
Nur die Meere sind dann noch Waldessaum.

landschaft I

eine linie nach der lerche der höhe eine linie nach
der lerche des nestes gelärme im silberhaus der luft

die bahn kommt das dampfroß die eiserne sache ah
rechts biegt der rauch ab die sonne grast überm tunnel –

farngrün wirkt fahl geht schatten ufernd bergwärts
nein und ja klingt s aus brunnenröhren rohren bambussen

aus wiesenquadraten großen seen ohne schwäne es folgt
seinen lettern aufrechten hingelegten fallendes laub

wirkt weit weg drum es steigt doch kein drache steigt
sommer steigt wind steigt regen doch steigt keine rose

wie s auch in tabellen heißt: rechne die null ab aber
wie s weiter heißt: ziehe erträge nach links geregne

an horizonten von nachbarn die sehen den ochsen äsen
alpaccafarben die stiere päonienkühe fernab deren kälber

der mond mag junge tiere in mulden in blätterndem salz
der levkojenäcker drin der chinese die furche erlernt

die wie ein pfiff die schmetterlingsknäuel trifft oder
die luft der forste sibiriens reine unbeackerte erde

Heu

Heu,
Heu in den Kinderscheuern,
wo zu verbrennen
oder sich für immer zu verlieren
gleich leicht ist.
Gebündeltes Heu,
Heu auf den Feldern,
Heu als die bei der tödlichen Vielfalt
der Möglichkeiten gerade so
zueinander gegebenen Buchstaben,
diese Richtung,
aber keine andere.
Heu, das im Wind fliegt,
auf den dürren Stoppeln bleibt,
für immer von den anderen getrennt,
das den Schnee erwartet,
der ihm den Himmel nehmen wird,
sein unbewegtes, mattes Ebenbild.
Die Gewißheit, daß es keinen Trost gibt,
aber den Jubel,
Heu, Schnee und Ende.

Winterrichtung

Ich lasse mich
von den Jagdhörnern
aus meinen Schlupfwinkeln jagen,
hin zu der Morgenröte

unterm Schnee,
zum vergilbenden Gras.

Mit meinen Händen
erreich ich
schon die Gelübde der Alten,
die mich rasch aufwärts ziehen,
hol mir
den winkligen Mond.

FRIEDERIKE MAYRÖCKER

Papierlandschaft

eine weisze
Sonne und einen weiszen
Halbmond stanzt
mir die rote
Lochmaschine heraus –
die Horizontlinie
ist rasch gezogen:

eine schöne
Natur!

(für Mia Williams)

EUGEN GOMRINGER

das land
die wurzel
das land
das laub
die wurzel
das laub
das land
das haus
das laub
das haus
das land
das haus
die wurzel
der rauch
das haus
der rauch
das land
der rauch
die wurzel
der rauch
das laub
der wein
der rauch
der wein
das land
der wein
die wurzel
der wein
das laub

frühling	sommer		winter					frühling
frühling	sommer		winter				winter	frühling
	sommer	herbst	winter			herbst	winter	
	sommer	herbst	winter		sommer	herbst	winter	
		herbst	winter		sommer	herbst	winter	
			winter	frühling	sommer		winter	
				frühling	sommer		winter	

WOLFGANG BÄCHLER

Schwarz und weiß

(Noord-Holland)

Wie Tiere aus nächtlichen Welten,
schwarzbäuchig und weiß gefleckt,
sind Kühe unter den Zelten
der Wolken ins Grün gestreckt.

Schwärme von Möwen und Krähen
kreuzen sich diagonal.
Westliche Winde blähen
die Segel auf dem Kanal.

Mit Dünensand überwehen
sie Gräber der Widerstandszeit.
Die Flügel der Mühlen drehen
den Staub durch die Ewigkeit.

ERNST JANDL

blüh

luft
blüh kuckuck
schmetterling

maus
in kellern
zitternd
bleiche

schmettere
trompeten

fröhlich
specht
in herzen

INGEBORG BACHMANN

Römisches Nachtbild

Wenn das Schaukelbrett die sieben Hügel
nach oben entführt, gleitet es auch,
von uns beschwert und umschlungen,
ins finstere Wasser,

taucht in den Flußschlamm, bis in unsrem Schoß
die Fische sich sammeln.

Ist die Reihe an uns,
stoßen wir ab.

Es sinken die Hügel,
wir steigen und teilen
jeden Fisch mit der Nacht.

Keiner springt ab.
So gewiß ist's, daß nur die Liebe
und einer den andern erhöht.

Unter dem Weinstock

Unter dem Weinstock im Traubenlicht
reift dein letztes Gesicht.
Die Nacht muß das Blatt wenden.

Die Nacht muß das Blatt wenden,
wenn die Schale zerspringt
und aus dem Fruchtfleisch die Sonne dringt.

Die Nacht muß das Blatt wenden,
denn dein erstes Gesicht
steigt in dein Trugbild, gedämmt vom Licht.

Unter dem Weinstock im Traubenstrahl
prägt der Rausch dir ein Mal –
Die Nacht muß das Blatt wenden!

Im Botanischen Garten

Die Farbenreiber leben vom Herbst.
Fünfhundert Sorten Erica,
darunter das Kräutchen Calluna der Besenheide.
  Am Sonntag Familienauftrieb:
  neben Begonien und weißer Vollendung,
  nahe dem Ricinus,
  wächst das Vivil für den übrigen Groschen,
  unseren Atem zu klären.
Nacktsamer und Farne.
Leguminosae, – unsere Liebe, Hülsenfrucht,
Scheinhasel, Zaubernuß, flüchtet sich ins Latein. –
Auf verwaschenen Schildchen
springt sie und springt
von der kanadischen Felsenbirne,
zu deren Füßen Kastanien spotten,
zum morgenländischen Lebensbaum,
der kein Laub wirft und Friedhöfen nahe steht.
  Wir lernten uns bei der blassen Miß Winett kennen.
  Im Jahre neununddreißig züchtete Otto Greul
  seine Teehybride Gretl Greul.
Wegen deiner verzweigten Verwandtschaft
stritten wir uns
unterm getüpfelten Blasenstrauch.
  Diese Rose vorm weißen Tausendschön,
  neben der kniehoch kriechenden Floribunda,
  diese Rose wurde nach einem General benannt:
  Mac Arthur. Mac Arthur. Die Rose Mac Arthur.
Nichts schreckt die Kinder,
denn zwischen Anzuchten sind alle gerollten Schlangen
sonntäglich ruhende Schläuche,
montags die Pyrenäen zu wässern,
dienstags das Amurland und so weiter . . .

Dort, unterm Judasbaum,
Herzblätter wirft er,
wird eine Bank frei.

PETER HACKS

Im Prospekt steht

Im Prospekt steht, der See ist hell, die Lüfte
Mild bei langen Tagen und schön die Böschung
Zu begehn auf Wegen mit birknen Bänken,
Aufgestellt von der Kurverwaltung. Wenn du,
Von Gelebtem matt und Böses verlassend,
Aus der Bahn steigst, an jetzt falln dich die Schwärme
Menschenfressender Fliegen. Fäulnis brütend
Ist der Grund und kein Fortkommen. Herab von
Schwarzen Bäumen – aber wartend beisammen
Unterm zottigen Astwerk stehn die Mücken –
Rinnt besudeltes Wasser. Staunend äußerst
Du zu dir: natürlich lügen sie. Aber
Daß sie so lügen!

Park im Frühling

Nicht bläst der Wind den ungemeinen Ärger
Aus meinem Schädel fort. Die Barometer
Und das Niveau des Denkens fallen seit Jahrzehnten.
Die Pappelblätter sind, schon wenn sie jung sind, gelb.
Erdfarbne Vögel rennen auf den Steinen.
Ein Rehpinscher vertritt das Edle noch.

Wann werd ich es so satt sein,
Daß ich es satt bin aufzuschreiben, wie
Satt ich es bin?

GÜNTER BRUNO FUCHS

Über die Verwandtschaft zwischen Schnee- und Feldhasen

Der Schneehase

Er
bewohnt
ganz Europa
bis zum Kaukasus. In Sibirien

besteigt er die Eisenbahn
und zieht
die Notbremse, sobald ihm
japanische Baumrinde
winkt. Sie behagt
ihm besser
als jede Fußspur
im Schnee, da muß er
sich ducken, in höchster Eile

holt er
den Winterpaß
aus seiner
weißen Weste, äugt
nach Asien, liest
den Brehm

in Pinselschrift: Schnee-
und Feldhasen
ähneln einander, genauer
gesagt: Diese
Tatsache
hat sogar
den Maler Hokusai
erregt.

Der Feldhase

Die Jungen
kommen mit offenen
Augen zur Welt. Sie nehmen
deshalb
augenblicklich
Reißaus

und versichern
in frühen Memoiren, daß sie
des Menschen
flintenschwarze
Mündung
nur vergessen konnten

bei der Lektüre
eines bestimmten Buches von
Françis Jammes.

Beziehung zu Wolken

Aber die Wolken brauche ich nicht zu loben:
den beweglichen Flug
ihrer faserigen Formlosigkeiten
oder
ihr dickes Aufgetürmtsein im
grellen Scheinwerferlicht eines Sommertages:
als irgendein bedeutendes Alswie.

Denkt an Regen, denkt an Schatten:
beides gegeben umsonst und
mit freundlichem Schweigen. Ich
lobe die Wolken.

Unterwegs nach Utopia II

Auf der Flucht
vor dem Beton
geht es zu
wie im Märchen: Wo du
auch ankommst
er erwartet dich
grau und gründlich

Auf der Flucht findest du
vielleicht
einen grünen Fleck
am Ende
und stürzest selig
in die Halme
aus gefärbtem Glas.

Letztes Gartengedicht

Den Spaten ansetzen
und unter dem grünen Skalp
abgehoben mit unbedenklichem Griff
verknoten ihre nackten Leiber
Gottheiten zu schamlosen Zeichen
die keiner zu lesen vermag

Vom niegekannten Tag überfallen
fliehen kleine schwarze Gestalten
nach allen Seiten

Humus schwillt leibhaft himmelwärts:
Vorbild und Endziel
und in Ewigkeit schmerzlos
sooft auch das Eisen
ihn teilt

Über den hölzernen Stiel gebeugt
blickst du hinab
wie auf ein anatomisches Präparat
das lebendig ist zu deinem Entsetzen
aber keines Widerstandes fähig
beruhigend machtlos
glaubst du

Späteres Naturgedicht

Gitterwerk Bäume
Gefangenschaft des Blickes
waldwärts
Borkige Monotonie
mit Dämmer durchsetzt
von Stille verraten

Ameisenheere
kommen aus ihren Heimen hervor
demonstrative Züge
»freiwillig und freudig«
lag mir im Sinn
aber unter und über dem Laub
die Erde scheint taub
gegen die Wünsche Begrabener
vor ihrem Begrabensein
und ich ging über ihre Unzahl weiter
so für mich hin.

Wohnen auf dem Lande

Über die Natur gibt es ja
nicht mehr viel zu sagen:
Jeden Morgen um neun
erscheinen drei Rehe
in Blickweite: Eine Weile
sehe ich ihnen durchs Fenster zu
bevor ich abschalte

KARL ALFRED WOLKEN

Die geduldige Arbeit des Lichts

Nach einer Nacht ohne Kühlung
schon wieder dieses gerühmte
lebenspendende südliche Licht

Das die Dachpfannen nachbrennt
die Mauern erhitzt
die unausgeschlafenen Menschen
auf den Wegen zur Arbeit
narrt mit Vorspiegelungen
glitzernder Meere
überm Asphalt
und zur Geißel des Parks wird
der Büsche, der Bäume
die ihre Blätter verlieren
der dörrenden Blumen
des Oleanders
der zu rosigem Feuer entflammt.

Kein Wind, kein Geflüster
des Laubs mit der Luft –
nur dies niedersengende Licht.

Jetzt verzehrt es
auch noch die Schatten, die es erzeugt –
umsonst, sie sind da, versammelt in uns.

WALTER HELMUT FRITZ

Die Erde auf einem Photo

Da ist die Erde,
zum erstenmal,
da ein Sturmwirbel,
da ein Wolkenband,
leicht zu erkennen,
das vermutlich dem Lauf
der Anden folgt.

Da ist die Erde, die
birgt und verbirgt Leben,
von Svevo eine Krankheit
der Materie genannt.

Da ist Abenddämmerung,
da ist es hell –

durch geborgtes Licht,
von weither,
Licht in Scharen.

April

Mein freundliches Irrlicht, meine entfernte Schalmei,
mein junger Schimmel
Zwischen mürrischen Silos
zwischen Pulvermühlen und Hauptquartieren
in Triest in Cadiz
unter Hafenkränen in Göteborg
Wo immer wir spielen
ist ein Wald von Oliven
ein reicher Fischgrund
eine Bucht aus silbernem Schlick
eine Lichtung voll Moos
ein Hügel mit wilden Kirschen

Kein Preßlufthammer: eine sanfte Verneigung
Kein Panzerschiff: eine leichte Gavotte

Und zart wie eine gefiederte Frucht
ist der April in unserem Mund
in der Rue Vavin am Göta-älv
unter Hafenkränen in Rotterdam
Wo immer wir spielen ist ein April
mein freundliches Irrlicht
meine zarte Schalmei
Schalmei April
Schalmei

Call it love

Jetzt summen in den nackten Häusern die Körbe
auf und nieder
lodern die Lampen
betäubend
schlägt der April durchs gläserne Laub
springen den Frauen die Pelze im Park auf
ja über den Dächern preisen die Diebe den Abend
als hätte wie eine Taube aus weißem Batist
als hätte unvermutet und weiß und schimmernd
die Verschollene hinter den Bergen, den Formeln,
die Ausgewiesne auf den verwitterten Sternen,
ohne Gedächtnis verbannt
ohne Paß ohne Schuhe
sich niedergelassen auf ihre bittern
todmüden Jäger
Schön ist der Abend.

GERHARD RÜHM

naturgedicht: und im winter auch

auf dem wipfel rauscht ein blatt
das der herbst vergessen hat
und im winter auch
im frühling ist es weg
das ist komisch
im herbst hat es noch soeben gerauscht
und im winter auch

naturbeschreibung

die wolken ziehen sich in falten
die blumen erbleichen
die wiesen wenden sich ab
die wege verkriechen sich
die steine starren vor sich hin
die berge versinken in schweigen
die täler erschauern
ein windstoss entringt sich den lüften
die flüsse treten aus den ufern
die büsche raufen sich die blätter
die bäume schlagen die äste über den wipfeln
zusammen

die erde taumelt in die nacht

HANS-JÜRGEN HEISE

Humoreske

Das Meer ist ein großer Kessel
in dem die Gischt
alle Fische und Muscheln kocht

Das war heute früh

Jetzt planscht das Meer
zwischen den Zehen der Badegäste
und es läuft vor einem kleinen
nackten Jungen davon
der ihm nachruft: Feigling!
Was für ein Feigling
du bei Ebbe bist!

Allerseelen-Melancholie

Die Birken
in unserer Straße / heute
im Novembernebel
sind sie ein Trupp
alter Männer
die hintereinander
durchs Zwielicht
trotten
          alle gestützt
auf die Blindenstöcke
ihrer weißen
blattlosen Stämme

Programm-Unterbrechung

Der Orkan hat viel Spaß
an seinem Tun Er sprüht Salzwasser
und Heringe über den Deich
wirft Telegrafenmasten und Pkws um
drückt die Fensterscheiben
des Wirtshauses ein und hört
am Kofferradio mit was alles er
schon angerichtet hat

Natur-Gedicht

in der Nähe des Hauses,
der Kahlschlag, Kieshügel, Krater
erinnern mich daran –
nichts Neues; kaputte Natur,
aber ich vergesse das gern,
solange ein Strauch steht.

Mitte August

Über eine Wiese gehen, umgeben von Gebüsch
und Bäumen eines alten Parks: einen Augenblick
stehenbleiben und sich vergewissern,
daß man lebt, in der Mittagspause jetzt.

Wiedersehen mit einem Feld

Manchmal, in der Dämmerung, brachen wir
ein paar Maiskolben ab, und wir erinnerten uns
an die gelben Reklame-Gemälde
auf der hölzernen Promenade von Coney Island.
Im letzten Herbst
räumten noch einmal die Krähen ab,
dann kamen die Bagger.
Reste einer Pappelreihe, fanden wir noch
hinter den Halden aus Sand und Kies;
am Rand der Schlucht, der Gruben,
blicken wir auf den Grund des Meers.

Tagebuchblatt 80

Die kletterrosen blühn, als verblute die landschaft

Als habe sie sich die adern geöffnet

Als wisse sie, was kommt

Auch die landschaft, werden sie behaupten, dürfe
nicht mehr nur sein, auch sie
müsse dafür sein oder dagegen

Philosophie

(für Elisabeth)

Wir ertragen den mittag,
wo das steinerne gesetz der ufer
die milde des grases walten läßt
Die feuchtigkeit der felsen und das sonnengesprenkel,
das aus den blättern fällt,
sind salamander,
die auf unsren nackten rücken liegen
und dösen
Das wassergras schweigt
unzählbare blüten
Der nachbar nagelt um das wörtchen *mein*
            vor den erdbeeren
einen zaun

An der Thaya, sagst du, überkomme dich
undefinierbare sehnsucht

Gehn wir in den fluß,
die sehnsucht definieren

PETER HÄRTLING

Der Strauch, der keinen Namen hat

Der Strauch,
den ich
vor sechs Jahren setzte,
dessen Namen
ich nicht weiß,
den ich vor drei Jahren
umpflanzte,
weil er
nicht gedieh,
der Strauch
trägt im April
dicke rote Blüten,
nur wenige Tage,
und überrascht mich
jedes Mal,
weil er,
namenlos,
meiner Vorstellung
nicht entspricht.

abendlandschaft

prunkvoll getäfelte wohnungen
sind zu beziehen
unter freiem himmel.
ich ruhe auf maulwurfshügeln
unter einem kupfernen wolkensaum
und lasse die ackerbreiten unendlich sein,
die sich dem auge langsam verschleiern,
wenn der himmel nachzudunkeln beginnt
und der geist des abends stamert
und stammelt mit espenzungen.
ein wurfboden bietet mir obdach.
wenn der regen seine treibkeile
ins geborstene erdreich schlägt,
kann sich der sommer noch einmal entfalten.
die birken schlagen ihre engelsflügel auf.
das kuhäugige gras wächst hörbar ins licht.
der abend bläst auf dem herzhorn.
wie die fünf finger an der hand eines virtuosen
tremolieren die blätter des gänsekrauts.
in die regenfurche duckt sich ein erdentag.
auf den schmutzigen lachen des feldwegs
schwimmt nachtwärts ein verfahltes gewölk.

dorf

die zersiedelte siedlung,
wie sie verwegen abhängt,
zerfleddert und zerpflückt
zwischen wilden müllkippen,

die sich verzetteln
von unort zu unort.
das lied der beerenpflückerinnen
ein erinnerungsfetzen
im schrumpfwald.
kahlschlaggesellschaften
in aufsteigender linie.
unentwegt fluß-lebensläufe begradigt.
abgespielter klaviere
resonanzböden kieloben.
geißfuß tritt das pedal.
der mahltrichter wird habhaft der dinge:
schrillte noch eine grille im schlehenstrauch?
flog himmelwärts des landmanns liedermeister?
der mahltrichter wird habhaft der worte:
der quell, die werre, das fohlen.
lebensabführungen.
das dorf,
sieh, wie es verschlungen wird,
am ende verschlingt es sich selbst,
sieh, wie es hingeht
gegen die scherbenumkränzte leere!
sieh, wie ziegel um ziegel
im mahltrichter verschwindet.

kirschallee

hinter kornscheunen wuchert
mit seinem pfunde
der ländliche sommer.
in der buschigen kirschbaumallee
gibt er den waghälsen
verschwenderisch blinkzeichen.
aufgetischt die glastigen naturalien.

flink und verstohlen
schlüpfen aus dem mittagsschlaf des dorfs
die kirschdiebe, durchstrolchen
die schattige felderschneise,
verbünden sich mit starengeschwätz,
wenn von hitze überwältigt
eingeduselt mit seiner schnarre
in der kirschpflückerbude
der flurschütz und schnapsbruder.

DIETER HOFFMANN

Alte Mühle

Dunkle Gartenflecken Iris.
Schillernde Lupinen:
Turm aus Lippen.

Mehlduft befeldert die Stunde.

Stilles Mühlwehr,
flache Kraftstau,
blitzender Kanal.

Wasserspinnen entgleiten dem Leben.

Kornpuppe.
Müllermädchen.
Eselin.

Sacktreppe ertaubt vor Weiß.
Am Himmel droht schon ein Gewitterrad.
Ach, Impotenz des Nachmittags.

Besiegter Sommer

Der Sommer ist besiegt.
Gladiolenblätter sind
ein sperriger Viktorienschmuck.

Der Trommel
ist das Trommelfell geplatzt.
Drin steht ein faules Wasser.

Die Sense und der Rechen
ruhen aus
an einem blinden Spiegel.

SARAH KIRSCH

Der Abend

Übermütig wechselt das Grün
Von heller zu dunklerer Anmut
Kräftig holt jetzt die Sonne
Das Licht hervor aus den Bäumen
Eh sichs davonstiehlt, die Blumen
Dorfhähne am Morgen, empfangen
Den Abend mit samtenen Farben
In den Fluten der reifen Felder
Schlingern verspätete Trecker
Der Himmel wird pflaumenblau
Und auf der Zunge brennt noch
Der Abbiß vom Fliegenpilz
O ihr guten versunkenen Städte
Hier ist es fröhlich und heiter
Selbst das Dunkel beginnt
Leuchtend und prunkvoll.

Tempus hibernum

Wenn die Verzauberung nachläßt der Frost
Eine Pause macht Kräfte sammelt die Wiesen
Fast wie im Sommer liegen der Schnee
Ein dreckiger Rest ist auf glänzenden Teichen
Schmelzwasser steht wenn das Dorf
Seine Stalltüren öffnet die vorjährigen Kälber
Einen Nachmittag traben dürfen und es rundum
Nach Mist Kuhstall und Maismieten riecht
Wenn die Bauern im Wald Holz schlagen die Spechte
Im Garten versammelt sind die Sonne bedächtig
Und eingeschrumpft im immerwährenden Nebel
Hinfällig doch früher den Gang in den Äther wagt
Eine Dorfausgabe eine einfache nützliche
Sonne von der man noch hören wird
Wenn die Felder ihre Vornehmheit ablegen
Die Verwahrlosung sich herzeigt zusammengestürztes
Gewöhnliches Dasein Mistfladen vom vergangenen
Sommer
An Ort und Stelle erscheinen Baumruinen
Unter tollwütigen Wolken vagabundieren
Die schwarzen Seelen der Krähen
Auffahren im Wind wenn das Leben
Also eintönig trist und vulgär ist
Unter unholden mürrischen Menschen bin ich
Froh in landläufiger Gegend.

Spieluhr

Der verwunschene verwilderte Garten
Hält das alte sich neigende Haus
Vergißmeinnichtteppiche blaues Email
In zerfallenden Fundamenten
Ich sah die Mauern der Schmiede den Ring

Ackerpferde zu halten
Roßkäfer laufen am Mittag
Über schmale unveränderte Wege
Der zugeschüttete Brunnen rauscht
Ein Vogel singt mit zerbrochener Stimme.

Muscheln und Steine

Allein bin ich in der
Ebene hier und meine Füße
Eilen über den Meeresgrund hin
Schleudern Muscheln und Steine
Weit vor ins Land o Sommer
Wilder brütender Sommer
Gedeihlich ist solcher Weg.

Kein Druide weiß besser mein
Schicksal als ich kein Vogel
Über den Wolken. Leicht ist es
An den Sommer zu glauben den König
Der die Rosen erschaffen hat
Mich heute nacht mit dunkel
Grünem Traumzeug umgibt.

Eisland

Eine weiße fädige Sonne erlischt
Auf den Schneewehen krächzt der
Dunkelheit Rune mit äußerstem Hohn.
Die Luft singt im Sturm
Grausige Lieder.

Unser Land ist vom Meer ganz um-
Kerkert Herzensbekümmernis steigt
Auf wenn das Licht drin versinkt.
Elegien schreiben Landes Dichter o
Sommer so kurz so betrunken und aus.

Stechginster

Es begannen die lammweißen Tage.
Bauernhöfe Grün bis unter die Tür
Überflogen von neuentstandenen Wolken
Fingen wieder zu tönen an. Aus den
Dornen stürzten Wellenläufer und Möwen
Über die Klippen bei Ebbe und Flut.

In änglischen Schuhen worinnen
Moorwasser schwappt lief ich
Mit einer Meute kläffender Hunde
Hin auf den breiten schimmernden Sand.
Oder die Augen hüteten Lämmer
Reisten auf der Reling vorüber-

Gleitender Schiffe. Dunkelgelb
Die Lichter am Strand und in den
Bergen von Swansea. Das donnernde Meer
Das Traben wilder Pferde im Traum
Als die Käuze jagten und Sterne Ginsterblüten
Mir in den Spiegel trugen.

Anhaltende Dunkelheit

Das Gedenken gilt den Landschaften nicht.
Verschollen sind die Ebenen unserm Auge. Gewässer zieht uns nicht nach, die Steine liegen an ihrem Ort.
Und es gilt dem Himmel nicht, dem Glanz, dem Feuer; versunken hängt das Licht in staubigen Wäldern, in die Berge zog das verwaiste Getier, durch Dämmerungen stampfend auf Schotter und Laubwerk;
Und es gilt nicht den großen Gewässern, den Strömen, dem Tau. Verflossen ist das Eis, das rinnende Salz; die Wale flogen auf mit den Winden, gepanzert; die großen geflügelten Wale sahen wir nimmer.
Und es gilt nicht den währenden Wüsten, dem rinnenden Sand; alt verwildert öffnen sich die Gräber, die Toten nähren sich von Gras und Holz, und die Wildnis, langsam, zieht aus ihre Wurzeln aus dem geduldigen Grund.
Aber noch kenntlich dem Auge bleibt hinter den Städten nach ungeheurer Nacht ein steigender Morgen, vereinzelt,
schlohweißer Winde heulend voll, ein jähes Gegenlicht, und rauchend von Kälte.

Abend im Sommer. Die Stille bewegt sich
auf Katzenpfoten und die Malven leuchten.
Die Besucher abgereist (auf dem Tisch im Schatten
der Wein verschüttet und das Brot zerrissen).
Man kann wieder anfangen, die Gespräche
gesagt sein lassen, die Zeit ohne Mühe verbrauchen
und es wird ruhig in den Atemzügen,
Umarmungen, lautlos.

HELGA M. NOVAK

was für ein Wind

was für ein Wind
der das Gesicht benetzt
und die Lippen zerreißt
was für ein Wind
der die Arme ausleiert
und Knüppel zwischen die Beine wirft
er zieht den Feldern
die Haut aus Erde ab
und entkleidet den Hafer
bis auf das Korn seines Ursprungs
Kartoffeln gehen auf Wanderschaft
mit geplatzten Augen
was für ein Wind
der die Gehölze aus Eichen lüftet
und Laub vertreibt
was für ein Wind
der im Frühjahr das Grabfeld
ausfegt mit grünen Besen

ROLF HAUFS

Stadtgarten

Astern Trauerblumen wuchsen uns
Ins Haus. Danach schon Schnee.
Lärm von der Ausfallstraße.
Nebeneinander leben auf gezähmtem Fuß

Nebeneinander sterben noch bevor wir sanft
Geredet haben. Frost zieht über schwarze Blätter
Vom Küchenfenster aus sehen wir den Nachbarn
Seinen Zaun dicht machen.

September

»April ist der grausamste Monat«
T. S. Eliot

Äpfel hängen an den Bäumen niemand
Erntet sie. Blicke blind geworden über Zäune
Nicht mehr die Nachbarn grüßen nicht mehr
Reden über Magengeschwüre das neue Auto
Über Pilze die toten Äste der Weide die Kosten
Zur Erneuerung der Dachrinne

Irgendwo klappert Kaffeegeschirr
Als sei noch Sommer
Rose um Rose. Kapuzinerblüte
Die kleinen Astern. Langsam sich färbendes
Laub

Die Katze ist weg. Kein Warnschrei mehr
Der Drossel. Im übernächsten Haus fröhliche
Zukunft. Das Dach wird gedeckt
Ratternd der Zug mit den amerikanischen
Soldaten

Trauerbirke, dich zu vergessen
Alter rostiger Briefkasten

Winter

Vögel treiben spreeabwärts auf dünnen Eisschollen
Sie grüßen die leergewohnten Häuser
Scheren sich einen Dreck um die Menschen
Die dort eingehen und aus als
Bereiteten sie sich vor auf Kämpfe in besserer
Jahreszeit

Jetzt sagt das Radio Sturm an
Warnung vor herabstürzenden Ästen Ein Brief
Kam aus Italien vor Jahren dort blühten
Die Mimosen die Brunnen begannen
Zu sprudeln

Die Füße treten wir uns ab bevor wir
Unsere Wohnungen aufschließen Noch fühlen wir uns
Sicher Feste werden begangen und auf den
Straßen ist Lärm Unaufhörlich die Signale
Der Rettungswagen

Alte Märchen erzählen vom Tod unter dem Eis

Sommer

Etwa schon wieder die Wohnung wechseln
Im Schrank hängen die Kleider, sogar den
Schirm hat sie vergessen, obwohl doch Regen
Ihr so verhaßt ist (Haare und so). Ich hoffe
Das Wetter wird nicht gerade heute
Verrückt spielen.

Die Sonne brennt Flecken in die Haut
Auf den Wiesen liegen Paare
Spottende Kinder das machen wir auch

Wir wollten doch noch nach Holland fahren
In Ostende die Skelette ansehen und
Am französischen Meer in Ruhe eine rauchen
Die Luft ist trocken. Der nächste Tag

PETER HAMM

November

(Für Peter Huchel)

November, der wahrhaftigste Monat,
der bleiche Blätter verscharrt, Igel
und ihresgleichen in den Schlaf scheucht,
November, der Allerweltsprophet, glühte
violett, als wäre er schon im Advent.

Meinen Schritt kreuzte kein andrer mehr,
Sternbilder stürzten in fremde Arme,
die Bilder am Weg waren alle verhängt.

Nur etwas folgte mir lautlos,
etwas, das nie im Sommer war –

»Daß Liebe vergeht
und Tod besteht ...«

Kein Schwan von Tuonela geleitete mich
in jenes Reich. Und keines der anderen
ehrwürdigen Tiere. Nur das elende Echo
eines Vogeleis, das einer vergessen hatte
auszubrüten: Gott – oder seinesgleichen.

Durchgearbeitete Landschaft

Hier sind wir durchgegangen
Mit unsern verschiedenen Werkzeugen

Hier stellten wir etwas Hartes an
Mit der ruhig rauchenden Heide

Hier lagen die Bäume verendet, mit nackten
Wurzeln, der Sand durchlöchert bis in die Adern
Und ausgepumpt, umzingelt der blühende Staub

Mit Stahlgestängen, aufgerissen die Orte, weggeschnitten
Überfahren der Dreck mit rohen Kisten, abgeteuft die teuflischen Schächte mitleidlos

Ausgelöffelt die weichen Lager, zerhackt, verschüttet, zersiebt, das Unterste gekehrt nach oben und durchgewalkt und entseelt und zerklüftet alles

Hier sind wir durchgegangen.

Und bepflanzt mit einem durchdringenden Grün
Der Schluff, und kleinen Eichen ohne Furcht

Und in ein plötzliches zartes Gebirge
Die Bahn, gegossen aus blankem Bitum

Das Restloch mit blauem Wasser
Verfüllt und Booten: der Erde
Aufgeschlagenes Auge

Und der weiße neugeborene Strand
Den wir betreten

Zwischen uns.

RAINER MALKOWSKI

Die Zypresse

Kein Baum, unter dem man rastet.
Ungesellig, kaum Schutz
vor der Sonne.
Überhaupt kein Baum für Nähe
und Zutraulichkeit.
Keins der Laubmammuts,
um die man staunend
herumgeht:
klatschend schlägt die Hand
auf Elefantenhaut.

Die Rinde der Zypresse,
ein Bündel grauer, schlecht
gezurrter Fasern,
weckt kein Verlangen
nach Berührung.

Aus der Ferne muß man ihn sehen –
diesen Baum ohne Arme.
Auf einem kahlen Hügel, allein:

aufrecht,
aufrecht,

nachdrücklich redend
in der schwermütigen Sprache
der Zeichen.

Das indische Projekt

Vielleicht zehntausend Quadratmeter
gerodetes Land.
Gras, kniehoch,
zwischen Wald und Veranda.
Faulendes Holz.
Der Hall eines Gongs
über der Lichtung.
Die Toten
ruft er zum Essen.

ROLF DIETER BRINKMANN

Landschaft

I verrußter Baum,
nicht mehr zu bestimmen
I Autowrack, Glasscherben
I künstliche Wand, schallschluckend

verschiedene kaputte Schuhe
im blätterlosen Gestrüpp

»was suchen Sie da?«

I Essay, ein Ausflug in die Biologie
das Suchen nach Köcherfliegenlarven, das gelbe

Licht 6 Uhr nachmittags

I paar Steine

I Warnschild »Privat«
I hingekarrtes verfaultes Sofa
I Sportflugzeug

mehrere flüchtende Tiere,
der Rest einer Strumpfhose an
einem Ast, daneben

I rostiges Fahrradgestell

I Erinnerung an
I Zenwitz

GUNTRAM VESPER

Der Schreck vor der Natur

I

Kahle Eichen, Häuser im Novemberschmutz
die Kellner bekamen
nationale Gesichter und zeigten
den Weg nach Damnatz.

2

Als ich das Grab sah, mußte ich
an die blinde Katze in Frohburg denken
eines Tages war sie
verschwunden, niemand
wollte mir sagen, daß sie
beim Öffnen der Haustür
zerdrückt worden war, ich hatte
den Vater in Verdacht.

3

Die frierenden Hände in den Manteltaschen
meinte ich
in Wahrheit
mich selber: es ist aus, es wird
aus sein.

4

Ich ging zum Deich, das Licht
auf dem Fluß war gelb
Wind aus Norden
bewegte das Wasser seit
so vielen Jahren.

KARIN KIWUS

Im Alten Land

Lange bin ich nicht mehr
wie früher im Dezember
im Alten Land
die Feldwege entlanggekommen an Backsteingehöften
hinter braunen Kanälen hinter niedrigen
splitternden Zäunen und runden Rhododendronbüschen

Die ziehende Wärme aus den Fenstern
nach außen geöffnete Flügel verhakt
im Wind die milchigen Gardinen
weich gerafft über dem Efeu im Topf
den Alpenveilchen und den Begonien

Die gelben Äpfel an unbelaubten Bäumen
die Wäscheleinen in den Gärten

das Brombeergestrüpp und der zertretene Kohl
das graue Gerümpel vor dem Schuppen
und scharrende Tiere am Verschlag

Die nackte Luft zwischen den Deichen
der blanke Ausblick über die Ebenen
scharf wie eine Kaltnadelradierung
weitwinklig bis zum Meer
die flache Sonne klirrend unter den Fußsohlen
und die Hände fühllos fremd wie Prothesen

Und lange bin ich nicht mehr
wie früher im Dezember
nachhaus
zurückgekehrt unter die Lampe
mit sieben Segelschiffen auf dem Schirm
an den gedeckten Tisch mit Rosenporzellan
Silberkannenkaffee und duftenden Putten aus Marzipan
mit aufgeschnittenem Klaben in der Schale

und der Frauenhand
sanft neben der Tasse
und innig auf meinem Arm
wie jung ich war und eng
als ich sie abgewehrt habe
achtlos und verlegen

Die Nachmittage waren voll
selbstverständlicher Versprechen
der Himmel schneehell
wie eine Märzbecherwiese
und die Zukunft dahinter
ein sicherer Schimmer über dem Tau
so leicht und groß und griffbereit

Anfang August

In meiner Landschaft
meiner wüsten verworrenen
weithin zypressensüchtigen
Landschaft ist plötzlich
kein einziger Totengräber mehr
zu sehen nach diesem Wolkenbruch

Von den Hügeln sind sie
durchnäßt in die Baracken gehetzt
hängen bei Schnaps und Streuselkuchen
verschlagen über dem Tisch reizen
in einer letzten Runde ihr miserables
Blatt aus vor der Entlassung

Jetzt aber wird das Feld
geräumt Hacken Spaten und Seile
hastig verscharrt nichts mehr
gar nichts mehr zu begraben
Denkmäler längst unterspült
Statuen abgesunken Marmorbilder
alle umschatteten Engel ausgelöscht
von der braunen locker blühenden Erde.

Nur Gießkannen stehen noch draußen
große gelbe Gießkannen mit Regenwasser
wieder bis zum Rand Lichtgefäße
flüssige Sonnen die eine Nachricht
blinken in unsere offenen Augen

Komm
komm doch wir wollen sie
einsammeln und aneinanderkoppeln
zu einem langen Löschzug in den Herbst

Gütiger Himmel nie
hätte ich soviel
heulen können

MICHAEL KRÜGER

Ein langer Spaziergang

1

Der Juni verschwimmt, das Jahr will
nicht werden, und die öde Widerrede
knirscht schwer unter den Schritten.
Zu viel Grün hindert den Blick,
der sich am Wegrand verzettelt.
Bedenke die Zeit, die mitläuft
und einen schattigen Körper erhält,
der sich verstohlen an dich drängt.
Auch die Lichtung verspricht nichts,
von eiligen Vögeln durchschnitten.

2

Noch hat der Wald eine Stimme,
die dich erreicht am umgrenzten Ort,
wo die Ferne bedeutungslos wird,
eine Frage hinter dem nicht Geheuren.
Sind die Verhältnisse bekannt,
die unseren Aufbruch bestimmten?
Wenn ich die Schnecke betrachte,
die sich nicht retten konnte, entgleitet
mein Argument. Über der Brücke
bilden Mücken ein bewegtes Fragezeichen.

3

Eingeschlichen hat sich der Wind
zwischen die streitenden Gräser, die sich
nun tuschelnd beugen; und hinter
dem Baumvorhang beginnt das Spiel.
Der Tod rührt dich nicht, der Mitwisser,
wenn du der Wachende bist, auch wenn
dein Blick die Zeichen nicht beleben kann.
Was wirklich fehlt, der Durst auf Einverständnis,
fehlt auch hier, trotz aller Kühnheit,
die dir den Weg weist unterm Regennetz.

4

Kein schwacher Trost bringt dich
nach Hause, weil nichts ersetzbar ist,
naturgemäß, geliehen alles. Die Herzzeit
zählt, der Rest sind liebe Wörter, die du
bedenklich wiederholst, die Glätte
zu betrügen. Nichts hilft, schon gar nicht
Hoffnung, den Horizont zu mehren. Jetzt
kommt der Bach, das nasse Holz
der Brücke läßt dich zögern, dort steht
das Haus. Erleichtert bist du nicht.

JÜRGEN THEOBALDY

Was sie hergab

Wiesen, satte Matten über die Erde gelegt,
das leichte Wort »hügelan«, in das
der Regen ohne Botschaft weht.
Stapel von Holz unterm Schindeldach,

»Kunststoff GmbH« an der Wand,
leuchte, Schrift, o leichte Schrift.
Wolken zerlaufen, der Traktor ist
auf dem Feld zusammengebrochen
und wächst in den Boden hinein.
Die Natur erhält, was sie hergab,
vergiftet zurück, die glimmende Schrift.

Die Einzige

Draußen, unter nassen Bäumen, ihr Geruch:
Viele haben sie beschrieben,
sie geliebt hat fast ein jeder,
und zuletzt ernährt sie jeder;
feucht und dunkel, innen glühend,
bleibt sie länger da als jeder.

Du lauschst, du ahnst ihr Alter kaum,
die Quellen, Dickicht, Mulden Gras,
du siehst von neuem ihre Formen,
neu aufgeblühte Formen.
Was du früh erkundet hattest,
notierst du diesmal: Stoff zum Formen.

Sie aber dreht sich um sich selbst
und nimmt die Blätter mit;
ein neuer Sommer trocknet sie,
in ihrem Schoß vergehen sie,
diejenigen, die schrieben,
dazu die unbeschriebenen.

In den Rauch hinein

Die Natur ist in den Stein gehauen,
gewölbte Schenkel, Schulterblätter,
um die Hand darauf zu legen,
ein zweites Mal gebändigt
in den Regeln der Nachahmung.

Ich bin aber später gekommen,
silbriges Blau im September,
die Steine zerfallen im Dunst der Arzneimittel,
Wolken aus Benzin über den Plätzen,
Rauchwolken aus der Vorstadt;
was vollkommen war, ist längst geteilt.

Und sie gehen in den Rauch hinein
wie in den Rausch, den Rotwein,
in die zweite Natur, geschaffen,
die erste zu vernichten, die sie sind,
schwitzend im Bus, im Büro, am Band,
freudig oder beklommen auf dem Weg nach Hause.

Es treibt sie dahin, Größeres wollten
auch sie, es drängt sie ans Meer,
an freien Tagen zum Strand
mit den Buden, die zerschlissen sind,
und Limonaden zum Preis der Saison,
mit Erwartungen an
eine belebtere Vergangenheit,
in den Stein gehauen, himmlische Natur.

Verregneter Sommer

Diesen Sommer seh ich
wie der Regen wirklich vom
Himmel fällt und strömt über
Bäume übern Farn übers Moos übers
Schneckenhaus bis ins Erdinnere.

Hahnenklee, Schwertlilien, Dotterblumen
plustern sich um verfächerte Bäche
und Tümpel. Überall drängen Flüsse und
Ströme an ihre Ufer und über
die Ufer hinaus.

In den Vorstädten laufen die Dächer
nach wie vielen Jahren ziegelrot an. Wetter
Hähne schalten die Flügel ein daß
die Tropfen stieben wie Tropfen stieben. Mit
Diamanten gar kein Vergleich.

Alle Wiesen grasgrün. Raben raben
schwarz. Rosen rot. Alles wie sichs gehört.
Wie jedes sich selbst gehört. Prallgefüllt
mit tieffliegenden Mücken drohen die
Schwalben zu platzen vor Glück.

Frühjahr

In diesem Frühjahr blüht der Baum nicht mehr
Mairegen läßt die dünnen Knospen faulen
In triefend kahlen Ästen peitscht der Wind
die Zweige stehn wie Rutenbündel offen

hoffen auf Frost. Die Sonne sticht
reizt peinigt ihre unfruchtbare Nässe
Das Holz schwillt auf täuscht Leben vor und Frucht
und was noch lebt das stellt sich totgeboren.

Schneefall im März

Schnee fällt im März die Weiden
rollen die Kätzchen ein braunes Gras
duckt sich im Wind
läuten Schneeglöckchen Sturm

Alle Knospen schlagen zurück
in die Zweige die Bäume legen
die Äste an in den Vorgärten
zucken die Sträucher zusammen

Kein Mensch in Sicht.

HANS-ULRICH TREICHEL

Auf Raasay

Nur eine Handbreit
entfernt schlug das Meer
auf das Land. Gelbes
Farnkraut bog sich im Wind.
Roddy der Schäfer zog
über die salzigen Hügel

und von seinen Schultern
stürzte das Wasser wie von
einem Berg. Mit tropfenden
Nasen grüßten wir ihn,
diesen fremden verlassenen
Kontinent, der brüllend
im Sturm verschwand.

Sommer

Plötzlich ist es wieder
unvorstellbar warm auf den Straßen,
die Holzsandalen klappern, die Mädchen
öffnen die Blusen und ich traue mich
nicht heraus aus meiner klammen
Haut und seufze dem Winter nach,
der hatte sein Gutes, ewige Dunkelheit,
salzige Nässe, steinschwere Stiefel
und diese Lust auf offene Blusen,
Holzsandalen und Licht.

Anhang

Zu dieser Ausgabe

Die Auswahl der vorliegenden Anthologie hat der Herausgeber gemeinsam mit einer Arbeitsgruppe an der Universität Würzburg, bestehend aus Almut Drummer, Stefanie Geißler-Latussek, Birgit Mauer und Sabine Ostmann, getroffen. Besonders gedankt sei Karin Linder für ihre redaktionelle Mitarbeit. – Die Orthographie der Texte des 18. und 19. Jahrhunderts wurde behutsam und unter Wahrung des Lautstands dem heutigen Gebrauch angeglichen.

Verzeichnis der Autoren, Gedichte und Druckvorlagen

ILSE AICHINGER (geb. 1921)

I. A.: Werke in acht Bänden. Hrsg. von Richard Reichensperger. Bd. 8: Verschenkter Rat. Gedichte. Frankfurt a. M.: S. Fischer, 1991. (1) S. 35. (2) S. 46. – © 1978 S. Fischer Verlag GmbH, Frankfurt am Main.

ALFRED ANDERSCH (1914–1980)

A. A.: empört euch der himmel ist blau. Gedichte und Nachdichtungen 1946–1977. Zürich: Diogenes, 1977. (1) S. 12. (2) S. 20. – © 1977 Diogenes Verlag AG, Zürich.

ANGELUS SILESIUS (d. i. Johann Scheffler, 1624–1677)

A. S.: Sämtliche Poetische Werke in 3 Bänden. Hrsg. und eingel. von Hans Ludwig Held. Bd. 2: Jugend- und Gelegenheitsgedichte. Heilige Seelenlust oder Geistliche Hirten-Lieder. Neu überarb., 3. Aufl. München: Hanser, [1957].

ANONYM (17. Jahrhundert)

Wir vergehn wie Rauch von starken Winden. Deutsche Gedichte des 17. Jahrhunderts. Hrsg. von Eberhard Haufe. Bd. 1. München: Beck, 1985. S. 286 f.

ERICH ARENDT (1903–1984)

Vergänglicher Tag 354

E. A.: Das zweifingrige Lachen. Ausgewählte Gedichte 1921–1980. Hrsg. und mit einem Nachw. von Gregor Laschen. Düsseldorf: Claassen, 1981. S. 25. – © 1981 Claassen Verlag, Hildesheim.

ACHIM VON ARNIM (1781–1831)

Wem gehört das junge Laub 204

L. A. v. A.: Gedichte. Zweiter Teil. In Zs.arb. mit dem Freien Deutschen Hochstift hrsg. von Herbert R. Liedke und Alfred Anger. Tübingen: Niemeyer, 1976. S. 91 f.

H[ANS] C[ARL] ARTMANN (geb. 1921)

landschaft I 381

H. C. A.: The Best of H. C. Artmann. Hrsg. von Klaus Reichert. Frankfurt a. M.: Suhrkamp, 1970. S. 73 f. – © 1970 Suhrkamp Verlag, Frankfurt am Main.

HANS ASSMANN VON ABSCHATZ (1646–1699)

Thüringer Wald 76

Deutsche Literatur in Entwicklungsreihen. Reihe Barocklyrik. Hrsg. von Herbert Cysarz. Bd. 1. Leipzig: Reclam, 1937. S. 235 f.

ROSE AUSLÄNDER (1907–1988)

(1) Heu 360
(2) Sommer 360

R. A.: Gesammelte Werke in 8 Bänden. Hrsg. von Helmut Braun. Bd. 4: Im Aschenregen die Spur deines Namens. Gedichte und Prosa 1976. Frankfurt a. M.: S. Fischer, 1984. (1) S. 32. – © 1984 S. Fischer Verlag GmbH, Frankfurt am Main.
R. A.: Gesammelte Werke in 8 Bänden. Hrsg. von Helmut Braun.

Bd. 6: Wieder ein Tag aus Glut und Wind. Gedichte 1980–1982. Frankfurt a. M.: S. Fischer, 1986. (2) S. 105. – © 1986 S. Fischer Verlag GmbH, Frankfurt am Main.

INGEBORG BACHMANN (1926–1973)

I. B.: Werke. Hrsg. von Christine Koschel, Inge von Weidenbaum, Clemens Münster. Bd. 1. München: Piper, 1978. (1) S. 128. (2) S. 129. – © 1978 R. Piper & Co. Verlag, München.

WOLFGANG BÄCHLER (geb. 1925)

W. B.: Lichtwechsel II. Neue Gedichte. München/Esslingen: Bechtle, 1960. S. 15. – © 1960 Richard Bechtle, Verlagsgesellschaft, Esslingen.

JOHANNES R. BECHER (1891–1958)

J. R. B.: Gesammelte Werke. Hrsg. vom J. R. Becher-Archiv der Akademie der Deutschen Demokratischen Republik. Bd. 6: Gedichte 1949–1958. Berlin/Weimar: Aufbau, 1973. (1) S. 31. (2) S. 150. – © 1973 Aufbau-Verlag, Berlin und Weimar.

JÜRGEN BECKER (geb. 1932)

J. B.: Gedichte. 1965–1980. Frankfurt a. M.: Suhrkamp, 1981. (1) S. 62. (2) S. 171. (3) S. 212. – © 1974 Suhrkamp Verlag, Frankfurt am Main (1). © 1977 Suhrkamp Verlag, Frankfurt am Main (2, 3).

FRANZ JOACHIM BEHNISCH (1920–1983)

Lyrik aus dieser Zeit. Hrsg. von Kurt Leonhard und Karl Schwedhelm. München/Esslingen: Bechtle, 1961. – Mit Genehmigung von Ehrentraud Dimpfl. [Abgedruckte Version aus dem Besitz der Nachlaßverwalterin, Ehrentraud Dimpfl.]

GOTTFRIED BENN (1886–1956)

G. B.: Sämtliche Werke. Stuttgarter Ausgabe. In Verb. mit Ilse Benn hrsg. von Gerhard Schuster. Bd. 2: Gedichte 2. Stuttgart: Klett-Cotta, 1986. (1) S. 9. (2) S. 49 f. (4) S. 123 f. – © J. G. Cotta'sche Buchhandlung Nachfolger GmbH, Stuttgart.
G. B.: Sämtliche Werke. Stuttgarter Ausgabe. In Verb. mit Ilse Benn hrsg. von Gerhard Schuster. Bd. 1: Gedichte 1. Stuttgart: Klett-Cotta, 1986. (3) S. 166. – © 1948, 1983 Arche Verlag AG, Raabe und Vitali, Zürich [aus: *Statische Gedichte*].

WERNER BERGENGRUEN (1892–1964)

W. B.: Die heile Welt. Zürich: Arche, 1952. S. 33. – Mit Genehmigung von N. Luise Hackelsberger, Ebenhausen.

RUDOLF G. BINDING (1867–1938)

R. G. B.: Gesammeltes Werk. Bd. 1. Hamburg: Hans Dulk, 1954. S. 545. – Copyright © by C. Bertelsmann Verlag GmbH, München.

SIGMUND VON BIRKEN (1626–1681)

Jetzt, da die Morgenröt entdecket ihre Wangen 71

Wir vergehn wie Rauch von starken Winden. Deutsche Gedichte des 17. Jahrhunderts. Hrsg. von Eberhard Haufe. Bd. 1. München: Beck, 1985. S. 462.

ERNST BLASS (1890–1939)

Taggesang I 326

E. B.: Die Straßen komme ich entlanggeweht. Sämtliche Gedichte. Hrsg. von Thomas B. Schumann. München/Wien: Hanser, 1980. S. 62. – © 1980 Carl Hanser Verlag GmbH, München.

JOHANNES BOBROWSKI (1917–1965)

(1) Die Lichtung 372
(2) Verlassenes Dorf 373
(3) Spätsommerverse 373
(4) Wände weiß 374

J. B.: Gesammelte Werke. Hrsg. von Eberhard Haufe. Bd. 2: Gedichte aus dem Nachlaß. Stuttgart: Deutsche Verlags-Anstalt / Berlin: Union Verlag, 1987. (1) S. 62. (2) S. 222. (3) S. 233. (4) S. 315. – Mit Genehmigung der BVU Buchverlag Union GmbH in der Verlagsgruppe Klinkhardt und Biermann, München und Berlin.

RAINER BRAMBACH (1917–1983)

(1) Flugzeit 371
(2) Meine Vorfahren 372

R. B.: Heiterkeit im Garten. Das gesamte Werk. Hrsg. und mit einem Nachw. von Frank Geerk. Zürich: Diogenes, 1989. (1) S. 158. (2) S. 188. – © 1989 Diogenes Verlag AG, Zürich.

VOLKER BRAUN (geb. 1939)

V. B.: Gegen die symmetrische Welt. Gedichte. Frankfurt a. M.: Suhrkamp, 1974. S. 34 f. – © 1974 Suhrkamp Verlag, Frankfurt am Main.

BERTOLT BRECHT (1898–1956)

B. B.: Werke. Große kommentierte Berliner und Frankfurter Ausgabe in 30 Bänden. Hrsg. von Werner Hecht, Jan Knopf, Werner Mittenzwei, Klaus-Detlef Müller. Bd. 11: Gedichte 1. Sammlungen 1918–1938. Bearb. von Jan Knopf und Gabriele Knopf. Frankfurt a. M.: Suhrkamp, 1988. (1) S. 72 f. – © 1988 Suhrkamp Verlag, Frankfurt am Main.
B. B.: Werke. Große kommentierte Berliner und Frankfurter Ausgabe in 30 Bänden. Hrsg. von Werner Hecht, Jan Knopf, Werner Mittenzwei, Klaus-Detlef Müller. Bd. 14: Gedichte 4. Gedichte und Gedichtfragmente 1928–1939. Bearb. von Jan Knopf und Brigitte Bergheim unter Mitarb. von Annette Ahlborn, Günter Berg und Michael Duchardt. Frankfurt a. M.: Suhrkamp, 1993. (2) S. 7. – © 1993 Suhrkamp Verlag, Frankfurt am Main.
B. B.: Werke. Große kommentierte Berliner und Frankfurter Ausgabe in 30 Bänden. Hrsg. von Werner Hecht, Jan Knopf, Werner Mittenzwei, Klaus-Detlef Müller. Bd. 15: Gedichte 5. Gedichte und Gedichtfragmente 1940–1956. Bearb. von Jan Knopf und Brigitte Bergheim unter Mitarb. von Annette Ahlborn, Günter Berg und Michael Duchardt. Frankfurt a. M.: Suhrkamp, 1993. (3) S. 44 f. (5) S. 263 f. – © 1993 Suhrkamp Verlag, Frankfurt am Main.
B. B.: Werke. Große kommentierte Berliner und Frankfurter Ausgabe in 30 Bänden. Hrsg. von Werner Hecht, Jan Knopf, Werner Mittenzwei, Klaus-Detlef Müller. Bd. 12: Gedichte 2. Sammlungen 1938–1956. Bearb. von Jan Knopf. Frankfurt a. M.: Suhrkamp, 1988. (4) S. 307. – © 1988 Suhrkamp Verlag, Frankfurt am Main.

CLEMENS BRENTANO (1778–1842)

C. B.: Gedichte und Erzählungen. Eingel. und hrsg. von Hans-Georg Werner. Darmstadt: Wissenschaftliche Buchgesellschaft, 1986. (1) S. 135 f. (2) S. 178 f. (3) S. 225 f.

ROLF DIETER BRINKMANN (1940–1975)

R. D. B.: Westwärts 1 & 2. Gedichte. Reinbek: Rowohlt, 1975. S. 99. – © 1975 Rowohlt Taschenbuch Verlag GmbH, Reinbek.

GEORG BRITTING (1891–1964)

G. B.: Sämtliche Werke. Kommentierte Ausgabe nach den Erstdrukken. Hrsg. von Walter Schmitz. Bd. 1: Frühe Werke. München: Süddeutscher Verlag, 1987. (1) S. 549. (2) S. 555. – © 1987 Paul List Verlag in der Südwest Verlag GmbH und Co. KG, München.
G. B.: Gesamtausgabe in Einzelbänden. Gedichte. Bd. 2: Gedichte 1940–1951. München: Nymphenburger, 1957. (3) S. 155. – © nymphenburger in der F. A. Herbig Verlagsbuchhandlung GmbH, München 1957.

BARTHOLD HEINRICH BROCKES (1680–1747)

B. H. B.: Irdisches Vergnügen in Gott. Gedichte. Hrsg. von Adalbert Elschenbroich. Stuttgart: Reclam, 1963. (Universal-Bibliothek. 2015.) (1) S. 11 f. (2) S. 13.

GOTTFRIED AUGUST BÜRGER (1747–1794)

Gottfried August Bürger: Sämtliche Werke. Hrsg. von Günter und Hiltrud Häntzschel. München: Hanser, 1987. S. 289 f.

WILHELM BUSCH (1832–1908)

W. B.: Gesamtausgabe. Hrsg. von Otto Nöldeke. Bd. 5. München: Braun & Schneider, [4]1958. (1) S. 266. (2) S. 288.

CHRISTINE BUSTA (geb. 1915)

Ch. B.: Lampe und Delphin. Gedichte. Salzburg: O. Müller, 1955. (1) S. 57. – © 1955 Otto Müller Verlag, Salzburg.
Ch. B.: Salzgärten. Gedichte. Salzburg: O. Müller, 1975. (2) S. 77. – © 1975 Otto Müller Verlag, Salzburg.

HANS CAROSSA (1878–1956)

H. C.: Sämtliche Werke. Bd. 1: Gedichte bis 1940. Frankfurt a. M.: Insel Verlag, 1962. S. 53. – © 1962 Insel Verlag, Frankfurt am Main.

PAUL CELAN (1920–1970)

P. C.: Gesammelte Werke in 5 Bänden. Hrsg. von Beda Allemann und Stefan Reichert unter Mitw. von Rudolf Bücher. Bd. 1: Gedichte 1.

Frankfurt a. M.: Suhrkamp, 1983. (1) S. 26. (2) S. 71. – © 1952 Deutsche Verlags-Anstalt GmbH, Stuttgart.
P. C.: Die Niemandsrose. Sprachgitter. Gedichte. Frankfurt a. M.: Fischer Taschenbuch Verlag, 1986. (3) S. 28. (4) S. 54. (5) S. 122. – © 1959 S. Fischer Verlag, Frankfurt am Main (3, 4). – © 1963 S. Fischer Verlag GmbH, Frankfurt am Main (3).

ADELBERT VON CHAMISSO (1781–1838)

A. v. Ch.: Werke: Gedichte erste und zweite Abteilung. In dramatischer Form. Übersetzungen. Peter Schlemihls wundersame Geschichte. Hrsg. von Oskar F. Walzel. Stuttgart: Union Deutsche Verlagsgesellschaft, [o. J.]. (Deutsche National-Litteratur. Historisch Kritische Ausgabe. 148.) S. 52 f.

MATTHIAS CLAUDIUS (1740–1815)

M. C.: Sämtliche Werke. Textred.: Jost Perfahl. München: Winkler, 1968. (1) S. 184 f. (2) S. 217 f. (3) S. 771 f.

JOHANN FRIEDRICH VON CRONEGK (1731–1758)

Des Freyherrn Johann Friedrich von Cronegk sämtliche Schriften. Zweyter Band. Carlsruhe: Christian Gottlieb Schmieder, 1776. (1) S. 192 f.

SIMON DACH (1605–1659)

S. D.: Gedichte. Hrsg. von Walter Ziesemer. 4 Bde. Bd. 2: Weltliche Lieder, Gedichte an das kurfürstliche Haus, Dramatisches. Halle a. d. Saale: Niemeyer, 1937. S. 327.

THEODOR DÄUBLER (1876–1934)

Th. D.: Das Nordlicht. Genfer Ausgabe. Bd. 2. Leipzig: Insel Verlag, 1922. (1) S. 458. – Mit Genehmigung von Friedhelm Kemp, München.
Th. D.: Der sternhelle Weg. 2. Aufl. Leipzig: Insel Verlag. (2) S. 48. – Mit Genehmigung von Friedhelm Kemp, München.

MAXIMILIAN DAUTHENDEY (1867–1918)

M. D.: Gesammelte Werke in 6 Bänden. Bd. 4: Lyrik und kleinere Versdichtungen. München: Albert Langen, 1925. (1) S. 256. (2) S. 335. (3) S. 341.

RICHARD DEHMEL (1863–1920)

R. D.: Gesammelte Werke in 3 Bänden. Bd. 1. Berlin: Fischer, 1913. (1) S. 48 f.
R. D.: Gesammelte Werke in 3 Bänden. Bd. 2. Berlin: Fischer, 1913. (2) S. 20 f. (3) S. 28. (4) S. 29.

JOHANN MICHAEL DILHERR (1604–1669)

Wir vergehn wie Rauch von starken Winden. Deutsche Gedichte des 17. Jahrhunderts. Hrsg. von Eberhard Haufe. Bd. 2. München: Beck, 1985. S. 65 f.

HILDE DOMIN (geb. 1912)

H. D.: Gesammelte Gedichte. Frankfurt a. M.: S. Fischer, 1987. (1) S. 13. (2) S. 237 f. – © 1987 S. Fischer Verlag GmbH, Frankfurt am Main.

CARL FRIEDRICH DROLLINGER (1688–1742)

C. F. D.: Gedichte. (Faksimiledruck nach der Erstausg. Basel 1743.) Hrsg. von Uwe-K. Ketelsen. Stuttgart: Metzler, 1972. S. 47 f.

ANNETTE VON DROSTE-HÜLSHOFF (1797–1848)

A. v. D.-H.: Sämtliche Werke in 2 Bänden. Hrsg. von Günther Weydt und Winfried Woesler. Bd. 1. München: Winkler, 1973. (1) S. 72–74. (2) S. 80 f. (3) S. 462 f.

GÜNTER EICH (1907–1972)

G. E.: Gesammelte Werke in 4 Bänden. Rev. Ausg. Bd. 1: Die Gedichte. Die Maulwürfe. Hrsg. von Axel Vieregg. Frankfurt a. M.: Suhrkamp, 1991. (1) S. 21. (2) S. 78. (3) S. 81. (4) S. 88. (5) S. 93. (6) S. 274 f. – © 1991 Suhrkamp Verlag, Frankfurt am Main.

JOSEPH VON EICHENDORFF (1788–1857)

J. v. E.: Werke in 5 Bänden. Textred.: Jost Perfahl. Bd. 1: Gedichte. Versepen. Dramen. Autobiographisches. München: Winkler, 1970. (1) S. 67. (2) S. 48. (3) S. 49 f. (4) S. 285. (5) S. 126 f.

HANS MAGNUS ENZENSBERGER (geb. 1929)

H. M. E.: Die Gedichte. Frankfurt a. M.: Suhrkamp, 1983. (1) S. 12. (2) S. 22. –

PAUL FLEMING (1609–1640)

P. F.: Deutsche Gedichte. Hrsg. von J. M. Lappenberg. Darmstadt: Wissenschaftliche Buchgesellschaft, 1965. (1) S. 215 f. (2) S. 216 f. (3) S. 486.
Wir vergehn wie Rauch von starken Winden. Deutsche Gedichte des 17. Jahrhunderts. Hrsg. von Eberhard Haufe. Bd. 1. München: Beck, 1985. (4) S. 369 f.

THEODOR FONTANE (1819–1898)

Th. F.: Sämtliche Werke. Hrsg. von Walter Keitel. Bd. 6. Darmstadt: Wissenschaftliche Buchgesellschaft, 1964. (1) S. 307. (2) S. 642 f.

ERICH FRIED (1921–1988)

(1) Beschreibung einer Landschaft 379
(2) Die Bäume 379

E. F.: Gesammelte Werke. Hrsg. von Volker Kaukoreit und Klaus Wagenbach. Bd. 1: Gedichte 1. Berlin: Wagenbach, 1993. (1) S. 418. – © 1967 Verlag Klaus Wagenbach, Berlin.
E. F.: Gesammelte Werke. Hrsg. von Volker Kaukoreit und Klaus Wagenbach. Bd. 3: Gedichte 3. Berlin: Wagenbach, 1993. (2) S. 562 f. – © 1991 Verlag Klaus Wagenbach, Berlin.

WALTER HELMUT FRITZ (geb. 1929)

Die Erde auf einem Photo 396

W. H. F.: Aus der Nähe. Gedichte 1967–1971. Hamburg: Hoffmann und Campe, 1972. S. 24. – © 1972 Hoffmann und Campe Verlag, Hamburg.

GÜNTER BRUNO FUCHS (1928–1977)

Über die Verwandtschaft zwischen Schnee- und Feldhasen . . 390

G. B. F.: Die Ankunft des Großen Unordentlichen in einer ordentlichen Zeit. Gedichte, Bilder und Geschichten. Berlin: Wagenbach, [o. J.]. S. 95 f. – © 1978 Verlag Klaus Wagenbach, Berlin.

PETER GAN (d. i. Richard Möhring, 1894–1974)

(1) Die Mücke 333
(2) Auf eine weiße Muschel 334

P. G.: Preis der Dinge. Gedichte. Wiesbaden: Insel, 1956. (1) S. 45.
P. G.: Die Holunderflöte. Gedichte. Zürich: Atlantis, 1965. (2) S. 21.

EMANUEL GEIBEL (1815–1884)

Rückerinnerung 240

E. G.: Werke. Hrsg. von Wolfgang Stammler. Bd. 1. Leipzig/Wien: Bibliographisches Institut, [1918]. S. 111 f.

STEFAN GEORGE (1868–1933)

St. G.: Sämtliche Werke in 18 Bänden. Hrsg. von der Stefan George-Stiftung. Bd. 4: Das Jahr der Seele. Bearb. von Georg P. Landmann. Stuttgart: Klett-Cotta, 1982. (1) S. 12. (2) S. 15. – © 1982 J. G. Cotta'sche Buchhandlung Nachfolger GmbH, Stuttgart.
St. G.: Sämtliche Werke in 18 Bänden. Hrsg. von der Stefan George-Stiftung. Bd. 5: Der Teppich des Lebens und die Lieder von Traum und Tod mit einem Vorspiel. Bearb. von Ute Oelmann. Stuttgart: Klett-Cotta, 1984. (3) S. 67. – © 1984 J. G. Cotta'sche Buchhandlung Nachfolger GmbH, Stuttgart.
St. G.: Sämtliche Werke in 18 Bänden. Hrsg. von der Stefan George-Stiftung. Bd. 6/7: Der Siebente Ring. Bearb. von Ute Oelmann. Stuttgart: Klett-Cotta, 1986. (4) S. 138. (5) S. 150. – © 1986 J. G. Cotta'sche Buchhandlung Nachfolger GmbH, Stuttgart.

PAUL GERHARDT (1607–1676)

P. G.: Geistliche Lieder. Nachw. von Gerhard Rödding. Stuttgart: Reclam, 1991. (Universal-Bibliothek. 1741). S. 71–74.

ENOCH GLÄSER (1628–1668)

Wir vergehn wie Rauch von starken Winden. Deutsche Gedichte des 17. Jahrhunderts. Hrsg. von Eberhard Haufe. Bd. 2. München: Beck, 1985. S. 29 f.

JOHANN WILHELM LUDWIG GLEIM (1719–1803)

Anakreontiker und preußisch-patriotische Lyriker. Zwei Teile in einem Bande. Hagedorn. Gleim. Uz. Kleist. Ramler. Karschin. Hrsg. von Franz Muncker. Stuttgart: Union Deutsche Verlagsgesellschaft, [o. J.] (1) S. 215. (2) S. 236 f.

LEOPOLD FRIEDRICH GÜNTHER VON GOECKINGK (1748–1828)

L. F. G.: Gedichte. Dritter Theil. Leipzig: Joh. Gottl. Imman. Breitkopf, 1782. S. 176 f.

JOHANN WOLFGANG GOETHE (1749–1832)

J. W. G.: Gedichte. Hrsg. und komm. von Erich Trunz. München: Beck, 1988. (1) S. 21 f. (2) S. 27 f. (3) S. 30 f. (4) S. 32. (5) S. 42 f. (6) S. 102 f. (7) S. 103 f. (8) S. 129 f. (9) S. 142. (10) S. 143. (11) S. 199 f. (12) S. 243 f. (13) S. 254 f. (14) S. 294. (15) S. 358. (16) S. 389. (17) S. 391.

JOHANN NICOLAUS GÖTZ (1721–1781)

J. N. G.: Gedichte aus den Jahren 1745–1765 in ursprünglicher Gestalt. Hrsg. von Carl Schüddekopf. Stuttgart: Göschen, 1893. (Deutsche Litteraturdenkmale des 18. und 19. Jahrhunderts in Neudruck. 42.) S. 58.

EUGEN GOMRINGER (geb. 1925)

E. G.: konstellationen. ideogramme. stundenbuch. Stuttgart: Reclam, 1977. (1) S. 39. (2) S. 80. – Mit Genehmigung von Eugen Gomringer, Rehau-Wurlitz.

GÜNTER GRASS (geb. 1927)

G. G.: Studienausgabe. Hrsg. von Volker Neuhaus und Daniela Hermes. Bd. 11: Gedichte und Kurzprosa. Göttingen: Steidl, 1994. S. 213 f. – © 1994 Steidl Verlag, Göttingen.

MARTIN GREIF (1839–1911)

M. G.: Buch der Lyrik. Gedichte. – Neue Lieder und Mären. Leipzig: C. F. Amelang, 1909. S. 42.

CATHARINA REGINA VON GREIFFENBERG (1633–1694)

Gedichte des Barock. Hrsg. von Volker Meid und Ulrich Maché. Stuttgart: Reclam, 1980 [u. ö.]. (Universal-Bibliothek. 9975.) S. 250 f.

HANS JACOB CHRISTOFFEL VON GRIMMELSHAUSEN (1621–1676)

Komm Trost der Nacht 68

Gedichte des Barock. Hrsg. von Volker Meid und Ulrich Maché. Stuttgart: Reclam, 1980 [u. ö.]. (Universal-Bibliothek. 9975.) S. 252 f.

ANASTASIUS GRÜN (1806–1876)

Der Granatenbaum 238

A. G.: Gedichte. Leipzig: Weidmann, ^{3}1838. S. 122 f.

ANDREAS GRYPHIUS (1616–1664)

(1) Morgen Sonnet 61
(2) Einsambkeit 61
(3) Auf das grausame ungewitter / so den 24. Aug. 1654. entstanden 62

A. G.: Gesamtausgabe der deutschsprachigen Werke. Hrsg. von Marian Szyrocki und Hugh Powell. Bd. 1: Sonette. Hrsg. von Marian Szyrocki. Tübingen: Niemeyer, 1963. (1) S. 65. (2) S. 68. (3) S. 108.

KAROLINE VON GÜNDERODE (1780–1806)

Der Nil 203

K. v. G.: Gesammelte Dichtungen. Hrsg. von Elisabeth Salomon. München: Drei Masken Verlag, 1923. S. 221.

JOHANN CHRISTIAN GÜNTHER (1695–1723)

Lob des Winters 78

J. Ch. G.: Sämtliche Werke. Hrsg. von Wilhelm Krämer. Bd. 1. Leipzig: Hiersemann, 1930. S. 308 f.

PETER HACKS (geb. 1928)

P. H.: Lieder. Briefe. Gedichte. Berlin: Peter Hammer, 1974. (1) S. 56. (2) S. 96. – Mit Genehmigung von Peter Hacks, Berlin.

PETER HÄRTLING (geb. 1933)

P. H.: Anreden. Gedichte aus den Jahren 1972–1977. Darmstadt: Luchterhand, 1978. S. 30. – © 1977 Hermann Luchterhand Verlag GmbH & Co. KG, Darmstadt und Neuwied. Alle Rechte vorbehalten: Luchterhand Literaturverlag, München.

FRIEDRICH VON HAGEDORN (1708–1754)

F. v. H.: Gedichte. Hrsg. von Alfred von Anger. Stuttgart: Reclam, 1968. (Universal-Bibliothek. 1321–23.) (1) S. 10 f. (2) S. 26 f. (3) S. 48 f.

RUDOLF HAGELSTANGE (1912–1984)

R. H.: Lied der Jahre. Gesammelte Gedichte 1932–1961. Frankfurt a. M.: Insel, 1961. (1) S. 24. (2) S. 138 f. – Mit Genehmigung von Regine Stolzke, Dreieich.

ULLA HAHN (geb. 1945)

U. H.: Herz über Kopf. Gedichte. Stuttgart: Deutsche Verlags-Anstalt, 1981. (1) S. 75. – © 1981 Deutsche Verlags-Anstalt GmbH, Stuttgart.
U. H.: Spielende. Gedichte. Stuttgart: Deutsche Verlags-Anstalt, 1983. (2) S. 87. (3) S. 89. – © 1983 Deutsche Verlags-Anstalt GmbH, Stuttgart.

ALBRECHT VON HALLER (1708–1777)

Unvollkommenes Gedicht über die Ewigkeit 89

A. v. H.: Die Alpen und andere Gedichte. Hrsg. von Adalbert Elschenbroich. Stuttgart: Reclam, 1965 [u. ö.]. (Universal-Bibliothek. 8963.) S. 75 f.

PETER HAMM (geb. 1937)

November 415

P. H.: Der Balken. Gedichte. München: Hanser, 1981. S. 71. – © 1981 Carl Hanser Verlag, München.

GEORG PHILIPP HARSDÖRFFER (1607–1658)

(1) Der Wald 52
(2) Der Frühling 53

Deutsche Literatur in Entwicklungsreihen. Reihe Barocklyrik. Hrsg. von Herbert Cysarz. Bd. 2. Leipzig: Reclam, 1937. (1) S. 139 f.
Wir vergehn wie Rauch von starken Winden. Deutsche Gedichte des 17. Jahrhunderts. Hrsg. von Eberhard Haufe. Bd. 2. München: Beck, 1985. (2) S. 450 f.

GEORG PHILIPP HARSDÖRFFER (1607–1658)
JOHANN KLAJ (1616–1656)

Das Wasserrad 60

Wir vergehn wie Rauch von starken Winden. Deutsche Gedichte des 17. Jahrhunderts. Hrsg. von Eberhard Haufe. Bd. 1. München: Beck, 1985. S. 441 f.

ROLF HAUFS (geb. 1935)

R. H.: Juniabschied. Gedichte. Reinbek: Rowohlt, 1984. (1) S. 10. (2) S. 55. (3) S. 83. – Mit Genehmigung von Rolf Haufs, Berlin.
R. H.: Allerweltsfieber. Gedichte. München/Wien: Hanser, 1990. (4) S. 28. – © 1990 Carl Hanser Verlag GmbH, München.

FRIEDRICH HEBBEL (1813–1863)

F. H.: Gedichte. Eine Auswahl. Mit einem Nachw. von U. Henry Gerlach. Stuttgart: Reclam, 1977 [u. ö.]. (Universal-Bibliothek. 3231.) (1) S. 6. (2) S. 5.

JOHANN PETER HEBEL (1760–1826)

J. P. H.: Alemannische Gedichte. Mit hochdeutscher Übertragung von Richard Gäng. Hrsg. von Wilhelm Zentner. Stuttgart: Reclam, 1969 [u. ö.]. (Universal-Bibliothek. 8294.) S. 174–178.

HEINRICH HEINE (1797–1856)

H. H.: Buch der Lieder. Herausgegeben von Bernd Kortländer. Stuttgart: Reclam, 1990 [u. ö.]. (Universal-Bibliothek. 2231.) (1) S. 94. (2) S. 160 f. (3) S. 218–220.

H. H.: Sämtliche Werke. Hrsg. von Manfred Windfuhr. Bd. 2: Neue Gedichte. Bearb. von Elisabeth Genton. Hamburg: Hoffmann und Campe, 1983. (4) S. 14. (5) S. 34 f. (6) S. 115 f.

HANS-JÜRGEN HEISE (geb. 1930)

H.-J. H.: Die Wirklichkeit erfindet mich. Das lyrische Werk 1948 bis 1993. Kiel: Neuer Malik Verlag, 1994. (1) S. 210. (2) S. 43. (3) S. 93. – Mit Genehmigung von Hans-Jürgen Heise, Kiel.

JOHANN GOTTFRIED HERDER (1744–1803)

J. G. H.: Werke. Bd. 3: Volkslieder, Übertragungen, Dichtungen. Hrsg. von Ulrich Gaier. Frankfurt a. M.: Deutscher Klassiker Verlag, 1990. S. 801 f.

STEPHAN HERMLIN (geb. 1915)

St. H.: Gesammelte Gedichte. München/Wien: Hanser, 1979. S. 64. – © 1979 Carl Hanser Verlag GmbH, München.

MAX HERRMANN-NEISSE (1886–1941)

M. H.-N.: Gesammelte Werke. Hrsg. von Klaus Völker. Im Stern des Schmerzes. Gedichte 1. Frankfurt a. M.: Zweitausendeins, 1986. (1) S. 122. – © 1986 Zweitausendeins, Frankfurt am Main.
M. H.-N.: Gesammelte Werke. Hrsg. von Klaus Völker. Um uns die Fremde. Gedichte 2. Frankfurt a. M.: Zweitausendeins, 1986. (2)

S. 320. (3) S. 362. – © 1986 Zweitausendeins, Frankfurt am Main. M. H.-N.: Gesammelte Werke. Mir bleibt mein Lied. Gedichte 4. Frankfurt a. M.: Zweitausendeins, 1987. (4) S. 108. – © 1987 Zweitausendeins, Frankfurt am Main.

HERMANN HESSE (1877–1962)

H. H.: Gesammelte Werke. Bd. 1: Die späten Gedichte. Frühe Prosa. Peter Camenzind. Frankfurt a. M.: Suhrkamp, 1970. (1) S. 30. (2) S. 101. – © 1970 Suhrkamp Verlag, Frankfurt am Main.

GEORG HEYM (1887–1912)

G. H.: Dichtungen und Schriften. Hrsg. von Karl Ludwig Schneider. Bd. 1: Lyrik. Hamburg/München: Heinrich Ellermann, 1964. (1) S. 93. (2) S. 123. (3) S. 129. (4) S. 321. (5) S. 337.

PAUL HEYSE (1830–1914)

P. H.: Werke. Hrsg. von Bernhard und Johanna Knick, Hildegard Korth. Bd. 1. Frankfurt a. M.: Insel, 1980. S. 76 f.

JAKOB VAN HODDIS (1887–1942)

J. v. H.: Weltende. Gesammelte Dichtungen. Hrsg. von Paul Pörtner. Zürich: Arche, 1958. S. 53. – © 1958 Verlags AG Die Arche, Zürich.

FRIEDRICH HÖLDERLIN (1770–1843)

F. H.: Sämtliche Werke. Kleine Stuttgarter Ausgabe. Hrsg. von Friedrich Beißner. Bd. 1: Gedichte bis 1800. Stuttgart: J. G. Cotta'sche Buchhandlung Nachf., 1944. (1) S. 198–200.
F. H.: Sämtliche Werke. Kleine Stuttgarter Ausgabe. Hrsg. von Friedrich Beißner. Bd. 2: Gedichte nach 1800. Stuttgart: Cotta'sche Buchhandlung Nachf., 1953. (2) S. 14 f. (3) S. 17 f. (4) S. 71. (5) S. 121. (6) S. 279.

LUDWIG CHRISTOPH HEINRICH HÖLTY (1748–1776)

Der Göttinger Hain. Hrsg. von Alfred Kelletat. Stuttgart: Reclam, 1967 [u. ö.]. (Universal-Bibliothek. 8789.) (1) S. 44 f. (2) S. 64 f. (3) S. 80 f. (4) S. 86 f.

DIETER HOFFMANN (geb. 1934)

D. H.: Ziselierte Blutbahn. Gedichte. Stuttgart: Deutsche Verlags-Anstalt, 1964. (1) S. 8. – Mit Genehmigung von Dieter Hoffmann, Frankfurt am Main.
D. H.: Drei ländliche Bilder. Gedichte. Mainz: v. Hase & Koehler, 1989. (2) S. 110. – © 1989 v. Hase & Koehler Verlag KG, Mainz.

AUGUST HEINRICH HOFFMANN VON FALLERSLEBEN (1798–1874)

H. v. F.: Ausgewählte Werke. Hrsg. von Hans Benzmann. Bd. 1. Leipzig: Max Hesse, [o. J.]. (1) S. 26 f. (2) S. 100.

CHRISTIAN HOFFMANN VON HOFFMANNSWALDAU (1617–1679)

Herrn von Hoffmannswaldau und andrer Deutschen auserlesener und bißher ungedruckter Gedichte. Hrsg. von Angelo George de Capua und Ernst Alfred Philippson. Bd. 1. Tübingen: Niemeyer, 1961. S. 405 f.

HUGO VON HOFMANNSTHAL (1874–1929)

H. v. H.: Sämtliche Werke. Hrsg. von Rudolf Hirsch, Clemens Köttelwesch [u. a.]. Bd. 1: Gedichte. Hrsg. von Eugene Weber. Frankfurt a. M.: Fischer, 1984. (1) S. 21 (2) S. 26 f. (3) S. 84. (4) S. 85. – © 1970 Insel Verlag, Frankfurt am Main.

ARNO HOLZ (1863–1929)

A. H.: Werke. Hrsg. von Wilhelm Holz und Anita Holz. Bd. 1. Neuwied am Rhein / Berlin-Spandau: Luchterhand, 1961. (1) S. 355 f. – Mit Genehmigung von Manfred Asseyer, Berlin, als Bevollmächtigter des Rechteinhabers.
A. H.: Werke. Hrsg. von Wilhelm Holz und Anita Holz. Bd. 5. Neuwied am Rhein / Berlin-Spandau: Luchterhand, 1961. (2) S. 240. – Mit Genehmigung von Manfred Asseyer, Berlin, als Bevollmächtigter des Rechteinhabers.

ERNST CHRISTOPH HOMBURG (1605–1681)

Wir vergehn wie Rauch von starken Winden. Deutsche Gedichte des 17. Jahrhunderts. Hrsg. von Eberhard Haufe. Bd. 1. München: Beck, 1985. S. 401 f.

RICARDA HUCH (1864–1947)

R. H.: Gesammelte Werke. Hrsg. von Wilhelm Emrich. Bd. 5: Gedicht, Dramen, Reden, Aufsätze und andere Schriften. Köln/Berlin: Kiepenheuer & Witsch, 1966. (1) S. 293. (2) S. 306 f. (3) S. 308. (4) S. 325. – Mit Genehmigung von Alexander Böhm, Rockenberg.

PETER HUCHEL (1903–1981)

P. H.: Die Sternenreuse. München: Piper, 1967. (1) S. 17. (2) S. 39. – © 1967 R. Piper & Co. Verlag, München.
P. H.: Gesammelte Werke in 2 Bänden. Hrsg. von Axel Vieregg. Bd. 1: Die Gedichte. Frankfurt a. M.: Suhrkamp, 1984. (3) S. 258. – © 1984 Suhrkamp Verlag, Frankfurt am Main.

ERNST JANDL (geb. 1925)

E. J.: Gesammelte Werke. Hrsg. von Klaus Siblewski. Bd. 1: Gedichte 1. Darmstadt: Luchterhand, 1985. S. 87. – © 1985 Hermann Luchterhand Verlag GmbH & Co. KG, Darmstadt und Neuwied. Alle Rechte vorbehalten: Luchterhand Literaturverlag, München.

FRIEDRICH GEORG JÜNGER (1898–1977)

F. G. J.: Der Westwind. Frankfurt a. M.: Klostermann, 1946. (1) S. 9. (2) S. 30. – © 1946 Vittorio Klostermann, Frankfurt am Main.

ERICH KÄSTNER (1899–1974)

Misanthropologie 347

E. K.: Gesammelte Schriften in 7 Bänden. Bd. 1: Gedichte. Zürich: Atrium-Verlag, 1959. S. 190 f. – Copyright © by Erich Kästner Erben, München.

ANNA LUISE KARSCH (1722–1791)

(1) Lob der schwarzen Kirschen 104
(2) Vorbitte wegen eines Nußbaums 105

Deutsche Gedichte des 18. Jahrhunderts. Hrsg. von Klaus Bohnen. Stuttgart: Reclam, 1987 [u. ö.]. (Universal-Bibliothek. 8422.) (1) S. 164 f.
A. L. K.: Auserlesene Gedichte. Faksimiledruck nach der Ausgabe von 1764. Hrsg. von Paul Böckmann und Friedrich Sengle. Stuttgart: Metzler, 1966. (2) S. 201 f.

HERMANN KASACK (1896–1966)

(1) Fließend 339
(2) Spaziergang im Winter 339

H. K.: Aus dem chinesischen Bilderbuch. Frankfurt a. M.: Suhrkamp, 1955. (1) S. 11. (2) S. 12. – © 1955 Suhrkamp Verlag, Frankfurt am Main.

MARIE LUISE KASCHNITZ (1901–1974)

(1) Wintersonnenwende 350
(2) Dachstein 350
(3) Rose und Laubfall 351

M. L. K.: Gesammelte Werke. Hrsg. von Christian Büttrich und Norbert Miller. Bd. 5: Die Gedichte. Frankfurt a. M.: Insel Verlag, 1985. (1) S. 645. (2) S. 709 f. (3) S. 731 f. – © 1985 Insel Verlag, Frankfurt am Main.

GOTTFRIED KELLER (1819–1890)

G. K.: Sämtliche Werke und ausgewählte Briefe. Hrsg. von Clemens Heselhaus. Bd. 3. München: Hanser, 1958. S. 198.

JUSTINUS KERNER (1786–1862)

J. K.: Werke. Ausw. in 6 Teilen. Hrsg. von Raimund Pissin. Tl. 2. Berlin/Leipzig/Wien/Stuttgart: Bong & Co., [o. J.]. (1) S. 168 f. (2) S. 184. (3) S. 262.

SARAH KIRSCH (geb. 1935)

S. K.: Erdreich. Gedichte. Stuttgart: Deutsche Verlags-Anstalt, 1982. (1) S. 81. – © 1982 Deutsche Verlags-Anstalt GmbH, Stuttgart.
S. K.: Katzenleben. Gedichte. Stuttgart: Deutsche Verlags-Anstalt, 1984. (2) S. 31. (3) S. 55. – © 1982 Deutsche Verlags-Anstalt GmbH, Stuttgart.
S. K.: Schneewärme. Gedichte. Stuttgart: Deutsche Verlags-Anstalt, 1989. (4) S. 16. – © 1989 Deutsche Verlags-Anstalt GmbH, Stuttgart.
S. K.: Erlkönigs Tochter. Gedichte. Stuttgart: Deutsche Verlags-Anstalt, 1992. (5) S. 10. (6) S. 40. – © 1992 Deutsche Verlags-Anstalt GmbH, Stuttgart.

WULF KIRSTEN (geb. 1934)

W. K.: die erde bei Meißen. Gedichte. Frankfurt a. M.: Suhrkamp, 1987. (1) S. 19. (2) S. 37. (3) S. 145. – © 1987 Suhrkamp Verlag, Frankfurt am Main.

KARIN KIWUS (geb. 1942)

K. K.: Von beiden Seiten der Gegenwart. Frankfurt a. M.: Suhrkamp, 1976. (1) S. 69. – © 1976 Suhrkamp Verlag, Frankfurt am Main.
K. K.: Angenommen später. Frankfurt a. M.: Suhrkamp, 1979. (2) S. 72. – © 1979 Suhrkamp Verlag, Frankfurt am Main.

KLABUND (d. i. Alfred Henschke, 1890–1928)

K.: Gedichte. Berlin: Spaeth, 1926. S. 141. – ©

JOHANN KLAJ (1616–1656)

Gedichte des Barock. Hrsg. von Volker Meid und Ulrich Maché. Stuttgart: Reclam, 1980 [u. ö.]. (Universal-Bibliothek. 9975.) S. 155.

EWALD CHRISTIAN VON KLEIST (1715–1759)

Ch. E. v. K.: Sämtliche Werke. Hrsg. von Jürgen Stenzel. Stuttgart: Reclam, 1971 [u. ö.]. (Universal-Bibliothek. 211.) S. 72 f.

FRIEDRICH GOTTLIEB KLOPSTOCK (1724–1803)

F. G. K.: Ausgewählte Werke. Hrsg. von Karl August Schleiden. Nachw. von Friedrich Georg Jünger. München: Hanser, 1962. (1) S. 53 f. (2) S. 85 f. (3) S. 108. (4) S. 112 f. (5) S. 164.

GERTRUD KOLMAR (1894–1943)

G. K.: Das lyrische Werk. München: Kösel, 1960. (1) S. 573–575. (2) S. 159 f. – © 1960 Kösel-Verlag GmbH & Co., München.

THEODOR KRAMER (1897–1958)

Th. K.: Gesammelte Gedichte. Hrsg. von Erwin Chovjka. Bd. 3. Wien: Europaverlag, 1987. S. 218. – © 1987 Europaverlag, Wien.

KARL KROLOW (geb. 1915)

K. K.: Landschaften für mich. Neue Gedichte. Frankfurt a. M.: Suhrkamp, 1966. (1) S. 25. (2) S. 41. – © 1966 Suhrkamp Verlag, Frankfurt am Main.
K. K.: Gesammelte Gedichte. Bd. 3. Frankfurt a. M.: Suhrkamp, 1985. (3) S. 30. – © 1985 Suhrkamp Verlag, Frankfurt am Main.

MICHAEL KRÜGER (geb. 1943)

M. K.: Die Dronte. Gedichte. München: Hanser, 1985. (1) S. 25 f. – © 1985 Carl Hanser Verlag GmbH, München.

GÜNTER KUNERT (geb. 1929)

G. K.: Warnung vor Spiegeln. München: Hanser, 1970. (1) S. 78. – © 1970 Carl Hanser Verlag GmbH, München.
G. K.: Unterwegs nach Utopia. Gedichte. München: Hanser, 1977. (2) S. 155. – © 1977 Carl Hanser Verlag GmbH, München.
G. K.: Abtötungsverfahren. Gedichte. München: Hanser, 1980. (3) S. 210. (4) S. 211. – © 1980 Carl Hanser Verlag GmbH, München.
G. K.: Stilleben. München: Hanser, 1983. (5) S. 15. – © 1983 Carl Hanser Verlag GmbH, München.

REINER KUNZE (geb. 1933)

R. K.: Auf eigene Hoffnung. Gedichte. Frankfurt a. M.: S. Fischer, 1981. (1) S. 80. – © 1981 S. Fischer Verlag GmbH, Frankfurt am Main.
R. K.: gespräch mit der Amsel. frühe Gedichte. sensible Wege. zimmerlautstärke. Frankfurt a. M.: S. Fischer, 1984. (2) S. 14. – © 1984 S. Fischer Verlag GmbH, Frankfurt am Main.

ISOLDE KURZ (1853–1944)

I. K.: Gesammelte Werke. Bd. 1. Tübingen: Rainer Wunderlich, 1935. S. 212 f. – © 1935 Deutsche Verlags-Anstalt GmbH, Stuttgart.

ELISABETH LANGGÄSSER (1899–1950)

E. L.: Gesammelte Werke. Gedichte. Hamburg: Claassen, 1959. S. 166. – © 1959 Claassen Verlag, Hildesheim.

ELSE LASKER-SCHÜLER (1869–1945)

E. L.-Sch.: Sämtliche Gedichte. Hrsg. von Friedhelm Kemp. München: Kösel, 1966. (1) S. 90. (2) S. 207. – © 1966 Kösel-Verlag GmbH & Co., München.

CHRISTINE LAVANT (1915–1973)

Ch. L.: Kunst wie meine ist nur verstümmeltes Leben. Nachgelassene und verstreut veröffentlichte Gedichte. Prosa. Briefe. Ausgew. und hrsg. von Armin Wigotschnig und Johann Strutz. Salzburg: Otto Müller, 1978. S. 143. – © 1978 Otto Müller Verlag, Salzburg.

WILHELM LEHMANN (1882–1968)

W. L.: Gesammelte Werke in 8 Bänden. Hrsg. von Agathe Weigel-Lehmann, Hans Dieter Schäfer und Bernhard Zeller. Bd. 1: Sämtliche Gedichte. Hrsg. von Hans Dieter Schäfer. Stuttgart: Klett-Cotta, 1982. (1) S. 26. (2) S. 176. – © 1982 J. G. Cotta'sche Buchhandlung Nachfolger GmbH, Stuttgart.

NIKOLAUS LENAU (1802–1850)

N. L.: Werke in 2 Teilen. Hrsg. von Carl August von Bloedau. Bd. 1. Berlin/Leipzig/Wien/Stuttgart: Bong & Co., [o. J.]. (1) S. 155 f. (2) S. 276. (3) S. 277 f.

JAKOB MICHAEL REINHOLD LENZ (1751–1792)

J. M. R. L.: Werke. Hrsg. von Friedrich Voit. Stuttgart: Reclam, 1992. (Universal-Bibliothek. 8755.) S. 352.

HEINRICH LEUTHOLD (1827–1879)

H. L.: Gesammelte Dichtungen. Hrsg. von Gottfried Bohnenblust. Bd. 1: Gedichte. Frauenfeld: Huber & Co., 1914. S. 110 f.

DETLEV VON LILIENCRON (1844–1909)

D. v. L.: Werke. Hrsg. von Benno von Wiese. Bd. 1: Gedichte. Epos. Frankfurt a. M.: Insel, 1977. (1) S. 37–39. (2) S. 43 f.

OSKAR LOERKE (1884–1941)

O. L.: Die Gedichte. Hrsg. von Peter Suhrkamp. Neu durchges. von Reinhard Tgahrt. Frankfurt a. M.: Suhrkamp Verlag, 1983. S. 176. –

FRIEDRICH VON LOGAU (1604–1655)

Deutsche Literatur in Entwicklungsreihen. Reihe Barocklyrik. Hrsg. von Herbert Cysarz. Bd. 3. Leipzig: Reclam, 1937. S. 15.

DANIEL CASPER VON LOHENSTEIN (1635–1683)

D. C. v. L.: Gedichte. Ausgew. und hrsg. von Gerd Henniger. Berlin: Henssel, 1961. S. 9 f.

RAINER MALKOWSKI (geb. 1939)

R. M.: Zu Gast. Gedichte. Frankfurt a. M.: Suhrkamp, 1983. (1) S. 72. – © 1983 Suhrkamp Verlag, Frankfurt am Main.
R. M.: Was auch immer geschieht. Gedichte. Frankfurt a. M.: Suhrkamp, 1986. (2) S. 32. – © 1986 Suhrkamp Verlag, Frankfurt am Main.

FRIEDRICH VON MATTHISSON (1761–1831)

F. M.: Gedichte. Hrsg. von Gottfried Bölsing. Bd. 1: Gedichte von 1776–1794. Tübingen: H. Laupp Jr., 1912. S. 195 f.

FRIEDERIKE MAYRÖCKER (geb. 1924)

F. M.: Gute Nacht, guten Morgen. Gedichte 1978–1981. Frankfurt a. M.: Suhrkamp, 1982. S. 106. – © 1982 Suhrkamp Verlag, Frankfurt am Main.

CHRISTOPH MECKEL (geb. 1935)

Ch. M.: Wildnisse. Gedichte. Frankfurt a. M.: S. Fischer, 1984. (1) S. 47. – © 1984 S. Fischer Verlag GmbH, Frankfurt am Main.
Ch. M.: Souterrain. Gedichte. München/Wien: Hanser, 1984. (2) S. 74. – © 1984 Carl Hanser Verlag GmbH, München.

ERNST MEISTER (1911–1979)

E. M.: Wandloser Raum. Gedichte. Neuwied/Berlin: Luchterhand, 1979. S. 20. – © 1984 Rimbaud Verlagsgesellschaft mbH, Aachen.

CONRAD FERDINAND MEYER (1825–1898)

C. F. M.: Sämtliche Gedichte. Mit einem Nachw. von Sjaak Onderdelinden. Stuttgart: Reclam, 1978 [u. ö.]. (Universal-Bibliothek. 9885.) (1) S. 9. (2) S. 11. (3) S. 31. (4) S. 38. (5) S. 46. (6) S. 116 f.

AGNES MIEGEL (1879–1964)

A. M.: Gedichte und Prosa: Ausw. von Inge Diederichs. Düsseldorf/Köln: Eugen Diederichs, 1977. (1) S. 7. (2) S. 20. – Mit Genehmigung der Deutschen Schillergesellschaft, Marbach am Neckar.

JOHANN MARTIN MILLER (1750–1814)

Der Göttinger Dichterbund. Zweiter Teil. L. H. Chr. Hölty und J. M. Miller. Hrsg. von August Sauer. Stuttgart: Union Deutsche Verlagsgesellschaft, 1886. (Deutsche National-Litteratur. 50.) (1) S. 159 f. (2) S. 318 f.

EDUARD MÖRIKE (1804–1875)

E. M.: Gedichte. Ausw. und Nachw. von Bernhard Zeller. Stuttgart: Reclam, 1977 [u. ö.]. (Universal-Bibliothek. 7661.) (1) S. 3 f. (2) S. 65. (3) S. 71. (4) S. 15. (5) S. 85. (6) S. 66. (7) S. 78.

CHRISTIAN MORGENSTERN (1871–1914)

Ch. M.: Gedichte. Ausw. aus dem Gesamtwerk und Nachw. von Margareta Morgenstern. München: Piper, 1959. (1) S. 74 f. (2) S. 110.

MALER MÜLLER (d. i. Friedrich Müller, 1749–1825)

M. M.: Dichtungen. Hrsg. von Hermann Hettner. Erster Theil. Leipzig: F. A. Brockhaus, 1868. S. 165 f.

WILHELM MÜLLER (1794–1827)

W. M.: Gedichte. Vollständig-krit. Ausg. Bearb. von James Taft Hatfield. Berlin: Behr, 1906. (Deutsche Literaturdenkmale des 18. und 19. Jahrhunderts. 137. Dritte Folge. 17.) (1) S. 56. (2) S. 384 f.

GEORG NEUMARK (1621–1681)

Wir vergehn wie Rauch von starken Winden. Deutsche Gedichte des 17. Jahrhunderts. Hrsg. von Eberhard Haufe. Bd. 2. München: Beck, 1985. S. 70 f.

M. O.: Gesammelte Werke. Krit. Ausg. Hrsg. von Georg Schulz-Behrend. Bd. 2/2: Die Werke von 1621 bis 1626. Stuttgart: Anton Hiersemann Verlag, 1979. (2) S. 694.
Gedichte des Barock. Hrsg. von Volker Meid und Ulrich Maché. Stuttgart: Reclam, 1980 [u. ö.]. (Universal-Bibliothek. 9975.) (3) S. 22.
M. O.: Gesammelte Werke. Krit. Ausg. Hrsg. von Georg Schulz-Behrend. Bd. 4/2: Die Werke von Ende 1626 bis 1630. Stuttgart: Anton Hiersemann, 1990. (4) S. 423.

KARL OTTEN (1889–1963)

K. O.: Herbstgesang. Gesammelte Gedichte. Neuwied a. Rh. / Berlin-Spandau: Luchterhand, 1961. (1) S. 133.

AUGUST VON PLATEN (1796–1835)

A. v. P.: Werke. Lyrik. Hrsg. von Kurt Wölfel und Jürgen Link. Bd. 1: Lyrik. München: Winkler, 1982. (1) S. 43. (2) S. 133.

WILHELM RAABE (1831–1910)

W. R.: Sämtliche Werke. Hrsg. von Karl Hoppe. Bd. 20. Göttingen: Vandenhoeck und Ruprecht, 1968. (1) S. 340. (2) S. 397.

KARL WILHELM RAMLER (1725–1798)

K. W. R.: Poetische Werke. Erster Theil: Lyrische Gedichte. Berlin: Johann Daniel Sander, 1800. S. 12 f.

RAINER MARIA RILKE (1875–1926)

R. M. R.: Sämtliche Werke. Hrsg. vom Rilke-Archiv. In Verb. mit Ruth Sieber-Rilke besorgt durch Ernst Zinn. Bd. 1. Wiesbaden: Insel Verlag, 1955. (1) S. 398. (2) S. 519. (3) S. 602. – © 1955 Insel Verlag, Frankfurt am Main.
R. M. R.: Sämtliche Werke. Hrsg. vom Rilke-Archiv. In Verb. mit Ruth Sieber-Rilke besorgt durch Ernst Zinn. Bd. 2. Wiesbaden: Insel Verlag, 1955. (4) S. 158. (5) S. 160. (6) S. 164 f. – © 1955 Insel Verlag, Frankfurt am Main.

JOACHIM RINGELNATZ (d. i. Hans Bötticher, 1883–1934)

J. R.: und auf einmal steht es neben dir. Gesammelte Gedichte. Zürich: Diogenes, 1994. (1) S. 9. (2) S. 494. – © 1994 Diogenes Verlag AG, Zürich.

JOHANN RIST (1607–1667)

Deutsche Literatur in Entwicklungsreihen. Reihe Barocklyrik. Hrsg. von Herbert Cysarz. Bd. 1. Leipzig: Reclam, 1937. S. 245.

ROBERT ROBERTHIN (1600–1648)

Deutsche Literatur in Entwicklungsreihen. Reihe Barocklyrik. Hrsg. von Herbert Cysarz. Bd. 1. Leipzig: Reclam, 1937. S. 220. [Parodie auf Simon Dachs Frühlingslied.]

FRIEDRICH RÜCKERT (1788–1866)

F. R.: Gedichte. Ausw. des Verfassers. Frankfurt am Main: J. D. Sauerländer, [18]1875. S. 594.

GERHARD RÜHM (geb. 1930)

G. R.: Geschlechterdings. Chansons. Romanzen. Gedichte. Reinbek bei Hamburg: Rowohlt, 1990. (1) S. 35. (2) S. 252. – © 1990 Rowohlt Verlag GmbH, Reinbek.

NELLY SACHS (1891–1970)

N. S.: Fahrt ins Staublose. Die Gedichte. Bd. 1. Frankfurt a. M.: Suhrkamp, 1961. (1) S. 148. (2) S. 181. – © 1961 Suhrkamp Verlag, Frankfurt am Main.

JOHANN GAUDENZ VON SALIS-SEEWIS (1762–1834)

J. G. v. S.-S.: Gedichte. 3., vermehrte Auflage. Zürich: Orell, Gessner, Füssli & Comp., 1797. S. 70 f.

ODA SCHAEFER (geb. 1900)

O. Sch.: Der grüne Ton. Späte und frühe Gedichte. München: Piper, 1973. S. 23. – © 1973 R. Piper & Co. Verlag, München.

JOSEPH VICTOR VON SCHEFFEL (1826–1886)

Joseph Victor von Scheffel: Sämtliche Werke. Hrsg. von Johannes Franke. Bd. 1. Leipzig: Hesse und Becker, o. J. (1) S. 77 f.

FRIEDRICH SCHILLER (1759–1805)

F. Sch.: Sämtliche Werke. Auf Grund der Originaldrucke hrsg. von Gerhard Fricke und Herbert G. Göpfert in Verb. mit Herbert Stubenrauch. Bd. 1. (1) S. 401. (2) S. 869 f. (3) S. 83 f. (4) S. 305.

AUGUST WILHELM SCHLEGEL (1767–1845)

A. W. Sch.: Sämmtliche Werke. Hrsg. von Eduard Böcking. Bd. 1. Leipzig: Weidmann, 1846. S. 97 f.

FRIEDRICH SCHLEGEL (1772–1829)

F. Sch.: Kritische Friedrich-Schlegel-Ausgabe. Hrsg. von Ernst Behler unter Mitw. von Jean-Jacques Anstett und Hans Eichner. Bd. 5. Hrsg. und eingel. von Hans Eichner. Darmstadt: Wissenschaftliche Buchgesellschaft, 1962. (1) S. 364.

REINHOLD SCHNEIDER (1903–1958)

R. Sch.: Gesammelte Werke. Hrsg. von Edwin Maria Landau. Bd. 5: Lyrik. Ausw. von Christoph Perels. Frankfurt a. M.: Insel Verlag, 1981. (1) S. 232 f. (2) S. 302. –

FRIEDRICH SPEE VON LANGENFELD (1591–1635)

F. S. v. L.: Trvtz-Nachtigall. Krit. Ausg. nach der Trierer Handschr. Hrsg. von Theo G. M. van Oorschot. Stuttgart: Reclam, 1985. (Universal-Bibliothek. 2596.) S. 39–43.

ERNST STADLER (1883–1914)

E. S.: Dichtungen, Schriften, Briefe. Hrsg. von Klaus Hurlebusch und Karl Ludwig Schneider. München: Beck, 1983. (1) S. 79. (2) S. 178.

FRIEDRICH LEOPOLD VON STOLBERG (1750–1819)

Der Göttinger Hain. Hrsg. von Alfred Kelletat. Stuttgart: Reclam, 1967 [u. ö.]. (Universal-Bibliothek. 8789.) (1) S. 183 f. (2) S. 202 f. (3) S. 226.

THEODOR STORM (1817–1888)

Th. S.: Sämtliche Werke in 4 Bänden. Hrsg. von Peter Goldammer. Bd. 1: Gedichte, Märchen und Spukgeschichten. Berlin: Aufbau-Verlag, 1972. (1) S. 110. (2) S. 112 f. (3) S. 127 f. (4) S. 155 f. (5) S. 192.

AUGUST STRAMM (1874–1915)

A. S.: Das Werk. Hrsg. von René Radrizzani. Wiesbaden: Limes, 1963. S. 109.

JÜRGEN THEOBALDY (geb. 1944)

J. Th: Schwere Erde, Rauch. Gedichte. Reinbek: Rowohlt, 1980. (1) S. 24. – Mit Genehmigung von Jürgen Theobaldy, Bern.
J. Th.: Midlands. Gedichte. Mit Zeichnungen von Joachim Palm. Heidelberg: Das Wunderhorn, 1984. (2) S. 45. (3) S. 76. – © 1984 Verlag Das Wunderhorn, Heidelberg.

LUDWIG TIECK (1773–1853)

L. T.: Gedichte. Faksimiledruck nach der Ausgabe von 1821–1823. Hrsg. von Arthur Henkel. Mit einem Nachw. von Gerhard Kluge. Bd. 2. Heidelberg: Lambert Schneider, 1967. (1) S. 244.
L. T.: Gedichte. Faksimiledruck nach der Ausgabe von 1821–1823. Hrsg. von Arthur Henkel. Mit einem Nachw. von Gerhard Kluge. Bd. 3. Heidelberg: Lambert Schneider, 1967. (2) S. 278.

JOHANN PETER TITZ (1619–1689)

Wir vergehn wie Rauch von starken Winden. Deutsche Gedichte des 17. Jahrhunderts. Hrsg. von Eberhard Haufe. Bd. 1. München: Beck, 1985. S. 429 f.

GEORG TRAKL (1887–1914)

G. T.: Werke, Entwürfe, Briefe. Hrsg. von Hans-Georg Kemper und Frank Rainer Max. Nachw. und Bibliographie von Hans-Georg Kemper. Stuttgart: Reclam, 1984 [u. ö.]. (Universal-Bibliothek. 8251.) (1) S. 61 f. (2) S. 72. (3) S. 82 f. (4) S. 88 f. (5) S. 89. (6) S. 91 f. (7) S. 126. (8) S. 171. (9) S. 31.

JOHANN FRIEDRICH VON TRAUNSDORFF (gest. nach 1644)

Wir vergehn wie Rauch von starken Winden. Deutsche Gedichte des 17. Jahrhunderts. Hrsg. von Eberhard Haufe. Bd. 1. München: Beck, 1985. S. 381.

HANS-ULRICH TREICHEL (geb. 1952)

H.-U. T.: Liebe Not. Gedichte. Frankfurt a. M.: Suhrkamp, 1986. (1) S. 40. (2) S. 51. –

LUDWIG UHLAND (1787–1862)

L. U.: Werke. Hrsg. von Hartmut Fröschle und Walter Scheffler. Bd. 1: Sämtliche Gedichte. München: Winkler, 1980. (1) S. 16 f. (2) S. 31. (3) S. 33. (4) S. 442.

JOHANN PETER UZ (1720–1796)

J. P. U.: Sämtliche poetische Werke. Uz. Hrsg. von A. Sauer. Stuttgart: Göschen, 1890. (Deutsche Litteraturdenkmale des 18. und 19. Jahrhunderts in Neudruck. 33.) (1) S. 13 f. (2) S. 47 f.

GUNTRAM VESPER (geb. 1941)

G. V.: Die Inseln im Landmeer und neue Gedichte. Mit Zeichnungen des Autors. Frankfurt a. M.: S. Fischer, 1984. S. 89. – Mit Genehmigung von Guntram Vesper, Göttingen.

GABRIEL VOIGTLÄNDER (1596–1643)

Wir vergehn wie Rauch von starken Winden. Deutsche Gedichte des 17. Jahrhunderts. Hrsg. von Eberhard Haufe. Bd. 1. München: Beck, 1985. S. 374 f.

JOHANN HEINRICH VOSS (1751–1826)

J. H. V.: Werke in einem Band. Ausgew. und eingel. von Hedwig Voegt. Berlin/Weimar: Aufbau-Verlag, 1983. (1) S. 186 f. (2) S. 254 f.

GEORG VON DER VRING (1889–1968)

G. v. d. V.: Die Gedichte. Gesamtausgabe der veröffentlichten Gedichte und eine Auswahl aus dem Nachlaß. Hrsg. von Christiane Peter und Kristian Wachinger. München: Langewiesche-Brandt, 1989. (1) S. 155. (2) S. 295 f. – © 1989 Langewiesche-Brandt KG, Ebenhausen.

CHRISTIAN FELIX WEISSE (1726–1804)

Ch. F. W.: Scherzhafte Lieder. Faksimiledruck nach der Ausgabe von 1758. Mit einem Nachw. von Alfred Anger. Stuttgart: Metzler, 1965. S. 26.

FRANZ WERFEL (1890–1945)

F. W.: Das lyrische Werk. Hrsg. von A. D. Klarmann. Frankfurt a. M.: S. Fischer, 1967. (1) S. 347. (2) S. 476. – © 1976 S. Fischer Verlag GmbH, Frankfurt am Main.

ALFRED WOLFENSTEIN (1888–1945)

A. W.: Die Freundschaft. Neue Gedichte. Nachdr. von 1917. Berlin: S. Fischer, 1973. S. 114 f.

KARL ALFRED WOLKEN (geb. 1929)

K. A. W.: Eigenleben. Gedichte aus der Villa Massimo. München: Schneekluth, 1987. S. 93. – Mit Genehmigung von Karl Alfred Wolken, Rom.

JUSTUS FRIEDRICH WILHELM ZACHARIAE (1726–1777)

F. W. Z.: Poetische Schriften. Zweyter Theil. Reuttlingen: Johann Georg Fleischbauer, 1778. (1) S. 387 f.

PAUL ZECH (1881–1946)

P. Z.: Die eiserne Brücke. Neue Gedichte. Leipzig: Verlag der Weissen Bücher, 1914. S. 35.

STEFAN ZWEIG (1881–1942)

S. Z.: Silberne Saiten. Gedichte. Hrsg. von Knut Beck. Frankfurt a. M.: S. Fischer, 1982. S. 91. –

Der Verlag Philipp Reclam jun. dankt für die Nachdruckgenehmigungen den Rechteinhabern, die durch den Quellennachweis oder einen folgenden Copyrightvermerk bezeichnet sind. Für einige Texte waren die Rechteinhaber nicht festzustellen; hier ist der Verlag bereit, nach Anforderung rechtmäßige Ansprüche abzugelten. – Auf den Abdruck einiger Gedichte des 20. Jahrhunderts mußte aus lizenzrechtlichen Gründen verzichtet werden.

Nachwort[1]

Und frische Nahrung, neues Blut
saug ich aus freier Welt;
Wie ist Natur so hold und gut,
die mich am Busen hält!

*

in der Nähe des Hauses,
der Kahlschlag, Kieshügel, Krater
erinnern mich daran –
nichts Neues; kaputte Natur,
aber ich vergesse das gern,
solange ein Strauch steht.

Zwei Ausschnitte aus zwei Naturgedichten, und doch wie grundverschieden klingt der Tenor bei beiden. Goethes im Jahre 1775 auf der Schweizerreise verfaßtes Gedicht *Auf dem See* spricht geradezu programmatisch aus, was das deutsche Bildungsbürgertum mit der Vorstellung von freier Natur verbunden hat: Das Ich befindet sich im Einklang mit der Natur, die Natur selbst erscheint als Refugium, als Quelle der Kraft und der Erquickung. Heute klingen Naturgedichte anders. In Jürgen Beckers *Naturgedicht* äußert sich Hoffnung kaum mehr. Die resignative Erinnerung drückt eher den reflektierten Verdrängungsprozeß aus – aber ist sie angesichts einer irreversibel verlorenen ›heilen‹ Natur auch angebracht?

*

1 Für das Nachwort habe ich Teile meines Aufsatzes »Erfahrung, Deutung und Darstellung der Natur in der Lyrik«, in: *Aufklärung. Ein literaturwissenschaftliches Studienbuch*, hrsg. von Hans-Friedrich Wessel, Königstein (Ts.) 1984, S. 206–244, verwendet.

Unter der poetischen Ernte des Barockzeitalters finden sich nur bedingt naturlyrische Elemente. Dies hat dichtungs- und mentalitätsgeschichtliche Gründe. Für die Kunstdichtung des 17. Jahrhunderts gilt wie für die Rhetorik: sie ist gelehrte Tätigkeit und kann nur vor dem Hintergrund des zeitgenössischen Bildungswesens verstanden werden. Die Poeten erhoben keinen Anspruch auf innovatorische Originalität; im Gegenteil, je ›gelehrter‹ sie waren, desto größeren Wert legten sie auf die Traditionsverbundenheit der eigenen Dichtung. In dieser Konzeption einer Antike, lateinisches Mittelalter und Renaissance umspannenden Dichtung avancierte die *imitatio*, die Nachahmung der musterhaften Poesie, zum obersten poetologischen Leitprinzip. Naturnachahmung, also die aristotelische Mimesis, fristete zwar in den Poetiken ein topisches Schattendasein, hatte in der Dichtpraxis jedoch kein nennenswertes Gewicht. Natur hatte in diesem Dichtungsmodell keine andere Funktion, als ein nach dem göttlichen Heilsplan fixiertes Arsenal makro- und mikrokosmischer Bezüge anzubieten. Der Barockdichter arrangiert Landschaft wie ein Bühnenbildner, der aus einem Requisitenfond eine Theaterkulisse aufbaut und einzelne Versatzstücke zur Ausschmückung oder zur Herstellung weiterer Sinnbezüge verwendet. Das Wesen dieser Kunst ist die Allegorie, die alles Diesseitige nicht um seiner selbst willen darstellt, sondern es als Verweispotential benutzt, das im Irdischen stets das Transzendente bereithält.

Lange Zeit galt es als ausgemacht, daß Barocklyriker kein echtes Naturgefühl entwickelten. Betrachtet man etwa das frühbarocke Gedicht *Vom Wolffesbrunnen bey Heidelberg* von Martin Opitz (hier S. 38), so ist, trotz des individualisierenden Titels, eine gewisse Ubiquität des Ortes unübersehbar. Unprägnant, ja geradezu austauschbar sind die Attribute, mit denen der Dichter diesen lieblichen Platz beschreibt. Er tut es ganz in der Nachfolge des bekannten *locus amoenus*, der eine weit in die Antike zurückreichende Tradition besitzt. Das letzte Terzett gibt denn auch unverhüllt Aufschluß über die eigentliche Absicht des Dichters: die Belehrung. Die Natur gibt nur die Ingredienzien her, um dem Betrachter eine Lehre einsichtig zu machen. Der Dichter montiert die einzelnen Bestandteile zweckmäßig und wohlkalkuliert, um diese Maxime möglichst wirkungsvoll zu illustrieren. Der erreichte Effekt legitimiert die Naturschilderung. Sie ist Montage und muß keine individuelle und reale Naturszenerie abbilden. Der Labung spendende Brunnen ist darum von Bergen und Steinklippen umschlossen,

> auff das man wissen soll
> Daß alle Fröligkeit sey Müh' und Arbeit voll
> Und daß auch nichts so schön / es sey schwer zu erlangen.

Der Zweck ist christliche Ermahnung, ist *memento mori* angesichts der fruchtbaren Natur. Der scheinbare Lobpreis der Natur entpuppt sich als Gleichnis für das irdische Leben und dessen Mühsal. Das Gedicht kennzeichnet den Übergang von der lebenszugewandten Renaissancedichtung zur jenseitsorientierten Barockpoesie, die das Diesseits nur als Durchgangsstufe versteht. Der Natur kommt kein Eigenwert zu, sie hat lediglich Demonstrationsfunktion. Man findet diese Instrumentalisierung des schönen Scheins auch in den vielfach als Naturlyrik mißverstandenen Gesängen Paul Gerhardts, in den bekannten Liedern *Geh aus mein Herz und suche Freud*, *Nun ruhen alle Wälder*, *Die güldne Sonne voll Freud und Wonne*. Es sind Kirchenlieder, und als solche eignet ihnen bereits ein Zweck im Rahmen der Gesellschaft: der Gottesdienst ist der für sie bestimmte Raum.

Allegorischen Charakter haben diese Gedichte; aber die Art und Weise, wie sie Natur montieren, muß nicht notwendig zu einer Negation des mimetischen Prinzips führen. Dies zeigt in wünschenswerter Deutlichkeit das berühmte Gedicht von Andreas Gryphius über die Einsamkeit.

Einsambkeit

In dieser Einsamkeit / der mehr denn öden wüsten /
Gestreckt auff wildes Kraut / an die bemößte See:
Beschaw' ich jenes Thal vnd dieser Felsen höh'
Auff welchem Eulen nur vnd stille Vögel nisten.
Hier fern von dem Pallast; weit von deß Pövels lüsten /
Betracht ich: wie der Mensch in Eitelkeit vergeh'
Wie auff nicht festem grund' all vnser hoffen steh'
Wie die vor abend schmähn / die vor dem tag vnß grüßten.
Die Höell / der rawe wald / der Todtenkopff / der Stein /
Den auch die zeit aufffrist / die abgezehrten bein.
Entwerffen in dem Mut vnzehliche gedancken.
Der Mauren alter grauß / diß vngebaw'te Land
Ist schön vnd fruchtbar mir / der eigentlich erkant /
Das alles / ohn ein Geist / den GOt selbst hält / muß wancken.

Ist die in dem Sonett gezeichnete Landschaft ein wirklichkeitsfernes Konstrukt? Sind es ausschließlich literarische Versatzstücke, ist es lediglich eine Reihung unzusammenhängender Topoi und Klischees, die keine reale Wirklichkeit abbilden? Das erste Quartett schildert idealtypisch eine wüste Landschaft. Gryphius vermengt anscheinend lauter Einzelteile, die nicht zusammenpassen. Wo findet man schon eine öde Wüste, wildes Kraut, eine bemooste Küste, ein Tal und Felsen mit Eulen und stillen Vögeln an einem Platz? Eulen leben zwar in Felsregionen und in Wüsten, sie nisten auch in Felsnischen und sogar in ausgedienten Greifvogelhorsten – aber nicht in unmittelbarer Nähe einer Meeresküste.[2] So weit der erste Eindruck: eine Ansammlung unzusammenhängender Einzeldinge, eine Montage beliebiger Versatzstücke.

2 *Das moderne Tierlexikon in 12 Bänden*, hrsg. vom Lexikon-Institut Bertelsmann, Bd. 11, Gütersloh 1981, S. 123.

Man darf das Gedicht freilich nicht naiv vom heutigen Sprachstand aus lesen. Die Bedeutung der Wörter hat sich seit dem 17. Jahrhundert nicht unwesentlich verändert. Einige Beispiele. Es wäre unhistorisch, in der »öden wüste« nur eine Sandwüste zu erblicken; gemeint ist eine der menschlichen Gesellschaft ferne Gegend (»Wüstenei«).[3] *See*: Im 17. Jahrhundert stehen das Masculinum und das Femininum ohne Unterschied nebeneinander, »der See« kann auch das Meer bezeichnen, »die See« auch den Binnensee; noch im 18. Jahrhundert begegnen beide Formen »der See« und »die See« für ein Binnengewässer.[4] »Moos« (»bemößte«) meint so viel wie sumpfiges Land, Bruch. In Bayern heißen Sumpfregionen heute noch Moos.[5] Bei der Wendung »bemößte See« handelt es sich nicht um eine – ohnehin schwer vorstellbare – moosbewachsene Küstenregion, sondern um eine Binnenlandschaft mit Tal, Fels und versumpftem See. Zu ihr passen das »wilde Kraut«, die Eulen und vor allem die »stillen Vögel«.[6]

Das erste Quartett entwirft das in sich stimmige Bild einer Binnenlandschaft. Selbstverständlich handelt es sich bei dem vorgeführten Naturbild um ein topisches Arrangement (*locus desertus vel terribilis*), eine allegorische und

3 Bei Opitz begegnet sogar die Kombination »grüne Wüste«, bei Gryphius heißt es einmal: »Wir irrten gantz allein in unbekandten wüsten, / in welchen grimme bär und rauhe tyger nüsten«. Vgl. Grimms *Deutsches Wörterbuch*, Bd. 14,2, Sp. 2444.

4 In Grimmelshausens *Simplicissimus* heißt es: »[...] kamen zu der Mummelsee«, bei Geßner: »nach diesem auf der Zürcher-see«, bei Lichtwer: »von dem Ufer einer See«. Vgl. Grimms *Deutsches Wörterbuch*, Bd. 9, Sp. 2809.

5 Bis ins 16. Jahrhundert ist die Wendung »im moos versinken« nachweisbar. Die Form mhd. mösec/frühnhd. mösig meint »sumpfig, versumpft, morastig«; das Verb mhd. »mosen« bedeutet »nach Moor bzw. Sumpf riechen oder schmecken«. Vgl. Grimms *Deutsches Wörterbuch*, Bd. 6, Sp. 2518 f.

6 Nach Auskunft eines Vogelbuches bewohnt etwa der Uhu »fast immer felsiges Gelände, kommt aber auch in Waldgebieten [...] vor. Vor allem Nischen und Höhlen in Felswänden dienen [ihm] als Brutplätze.« *Wegweiser durch die Natur. Vögel Mitteleuropas*, Stuttgart 1988, S. 185.

nicht mimetische Landschaft. Dennoch ist das von Gryphius entworfene Naturbild widerspruchsfrei, es läßt sich zwar nicht konkret lokalisieren, hat jedoch idealtypischen Charakter. Der im ersten Quartett dargestellten ›gottverlassenen‹ Gegend folgt im zweiten Quartett die Reflexion des Ichs. Die distanzierte Betrachtung der Welt nimmt nicht zufällig in der Einöde bzw. weltabgeschiedenen Wildnis ihren Anfang, ist dies doch herkömmlicherweise der Ort, wohin sich die Einsiedler zurückziehen, um über den Lauf der Welt nachzudenken.

Die ›wüste Einsamkeit‹ läßt den Menschen erst zum Bewußtsein seiner Selbst und des Weltlaufs kommen. Der »Pallast«, der die glänzende und weltfrohe Region des Hoflebens vertritt, lenkt den Menschen ebenso von der Erkenntnis der wahren Triebkräfte des Seins ab wie »des Pövels lüste«, also die Begierden, Neigungen und Lustbarkeiten des großen Haufens. Blindheit gegenüber der Erkenntnis ist nicht standesgebunden; sie erscheint vielmehr als Ausdruck einer bestimmten Mentalität, die sich der Devise des *carpe diem*, dem Sinnengenuß verschrieben hat. Leere Geselligkeit und höfische Repräsentation gelten Gryphius als Versuche, den Menschen an der Erkenntnis seiner eigentlichen Bestimmung zu hindern. Erst die rückhaltlose Einsamkeit macht dem Betrachter die Eitelkeit und Unsicherheit, die *vanitas* der Dinge bewußt, die Fassadenhaftigkeit und Substanzlosigkeit seiner Existenz, die ausschließlich auf irdischen Hoffnungen gründet.

Die Terzette erweitern den Gedankengang in Richtung auf die Vergänglichkeit, den Untergang und den Tod. In additiver Engführung der in Landschaftsschilderung und Meditation auftauchenden Bilder und Begriffe versammelt Gryphius die Objekte schauervoller Melancholie: Höhle, rauher Wald, Totenkopf, verwitternder Stein und Gerippe – alles durch lange Tradition legitimierte Sinnbilder für die Transitorik des Irdischen. Die Melancholie gilt im Barockzeitalter jedoch nicht, wie rund hundert Jahre später, als Grundstimmung des empfindsamen, poetischen

Genies; sie drückt vielmehr die Verzweiflung des Menschen aus und ist daher der christlichen Erzsünde der *desperatio* benachbart.

Die überraschende Wende, die Pointe, folgt im zweiten Terzett: Im Dichter rufen weder die Ruinen noch das wüste Land melancholische Anwandlungen hervor; im Gegenteil – sie erscheinen ihm zugleich »schön und fruchtbar«. Das ist, nach den ganzen bisherigen Ausführungen, ein unerwarteter Gedankensprung, ein Paradoxon. In der elften Zeile löst Gryphius diesen scheinbaren Widerspruch auf: gräßlich und wüst erscheint die geschilderte Gegend nur dem, der nicht hinter die weltliche Kulisse zu schauen vermag und an die Ewigkeit dieser Formationen glaubt.

Dem wankenden Diesseits steht ein unveränderliches Jenseits gegenüber, der verfluchten Welt das »ewig-lichte Schloß« des Himmels, wie es im Sonett *An die Welt* heißt. So will der Schluß besagen, daß der mit *constantia*, der christlichen Tugend der Beständigkeit begabte Mensch nicht in Verzweiflung fällt. Gerade die wüste Natur vermittelt ihm die Erkenntnis, daß ohne den Halt gewährenden Gottesglauben alles vergänglich und wankend erscheint, daß also – so die hier nicht ausgesprochene Schlußfolgerung – die wahren Werte nicht im Irdischen zu suchen sind. Das reflektierende Ich hat sich von der Gesellschaft abgesondert, seine Außenseiterposition ermöglicht ihm, die göttliche Hierarchie der Werte zu erkennen. Und so verweist die wüste Natur den Erkennenden auf die transzendente Ordnung, während die schöne Natur ihn nur ablenken könnte.

Gryphius unterstreicht diese Heilswahrheit durch die Stilfigur des Akrostichons. Nimmt man die Anfangsbuchstaben der freigestellten Verse 1, 4, 5, 8 und 11, so ergeben sie das Wort JAHWE, also den hebräischen Namen Gottes. Das D des 14. Verses steht wohl für *dominus* (»Herr«). Wie bei der Summation, der Reihung beliebiger Partikel, ist auch bei der allegorischen Bildstruktur das Ordnungs- und Sinngefüge verborgen. Statt Wirklichkeit abzubilden, soll Kunst die eigentliche, hinter den Dingen liegende Bedeutung aufzeigen. Die Dinge enthalten nicht den Sinn in sich – wie in einer organologischen oder symbolischen Kunst –, sie weisen über sich hinaus, auf eine ›zweite Wirklichkeit‹. Der Dichter vermag diesen Sinn zu ›entdecken‹, indem er den semantisch streng fixierten Bilder- und Metaphernschatz einsetzt; dessen Bestandteile sind zwar individuell abrufbar, ihr Sinn jedoch bleibt unveränderlich und allgemein. Auch die Anlage als dreiteiliges, aus Überschrift, Bild und Bilderklärung bestehendes Emblem belegt die rhetorisch kalkulierte Kunstgestalt des Sonetts. »Einsambkeit« lautet die *inscriptio*, die beiden Quartette mit der Schilderung der Einsamkeit entsprechen der *pictura*, dem Bildteil des Emblems, die Terzette liefern, gleichsam als *subscriptio*, die Auslegung, eine über das bloße Bild hinausgehende Deutung.

Topoi und Embleme besitzen eine kollektiv festgelegte Bedeutung – von der Antike bis ins 18. Jahrhundert hinein. Erst die sozialen, naturwissenschaftlichen und mentalitätsgeschichtlichen Veränderungen der Aufklärungsepoche – die Ablösung der feudalistisch-christlichen Normenhierarchie, die Säkularisierung des Weltbilds und die Emanzipation des Subjekts aus den kollektiven Zwängen, also die Entwicklung des Persönlichkeitsideals – haben diese Bedeutungstradition beendet. Jetzt verlieren auch die Allegorien, die Topoi und Embleme ihren überindividuellen Sinn.

*

Im 17. Jahrhundert stehen Kunst und Natur in einem Komplementärverhältnis: Kunst veredelt, was die Natur roh und ungeschliffen liefert. Eine Dichotomie beider Bereiche, wie Schiller sie am Ende des 18. Jahrhunderts ins Auge faßt, herrscht nicht einmal im Ansatz. Natur fungiert nicht als Gegensatz zur Kunst, sondern als deren Substrat. Ein bezeichnendes Indiz dafür ist die Gartenkunst und das Landschaftsideal des Barock, das die ›wilde‹, die freigewachsene Natur nicht als Eigenwert registriert.

Im Zeitraum der Aufklärung verändern sich die Naturauffassung und – substantiell auf sie bezogen – das Kunstverständnis. Drei Tendenzen bestimmen im wesentlichen die Veränderung des Naturbegriffs: eine soziale, eine wissenschafts- und eine bewußtseinsgeschichtliche. Schlagwortartig lassen sie sich unter den Begriffen Verwissenschaftlichung, Verbürgerlichung und Säkularisierung zusammenfassen.

Charakteristisch für die zweite Hälfte des 17. Jahrhunderts ist die Pragmatisierung des Wissenschaftsbetriebs. Die Alleinherrschaft der scholastischen und der humanistischen Fächer wird durch das Aufkommen der Gesellschafts- und der Naturwissenschaften in Frage gestellt. Vor allem Mathematik und Physik liefern zu Beginn des 18. Jahrhunderts die dominierenden methodischen Modelle. Der mathematische Schluß und die logische Beweisführung verdrängen die altbewährte Topik. Sie verliert auch im Rahmen von Rhetorik und Poesie ihre Geltung.

Die Hierarchie der offiziellen Disziplinen am Ende des 17. Jahrhunderts ist durch ein komplexes Mixtum der verschiedenen deduktiven und induktiven Tendenzen gekennzeichnet. Seit Newtons epochemachenden physikalischen Entdeckungen faßt die für die *Principia mathematica* (1687) typische Verbindung empirischer und mathematischer Methoden auch auf dem Kontinent endgültig Fuß. Beide – die empirische und die mathematisch-logische – haben die Erforschung der Natur in ihren Erscheinungen und ihrer Eigengesetzlichkeit generell gefördert.

Für die Auffassung der Natur selbst ist der soziale Gesichtspunkt nicht weniger wichtig. Im Barock verleiht die geometrische Formung der Natur das veredelnde Kennzeichen der Kunst: Die Hirten und Schäfer, die den parkähnlichen *locus amoenus* bevölkern, sind keine realen Landleute, sie sind kostümierte Adelige und Höflinge. Selbst der Privatraum des Arkadischen ist *theatrum mundi* und repräsentiert die Scheinwelt von ihrer spielerischen Seite. Anders in der verbürgerlichten Welt der Aufklärung. Hier steht Natur deutlich als Signum des organisch Gewachsenen und Ursprünglichen der feudalistischen Öffentlichkeitswelt gegenüber. Verbürgerlichung meint ja für das 18. Jahrhundert im wesentlichen nichts anderes als Zugewinn einer subjektiven Privatheit für den Einzelnen. Der Subjektivismus äußert sich zunächst als Opposition gegen eine Natur unter dem Diktat von Künstlichkeit und Repräsentation. Doch erschöpft sich die gesellschaftliche Bedingtheit des privaten Naturbegriffs nicht in der hofkritischen Funktion. Zunehmend macht sich im Laufe des 18. Jahrhunderts eine kulturkritische Tendenz bemerkbar, die sich gegen den bürgerlichen Erwerbstrieb und dessen arbeitsteilige Organisation richtet, die sich sinnbildhaft in der Stadt verkörpern. Unter den Zivilisationskritikern findet sich der aufklärerische Universalgelehrte Albrecht von Haller, finden sich die empfindsamen Naturapostel in der Rousseau-Nachfolge ebenso wie die kulturüberdrüssigen ›Genies‹ der Sturm-und-Drang-Bewegung. Bemerkenswert ist aber auch die Tatsache, daß sich der Subjektivismus vor allem in der zweiten Jahrhunderthälfte gegen die objektivierenden Tendenzen der naturwissenschaftlichen Naturauffassung wendet.

Das dritte Moment ist die religiöse Definition der Natur und des Menschen im Barock. Beide sind insofern grundsätzlich geschieden, als der Mensch durch Gottes Gnade über die sündhafte Welt erhoben werden kann. Der mit dem Stichwort Säkularisierung bezeichnete Prozeß einer Entflechtung theologischer und pragmatischer Interessen äußert sich im Verhältnis Mensch – Natur als Nivellierung beider Ebenen. In der Aufklärung stehen Mensch und Natur gleichberechtigt nebeneinander; Natur wird als ›notwendiger Mechanismus‹, als vernunftgemäßes Dasein begriffen. Leibniz und Wolff sehen Natur und Vernunft als Einheit, wobei sich Natur immer als gottgesetzte und damit vernünftige Natur manifestiert. Sie verliert für die Frühaufklärer das Bedrohliche, sie erregt statt Schrecken Bewunderung und erscheint in derart domestizierter Gestalt als Trösterin und Seelenarzt, gleichsam als verweltlichte Bibel. Wichtigstes Indiz für den Säkularisierungsvorgang ist die Aufwertung der Natur als Medium göttlicher Offenbarung neben der Heiligen Schrift. Damit schließt sich der Kreis: der Naturforscher wird – wie der Theologe – zum Erforscher des göttlichen Willens, den er in den Erscheinungen und Gesetzmäßigkeiten der vollkommenen, d. h. vernünftigen und zweckhaft organisierten Natur auffindet. Gott, der im Barock stets über der Natur stand, wird in der Aufklärung in die Natur hineingenommen: Spinozas pantheistische Formel *deus sive natura* ist die unorthodoxe und extreme Konsequenz dieser Entwicklung. Keinesfalls bedeutet ›Säkularisierung‹ Entgöttlichung der Welt. Noch das maßgebliche Lexikon der Aufklärung, Zedlers *Großes Universal-Lexicon*, erläutert, aus der Natur erkennen heiße immer so viel wie »aus den Existentien und Wesen der Geschöpffe wahrnehmen, daß ein GOtt sey«.[7]

Auch das Verständnis von Dichter und Dichtung veränderte sich im Zuge dieser Entwicklungen. Das Postulat barocker Poetiken, der Dichter müsse außer dem rhetorischen Handwerkszeug die wissenschaftlichen Disziplinen kennen und persönliche Erfahrung erwerben, wird erst jetzt realisiert. Die Erfahrung erhält nun einen doppelten Aspekt: einmal den objektiv-empirischen, zum andern den individuell-persönlichen. Verwissenschaftlichung und Subjektivierung sind jedoch nicht, wie es vielleicht den Anschein haben könnte, gegenläufige Tendenzen; die Verwissenschaftlichung zielt gerade nicht auf die tote Rationalisierung, vielmehr hebt sie den mechanistischen Rationalismus auf und leitet zu einer organischen Naturauffassung hin. Damit kommt sie dem Aufschwung subjektiver Momente, dem durch die sensualistische Erkenntnistheorie propagierten

7 Johann Heinrich Zedler, *Großes vollständiges Universal-Lexicon Aller Wissenschaften und Künste*, Bd. 23, Halle/Leipzig 1740, Nachdr. Graz 1961, Sp. 1036.

Empfinden und Fühlen, entschieden entgegen. Der Dichter wird zunächst zum Naturbeobachter, zum Erforscher und Vermittler der Naturerscheinungen, und zum Philosophen, der einem wißbegierigen Laienpublikum die Gesetzmäßigkeiten der Welt erklärt. Auf dieser Stufe ist das Lehrgedicht die adäquate Darstellungsform. Die rationalistische Poetik ersetzt den Kunstgriff der *imitatio* durch Beobachtung und Beweis; gemeinsamer Nenner bleibt jedoch die Nicht-Historizität des Kultur- und Kunstverständnisses. Kunstdichtung, im Barock ausschließlich für eine gelehrte Elite adeligen oder patrizischen Standes bestimmt, erschließt sich in der Aufklärung weite bürgerliche Kreise; der Dichter hat kaum noch Repräsentationsfunktionen; an deren Stelle setzt er die belehrende Absicht und später den Ausdruck seines persönlichen Empfindens.

Nicht zufällig entwickelt sich die erste Stufe aufklärerischer Naturlyrik in zwei Zentren bürgerlicher Kultur, in der Hansestadt Hamburg und in der Schweiz, insbesondere im reformierten Zürich. Barthold Heinrich Brockes, der Hamburger Patrizier, gehört nicht mehr zur barocken Repräsentationskultur; ein Indiz dafür ist auch seine persönliche Beziehung zu England, dem Land mit der längsten republikanisch-bürgerlichen Tradition und der intensivsten naturwissenschaftlichen Forschung. Bei ihm findet sich ausgeprägt die Umwandlung des allegorischen in einen zugleich naturwissenschaftlich und religiös fundierten Naturbegriff. Der Dichter erschließt den Makrokosmos und den Mikrokosmos durch technisches Gerät: Teleskop und Mikroskop. Empirisch exakt wird die Natur beschrieben und vermessen. Maß, Zahl und Gewicht – die drei das methodische Verfahren charakterisierenden Begriffe – erhalten eine naturwissenschaftliche Dimension.

Während zahlreiche Barockgedichte die Welt als elendes Jammertal, als eitles Schaugepränge oder gar als wurmstichigen Kürbis darstellen, ist die Perspektive, unter der Brockes »den schönen Bau der Welt« betrachtet, diametral verkehrt.

Die subtile Beschreibung der Welt dient letzten Endes der Verherrlichung Gottes, des Schöpfers des Großen und des Kleinen. Die Sinne rücken zu einem wissenschaftlich legitimierten Mittel der Welterfassung auf. Bei Brockes wird nur das Nahe, das Sichtbare, Hörbare und Greifbare sinnlich-anschaulich, insbesondere bei Farbwerten erreicht er eine unerhörte Nuanciertheit. Dieses neue Sehen – denn um ein solches handelt es sich gerade in poetischer Hinsicht – stellt sich dar als Folge der wissenschaftlichen *curiositas*, die nun vom Makel der Hybris befreit ist. Die naturwissenschaftlich interessierten Bürger begaben sich, mit der Botanisiertrommel unter dem Arm, ins Freie und nahmen die lange Zeit fast übersehene Natur pedantisch in Augenschein. Das berühmte Gedicht *Kirschblüte bei der Nacht* ist ein typisches Beispiel eines beschreibenden, jedoch in einen Gotteshymnus mündenden madrigalförmigen Gedichts.

Aus der Entdeckung irdischer Schönheiten schöpft der erkennende Mensch tagtäglich neue Kraft. In seinen Gedichten, die er in der neunbändigen Sammlung *Irdisches Vergnügen in Gott* zusammenfaßte, wählte Brockes ein einheitliches Verfahren: der subjektiv-sinnlichen Empfindung und der objektiv-empirischen Gegenstandsbeschreibung folgt die Reflexion auf den Nutzen dieses Gegenstands für die Menschen, und daraus leitet sich folgerichtig der Lobpreis Gottes ab, mit dem jedes Gedicht schließt. Für das Verständnis der Schöpfung als einer vollkommenen Natur stand die Existenz Gottes oder seine Urheberschaft außer Zweifel; aber daß Naturbetrachtung als gleichsam analoge Tätigkeit zum kirchlichen Gottesdienst eingestuft wurde, das stellte doch ein Novum dar. Die Erkenntnis Gottes noch im alltäglichen und scheinbar unbedeutendsten Gegenstand löst den Empirismus aus seiner Zufälligkeit. Durch ihren ›Realismus‹ versucht die deskriptive Poesie gerade die transempirische »Einheit der Welt« zu erweisen[8],

8 Uwe-K. Ketelsen, *Die Naturpoesie der norddeutschen Frühaufklärung*, Stuttgart 1974, S. 54.

die sich im zweckmäßigen Funktionieren manifestiert. Der Deskription verdanken sich einige der eindrucksvollsten Naturgedichte der Frühaufklärung, so etwa Brockes' Gedicht *Die auf ein starkes Gewitter erfolgende Stille*, wo lautmalerische Momente – rollendes ›r‹ beim Ausbruch des Unwetters und Partien ohne ›r‹ vor und nach dem Sturm – die Beschreibung sinnlich machen, d. h. einen dem Naturereignis ähnlichen Eindruck beim Hörer des Gedichts hervorrufen sollen.

Andererseits darf nicht übersehen werden, daß Brockes' additive Empirie dem zeitüblichen Enzyklopädismus verwandt ist. Gerade im anschauenden Subjekt haben die Partikel noch keine über das Registrieren und Bewundern hinausgehende Einheit gefunden, auch wenn man Brockes nicht jegliche Empfindungswerte absprechen kann. Seit Brockes datiert die Erhöhung der Naturpoesie zum »neuen Organ und zum sakralen Zentrum dieses Gottesdienstes«.[9] Damit wurde dem Bürgertum ein neues ›Identifikationsmuster‹ angeboten, das in der Periode der Empfindsamkeit eine quasi-religiöse Funktion übernehmen konnte und den Übergang zum Konzept des Schöpferpoeten und der autonomen Kunst vorbereitete. Johann Jakob Breitinger, der Züricher Literaturtheoretiker, hat denn auch Brockes' Naturschilderung begeistert gerühmt: Kein Maler vermöge mit seinem Pinsel einen »so lebhaften Begriff« von der Farbe der Erdbeere zu geben, als Brockes dies in seiner Beschreibung der Erdbeere tue.[10]

Die Zeitgenossen waren sich der Neuheit von Brockes' poetischem Verfahren bewußt. Auf seinen Spuren entwikkelte sich die naturnachahmende oder ›malende‹ Poesie.

9 Hans-Georg Kemper, *Gottebenbildlichkeit und Naturnachahmung im Säkularisierungsprozeß*, Tübingen 1981, Bd. 1, S. 361.

10 Johann Jacob Breitinger, *Abhandlung von der Natur, den Absichten und dem Gebrauche der Gleichnisse*, Faksimiledr. nach der Ausg. von 1740, mit einem Nachw. von Manfred Windfuhr, Stuttgart 1967, S. 15 f.

Insbesondere die mißverstandene Formel *ut pictura poesis* aus der Poetik des Horaz brachte eine Fülle deskriptiver Poesie hervor. Dichtung galt als Zwillingskunst der Malerei, der Dichter verstand sich als *poeta pictor*, der mittels der Sprache eine Bildwelt schuf. Poetiker und Poeten machten Ernst mit der antiken Mimesis-Forderung, freilich auf eine veräußerlichte Weise. Musterbeispiel ist Albrecht von Hallers vielstrophiges Gedicht *Die Alpen* (1729) mit seinen exakten Beschreibungen von Blumen und Gebirgswelt. Freilich ist auch für Haller das (von Lessing etwa im *Laokoon* gerügte) Abschildern nur Mittel zum Zweck; im Zentrum steht doch die Lehre, der kulturkritische Impetus. So hat auch die zeitgenössische Poetik die ›malende‹ Poesie als Unterart des Lehrgedichtes aufgefaßt. Es handelt sich hier gleichsam um einen empirischen Zugang zur Natur; die akribisch wiedergegebenen Details sollen den Anschein von Objektivität erwecken. In Wahrheit gerät diese penibel notierte Natur in gefährliche Nähe zu einem Arsenal betont nützlicher Einzelbestandteile, zum Naturalien- oder gar Kuriositätenkabinett. Von einer ganzheitlichen Naturbetrachtung ist man noch weit entfernt.

Dem primär wissenschaftlich geprägten Lehrgedicht steht die eher gesellschaftlich motivierte anakreontische Dichtung gegenüber, die einem weltlichen und privaten Lebensgenuß das Wort redete. Auch hier verwundert der Ursprung in den bürgerlichen Zentren Hamburg und Halle nicht. Insgesamt ist die Anakreontik mit ihrer ostentativen *carpe diem*-Devise ein extremer Ausdruck der Privatheit, der Distanzierung und des Rückzugs aus der großen Welt (der Öffentlichkeit) in das Reich des unverbindlichen Spiels, in dem die kleinen Freuden des Alltags gepflegt werden. Gängige Themen sind daher Liebe und Wein, Freude und Scherz, Freundschaft und Naturgenuß. Hauptvertreter des anakreontischen Dichtens ist der lebensfrohe Hamburger Patrizier Friedrich von Hagedorn. Bei ihm wirkt, was später zum Klischee erstarrte, noch unverbraucht und gegenüber dem französischen Klassizismus der sogenannten ›Hofdichter‹

erfrischend und natürlich. In der 1742 erschienenen Sammlung seiner *Oden und Lieder* nehmen die Naturgedichte, insbesondere Frühlingsgedichte, einen beträchtlichen Raum ein. Ein Titel wie *Die Empfindung des Frühlings* weist bereits auf den subjektiven Ansatz der Naturbetrachtung hin. Nicht mehr analysierende Beobachtung, reflektierende Teleologie oder exakte Deskription leiten die Anschauung; sie erscheint ganz zurückgenommen auf das heiter-kontemplative lyrische Subjekt, das die Natur zur Darstellung der eigenen Gestimmtheit verwendet und nicht etwa das Wesen der Natur oder individueller Landschaften erfassen will. Hierin gibt sich die anakreontische Dichtung wie eine fröhlich-intellektuelle Schwester der elegisch-empfindsamen Arkadiendichtung. Sie ist, obwohl sie sich gegen den starren Rationalismus Gottschedscher Couleur wendet, doch rationalistischen Geistes; für ihre Herkunft aus dem *esprit*, dem Witz-Prinzip, spricht der Mangel an persönlicher Gefühlsaussage, und die gelehrte Vorliebe für mythologische Namen und Anspielungen auf die antike Tradition. Das Naturbild bei Hagedorn selbst nimmt schon die Einflüsse der englischen Gartenkunst auf; der künstliche Zwang französischer Gärten wird verbannt; stets erscheint die Natur heiter. Selten klingen kulturkritische Töne an: Das idyllische Bild des freien und darum immer frohen Landmannes ist bewußt den ökonomischen und sozialen Zwängen der Stadt entgegengesetzt. Als weltoffener Weiser genießt der Stadtflüchtling seine Abgeschiedenheit: Einsamkeit erhält hier eine durchaus positive Qualität. Naturgenuß entwickelt sich aus einer ihre Unmündigkeit kompensierenden Haltung zu einem Primärbedürfnis der Bürger. Die Stadt gilt dieser zivilisationskritischen Richtung als Symbol des Lärmend-Geschäftigen und Seelenlosen. Je naturferner die Tätigkeit in der Stadt ist, einen desto höheren ›Freizeitwert‹ erhält die Natur – eine weitere Voraussetzung für deren Idyllisierung. Übrigens haben beide Trends, der hofkritische wie der kulturkritische, eine bis in die Antike zurückreichende Tradition. In der zweiten Phase der Aufklärung verlagert sich der

Akzent von der Kritik auf die individuelle Wahrnehmung und die persönliche Empfindung des Subjekts. Eine Generation nach Brockes läßt sich die Natur nicht mehr »aus der bloßen Unmittelbarkeit sinnlicher Gegebenheit« rekonstruieren[11]; sie wird Austragungsort subjektiver Gefühle und Reflexionen. Exemplarisch steht für diese Tendenz Ewald Christian von Kleists Gedicht *Der Frühling* (1749), an dem Lessing zu Unrecht die »Bilderjagd« so herb getadelt hat. In ganz anderem Ausmaß als beim beobachtenden Brockes oder beim reflektierenden Haller ist bei Kleist das Ich an der Wahrnehmung innerlich beteiligt. In Wahrheit handelt es sich nicht um die objektive Beschreibung von Lokalitäten, sondern vielmehr um Orte der Empfindung: Das Ich projiziert die eigene (elegische) Empfindung in die Außenwelt. Die Natur selbst präsentiert sich nicht länger als domestizierte Parklandschaft; die wilde, die einsame, ja die romantisch-melancholische Natur gewinnt – in der Nachfolge von Rousseaus Ursprünglichkeitskonzept – eine neue Qualität. Die Subjektivierung der Natur geht so weit, daß Landschaftsbilder und Empfindungen deckungsgleich werden: die Landschaft spiegelt die seelische Gestimmtheit des fühlenden Subjekts. Vorbilder dieser gefühlvollen Dichtung sind die Engländer James Thomson (*The Seasons*, 1730) und Edward Young (*The Complaint, or Night Thoughts on Life, Death and Immortality*, 1742–44), ihre deutschen Schüler sind außer Kleist Immanuel Jakob Pyra und Samuel Gotthold Lange, Justus Friedrich Wilhelm Zachariae, Nikolaus Dietrich Giseke und Johann Friedrich von Cronegk. Der subjektivierten Naturwahrnehmung entspricht die Zunahme der Stimmungsgedichte. Im Rahmen der Empfindungslyrik haben auch religiöse Reflexionen ihren Ort, sofern sie der Erhöhung der Natur als Ausdruck Gottes dienen oder als Ausdruck individueller Gefühlsregungen.

11 Emerich Coreth, *Einführung in die Philosophie der Neuzeit*, Bd. 1, *Rationalismus – Empirismus – Aufklärung*, Freiburg i. Br. 1972, S. 107.

Das Erscheinen von Klopstocks Oden hat auf die Zeitgenossen wie eine Fanfare gewirkt. Thematisch verknüpfte er elegische Empfindsamkeit und religiösen Enthusiasmus. Von den Zeitgenossen unterscheidet er sich – und das macht seinen dichterischen Rang aus – durch eine wesentlich umfassendere Ausdrucksskala: zum elegischen tritt der enthusiastische, der erhaben-seraphische Ton. Von fast allen Klopstock-Interpreten ist das Unsinnlich-Unanschauliche seiner Oden hervorgehoben worden, eine Eigenart, die sich im Laufe seiner lyrischen Entwicklung eher verstärkt. Selbst seine berühmteste Ode, *Der Zürchersee* von 1751, vermag es nicht, Landschaft plastisch vorzustellen. Der Naturkulisse haftet etwas Ubiquitäres an. Freilich lag Landschafts-Beschreibung auch nicht in Klopstocks Absicht. Das »frohe Gesicht«, das schöner als die Pracht aller Erfindungen der »Mutter Natur« ist, deutet auf den Vorrang des Empfindens und Reflektierens über die gleichsam materiell-stoffliche Anschauung hin. Bei Klopstock erweckt die Naturdarstellung im betrachtenden und erlebenden Ich eine Fülle begeisterter Gefühle und weitausholender Reflexionen. In den Empfindungen löst sich die konkrete Anschauung geradezu auf. Im »Schmelztiegel des ekstatischen Grundgefühls« sind – so hat Ferdinand Josef Schneider zutreffend Klopstocks Lyrik charakterisiert – »die Eindrücke der realen Umwelt« ihrer materialen Eigenschaft beraubt worden oder dienen »zu bloßen Stützpunkten für den Aufschwung des Dichters ins übersinnliche Reich«.[12] »Süßer«, »schöner und reizender« als Natur und Liebe ist die Männer-Freundschaft – dies ein für bürgerlich-empfindsame Privatheit zentrales, bei Klopstock und seinen Jüngern dominantes Motiv. Klopstock verlangt von einem guten Gedicht eine seelische Bewegung. Der angemessene Ausdruck der bewegenden Leidenschaften ist die lebendige, bewegte

12 Ferdinand Josef Schneider, *Die deutsche Literatur der Aufklärungszeit*, Stuttgart ²1948, S. 121.

»Darstellung«, niemals Nachahmung oder Beschreibung allein. Gegenstand und Ausdruck zielen auf ›sittliche Schönheit‹, ein Ideal also, das die Ästhetik in ein ethisches Konzept einbindet.

Innerhalb der Geschichte der Naturlyrik nimmt Klopstock einen besonderen Rang nicht etwa durch Erschließung eines neuen Gegenstandsbereichs ein, wohl aber durch die neue Darstellungsweise. Wo Brockes detailversessen am Mikrokosmos haften blieb oder den Makrokosmos quantifizierend begreiflich zu machen suchte, geht Klopstock mit großzügiger Abstraktion über alle exakten Zahlenangaben und Größenbeschreibungen hinweg und erreicht die Wirkung erhabener Majestät mit spezifisch dichterischen Mitteln: dem poetischen ›Machtwort‹, der syntaktischen Inversion und der freien Rhythmik. Die Natur spiegelt nicht bloße Stimmungen, sie präsentiert sich als Schöpfung Gottes, als ganz mit dem Gefühl aufgenommene, nie abstrakt beweisende Theodizee. Den Subjektivitätsschub, der sich in der freischweifenden, an keine Sinnes-Anschauung gebundenen Assoziation bekundet, verdeutlicht Klopstocks bekannteste Hymne *Die Frühlingsfeier*, deren ursprünglicher Titel *Das Landleben* die thematische Nähe zur Arkadiendichtung signalisiert, auf eindringliche Weise. Das lyrische Ich betrachtet »mit tiefer Ehrfurcht« die Schöpfung in ihrer ganzen Spannweite; darum der riesige Sprung vom Siebengestirn zum Frühlingswürmchen. Klopstocks Naturanschauung erscheint in der Hymnik stets religiös vermittelt; dies, weniger der pathetische Ton, unterscheidet sie grundlegend von der Lyrik des Sturm und Drang. Klopstocks Nachfolger haben sich jeweils auf eine Komponente seines lyrischen Ausdrucks konzentriert: Die Dichter des Göttinger Hains werfen sich ganz auf das Elegische, die Dichter des Sturm und Drang auf das Dynamische. Klopstocks Größe besteht auch darin, daß er beide scheinbar auseinanderdriftenden Strömungen in seiner Lyrik vereint. Den regressiven Tendenzen der Haindichter stehen die revolutionären der Stürmer und

Dränger diametral entgegen. Beide Richtungen aber können sich auf Klopstock berufen.

*

Das grundsätzlich Neue der Sturm-und-Drang-Bewegung manifestiert sich in der radikalen Aufwertung, ja Verabsolutierung des Subjekts. Der auch als ›Titanismus‹ apostrophierte Aufbruch einer fast revolutionären Jugend, der kulturkritische Freiheitsdrang, die Ablehnung bloßer Gelehrsamkeit und die Verdiesseitigung prägen das Naturverständnis und die Dichtungskonzeption. Die emphatisch-alternative Vorstellung einer freischaffenden und wirkenden Natur hat durchaus emanzipatorischen, ja revolutionären Charakter, sie richtet sich gegen die starren feudalistischen Gesellschaftsstrukturen und gegen die arithmetisch-mechanischen Axiome der orthodoxen Naturwissenschaft.

Johann Gottfried Herder, einer der maßgeblichen Theoretiker des Sturm und Drang, hat den Ursprung der Dichtung aus dem Gefühl und der Leidenschaft betont. Natur wird programmatisch zum vitalistischen Gegenpol des toten Bücherwissens. Sie umfaßt Gutes und Böses und zielt auf eine dynamische, sich fortwährend entwickelnde, göttlich ›beseelte‹ Ganzheit. Der Mensch ist nicht mehr von außen betrachtendes oder empfindendes Subjekt; er fühlt sich gleichsam als Kind der geliebten »großen Mutter« Natur.[13] Das Goethe zugeschriebene, tatsächlich von Georg Christoph Tobler stammende Fragment *Die Natur* (1783) zeigt exemplarisch diese ganzheitliche Auffassung von der gleichermaßen schaffenden wie zerstörenden, den Menschen in ihre eigene Dynamik einbeziehenden Natur:

Natur! Wir sind von ihr umgeben und umschlungen – unvermögend aus ihr herauszutreten, und unvermö-

13 So im Gedicht *Die Natur*. Johann Gottfried Herder, *Sämtliche Werke*, hrsg. von Bernhard Suphan, Bd. 29, *Poetische Werke*, hrsg. von Carl Redlich, Berlin 1889, S. 113.

gend tiefer in sie hineinzukommen. Ungebeten und ungewarnt nimmt sie uns in den Kreislauf ihres Tanzes auf und treibt sich mit uns fort, bis wir ermüdet sind und ihrem Arme entfallen.
Sie schafft ewig neue Gestalten; was da ist war noch nie, was war kommt nicht wieder – Alles ist neu und doch immer das Alte.
Wir leben mitten in ihr und sind ihr fremde. Sie spricht unaufhörlich mit uns und verrät uns ihr Geheimnis nicht. Wir wirken beständig auf sie und haben doch keine Gewalt über sie. [...] Es ist ein ewiges Leben, Werden und Bewegen in ihr und doch rückt sie nicht weiter. Sie verwandelt sich ewig und ist kein Moment Stillestehen in ihr.[14]

Die Tatsache, daß Herder in der Volksdichtung die ursprüngliche Poesie, im Volk den Träger der unverfälschten Natur-Sprache erblickt, bedeutet konsequenterweise die Ablehnung der gelehrten Poesie und des elitären Literaturpublikums. Herders Forderung, die neue Dichtung solle den Zusammenhang mit dem ›Volk‹ wieder herstellen, ist ein gesellschaftspolitisches, erzieherisches Programm. Der Natur-Katechismus des Sturm und Drang führt einerseits zum Volkslied als der natürlichen Poesie des unverbildeten ›Volks‹ und zur Naturhymnik als Ausdruck des schöpferischen Genies andererseits.

Der Verzicht auf utilitaristisch-moralische Akzente und die Betonung des schöpferischen Charakters rückt die ›kolossalische‹ Seite der Natur in den Vordergrund – die großartige zerklüftete Gebirgswelt und die grenzenlose Weite des Meeres. Endgültig verdrängt die natürliche Landschaft das Domestiziert-Abgezirkelte adeliger Parks und bürgerlicher Gärten, aber auch lieblich-idyllischer und spannungs-

14 Johann Wolfgang Goethe, *Werke. Hamburger Ausgabe in 14 Bänden*, Bd. 13, textkritisch durchges. und komm. von Dorothea Kuhn und Rike Wankmüller, München 1975, S. 45 f.

loser flacher Gegenden. Seit Rousseaus *Nouvelle Héloïse* (1761) hatte sich ein besonderer Geschmack für wilde und romantische Orte entwickelt, deren Ursprünglichkeit und Majestät im betrachtenden ›Wanderer‹ einen ›angenehmen Schrecken‹ erzeugte. Eine andere Region rückt in den Vordergrund: Für Stolberg etwa verbindet sich mit dem Anblick der Bergwelt der Begriff revolutionärer Freiheit, für Goethe steht die Freiheit des Individuums im Mittelpunkt. In der Begegnung mit der freien Natur gewinnt das Goethesche Ich selbst Freiheit und neue Kraft; Natur und Ich korrespondieren einander. Das Ideal der Ganzheit, der Überblick, der große Eindruck tritt an die Stelle des botanisierend-sezierenden Interesses.

Weit hoch herrlich der Blick
Rings ins Leben hinein
Vom Gebürg zum Gebürg
Über der ewige Geist
Ewigen Lebens Ahndevoll

heißt es in Goethes Hymne *An Schwager Kronos*. In der *Harzreise im Winter* tritt das Ich aus eigener Kraft der Natur gegenüber, die ihm die Gewähr des rechten Weges gibt. Natur gilt Goethe als nichtentfremdete Natur, als deren organischer Teil sich der Mensch versteht.

Die Ästhetik der groß gearteten Natur ist kein gegen das Religiös-Erhabene protestierender Schönheitskult, eher eine säkularisierte Variante des Erhabenen selbst. Die sakralisierte Naturfeier erfüllt eine der Aufgaben, die Joachim Ritter der »ästhetischen Einholung und Vergegenwärtigung der Natur als Landschaft« zugebilligt hat: den Zusammenhang des Menschen mit der Natur, der von den modernen Naturwissenschaften zerstört worden sei, wiederherzustellen.[15] Der liebend-schaffenden Natur steht das schöpferisch-fühlende Ich gegenüber. Ein sympathetisches Verhältnis verbin-

15 Joachim Ritter, *Landschaft. Zur Funktion des Ästhetischen in der modernen Gesellschaft*, Münster 1963, S. 29 f.

det Natur und Ich. Die Natur wird ambivalent: neben die liebliche und aufbauende tritt indes die furchtbare und zerstörerische. Natur und Kultur können sich diametral gegenüberstehen. Das Erdbeben von Lissabon (1755), das die Zeitgenossen wie ein Schock getroffen hat, wirkt auch in der Auffassung einer unkontrollierbaren Natur nach: die Erhabenheit impliziert stets das Schreckliche und Gewaltsame. Sie begegnen vor allem in den Geister-Balladen, im *Erlkönig* und im *Fischer*, in beiden Gedichten Goethes erscheint die Natur als bedrohliche und verführerische Macht. Äußerlich wirkt dagegen der Gespensterschauer von Gottfried August Bürgers epochemachender Ballade *Lenore*.

Es ist hier nicht der Ort, die Entwicklung des Naturlyrikers Goethe nachzuzeichnen. Sie führt in zwei Richtungen: in die philosophische Reflexionsdichtung und in die symbolistische Anschauungsdichtung. Beispielhaft wäre zu nennen *Die Metamorphose der Pflanzen*; gerade an diesem Gedicht zeigt sich der Unterschied zwischen der planen frühaufklärerischen Didaxe und dem philosophischen Gedicht, bei dem vordergründige Belehrung durch Reflexion ersetzt ist. Für die zweite Tendenz stehe die Lyrik der *Chinesisch-deutschen Jahres- und Tageszeiten* oder die späten Dornburg-Gedichte. Betrachtet man die Entwicklung, die vom enthusiastischen *Mailied* zum schwerelosen Poem *Dämmrung senkte sich von oben* führt, so wird die Ablösung naiver Erlebnisdichtung durch eine erfahrungsgesättigte Reflexionspoesie deutlich, bei der – und das unterscheidet sie von der didaktischen oder der philosophischen Lyrik – Anschauung und Erlebnis, Objektivität und Subjektivität, Empfindung und Reflexion in ein ausbalanciertes Verhältnis getreten sind.

*

Die entscheidenden Weichen für die weitere Entwicklung der lyrischen Form wurden im 18. Jahrhundert gestellt. Klopstock und Herder haben formal entgegengesetzte

Ideale propagiert: den tektonischen und den atektonischen Typus, den bauenden und den fließenden Rhythmus, die rauhe und die glatte Fügung, hochartifiziell der eine, musikalisch-volkstümlich der andere. Die Lyrik des 19. Jahrhunderts ist von der Spannung zwischen Volkspoesie und Kunsttradition, zwischen romantischer und klassizistischer Tendenz geprägt. Die Ausdrucksweise steht in der Nachfolge der Klassiker und der Romantiker. Auch thematisch knüpft das 19. Jahrhundert an Klassik und Romantik an. Die Natur ist vielbesungenes Thema von Liedern (Romantiker), ist Objekt zivilisatorischer Sehnsüchte (Hölderlin, Kerner), aber auch ironischer Romantik-Kritik (Heine), ist Idylle und Zufluchtsort, poetisch-verklärte Gegenwelt zur kruden Realität, Ruhestätte und Utopie, und schließlich – am Ende des Jahrhunderts – Fluchtpunkt einer gegen den Naturalismus gerichteten ästhetizistischen Bewegung (George, Rilke, Hofmannsthal).

Die Romantiker sind die Antiklassizisten par excellence. Sie entdecken die Nachtseiten der Natur, die wallenden Nebel und Mondscheingärten, die verwunschenen Schlösser und sagenumwobenen Ruinen, die wilden und unwegsamen Landschaften, in denen sich Geister und Kobolde herumtreiben. Alle Romantiker pflegen den volkstümlichen Ton, von Brentano bis Eichendorff und Wilhelm Müller, von Novalis bis Heine, Uhland und Kerner. Kerner etwa sah sich bewußt als Volksdichter, wenn er sich in Gegensatz stellt zu den gelehrten, den metrisch und rhetorisch oder den humanistisch-antiquarisch brillierenden Poeten. Programmatisch hat er dieses Ideal der Volkstümlichkeit in seinem gegen Heines Polemik gerichteten Gedicht *Die schwäbische Dichterschule* festgehalten: der einzige Lehrmeister der Schwabendichter sei die Natur. Sie gilt ihm als Gegenpol zur hektischen und unheilvollen Welt der Menschen. In Pflanzen und Tieren gleichermaßen erkennt er die stumme, oft leidende Natur. Dennoch hat die Natur für ihn etwas Heilendes und Mütterliches. Mehrfach apostrophiert er sie als »Mutter«, an deren Brust das kranke Kind sich ausweinen könne. Die Natur lasse den Menschen gesunden. Bei ihm wie bei vielen seiner dichtenden Zeitgenossen, etwa Lenau und Mörike, ist ein Hang zur Isolierung erkennbar, die Flucht vor menschlichem Reden und Handeln. Eine konservative Fortschrittskritik resultiert aus dieser Naturverbundenheit: wachsender Lärm und zunehmende Geschwindigkeit vertrieben die Poesie von der Erde. Im Luftschiff und in der Eisenbahn kulminiere die technische Verführungskraft, die den Menschen über seine Vergänglichkeit letztendlich nur hinwegtäusche. So ist Kerners Appell, die Natur in ihrer heilenden Kraft zu erhalten, eine sozusagen natürliche Konsequenz – etwa in dem späten Gedicht *Mensch stelle dich nicht über die Natur!* Es ist vielleicht kein Zufall, daß das Genre ›Wanderlied‹ bei den Romantikern seinen Höhepunkt erklimmt – in dem anfänglich mit ausschließlich positiven Akzenten versehenen Typus kommen später immer stärker technikkritische Züge zum Vorschein.

Doch über diese äußerliche Zivilisationskritik hinaus erhält die Natur bei vielen Romantikern geradezu hieroglyphischen Charakter: sie verbirgt ihre Geheimnisse, die nur der mit besonderen Kräften begabte Naturkundige zu enträtseln vermag. So wird der Dichter zum Leser im ›Buch der Natur‹, in seinen Gedichten enthüllen sich die geheimnisvollen Chiffren, offenbart sich das Wesen der Schöpfung. Ob mit Novalis' mythisch-märchenhaften Zeilen von der Macht des »Einen geheimen Worts«, vor dem »das verkehrte Wesen« fortfliege, oder ob mit Eichendorffs Poem *Wünschelrute*

> Schläft ein Lied in allen Dingen,
> Die da träumen fort und fort,
> Und die Welt hebt an zu singen,
> Triffst du nur das Zauberwort.

Immer kommt dem dichterischen Wort, dem ›Naturlaut‹, der Rang und die Aufgabe des Geheimnisse eröffnenden

Schlüssels zu; der wahrhafte Dichter wird zum Enträtsler und zum Künder des in der Natur verborgenen Sinns.

Neben der heilenden Kraft besitzt die Natur auch eine dämonische Komponente. Dieser bedrohende Kern der Natur scheint in den naturlyrischen Gedichten Mörikes, der Droste und Theodor Storms ständig durch. Natur besitzt für alle drei Dichter einen magischen Charakter: sie umgarnt den Menschen mit geheimnisvollen und düsteren Kräften. Anders bei den eher mediterran orientierten Dichtern Platen und C. F. Meyer; ihre schildernden, feiernden und symbolisierenden Naturgemälde bevorzugen die Helligkeit und den geprägten Vers. Was Storm an Meyer explizit vermißte, das »echte ›Tirili‹ der Seele«, wurde zum Ideal seiner auf den »Naturlaut«, den »Herzschlag« insistierenden Erlebnislyrik, mit der er sich in die auf Goethe zurückreichende Bekenntnisdichtung einreiht. Storms von Gefühligkeit nicht immer freie Lyrik stellt in ihrer ganzen Einseitigkeit den Schlußpunkt dieser subjektiven Konfessionspoesie dar. Die europäische Entwicklung knüpfte dagegen am tektonischen Typus an. Die komplexe Naturlyrik Georges, Rilkes und Hofmannsthals leugnet ihre außerdeutschen Bezüge nicht: die französischen und die englischen Symbolisten. Ihre Naturlyrik läßt sich indes nicht auf einen Nenner bringen, und es wäre vereinfacht, wollte man sie mit Jugendstil oder mit Symbolismus etikettieren. Am extremsten nähert George die Natur der Kunst an. Es gibt keine »natürliche« Natur, nur eine artifiziell geschaffene: dafür steht die *Algabal*-Welt mit ihren »künstlichen Paradiesen« ebenso wie die Parklandschaften im *Jahr der Seele* und im *Teppich des Lebens*. Man hat Georges Landschaften und ihrem Schöpfer denn auch Naturferne bescheinigt. Ihre Faszination liegt in ihrer Kunsthaftigkeit, und insofern bilden sie den äußersten Ausläufer einer Entwicklung, die über Platen und C. F. Meyer bis in die Antike zurückreicht. Ein Gedicht wie *komm in den totgesagten park und schau* aus dem *Jahr der Seele* gehört ebenso zu den literarischen Gipfeln wie *Herbsttag* von Rilke und *Vorfrühling* von Hofmannsthal.

Die Natur steht hier für das sensible Ich, das Außen der Natur und das Innen der Seele gehen eine symbiotische Einheit ein. Der Jugendstil formt die Natur als eine radikal gegen die gesellschaftliche Wirklichkeit gerichtete Gegenwelt. Motive wie Teich, Schwan, Nixe, Pflanzen- und Menschenverschlingungen verwandeln die Natur in eine Kunst-Natur, offerieren den ›schönen Schein‹ als Ausweis innerer Wahrhaftigkeit.

Im 20. Jahrhundert verschiebt sich das Schwergewicht von den hellen auf die dunklen Jahreszeiten – symbolischer Ausdruck einer weltzeitlichen Verdüsterung. Gab es bereits im Expressionismus neben der enthusiastischen Aufbruchsbereitschaft eine endzeitliche Apokalypse-Stimmung, so gedieh paradoxerweise in den dürftigen Zeiten, in denen bereits ein »Gespräch über Bäume fast ein Verbrechen« (Brecht, *An die Nachgeborenen*) war, das traditionelle Naturgedicht. Die Natur galt angesichts der Wirrnisse der Zeit als Refugium, als eine heile Welt, in die man sich flüchten konnte (so noch in Werner Bergengruens Sammlung *Die heile Welt*, 1952). Es verwundert nicht, daß die Exponenten dieser Flucht oft die konventionellen Formen pflegten: antike Oden stehen neben volksliedhaften Gebilden. Ausdruck dieses politisch erzwungenen Rückzugs ist die sogenannte ›naturmagische‹ Lyrik eines Oskar Loerke und Wilhelm Lehmann, eines Hermann Kasack und einer Elisabeth Langgässer. Naturmagische Motive bilden auch ein gewichtiges Element in der Lyrik der folgenden Generation, bei Bobrowski, Eich und Krolow.

Doch schon in den sechziger Jahren ändert sich die Wahrnehmungsweise. Die Natur verliert endgültig den Anschein des Heilen und Heilenden. Die Naturlyrik nimmt kritische Akzente auf: Klage und Polemik treten an die Stelle der Beschreibung und der Feier. Sogar Jahreszeiten wie Frühling und Sommer erscheinen mit negativen Konnotaten behaftet. Spiegelt die ›kaputte Natur‹ zunächst die Folgen des Kriegs-Desasters, so wird sie in immer stärkerem Maß zum Ausdruck einer unaufhaltsamen Umweltkatastrophe. Nach dem Zweiten Weltkrieg wurde die ›Zerstörung der Natur‹

vollends deutlich; vorher beschränkten sich die Eingriffe des Menschen auf vorübergehende Modifikationen. Insofern spiegelt die deutsche Lyrik nach dem Zweiten Weltkrieg durchaus paradigmatisch das Naturbild einer technisch entwickelten Nation.

Noch Mitte der achtziger Jahre schien die Welt auf ein apokalyptisches Chaos zuzutreiben. Die atomare Hochrüstung, die internationalen Krisen, der Gegensatz zwischen Amerika als dem Land der unbegrenzten Möglichkeiten und der Sowjetunion als dem ›Reich des Bösen‹ ließen die Katastrophe unabwendbar erscheinen. Gründlich überwunden wurde die noch 1956 von Günther Anders konstatierte »Apokalypseblindheit«. Ob abruptes Nuklear-Inferno, ob schleichender Tod durch Umweltverseuchung – die Einsicht in die globale Bedrohung der Menschheit wuchs. Tankerunfälle wie im Persischen Golf oder in Alaska, Giftzentren wie in Seveso und Bhopal, Kriege in Afrika, Südamerika und Jugoslawien, Hungerkatastrophen wie in Äthiopien und Indien, schließlich die Atomreaktorunfälle in Harrisburg und Tschernobyl wurden nicht mehr als lokale, eingrenzbare Ereignisse wahrgenommen – sie galten allgemein als erste Symptome einer ökologischen und politisch-sozialen Endzeit, als Stationen auf einem unumkehrbaren Weg in den Untergang. Anders als in früheren Jahrhunderten erzeugt der Mensch heutzutage seine Katastrophen selbst. Der optimistische, aus der Aufklärung übernommene Glaube an den Fortschritt ist einer tiefen Skepsis gewichen. Allzu deutlich wurden die Grenzen des technisch-zivilisatorischen Fortschritts. In der Gegenwart stehen sich die Gruppierungen einigermaßen kommunikationslos gegenüber; auf der einen Seite die unverbesserlichen Fortschrittsideologen, auf der anderen Seite die Pessimisten und die Skeptiker mit ihrer nüchternen Einsicht, die überstrapazierte Freiheit zur Selbstverwirklichung habe sich bereits in eine Freiheit zur Selbstvernichtung verwandelt. Wenn glaubwürdige Diagnostiker die Gegenwart als Endzeit deuten, so erblicken sie die eigentliche Gefahr weniger im unberechenbaren Zufall als im Unvermögen des Menschen, sein Bewußtsein an die Geschwindigkeit des technischen Fortschritts anzupassen. Das technische System überrollt den Menschen buchstäblich, er wird zum Sklaven des selbst erzeugten Zustands. Die Kehrseite prometheischer Omnipotenz ist die Allgegenwart potentieller Selbstauslöschung. So ist es kein Zufall, daß das Modell »Apokalypse«, das zu allen Zeiten drängende Gegenwartsprobleme und globale Zukunftsängste gedanklich zu bewältigen half, gerade in der Literatur der letzten beiden Jahrzehnte aufgegriffen wurde. Für die Naturbetrachtung der Gegenwart ist die Sorge charakteristisch, die sich auf Phänomene wie Waldsterben, Ozonloch und Umweltverseuchung richtet.

Es gibt für die moderne Verzweiflung über eine zerstörte Natur schon frühe Zeugnisse. An die Stelle der Geselligkeit und des persönlichen Füreinanders setzt sich die frostige Anonymität moderner Zivilisation. Der Klage über das Verschwinden von Natur und natürlichem Leben haftet oft ein regressiver Zug an. In der Kritik am technischen Fortschritt und in der mystischen Naturverbundenheit vieler Romantiker läßt sich eine Vorwegnahme der grünen Bewegung erkennen. In der Gegenwart allerdings verliert der Naturbegriff seine Eindeutigkeit als Gegenlager zur Zivilisation: Natur wird mittels moderner Techniken reproduzierbar. Das Umweltproblem erinnert drastisch an die Verschiebung der Relationen zwischen Natur und Mensch: aus der früheren Abhängigkeit des Menschen von der Natur wurde mittlerweile eine ambivalente Beziehung. Angesichts ihrer faktischen Verschrottung fungiert das Modell ›Natur‹ zuweilen als sentimentalische Erinnerungsprojektion, doch ebenso als Basis für Kultur- bzw. Zivilisationskritik. Natur, in den früheren Jahrhunderten oft mit ›heiler Welt‹ ineins gesetzt, verliert am Ende des 20. Jahrhunderts diese Aura aufs gründlichste. Der menschliche Triumph über die jahrhundertelang übermächtige Natur und der – einer unvernünftigen Herrschaftsausübung folgende – Katzenjammer über eine zerstörte Natur bedingen einander und sind in ihrer negativen

Dialektik durchaus symptomatisch für das alles andere als naive Naturverständnis der Gegenwart. Idylle und Utopie haben abgedankt, die Bedrohtheit der Natur durch die Zivilisation wächst und stellt diese ihrerseits selbst in Frage. Der alte Gegensatz von Kunst und Natur ist aufgehoben in der technischen Produzierbarkeit von Natur. Der Mensch hat beides in der Hand: Vernichtung und Schöpfung.

Die Lyrik als Seismograph einer Epoche reagiert hellhörig auf diese globalen Ängste. So verwundert es nicht, daß die Umweltzerstörung mehr denn je thematisiert wird: von den Anfängen bei Erich Kästner (geb. 1899), Reinhold Schneider (1903) und Günter Eich (1907) über die mittlere Generation der Hans Magnus Enzensberger (1929), Günter Kunert (1929), Jürgen Heise (1930), Jürgen Becker (1932), Sarah Kirsch (1935) bis zur jüngeren Generation der Rolf Dieter Brinkmann (1940), Rainer Malkowski (1939) und Jürgen Theobaldy (1944). *Das Ende der Landschaftsmalerei* heißt bezeichnenderweise ein Gedichtband von Becker, in der dem naiven Abkonterfeien und der Heile-Welt-Dichtung der Boden entzogen ist: In der Landschaft begegnet Baumsterben, Kahlschlag, kaputte Natur. Der Lyrik wächst neuerdings die Aufgabe der Erinnerung an das Verlorene zu, die zynische Aufgabe, wenigstens im Gedächtnis zu bewahren, was in der Wirklichkeit abhanden gekommen ist. Auch bei Günter Kunert finden sich schon früh solche negativen Elemente. Im Gedicht *Unterwegs nach Utopia II* erscheint die Natur nur noch als groteske Verlängerung der Betonwelt: sogar die Grashalme sind künstlich und aus gefärbtem Glas. In Sarah Kirschs Gedichten finden sich verschiedene Schichten: barocke Artifizialität neben märchenhafter Einfachheit, realistische Elemente neben hochbewußter Ironie und zitathafter Anspielung. Hinter den Verbildungen und Verwerfungen der modernen Zivilisation sucht diese Lyrik nach dem Ursprünglichen von Mensch und Natur. Die Verse signalisieren »das zivilisatorische Erschrecken«, in nicht zufälliger Rückerinnerung an das »kosmische Erschrecken« früherer Jahrhunderte. So wird der Dichter zum Anwalt »jener bedrohten Natur, welche als Paradigma des 21. Jahrhunderts das lange herrschende Paradigma allein auf den Menschen bezogener Geschichte abzulösen beginnt«.[16]

Ferne

Niemals wird auf den
Armen Gefilden Herrlichkeit
Liegen wie in der Kindheit als noch die
Fichten grün und licht lebten.
Schwarzes
Wissen beugt mir den Hals.[17]

16 Wolfgang Frühwald, »Sarah Kirsch«, in: *Deutsche Dichter*, hrsg. von Gunter E. Grimm und Frank Rainer Max, Bd. 8, Stuttgart ^{2}1994, S. 553, 556.

17 Sarah Kirsch, *Erlkönigs Tochter. Gedichte*, Stuttgart 1992, S. 65.

Register der Gedichtüberschriften und Gedichtanfänge